ME
DEBES
UNA

ADRIANA FREIXA

@adriana_freixa

Registro: 230827515938 en Safe Creative el 27 de agosto de 2023

ISBN: 979-8-218-27405-4

Publicado el 1 de octubre de 2023.

ESCUCHA LA BANDA SONORA DEL LIBRO AQUÍ:

*Para todas las Palomas que
alguna vez olvidaron quererse a sí mismas
deseando que otros lo hicieran.
Mucho amor (propio).*

CAPÍTULO UNO
SOLO UN CAPULLO PONDRÍA SUS ABDOMINALES EN TINDER

PALOMA

JURO por Dios que es la última vez que Mari me engaña. Otra vez soy su particular muñeca Barbie, pero no una rubia y delgada, no; una que ama comer y lo único que disfruta en un gimnasio es la sauna. Parezco una pelirroja XL vestida para matar.

Yo quería salir esta noche, pero no contaba con acabar en un bar hortera, con un maquillaje que compite con el mejor filtro de Tiktok y un bolso más pequeño que la funda de mi móvil.

Camino a pasos cortos, apoyándome en varias sillas por culpa de estas sandalias tan incómodas. Al fin, consigo llegar a la barra, pero en el trayecto, una chica ha derramado en mi espalda su bebida. Este bar siempre atestado de gente es el favorito de Mari, por desgracia. Y ella, por cierto, es mi compañera de piso y vive para la moda (y para torturarme con ella).

El motivo por el que ama este local se acerca a nosotras con una sonrisa. El camarero, al que mi amiga conoce muy bien, viene a servirnos una copa enseguida. Bueno, se la pone a ella.

He visto tantas veces a Ricky en calzoncillos en

nuestro piso que podríamos ser íntimos, pero está claro que nuestra relación no es importante para él porque se olvida de preguntarme qué quiero beber mientras tontea con Mari.

—¿Otra vez es tu cumpleaños, preciosa? —duda cuando ella asegura que le debe una copa gratis.

—Y sigo sin envejecer. ¿Te lo puedes creer? Algún día te explicaré mi secreto —responde coqueta con un guiño.

Es la octava vez que Mari sopla las veintinueve velas este año. Si por ella fuera, celebraría cada día antes de cumplir los treinta. Me pregunto cuándo empezaremos a festejar los treinta y seis que en realidad tiene.

Sigo notando el líquido frío en mi espalda y trato de secarlo con diez servilletas que no absorben mientras ellos tontean. A ninguno de los dos parece importarle que haya quince personas en la barra esperando su bebida. Conmigo, dieciséis.

—Ricky nos invita a probar unos nuevos cócteles del menú. Enseguida nos los prepara —anuncia Mari.

—Yo preferiría un ron con cola...

—Te gustará más esto, ya verás —se atreve a afirmar antes de darme una copa con un líquido lila, algo de purpurina y un olor a alcohol que revuelve mis tripas.

Mari dice que le tengo manía a Ricky, pero siendo objetiva, es un *barman* horrible. Y nunca logro que prepare algo tan simple como un ron con cola. Cafeína y alcohol, una mezcla dulce, barata y efectiva. *¡¿Tan difícil es?!*

—¿Y si vamos a otro sitio?

—No, en este bar las copas nos salen gratis y he quedado aquí. Mira con quién. —En su móvil veo el típico cachas de gimnasio—. ¿No es un auténtico bombón?

—¿Tienes una cita? ¡Pero si venimos a celebrar mi nueva columna! Bueno, y tu cumpleaños.

—Exacto. —Usa su mejor sonrisa para que no me enfade, pero ya es tarde—. Por eso hemos llegado pronto, para buscarte a alguien. Quiero que tú disfrutes también. Yo no espero dormir en casa esta noche. ¡Aprovecha que tienes el piso para ti!

—No, Mari... —Mi mirada deja claro lo que las dos sabemos: yo no participo en este juego.

—Es mi día. No puedes negarte a mis deseos.

—Tú te acuerdas de que no es tu cumpleaños de verdad, ¿no?

—Palo, no seas aguafiestas. Estás muy guapa esta noche. Deberías vestirte así más a menudo. —Trata de abrazarme, pero me aparto negando con la cabeza. Mi dolor de pies es el mejor recuerdo de que no debería someterme nunca a sus torturas—. No seas aburrida, va.

Aclaración: no soy aburrida, solo aprecio la tranquilidad.

Mari y yo vivimos juntas, trabajamos en la misma revista y compartimos ciclos menstruales. Supongo que todo eso nos une. Sé muy bien que está ovulando y es víctima de sus hormonas. No dudaba de que ella iba a pasar la noche con alguien hoy, pero venir con los deberes hechos de casa es nuevo.

—Podrías haber avisado.

—Ha pasado muy rápido. ¿Sabes qué? Dio una charla en el evento de emprendedores de éxito del que te hablé.

Mari tiene una tienda de Etsy en la que no vende nada desde hace meses, pero ella no fue a esa conferencia a tomar notas. Fue a encontrar por casualidad a un novio rico.

—¡Palo, no es lo que tú crees! ¡Te juro que ha sido el

destino! Hemos empezado a hablar esta mañana por mensajes ¿y cómo iba a decirle que no? ¡Míralo! —insiste, mostrando otro vídeo de su cita haciendo flexiones en lo que parece su gimnasio particular.

—Veo que es un intelectual —ironizo.

—En algunas fotos lleva gafas. —Su prueba irrefutable es otro vídeo de él en la cubierta de un barco con un libro.

—¡Pero si son de sol! ¿Ese libro no está al revés? Déjame ver. —Trato de quitarle el teléfono sin éxito.

—No te metas con Jota. Podría ser el hombre de mi vida. Y es un emprendedor de éxito. Seguro que es muy listo. Puede que hasta sepa leer del revés.

—¿No te cansas nunca de ilusionarte con cualquiera? —Mari conoce tres o cuatro "hombres de su vida" por mes. Es ridículo.

—A lo mejor tú encuentras a alguien especial esta noche también.

—¿En este bar? —dudo con cierta ironía. Desde que un *tiktoker* lo anunció en su cuenta porque el decorado está inspirado en los noventa, se ha llenado de gente que no estaba viva en esa década. A mis treinta y dos, es duro pensar que yo crecí en lo que hoy se considera historia antigua.

—¿Y a qué se dedica el nuevo hombre de tu vida?

Eso es circunstancial. —*Aclaración: no tiene ni idea* —. Tu empleo no te define, Palo, es solo lo que te da de comer. No todo el mundo tendría una crisis existencial si no está en el único puesto que desea desde la adolescencia.

Es irónico que ella diga eso. No conozco a ninguna persona que viva la moda más que Mari. Tiene un don. Lo mío solo es vocación, pero lo suyo es auténtico talento.

—Al menos, ¿sabes algo de él?

—Que le han invitado a unas copas gratis en un local nuevo. Creo que es un karaoke. Quiere que vaya con él.

—¿Eso es lo que te hace pensar que es el hombre de tu vida?

—En realidad, ha sido más bien esto —alega con una nueva imagen lista para apoyar su argumentación. En esta se puede ver su rostro, pero también un reloj que debe costar mi sueldo multiplicado por un millón.

—Ya veo la historia de amor... —ironizo.

—El dinero me pone romántica. ¿Tengo yo la culpa? —Mi cara le deja claro lo que pienso—. ¿Y lo tuyo es mejor?

—Sí, yo me quiero a mí misma. Con eso me basta, gracias.

El amor propio es el mayor tesoro que una mujer puede tener. Es el único que no te traiciona ni te limita, está ahí siempre cuando lo necesitas, no se olvida de tu cumpleaños (y acierta con el regalo). Y además, te asegura los orgasmos. Cada vez. ¿Qué hombre puede decir eso?

—Vale, Miley Cyrus, cómprate unas flores. —Pongo los ojos en blanco en respuesta—. No te mataría dejarte querer un poquito por alguien y soltarte la melena, para variar.

Me niego a vivir probando limones confiando en que alguno sea mágicamente mi media naranja. ¿Sabes qué consigues con eso? Amargarte la vida. Además, yo estoy muy bien haciendo zumo sola.

Sin decir más, Mari empieza a atusar mi pelo con sus manos. Esta noche me lo ha peinado ella, con ondas suaves. También ha diseñado y cosido el vestido que llevo puesto. Tiene mucho talento y un extraño poder;

cuando pone carita de pena es imposible enfadarse con ella.

—¿Nos hacemos un selfi? Es mi cumpleaños... —Usa su gesto mágico y no puedo evitar sonreír, sobre todo porque pone su teléfono frente a mí. De inmediato, el *flash* nos ciega a las dos, pero ella lo necesita para que su piel negra no desaparezca en la oscuridad del bar.

—Si vas a publicarla en algún lado, ponle un filtro, que parezca un fantasma —me quejo.

Mientras Mari pasa la foto a blanco y negro —la única forma de salvar un retrato nocturno de las dos—, yo aprovecho y miro la hora en mi teléfono. Me pregunto cuánto falta para que ella se vaya y yo pueda escapar de aquí. Estoy a punto de mirar lo que cuesta un Uber a estas horas cuando, en mi pantalla, veo un *email* de mi jefa.

No es raro que me envíe un mensaje un viernes a las diez de la noche; lo extraño es el contenido: "Tenemos que hablar". A esa frase la sigue esta pesadilla:

De: Walter Miller (también conocido como líder máximo de Publicaciones Esferia)
Para: Begonia Aguirre (mi editora, jefa directa y ejemplo general de cómo no quiero ser de mayor)
Asunto: Problemas
El patrocinador de *Paola te lo explica* ha cancelado su contrato con nosotros. Mi secretaria organizará una reunión el viernes para hablar de planes de futuro.
Atentamente,
W.

Vuelvo a leer todo sin poder creerlo. *Mister* Miller va a

cerrar mi columna. El espacio que hizo que yo me dedicara a escribir. Llevo media vida deseando ser Paola y solo una semana siéndolo. No he podido ni publicar mi primer artículo.

Yo iba a ser la sexta Paola.

Bueno, dicho así no suena muy bien, pero ese era mi sueño.

Corrección: era mi plan, porque los planes se trabajan, y yo lo he hecho. Sabía que tenía un gran reto por delante y que cada día tenemos menos plantilla, anunciantes y lectores, ¡pero he esperado tanto para esto...! ¡Y no he podido ni demostrar que soy capaz de hacerlo!

Ese correo electrónico en mi pantalla no deja lugar a dudas. Perder a nuestro patrocinador es el equivalente a una sentencia de muerte.

—¿Eso es tu *email* de trabajo? ¿Por qué estás mirándolo un viernes por la noche? —Mari coge mi móvil y lo aparta de mis manos.

—Van a cerrar la columna de Paola.

—Pues qué pena por ella. Ya te darán otra cosa, tranquila. Dudo que puedan despedir a más gente en la revista. Y tú trabajas más que nadie.

En los últimos dos años he colaborado en casi todas las secciones. Algunas veces hasta redacto el Zodiaco. De hecho, eso pasa a menudo porque nuestra pitonisa no deja de pedir bajas por accidente. Es pura ironía que nunca los pueda predecir.

Gran parte de mi carga laboral es escribir secciones de relleno porque cada día hay menos periodistas contratados en la revista. Si seguimos así, no voy a tener un sitio donde publicar. Y Mari también se quedará sin empleo, aunque ella finja que no le preocupa.

—Tengo que solucionarlo.

—Palo, es solo un trabajo. Nos pagan por hacerlo y nosotras damos ese dinero al casero. Así es la vida. No dejes que te afecte.

—¡Pero esa columna es el espíritu de la revista! Siempre he querido escribirla.

—¿Dar consejos de amor, Palo? ¡Pero si tú eres alérgica! Desde que te conozco nunca te he visto ni mirar a un chico. Tu primer artículo se titula *Cinco formas sorprendentes de usar tu vibrador* —me recuerda—. ¿Te parece eso romántico?

Fue mi editora quien sugirió que escribiera una pieza sobre el último juguete para adultos que se anuncia en la revista. En realidad, pensé en usarlo con alguien, pero solo vino a mi cabeza una persona con la que querría hacerlo.

Lo sé, lo sé, es un error.

Error incluso pensar en él.

Error guardar un espacio para él en mi maldita cabeza.

Odio que mi mente aún recurra a él como mi plan B, pero sé que no habrá un plan C, D, E o F después de él. Solo un plan A: yo misma. Y se me da bien jugar con un vibrador, aunque eso no vende muchas revistas, supongo.

—Si tuviera a alguien con quien usarlo, quizás escribiría algo distinto; pero no lo tengo —*ni lo quiero.*

—¡Para estas cosas está Tinder! ¿Aún tienes la aplicación instalada? —Busca el icono en el menú de mi móvil antes de devolvérmelo. Me la descargué para escribir un artículo, pero sigue ahí con mi foto de espaldas para evitar que alguien me reconozca.

—¡¿Quieres que pruebe un vibrador con un desconocido?!

—¿Crees que te van a decir que no? —Se ríe como si la respuesta fuera evidente.

A desgana, cojo mi móvil y comienzo a deslizar perfiles hacia la izquierda. Si pierdo suficiente tiempo haciendo esto, Mari acabará yendo a su cita y yo seré libre de volver a casa. Podría reescribir mi artículo y tratar de hacerlo más atractivo... Quizás estoy a tiempo de mejorarlo de algún modo antes de que llegue a imprenta.

—Espera. ¿Por qué no este? —pregunta Mari y detiene mi dedo antes de que descarte el perfil de un torso musculoso sin rostro. Tiene veintisiete años. Un poco joven para mi gusto.

—Mejor buscamos a otro. Solo un capullo pondría la foto de sus abdominales en Tinder.

—¿Un capullo que quizás está abierto a probar cosas en la cama? —Ladea la cabeza y me mira invitándome a pensar en mi respuesta—. Quieres escribir esa columna, ¿no? Demuéstralo. Arriésgate. Eso es lo que hacemos en moda, probar cosas nuevas. A lo mejor a ti también te funciona.

Negando con la cabeza deslizo hacia la derecha sabiendo que es una pérdida de tiempo, pero en un extraño error de la aplicación —no concibo otra posibilidad—, el torso musculoso y yo hacemos *match*. A pesar del ruido del local, el sonido inconfundible de la aplicación me lo confirma. Y medio bar se gira a mirarnos por culpa del chillido que suelta Mari en cuanto ve mi pantalla.

Desde que hemos llegado, muchos ojos se han detenido sobre nosotras. Es lo que pasa cuando juntas a una belleza negra con una melena rizada que desafía la física, con una pelirroja con curvas y sin miedo a mostrarlas. Somos un espectáculo. A Mari le encanta esta atención. ¿A mí? No tanto. Yo prefiero moverme entre las sombras. Camuflarme como un camaleón. Eso siempre te da ventaja.

Y el problema, que conste, no es que miren mi cuerpo. Estar gorda no es algo que me quite el sueño. Hace tiempo aprendí a quererme en cualquier talla. Fue la columna de Paola la que me enseñó eso. Y yo considero casi una labor social mostrarme sin complejos, aunque prefiero no notar que otros me miran. *¿Tiene eso sentido?*

—¡Ahhh! No me lo puedo creer —exclama emocionada Mari mientras se mensajea con el misterioso hombre sin rostro sin dejarme intervenir—. ¡Está en este bar! ¡Dice en su perfil que su nombre comienza por B! ¿Cómo piensas que podría llamarse? ¿Bruno, Blas...? ¿Borja?

—¿Bobo? —añado sin humor.

No me gustan los prejuicios, pero no puedo evitar pensar que alguien que no tiene cabeza en su foto tampoco puede tener mucho cerebro. No me importa que sea feo, pero no soportaría pasar la noche con un besugo (nótese que también empieza por "b").

Mari dice que soy *especialita*, pero es que algo tan tonto como intuir faltas de ortografía por el modo de hablar de alguien a mí me mata la libido. Y sé que no voy a sobrevivir a una conversación sobre batidos de proteínas y tablas de ejercicios.

Esto no va a funcionar.

—Palo, voy a llamar a Jota —también conocido como "el hombre de su vida" por las próximas tres horas—. Debería haber llegado ya. Tú encuentra esa tableta de chocolate y cómetela a mordiscos, bombón. Si no lo haces por ti, hazlo por Paola.

—¡Escríbeme luego para saber que estás bien! —

Grito para que me escuche mientras se aleja entre la gente.

—Sí, mamá —se despide a lo lejos—. ¡Disfruta de mi cumpleaños!

Hay demasiadas personas y ruido en este bar. Suena *Camaleón* de Belén Aguilera y, por un segundo, pienso que podría escaparme y volver a casa. Nadie se daría cuenta. Sería muy sencillo.

En realidad, no sé ni qué estoy buscando cuando miro a mi alrededor escaneando la sala, pero enseguida encuentro mi respuesta. O más bien, la siento en las tripas cuando dos ojos penetrantes recorren mi cuerpo y el calor me invade hasta los tuétanos.

Destaca entre la gente. Su físico resulta imponente. Han pasado cinco años desde la última vez que lo vi y está igual. Sigue siendo capaz de retener mi mirada. Sí, contra mi voluntad; incluso con ese pelo despeinado y sin haberse esforzado en ponerse una camisa.

Pero han pasado cinco años, insisto. Y yo sí que he cambiado.

En este tiempo he aprendido a huir de los hombres que no me convienen. Ahora sé muy bien que alguien como Basil es el peor enemigo de una mujer. Al menos, de una que se respeta a sí misma.

Su mandíbula se tensa cuando nuestras miradas se cruzan. Inspiro profundo para darme fuerzas y no dudo ni por un segundo de que es él a quien estaba buscando. Lo sé porque tiene su móvil agarrado y niega con la cabeza antes de levantar las manos en son de paz.

Hace bien. Mi cara ahora mismo debe dejar muy claro que, si se acerca a mí, solo va a encontrar guerra.

CAPÍTULO DOS
SOLO LAS FEAS SE HACEN FOTOS DE ESPALDAS

BASIL

CUANDO ME QUITO EL CASCO, noto el pelo aún húmedo en mi nuca. Apenas he tenido tiempo de pasar por casa y ducharme antes de venir.

Mi móvil vibra en el bolsillo de mis tejanos justo cuando me parece ver a Jota, sentado ya en una mesa con su teléfono en la mano. Supongo que me ha escrito quejándose de que llegue tarde, pero no es mi culpa. Este bar está a más de media hora de donde vivo, y lo ha elegido él.

Al comprobarlo, resulta que el mensaje no es suyo.

SONIA

> Estoy en tu casa, Basil. Pensaba que te encontraría aquí.

> ¿Dónde andas?

> ¿Vas a tardar mucho en volver?

A riesgo de que se enfade, decido no responder. Me he librado de una buena viniendo aquí. No quería salir, pero Jota ha insistido y ahora creo que ha sido una suerte.

Al entrar al local, distingo entre el ruido *Cuidado con*

Paloma de Doctor Pitangú, pero hay tanta gente hablando que apenas se oye. Es un milagro que Jota nos haya conseguido una mesa y dos cervezas, sobre todo porque hoy parece incapaz de levantar la mirada de la pantalla de su teléfono.

—¿Esto es para ti quedar para tomarnos algo? —me quejo antes de quitarle el móvil. No es divertido sentirse ignorado.

—Si quieres toda mi atención, la próxima vez llega temprano. Ya te he dicho que he quedado con una chica. ¿Vendrás con nosotros luego?

—¿A un karaoke? No, gracias.

Jamás entenderé su obsesión con ellos. Es el lugar donde lleva a todas sus citas; una especie de prueba de fuego para él.

—¿Sabes cuánto puedes descubrir sobre alguien solo por la canción que elige y cómo se mueve en un escenario? Creo que Omari va a ser un espectáculo digno de ver.

Conozco demasiado a Jota como para creer que le importa la calidad lírica de sus ligues. Solo le gusta ver a una chica bailando y cantando algo sexi para él. No es una prueba muy difícil de superar.

—¿Se llama Omari? ¿Qué nombre es ese?

—Yo qué sé. ¿Qué nombre es Basil?

Touché.

—¿Cuándo dices que llega?

—Me llamará cuando esté por aquí. Oye, ¿quieres que le pregunte si tiene una amiga?

—No lo digas ni de broma.

Conozco a Jota desde el instituto y en todos estos años nunca nos hemos peleado por una chica. Hay un motivo: no podríamos tener gustos más distintos.

—¿Tú has visto a esas dos de ahí? No dejan de mirarte. —Señala con la cabeza a algún punto detrás de mí—. Podrías tirarles la caña. Así no te aburres esta noche.

Con disimulo, dirijo la vista hacia donde él ha indicado y veo a dos chicas de veintipocos sonriendo desde la barra. No, no. Se parten de risa. En cuanto me giro, se ríen como si les hubiera contado un chiste. Y solo las he mirado, lo juro.

—Emmm... Paso.

Mi teléfono, sobre la mesa, vuelve a vibrar con otro mensaje.

SONIA

Te estoy esperando, cielo.

¿Cuánto tardarás en venir?

No podemos seguir así.

¡¿Seguir?!

—¿Es Sonia? ¿Está en tu casa? —Me encojo de hombros sin saber qué decir—. No puedes ir, ¿eh?

—Ya. —*Gracias por decir algo evidente.*

—Es normal que piense que te iba a encontrar ahí. Pareces un ermitaño. ¿Qué pasa contigo últimamente?

—Nada —miento.

—Necesitas recuperar tu toque mágico, tío.

—No es tan fácil.

Conocer a alguien en un bar ya no es una opción para mí. Cuando Jota consiguió un contrato con la editorial que ha publicado mi libro, no sabía que, al firmarlo, estaba aceptando convertirme en alguien famoso.

Es raro, pero yo no me siento distinto, aunque mi cara le suena a la gente. Y me guste o no, esa es mi realidad ahora. Las chicas de la barra, que siguen tratando de llamar mi atención con risas nerviosas, son el mejor recordatorio. Y ellas no son las únicas que me están mirando. Venir a un sitio tan concurrido ha sido una mala idea.

—Ve a lo sencillo entonces. Busca a alguien en Tinder —insiste.

—No, no, no... De eso sí que paso. —Intento coger mi teléfono de la mesa para guardarlo en mi bolsillo, pero Jota es más rápido.

—Confía en mí. Tú no sabes elegir. Tienes que encontrar a alguien que esté cerca, si no, te vas a aburrir esperando.

Sin consultarme, empieza a deslizar hacia la izquierda a varias chicas. Supongo que todas usan el mismo filtro porque, a simple vista, parecen muy iguales.

Lo peor es que aborrecí esa aplicación por culpa de mi hermana.

¿Quieres temer a Tinder para siempre? Haz que la *app* te proponga emparejarte con un familiar. Quise vomitar cuando vi a Cecilia en mi pantalla sonriente, sin saber lo que acababa de hacer.

Yo solo enseño mi torso para evitar que me reconozcan. Por desgracia, a mi hermana le bastó con ver eso para intentar hacer *match* conmigo.

Cuando le expliqué lo que había pasado, Cecilia borró su perfil enseguida. "Te puedes quedar con Tinder, Basil", acordó y yo se lo agradecí, pero tuvo que añadir algo más: "De todas formas, tú siempre ligas así, sin conectar. Es más tu estilo".

Y esas son las palabras que me persiguen desde entonces.

Maldita Cecilia; metió el dedo en la llaga sin proponérselo, como siempre.

"Ligar sin conectar" es la definición de todo mi historial amoroso.

En el fondo, yo ya lo sabía. Quizás se me da bien conocer gente nueva, pero solo he conseguido hacer un amigo de verdad en toda mi vida. No sé qué dice eso de mí, pero dudo que sea bueno.

—¿Qué tal esta chica? Es profesora. No te vendría mal que te enseñen algo nuevo... —se burla Jota. Veo el perfil y le respondo con un gesto de desgana, así que sigue pasando fotos antes de detenerse en otra—. Mira. Esta sí. Es pelirroja. Son tu debilidad.

Desliza a la derecha sin consultarme.

—¡Eh! ¡Que no se le veía la cara!

—A ti tampoco.

—Jota, solo las feas se hacen fotos de espaldas. Será un cardo seguro.

—Paloma debe pensar lo mismo de ti, pero ella no se equivoca. —Está *graciosito* mi amigo esta noche...

—¿Paloma? ¿No había una con otro nombre? —me quejo.

—¡Mira, habéis hecho *match*! Y está muy cerca. Voy a decirle que venga.

Intento quitarle el móvil de nuevo para que no responda más, pero alguien grita entre el barullo del bar y todos se giran a mirar hacia dónde viene el sonido. Por instinto, busco a las dos chicas de la barra y compruebo que se están acercando. Juraría que una de ellas me está haciendo fotos. Tengo que huir de aquí, pero no puedo volver a casa.

Por costumbre, busco en mi bolsillo el amuleto de mi

llavero. Siempre lo toco cuando necesito tener suerte y suele funcionar, pero lleva tiempo fallándome.

—¡La pelirroja dice que está en este bar! Ya es tarde para echarse atrás.

Miro a Jota con cara de circunstancias antes de hacer un barrido visual alrededor. El local es bastante grande y tiene dos ambientes. Por aquí no veo ninguna chica con pelo rojizo.

—Como sea fea, te mato.

—Ella no ha visto tu cara. Si es un cardo, disimulas y buscas a otra. Lo siento, pero tengo que irme. Omani me llama. —Coge su teléfono del bolsillo y hace un gesto de disculpa antes de alejarse.

—¿No era Omari?

—¡Eso! —le resta importancia. Conociéndole, mañana se habrá olvidado de su nombre, así que supongo que no le preocupa demasiado—. No te lo pierdas. ¿Sabes cómo me ha conocido? Dice que le gustó mucho mi charla en el Círculo de Emprendedores.

—¿Qué charla?

—Exacto.

Jota jamás habla en público. Y tengo claro que no ha hecho ninguna excepción. *Eso va a ser interesante.*

Cuando se marcha, doy un último trago a mi cerveza y empiezo a buscar a la que estoy convencido de que será una chica con dientes torcidos y una verruga peluda en la barbilla. Quizás la belleza está en el interior, pero yo soy ilustrador; esos detalles son mi obsesión, no puedo evitarlo.

Si tiene algo raro en la cara, no voy a poder concentrarme en otra cosa que en eso.

Veo varias melenas castañas y me planteo si la pelirroja habrá puesto un filtro a la fotografía y ni siquiera llevará el pelo de ese color. A veces, con Tinder, uno tiene que hacer un ejercicio de imaginación.

Agradezco más que nunca haber puesto una foto de mi torso como única referencia. Entro en el segundo ambiente del local con pocas esperanzas. Y es entonces cuando la veo.

Mis ojos registran primero su melena larga y ondulada. Es más rojiza que en la foto. De inmediato, mi vista baja para perderse en unas curvas cubiertas por un vestido que parece diseñado para hacer sufrir a un hombre.

Jota tenía razón, las pelirrojas son mi debilidad, pero también lo son unas caderas como esas. Hace mucho que no estoy con una chica y empiezo a pensar que Jota tiene razón. Una noche fácil es justo lo que necesito, y la tela endeble de ese vestido está pidiendo que alguien la arranque a pedazos.

Esa prenda muestra y tapa a la vez demasiado y muy poco.

Es una jodida provocación.

Es un reto difícil de rechazar.

Trago con dificultad antes de acercarme, pero es entonces cuando me fijo en su cara. No soy un hipócrita y no pienso decir que lo primero que veo en una mujer es su sonrisa o su mirada. Mis ojos han ido directos a su culo y me ha parecido espectacular.

Cuando se ha girado, su escote ha conseguido eclipsarlo al instante, pero ahora que miro más arriba, lo que encuentro no son dientes torcidos, una nariz deforme o una verruga peluda. Eso podría superarlo. Esto es mucho peor.

No es Paloma. Es Paola.

Paola *MeJodisteyNoMeOlvido*, Paola.

Paola *Temataríaconlamirada*, Paola.

De todas las mujeres de Tinder, he tenido que hacer *match* con ella. Trabajamos juntos, por cierto, aunque no suele llevar vestidos como ese a la oficina. Lo que sí trae es la misma cara agria. Es la expresión que he aprendido a reconocer en ella desde el día en que nos conocimos, hace ya cinco años.

Tan solo hubo un momento en que no me miró así. De hecho, hubo un instante en que juraría que casi sonrió.

Casi.

CINCO AÑOS ANTES

TAN SOLO UN DÍA LILA

PALOMA

SOY la única adolescente que conozco que no esperaba los fines de semana para salir de fiesta. Yo solo quería ir al kiosco. No tenía más de dieciséis años cuando lanzaron Femalista y, aunque suene extraño, desde que el primer ejemplar de esa revista acabó en mis manos, yo supe que algún día trabajaría allí.

A los dieciocho, al entrar en la universidad, conocí al amor de mi vida, así que lo de precoz no es nuevo.

Cuando por fin pude presentarme al proceso de selección bienal que celebra Publicaciones Esferia, estaba segura de que tenía que conseguirlo, aunque también me sentía muy inquieta. Por eso, escribí a la única persona que podía tranquilizarme.

PALOMA

Me muero de nervios por la entrevista.

Tardó casi tres horas en responderme, pero lo hizo.

SERGIO

¿Era hoy?

Solo llevaba hablándole de ese día sin parar durante años. Sospechaba que me ignoraba, aunque no tanto.

Él siempre acababa sus mensajes con un beso. Uno sin corazón pequeño. Leer entre líneas nunca ha sido lo mío.

Como decía, no todo el mundo tiene tan claro desde la adolescencia lo que quiere hacer con su vida. Y yo deseaba un futuro con Sergio y trabajar en Femalista.

Pero el problema de tener una hoja de ruta marcada es que no puedes permitirte desvíos. Por eso, nada iba a interponerse en mi camino ese día, o eso creía yo, sentada en una sala con unas sesenta personas igual de dispuestas que yo, aunque puede que menos taquicárdicas.

Con disimulo, me moví hacia una esquina apartada, cogí una bolsa de papel que había guardado en la misma carpeta donde estaban mis currículums y empecé a respirar profundo, medio camuflada al lado de un ficus. Solo tenía que esperar mi turno sin llamar mucho la atención.

Había gastado mis ahorros en un traje de chaqueta precioso de color lila. Era vistoso, pero tenía un aspecto muy profesional. Llevaba conmigo una carpeta con dos cartas de recomendación y varios artículos que había publicado en otras revistas.

Respiré en mi bolsa de papel con mucho cuidado porque no quería que nadie me viera y tampoco fastidiarme el pintalabios. Ese día solo podía usar *Killer Queen*. Así era como quería sentirme, como una reina;

una despiadada y letal. Aunque en la práctica, yo era un pececillo entre tiburones.

Quizás por eso, cuando Basil se sentó a mi lado sin avisarme, casi me hace saltar de la silla.

Oculté mi bolsa en un acto reflejo y me aparté por instinto. Por un segundo pensé que había insuflado demasiado aire porque vi a una especie de Dios del mar fuera de su hábitat natural (la portada de una revista de surferos).

Sus ojos claros me miraron reclamando toda mi atención por un instante y en ese momento me costó registrar su pelo castaño, que parecía como si unos dedos acabasen de pasar por él, o su brazo tatuado con varios dibujos en los que, de verdad, ni me fijé.

Lo que sí vi fue que no llevaba ropa muy apropiada para estar en una oficina (mucho menos, para una entrevista de trabajo). ¿Para ir a la playa? Definitivamente, sí. Pero tejanos rotos y una camiseta arrugada no es lo que se llama un *look smart casual*, aunque no creo que llevar traje lo hubiera hecho más impresionante.

—¿Estás bien, Pe? —preguntó desviando la mirada hacia mi escote.

Maldición, me dije a mí misma poniendo la mano en la apertura de mi camisa. Odio cuando se me abre un botón, pero es el colmo de la vergüenza que alguien me lo venga a decir. Bajé la vista al instante, esperando encontrar mi sujetador expuesto, pero lo que vi fue la pegatina que me habían dado al llegar.

Pánico infundado. Me pasa a veces.

—Eres P. D., ¿no? —Señaló de nuevo hacia mis tetas, pero ahí ya entendí que él hablaba de la etiqueta donde se podía leer mis iniciales y el número de orden de entrevista.

—Ehh... Sí.

—Basil Jones —se presentó. Eso coincidía con la información que él también llevaba en su pegatina: *B.J. 47* —. Vas justo detrás de mí. Soy el cuarenta y siete. Es mi número de la suerte.

El orden de entrevistas se seleccionaba por lotería. Estar entre los veinte primeros puestos sí hubiese sido suerte, pero no quise rebatírselo.

—Aún van por el quince. No me imaginaba que habría tantos candidatos. Mi amigo no me avisó de eso —comentó.

—Todo el mundo quiere trabajar para Esferia —resolví antes de apartarme y fijar mi mirada en la puerta por donde entraban y salían los candidatos.

Sí, fui borde con él, pero era mi competencia y no había venido a hacer amigos.

—Yo no quiero eso. Solo necesito que vean mis viñetas.

—¿Para qué? En Esferia no publican tiras cómicas.

—Quizás les interese empezar a hacerlo. —Se encogió de hombros como si no le importara demasiado.

—Sabes que estás en un proceso de selección para redacción, ¿no? Abren uno cada dos años y solo ofrecen un puesto a los quince mejores. Lo primero que te van a preguntar es por qué estás aquí y dónde quieres trabajar.

—¿Y qué les vas a decir tú?

Tenía tan preparada mi respuesta que me salió sola.

—Voy a escribir *Paola te lo explica*, en Femalista. Es una columna sobre amor —aclaré.

—¿Quieres dar consejos para parejas como la doctora amor?

—¿Quién dice que el amor tiene que ser cosa de dos?

—¿Vas a escribir una columna sobre tríos? —me miró de abajo arriba, juzgándome con una ceja alzada.

—¿Te suena el concepto de "amor propio"?

—Sí. Lo practico a veces, aunque siempre prefiero tener compañía —soltó con una sonrisa, el muy canalla—. ¿Y tú quieres escribir sobre cuánto te quieres a ti misma? Qué interesante...

Me molestó que se lo tomara a broma.

—Es una columna seria. Soy periodista. Y también estoy sacándome la carrera de Psicología.

—¡¿Vas a tener dos carreras?! —preguntó muy sorprendido y yo asentí—. Estoy impresionado, doctora amor.

—Mi objetivo del día cumplido —zanjé muy tajante.

—¿Por qué estás tan nerviosa? Seguro que nadie más puede superar un currículum con dos carreras.

—No lo estoy —repliqué enseguida cruzando los brazos.

—Entonces, ¿lo de respirar en bolsas de papel es solo por vicio?

—No es por vic... —empecé a responder, pero me quedé a medias—. ¿Y por qué tú no estás nervioso? Eres tú quien no sabe ni qué va a contestar.

—Si no me cogen aquí, no es el lugar donde tengo que estar. Seguiré buscando.

—¿Tienes idea de lo difícil que es que te contraten en Esferia?

—Ni la más mínima. ¿Debería?

Reconozco que la forma en que lo expresó fue graciosa, pero solo asentí.

—Dos carreras y en ninguna te han enseñado a sonreír...

—Sí sé —aclaré sin abandonar el gesto serio.

—No te vendría mal aprender a usar esos labios —apuntó con su vista fija en ellos.

—Te aseguro que sé muy bien cómo usarlos —solté ofendida, pero sin pensar. Enseguida me di cuenta de cómo había sonado y quise fundirme en mi asiento.

Su respuesta fue una media sonrisa que me dejó muy claro que él había pensado lo mismo.

—No me importaría verlo —respondió para mi absoluta mortificación. Y no entiendo por qué, pero la forma en que me miró hizo que las puntas de mis orejas ardieran de repente—. ¿Nunca te han dicho que tienes los labios como una actriz? —apuntó fijando sus ojos en ellos y poniéndome aún más nerviosa al hacerlo.

—¿Qué actriz? —Los toqué por instinto, con cuidado de no destrozar mi pintalabios.

—No me acuerdo cómo se llama, pero los tienes iguales.

—Si me dices Carmen de Mairena...

Y para mi sorpresa, fui yo quien le hizo reír con eso. Con esfuerzo, reprimió una carcajada.

—¡No! ¡Claro que no! Una mucho más guapa —soltó de pronto, sin poder dejar de partirse de risa.

Hablaba de la actriz, no de mí, pero no supe reaccionar. Solo abrí mi carpeta fingiendo buscar algo. Iba a dejar nuestra conversación ahí, pero Basil habló de nuevo.

—¿Te gustaría ver mis ilustraciones, Paola?

¿Qué?, pensé. No tenía ni el más mínimo sentido. Y no sé por qué no le corregí sobre mi nombre. Sonará ridículo, pero que me llamara así me gustó. Y verlo tan perdido en ese proceso de selección me hizo darme cuenta de lo preparada que yo estaba. Sentarse a su lado

tenía un efecto relajante... supongo que por comparación.

Basil no tenía ni la menor idea de dónde estaba metido. Desde luego, era el único de esa sala al que no le habían advertido que debería haber venido con traje. Y eso dejaba claro algo: en un mar de candidatos que eran mi competencia, él no lo era. Quizás por eso me animé a ver su carpeta.

Su humor era un poco absurdo; o para mí no tenía mucho sentido, pero consiguió distraerme en un momento en que no lo esperaba.

—Este es el personaje principal, ¿no? —pregunté al ver un chico que se repetía en todas sus tiras cómicas.

—Sí, se llama Basil.

—¿Te costó mucho pensarlo? —comenté con cierta ironía—. No se parece a ti.

—Bueno, ahora tengo el pelo más largo que cuando lo dibujé —comentó pasando los dedos por su melena despeinada. Ese gesto tenía algo de hipnótico, pero esa no era la diferencia que yo veía.

La caricatura no le hacía justicia en absoluto. Su dibujo era un tipo corriente. El Basil de carne y hueso era impresionante. A pesar de llevar unos simples tejanos viejos y una camiseta sin planchar, lograba llamar mucho la atención. Y era imposible ignorar esos ojos que no dejaban de sonreír mientras hablaba.

—¿Qué te parece esta? —preguntó con una ilustración a medias.

Era Basil buscando trabajo, yendo a entrevistas y dándose cuenta de que no tenía mucha idea de qué hacer. En la imagen estaba el protagonista con ropa informal rodeado de candidatos con traje. El Basil real tenía aspecto de no haber tenido tiempo de acabar la carrera. Apenas parecía tener veintipocos años.

—Aún no la he terminado —aclaró.

—Puede que los entrevistadores lo elijan porque busquen algo distinto —sugerí por animarlo.

—¿Te imaginas la cara de los otros? Eso sería gracioso, ¿verdad?

Enseguida tomó su lápiz para empezar a dibujar esa idea. Yo solo lo miré y pensé que era injusto que la naturaleza le diese a un hombre esa clase de poder; el de hacer imposible apartar los ojos de él; pero Basil lo tenía. Yo no fui inmune, solo estaba concentrada esperando mi entrevista... y supongo que era fiel a Sergio, aunque no fuéramos pareja.

Tenía mi camino a seguir muy claro. Y mi ruta no lo incluía a él.

Cuando Basil acabó la viñeta, escribió el título "Basil te lo explica".

—Eso sí que es gracioso.

—¿Lo dice la chica que no ha sonreído desde que ha abierto la carpeta?

—Pero este es divertido. —Señalé con la cabeza al dibujo que justo había terminado.

Tenía mucho sentido. ¿Por qué llevar un traje gris en un proceso de selección cuando los entrevistadores buscan algo que les llame la atención? Yo misma había elegido un conjunto lila para destacar.

—Si te gusta, es tuyo. Aunque, para ser justos, tendrías que darme algo a cambio. No quiero que estés en deuda conmigo para siempre.

—¿En deuda?

Lo miré extrañada y sus ojos brillaron traviesos.

—Quizás algún día sea famoso y lo puedas vender

por millones. Es mejor si me ofreces algo como pago —explicó arrancando un papel de un bloc de notas. Me lo ofreció junto a un lápiz—. ¿Qué tal un número de teléfono, por ejemplo?

En ese momento ni se me pasó por la cabeza que estuviera ligando conmigo con esa frase. Ni en un plano lejano de ficción surrealista que un chico como él coqueteara conmigo entraba dentro de mis esquemas. Esas cosas no me pasan a mí.

—¿No necesitas el dibujo para la entrevista?

—¿Crees que me escogerán si lo ven?

—En Esferia no publican humor, Basil —le recordé antes de devolverle el papel y el lápiz.

—Entonces es justo lo que les hace falta.

—¿Crees que necesitan tus *dibujitos*?

—¿¡*Dibujitos*!? —exclamó con media sonrisa, sorprendido por la palabra que había usado. *¿Es mejor ilustraciones?*, dudé.

Fue entonces cuando una voz al fondo de la sala llamó al número cuarenta y siete.

—¿No me vas a desear suerte? —preguntó recogiendo sus cosas.

—Yo no creo en eso.

—Todos estamos en manos del destino, doctora amor.

—En eso creo aún menos, dibujitos.

Fue llamarle así y arrepentirme. Al instante. Yo no soy bromista ahora ni tampoco lo era entonces, pero él me sonrió al escucharlo y yo sentí mis mejillas ardiendo en respuesta.

Y sin más, Basil se levantó, se subió un poco los pantalones y me regaló un primer plano de su trasero demasiado difícil de ignorar, antes de dirigirse a la puerta donde lo reclamaban. Sin prisa ninguna.

Basil sentado no hacía justicia a su físico. Y cuando se puso de pie, lo confirmé aún más. Jamás había pensado que unos hombros podían ser algo sexi. A medio camino, antes de entrar a la entrevista, se dio la vuelta y tuve que fingir que estaba mirando a la pared y no pecando mentalmente con su espalda.

—¡Scarlett Johanson! —exclamó en voz alta para llamar mi atención.

—¿Qué?

—Tus labios.

No supe reaccionar. Solo toqué mi boca confundida y él chascó la lengua, como si esperara otra reacción. *¿Una sonrisa?*

En realidad, en cuanto se dio la vuelta, sí sonreí, y tardé unos cinco minutos (que él no vio) en parar de hacerlo, incapaz de ignorar el trozo de papel y el lápiz que se había dejado en su silla.

Tal vez..., pensé, pero no lo hice.

Basil apenas pisó la sala de entrevistas. No me sorprendió que fuera tan rápido, aunque mentiría si dijera que no me dio un poco de pena. Al verlo salir, sin pensarlo dos veces, me levanté muy dispuesta, incluso antes de que alguien llamara al número cuarenta y ocho.

Esperaba cruzarme con un Basil abatido, pero fue justo lo contrario. Me miró con una sonrisa enorme, asintiendo muy feliz, dándome a entender que lo habían seleccionado. Pensé que quizás iba a colaborar con alguna revista. En el fondo, me alegré de que así fuera.

Habíamos esperado juntos casi dos horas y, a pesar de estar nerviosa, me lo había pasado muy bien con él. ¿A quién no le gusta pasar un rato charlando con un chico encantador, que tiene aspecto de amor de película en la playa y una sonrisa perpetua en la mirada? ¿Y he dicho ya que me comparó con Scarlett Johanson? *Sí, solo los labios, pero...*

Como persona realista, yo no tenía ilusiones románticas con él, pero pensé que me gustaría volver a verlo en la oficina. Una pequeña parte de mí sabía que no tenía mucho sentido. No podíamos tener menos en común. Y aun así, era imposible no pensar que sería divertido. *Divertido, solo eso.*

Sí, porque Basil es de esas personas que podría quitarte la cartera y tú pensarías que tienes suerte porque te ha tocado un ladrón encantador. Sin embargo, él me robó algo mucho peor que mi dinero ese día.

Detrás de él, salieron los encargados del proceso de selección, que anunciaron que ya habían encontrado las quince personas que necesitaban y no harían más entrevistas ese día.

—Muchas gracias a todos por venir. Abriremos más puestos para redactores en dos años —sentenció la Directora de Recursos Humanos.

Había empezado a avanzar, pero me detuve de golpe como si me hubieran echado encima un cubo de agua helada. O yo lo sentí así. Basil me miró de inmediato, sorprendido por la noticia.

—Paola —me llamó para reclamar mi atención.

Me sentó como una puñalada que usara ese nombre. Eso fue la chispa que incendió mis ganas de llorar. Y no podía irme de allí dando un espectáculo, sobre todo si pensaba volver en dos años.

Solo me di la vuelta y me fui.

Sé que él no tuvo la culpa, pero lo odié, porque me había apartado de mi camino. Detesté incluso más que su tira cómica *Basil te lo explica* se convirtiera en tan exitosa que fue imposible olvidarlo.

¿Y la primera viñeta que publicó? La del proceso de selección. La idea que yo le había dado.

Tuve que esperar dos años a que volvieran a abrir plazas de redacción, y para entonces la maldita pandemia congeló todas las nuevas contrataciones.

Con la crisis, cerraron varias revistas y suplementos, pero en ese momento la tira cómica de Basil se convirtió en ridículamente famosa. Y pasó a formar parte de La Esfera, el diario principal del Grupo, la joya de la corona.

Hace dos años, cuando al fin conseguí empezar a trabajar en Esferia, su fama despuntaba, pero yo apenas acababa de llegar. En los últimos meses, su libro *Basil te lo explica, una guía para la vida* ha sido un auténtico récord de ventas, y acaban de traducirlo a otros idiomas. Él participa en programas de radio, en *podcasts*, concede entrevistas en televisión... Está en todas partes.

Mientras tanto, yo estoy trabajando a deshoras para demostrar que merezco el puesto que siempre he querido. He visto perder brillo e interés a mi revista favorita durante demasiado tiempo sin poder hacer nada, pero ahora estoy aquí.

Por fin he llegado a mi meta y no pienso dejar que me aparten de mi camino.

No. Otra vez, no.

No voy a desviarme por nada ni por nadie.

HOY

CAPÍTULO TRES
LAS TRAMPAS DE UN DESTINO BROMISTA

BASIL

SÉ MUY BIEN QUIÉN ES. Al fin y al cabo, esta es la segunda vez que me acerco a ella, aunque la primera acabó bastante mal. Dudo que ahora vaya a ir mejor. A veces puedes presentir que se aproxima una tormenta... o que estás caminando hacia ella.

Recuerdo lo tensa que Paola estaba el día del proceso de selección, tratando de respirar en una bolsa de papel sin que nadie la viera. Al principio solo me acerqué porque quería ayudarla a tranquilizarse, pero en cuanto comenzamos a hablar, el que empezó a estar nervioso fui yo.

Como un chiquillo que quiere impresionar a cualquier precio, le ofrecí enseñarle mis tiras cómicas y a ella solo le faltó decirme "buen intento" para no herir mis sentimientos. No le impresionaron mis ilustraciones. O más bien yo. Mi mejor arma siempre es hacer reír a la gente, pero con ella no lo conseguí.

¿Y cuál es el punto débil de alguien que se dedica al humor?

Por supuesto, un público difícil.

En todo el rato que pasé con ella, no conseguí

arrancarle ni media sonrisa. Quizás por eso no la he olvidado. O tal vez es porque no fui capaz de dejar de mirar sus labios durante las dos horas que pasamos juntos y se me hicieron muy cortas.

Si alguien me hubiese preguntado ese día, preferiría haber conseguido su teléfono a un trabajo en Esferia, pero el destino no quiso ayudarme con ella.

Pasaron tres años hasta que volví a encontrármela. Desde entonces, cada vez que nuestros caminos se cruzan, su cara sigue siendo la misma que me regaló al enterarse de que me habían seleccionado. Aún ahora la tiene.

—Esto ha sido un accidente. —Muestro mis manos en son de paz mientras avanzo hacia ella, que me espera con un dedo alzado a modo de advertencia. Sin embargo, mis pies no parecen entender ese mensaje evidente de "ni te acerques".

—¿Tú crees? —ironiza—. Ni aunque fueras el único ser viviente que queda en Tinder... —comienza a decir, pero no se molesta en acabar la frase.

Confirmado: sigue ligeramente cabreada.

—No lo entiendes... —balbuceo nervioso—. Ha sido un amigo el que ha deslizado hacia la derecha por mí. Yo ni siquiera te he escogido, te lo prometo.

—¡¡Encima me vas a mentir!? —me interrumpe—. Estabas buscándome hace un segundo. ¿O eso también ha sido un amigo? Soy yo la que no me meto en tu camino ni te quiero en el mío, que quede muy claro.

Resoplo e intento reconducir la conversación.

—Vale, he sido yo, he deslizado a la derecha. —Será mejor no discutirle eso—. Quizás haya un motivo por el que hemos coincidido.

—Porque has puesto una foto falsa. Esto es *catfishing*.

Voy a denunciarte por... —titubea— ¡por publicidad engañosa!

No puedo evitar que me haga gracia.

—¿Por qué crees que es falsa?

—Porque lo es.

Levanto mi camiseta y le dejo ver mis abdominales.

—No te cortes si necesitas comprobarlo. No querría que me denunciaras.

Quería gastarle una broma para romper el hielo, pero su cara entre sorpresa y cabreo logra hacerme reír a mí. Por unos segundos, parece confundida, así que aprovecho para acercarme a ella.

—¿Por qué no empezamos de nuevo? —propongo después de taparme—. Hola, me llamo Basil Jones. —Le ofrezco mi mano para que la estreche en un saludo, pero cruza sus brazos y me mira aún más cabreada—. Quizás te acuerdes de mí. Me dedico a hacer *dibujitos*.

Me pareció divertido que me dijera eso y no lo he olvidado. En una situación tensa, mi estrategia por defecto es bromear, pero no estoy teniendo mucho éxito con ella, para variar.

Sé muy bien que Paola me detesta, aunque no tiene motivos. Yo no elegí ser el último candidato de ese proceso de selección. Han pasado cinco años y trabajamos en el mismo edificio. Es hora de enterrar esa hacha de guerra que solo ella mantiene contra mí.

—¿No eres redactora en Femilista? —insisto.

—Femalista —me corrige.

Vale, sigo sin interesarme mucho por lo que pasa en Esferia...

—¿Eres la doctora amor como querías? —Asiente con chulería—. ¡Lo has conseguido! ¿No podemos considerarlo todo agua pasada? A veces las cosas suceden por un motivo. A lo mejor era tu destino.

—¿El mismo destino que ha decidido que tú y yo hagamos *match*? ¿Y tú te fías? Dime, ¿le diste las gracias a él también por darte el título de tu tira cómica? De nada, por cierto.

Olvidaba eso. *Joder.*

Si soy sincero, sé que me gané a los entrevistadores con ese nombre. Creyeron que había ideado una viñeta pensando en su revista para mujeres y, por eso, consideraron que tendría éxito incorporarme al Grupo e hicieron un hueco para mí.

—Sin ese título, no sé si me hubieran contratado. Me ayudaste mucho ese día. Gracias —trato de sonar sincero.

—Genial. ¿Cinco años más tarde me lo agradeces? A tu ritmo, no te estreses.

Empieza a irse, pero la sigo. No he osado acercarme a ella hasta esta noche porque parece siempre esquiva y suponía que no quería hablar conmigo, pero ahora que sé que sigue tan enfadada, no puedo dejarlo así.

—Te juro que sentí que no pudieras hacer esa entrevista. No sé cómo agradecerte que me ayudaras. Tiene que haber algo.

—Déjalo, por favor. Buenas noches. —Hace el ademán de irse, pero antes toma un trago de su copa, aunque lo escupe dentro del vaso enseguida. Por su cara, juraría que le ha dado asco. *¿Por qué la ha pedido entonces?*

—Por favor, no te vayas. —La detengo poniéndome frente a ella—. Lo digo en serio. Déjame hacer algo por ti. Te debo una. Haré lo que quieras. A lo mejor, ¿puedo invitarte a una copa? ¿Una que sí te guste?

—Yo te ayudé a conseguir el trabajo que te ha hecho

famoso, ¡¿y tú me ofreces una mísera bebida a cambio?! No, gracias. Te la puedes tomar solo.

No lo dice, pero sus ojos añaden un: "por mí, como si te atragantas con ella".

Cuando intenta volver a marcharse, la detengo agarrando su muñeca. Es un gesto rápido, pero consigue captar su atención.

—Lo siento. De verdad. Tiene que haber algo que pueda hacer para arreglarlo.

—Tú lo has dicho, ¿no? Me debes una. Estás en deuda conmigo de por vida. Con eso me vale. Si me disculpas...

—¿De verdad no hay nada que pueda hacer para que dejes de estar enfadada conmigo? Pídeme algo y lo haré. Lo que sea.

—Buenas noches, Basil. —Se gira de nuevo.

—Por favor, Paola —la llamo. Se voltea para mirarme y, de pronto, clava sus ojos en los míos.

Sé que debería haber soltado su muñeca ya y no sé por qué no lo he hecho aún. Quizás porque su piel se siente suave entre mis dedos o tal vez porque no quiero dejarla ir otra vez. Los ojos de Paola bajan hasta mi mano y vuelven a subir hacia mi cara para estudiar mi expresión.

—¿Has dicho "lo que sea"? —pregunta desconfiada.

—Lo que sea, Paola.

—¿Te acostarías conmigo?

CAPÍTULO CUATRO
O MÁS BIEN, LAS TRAMPAS DE PALOMA

PALOMA

EN EL CAMINO a casa en taxi he repetido las palabras de Mari como un mantra: "si no lo haces por ti, hazlo por Paola". Sin embargo, en cuanto llegamos a mi edificio, lo primero que me pasa por la cabeza es que Basil debe pensar que estoy loca y habrá huido.

No le culpo. Le he dado mi dirección y le he dicho que venga, pero no lo hará. Seguro que no. A partir de ahora le contará a sus amistades la anécdota de la chica cabreada que le propuso tener sexo a los cinco minutos de verlo y cómo consiguió escapar con vida. Yo seré esa persona.

Antes de salir del taxi, miro mi aspecto en un espejito de mano del bolso y me retoco el pintalabios. Compruebo la etiqueta. ¿Quién me mandaría a mí elegir hoy *Lady Danger*? Me santiguo sin saber muy bien qué me esperará fuera.

Humillación si no viene.

Receta para el desastre si lo hace.

Y esas son mis dos únicas opciones.

Al poner el pie en el suelo, alzo la vista y encuentro a Basil esperándome junto al portal de mi casa con su casco en un brazo. Ha tardado menos que yo en llegar. Querría decir que no está aún más guapo con esa chaqueta de motorista, pero no sé mentir tan bien.

Incluso de noche, en una calle llena de farolas con una luz blanca horrible que jamás favorece a nadie, él sigue manteniendo ese aire de surfista, con su pelo castaño con reflejos dorados, su piel tostada por el sol, su barba de horas que le da un aspecto relajado (y fastidiosamente sexi)... Yo ya sabía que su cuerpo era imponente antes de que me lo enseñara en el bar y hasta me animara a tocarlo. Por cierto: joder.

—Paola. —Viene a buscarme en cuanto ve que salgo del taxi.

—Mi nombre es Paloma —aclaro.

—¿En serio? —pregunta como si le estuviera contando un chiste.

Este tío es memo.

—Sí.

—¿No te llamas Paola? Pensaba que... —empieza a decir confundido, pero lo interrumpo.

—Es Paloma —insisto antes de empezar a caminar hacia mi portal—. Has llegado muy rápido. ¿No tenías que despedirte de tu amigo, el que sí había deslizado en mi perfil?

Fuerzo que ese "sí" suene irónico porque, por supuesto, no le he creído.

—Ya se había marchado. Podrías haber venido conmigo en moto.

—No te conozco. No sé cómo conduces.

En realidad, debería haber caminado hasta aquí, pero estos tacones están diseñados para torturar pies. Abro la puerta de mi edificio y camino hacia las escaleras. Basil me sigue.

—¿No te fías de mí para ir en moto, pero sí para invitarme a tu casa?

—Mmm hmmm —pronuncio a modo de afirmación. Hay un ascensor, pero está siempre fuera de servicio y vivo en el cuarto piso. Conviene ahorrar energías.

—Por curiosidad, ¿aún soy la última persona que elegirías sobre la faz de la Tierra?

—Yo no lo he dicho así, pero sí.

Empezamos a subir pisos sin que él pregunte cuántos quedan en ningún momento. Solo me sigue y, cuando llegamos a mi rellano, vuelve a hablar.

—Necesito aclarar algo: ¿aún quieres que nos acostemos?

Lo miro para saber si está echándose atrás.

—¿Tú no?

Sin responder, se aproxima a mí. No me aparto, porque no sé qué esperar. Sus dedos descienden por mi cintura hasta posarse sobre mis caderas y me acerca a él. Desde aquí percibo su olor a limpio, pero también salvaje, como el mar. Ha pasado mucho tiempo desde la última vez que tuve a un hombre tan cerca. Puedo notar su cuerpo duro contra el mío y hago un puño con las manos, sin saber cómo reaccionar.

—Si no quisiera, no habría venido, Paloma —susurra y, como por arte de magia, mi boca se abre para dejar salir aire. Es la primera vez que me llama así—. La pregunta es si quieres tú. Hasta donde yo sé, eres tú quien está enfadada conmigo, no yo.

Me mira como si estuviera esperando una respuesta. Por un segundo me planteo cómo podría explicarle que solo voy a usarlo de conejillo de indias para mi columna. Herir sus sentimientos no me importa demasiado ahora mismo.

¿Qué pasa? ¡Soy sincera! Bueno, más o menos.

—Mira, sé que esto es raro. Si quieres irte... —Trato de apartarme un poco, aunque él me devuelve a su lado.

—Paola —me llama, pero se corrige enseguida—. Paloma, ¿esto es lo que quieres hacer?

Afirmo con la cabeza.

—¿Y vas a dejar de estar cabreada conmigo si lo hacemos?

Repito el gesto.

—Has dicho que me debes una y yo quiero esto. —No sé por qué mi mirada se aparta de él al decirlo—. Pero después de esta noche, tú sigues tu camino y yo el mío, como hasta ahora. Y no le mencionamos lo que suceda aquí a nadie jamás. A nadie —insisto—. ¿Trato?

Me aparto un poco para ofrecerle mi mano.

—¿Y si los vecinos nos oyen? ¿Vas a enviarles a ellos un contrato de confidencialidad también? —bromea, sin estrecharla.

Mis ojos en blanco le responden.

—¿Tengo permiso para recrear los mejores momentos en mi cabeza o ni siquiera eso? —pregunta, sin apartar sus dedos de mis caderas, pero de vez en cuando los mueve y se acerca peligrosamente a mi culo.

—¿Puedes tomarte esto en serio, por favor? Es importante para mí. Si no quieres hacerlo... —Me detengo al notar que aproxima sus labios a mí.

—Yo sí quiero, Paloma —susurra en mi boca—, aunque me cuesta creer que tú también.

Mientras dice eso, sus manos han abandonado mis caderas y han subido por mis costados para acariciar mi cuello. Su pulgar roza mi mejilla. Está a punto de besarme, pero yo no puedo evitar agachar la cabeza. Sé que vamos a tener que dar este paso tarde o temprano, pero no soy capaz de hacerlo tan rápido.

—¿Podemos tomar algo antes? Creo que mi compañera de piso tiene cervezas.

—Claro.

Resoplo aliviada y me aparto. Enseguida me concentro en meter las llaves en el cerrojo. Y mientras lo hago, me pregunto cuánto alcohol necesitaré para atreverme a sacar un vibrador esta noche.

––––––

DESPUÉS DE EXAMINAR dos veces la nevera, confirmo que no tenemos cervezas. Solo hay tequila. Y yo soy como un gremlin, no debería beberlo después de las diez (quizás tampoco antes), pero Basil me ha dicho que le parece bien tomarnos lo que sea, así que le he animado a esperar en el salón mientras yo preparo las bebidas.

Al entrar, como a casi todo el mundo que visita nuestra casa, le ha llamado la atención el pequeño mural de menús robados de restaurantes que Mari colecciona. Por suerte, no ha hecho demasiadas preguntas. Es ella quien ha decorado los espacios comunes. Nuestro piso es bonito, pero hay cosas que son difíciles de explicar.

De hecho, prefiero que casi todo sea de Mari en el comedor. No me gustaría que nadie pudiera ver mis cosas con solo entrar en casa, así que no me importa que Basil esté mirando los libros de moda que hay en las estanterías.

Lo increíble de este piso no es la decoración, sino que Mari consiguiera que un apartamento donde el suelo tiene más baldosas rotas que enteras y apenas hay ventanas sea un hogar, y lo es. O al menos, es la primera vez que yo me siento así en un sitio.

Ya he limpiado y cortado el limón, cogido los vasos de chupito, la sal y la botella de tequila del congelador. Lo tengo todo listo en una bandeja y no puedo buscar más excusas para no salir de la cocina. Respiro hondo y dejo las bebidas en una mesilla frente al sofá. Me siento sin saber bien qué decir. Basil tiene un ejemplar de *Femalista* en las manos y lo cierra al verme llegar.

Esto va a ser más raro de lo que esperaba.

Y aún no he sacado el vibrador de mi cajón.

Dios, ¿quién me mandaría a mí...?

—Hay algo que no entiendo. ¿Por qué Paola? —pregunta de pronto, antes de sentarse a mi lado en el sofá. Se ha colocado tan cerca que nuestras rodillas se rozan. Me apartaría, pero si vamos a acostarnos esta noche, por algún sitio hay que empezar, ¿no?

—Es el nombre de la columna. Siempre se ha llamado *Paola te lo explica*. No lo van a cambiar por mí después de casi quince años.

Estoy nerviosa y decido recolocar el orden de los elementos en la bandeja para que todo esté alineado. Él coge mi mano, como si quisiera que le preste atención; pero mi cuerpo está muy concentrado en sentir mi rodilla desnuda contra la suya.

—Así que *palomita*, ¿eh? —Acaricia mis dedos.

—Paloma.

—Palomita —insiste atrapando mi pulgar con el suyo.

Parece que su cerebro esté procesando información y recabando datos. No sé cuándo ha pasado a hacer una especie de pulso chino con mi mano, pero sonríe antes de liberar mi pulgar.

Me niego a que me investigue o capture mi dedo de

nuevo. Al fin y al cabo, soy yo quien está trabajando y esto es documentación previa para mi artículo.

—¿Por qué haces tantas preguntas, Basil? ¿Y qué clase de nombre es Basil, por cierto? —Si él quiere respuestas, yo también. Los dos estamos jugando a mover pulgares ahora y yo no consigo atraparlo, pero sí escaparme de él —. ¿O es *basil*, en inglés? Eso es albahaca, ¿no? ¿Qué clase de padres llaman a su hijo como una hierba?

Cuando atrapo su pulgar, se ríe, pero no me responde.

—¿Qué clase de padres llaman a su hija como el maíz tostado? —me devuelve y se escapa de mi trampa.

—Paloma, no palomita. Y al menos yo no me llamo como un ratón de dibujos animados.

—No es un ratón. Es un superdetective ratón —aclara.

Suelto mi mano y aprovecho para coger uno de los vasos de tequila y ofrecérselo.

—Lo que tú digas —comento relajada, pero enseguida dejo de sentirme así cuando Basil, en lugar de coger el chupito, agarra mi muñeca y la aproxima a él.

—Primero va la sal, ¿no? —duda con su boca demasiado cerca de mi piel—. ¿Puedo?

Ay, Dios.

Asiento, pero también trago con dificultad.

Sus labios se aproximan a mi muñeca y yo me estremezco al notar su aliento cálido sobre mi piel sensible.

—¿Estás segura de que quieres hacer esto?

—Sí, sí, sí. Perdón. —Muevo los hombros tratando de destensarme, con mi mano aún sujeta por la suya—. Hazlo.

Deja su vaso en la mesa y empieza a recorrer con su lengua mi antebrazo. Da pequeños mordiscos en su camino antes de coger la sal y seguir jugando hasta llevársela toda. Sin decir más, agarra el chupito y se lo bebe de una vez. Sonríe antes de hablar.

—Tu turno, palomita.

Pongo los ojos en blanco. Solo espero que no me llame así cuando nos acostemos. Si es que eso sucede, claro. *¿¡Va a pasar de verdad!?*

Voy a coger su brazo, pero él lo aparta y niega con un chasquido.

—Eso ya lo he escogido yo. Te toca subir las apuestas.

No tengo ni idea de qué podría hacer ahora, pero mi vista se detiene en su cuello por un instante y él ladea la cabeza con una sonrisa.

—Adelante.

Con cuidado, me coloco de rodillas a su lado en el sofá para tener mejor acceso y, con una mano, agarro su nuca y acerco mi boca a su piel. Supongo que, si esto va a ocurrir de verdad, tengo que lanzarme.

Con delicadeza, aproximo mi lengua a su pulso y la dejo pasear hasta su garganta. Siento a Basil respirar con más intensidad. Eso me anima a recrearme un poco antes de echar sal, pero cuando lo hago, me despido de su cuello acariciando con mis dientes su yugular. Y él responde con un gruñido.

Satisfecha con mi turno, cojo un vaso de chupito y me lo bebo de golpe. Al notar el ardor del tequila, meneo la cabeza y entrecierro los ojos amortiguando el latigazo del alcohol, pero cuando voy a buscar el limón para calmar esa sensación, veo que él ha apartado el platillo donde yo lo había puesto. Y hay una rodaja sujeta únicamente por una sonrisa traviesa.

Niego con la cabeza, pero sus ojos me están retando, y sin pensarlo, me lanzo a por ella. Y a por él. Aunque antes, necesito dejar algo claro. Él me observa atento cuando quito la rodaja de sus labios y la sujeto con dos dedos.

—Esto es solo un favor porque me debías una. No lo olvides —le advierto.

—En ese caso, intentaré no enamorarme de ti. Tú sí puedes hacerlo si quieres, palomita —susurra con una sonrisa, pero yo coloco la rodaja en su boca de nuevo para callarlo.

Y entonces lo hago. Me lanzo a saborearla, y al instante sus manos rodean mi cintura y me acercan a él mientras nos besamos. No sé cuándo el limón desaparece, solo sé que él sabe a tequila y sal, y es una combinación perfecta.

Su lengua juega con la mía sin prisa, pero pronto los dos nos animamos a explorarnos por encima de la ropa y, sin darme cuenta, acabo estirada en el sofá con él sobre mí.

Un gemido de placer se escapa de mis labios cuando sus dedos estrujan mi piel. *Dios, Basil sabe cómo besar.*

—Es mi turno —anuncia mientras se incorpora—. ¿Puedo? —pregunta antes de levantar la tela de mi vestido. Cuando accedo, deja expuesto mi tanga y se detiene un segundo a observarme. Es raro notar sus ojos recorriéndome así. *¿Qué estará pensando?*

—¿Qué pasa? —dudo sin saber qué esperar, aunque él solo sonríe y vuelve a mirarme.

—Que me gusta.

Y no especifica a qué se refiere, pero sin decir otra palabra, se aparta para coger una rodaja de limón de la mesilla y, de nuevo, se aproxima a mí y me la pone en la boca.

—Para luego —anuncia justo antes de agacharse. Y es

entonces cuando sus labios se acercan a mi tripa y pierdo toda capacidad de razonar.

Suelto aire por la nariz con fuerza mientras él comienza a lamer mi costado y sube por mis costillas. Me arqueo por las sensaciones y, sin darme cuenta, mis caderas responden pidiéndole que siga. Su barba corta me hace cosquillas cuando pasa a recoger la sal sobre mi cuerpo.

Al terminar, agarra la botella, llena dos chupitos y se bebe uno de un trago. De inmediato, me sonríe y viene a buscar el trozo de limón que se ha dejado en mi boca.

En algún momento, ya no lo saborea y pasa solo a besar mis labios, pero esta vez nuestras manos no se quedan por encima de la tela. Sus dedos aprietan mi culo mientras yo me deshago de su camiseta azul, que hace juego con sus ojos y con el océano salvaje que él está provocando en mis tripas.

Mientras exploro su piel, solo pienso en que voy a aprovechar esta oportunidad. Quiero tocarlo. Deseo hacerlo. Yo no soy de tener una noche loca, no es mi estilo, pero ha pasado mucho tiempo desde la última vez que estuve con alguien, y Mari tiene razón: soltarme la melena no me matará.

Sin darme apenas cuenta, él se deshace de mi vestido y pasa a besar mi cuello y mi escote. Yo respondo acariciando sus abdominales en dirección descendiente y me animo a rozar su polla por encima del pantalón.

Nota mental: Dios mío, ten piedad.

Al sentirme agarrándolo, él gruñe en mi oído. Es el sonido más sexi que he escuchado en toda mi vida. Se incorpora un poco, sin alejarse y me ofrece mi chupito.

—Es tu turno, palomita. —*¿En serio?*

—Si no quieres que empiece a llamarte "lechuga", deja de llamarme tú así.

—¿¡Lechuga!? —Suelta una risotada que resuena en las paredes, pero su mano libre no deja de tocarme—. Muy sexi. Sabes cómo volver loco a un hombre, ¿eh?

No, no sé, aunque está claro que él sí sabe hacerlo con una mujer.

Me da el chupito de nuevo y yo me aparto un poco.

—Creo que es mejor que no beba más. Si me llamas "palomita" otra vez, quiero ser capaz de idear algo peor para devolvértela.

Sonríe al escucharme y yo lo imito. He parado el juego, pero los dos seguimos en un halo de diversión que no se detiene con nada. Él acaricia mi tripa mientras hablamos. Y es evidente que el alcohol ha empezado a hacer efecto en mí y me siento desinhibida, mucho más valiente que de costumbre. Estas apuestas con Basil son excitantes, pero no quiero emborracharme. Y sobre todo no pienso olvidarme de mi objetivo para esta noche.

—¿Puedo tomármelo yo? —pregunta aún con el chupito en la mano.

Asiento, aunque está claro que no he entendido bien, porque lo último que esperaba es que Basil derramara medio vaso de tequila sobre mi tripa y empezara a lamerlo, justo debajo de mi ombligo. En dirección descendente. *Madre mía.*

Estrujo el primer cojín que encuentro para sobrellevar las sensaciones. Con los ojos en blanco, me arqueo dejando que él saboree mi cuerpo. Si esto era un juego, he perdido. Lo acepto.

Él aprovecha el momento para colar sus dedos en mi espalda y deshacerse de mi sujetador. No puedo evitar que esto me ponga nerviosa. Me ha costado años aprender a amar mis tetas con estrías. *¿Cómo es posible que él no haya tardado ni un segundo en ser capaz de mirarlas como si fueran una obra de arte?*

No. En realidad, no las mira como si fueran arte.

Porque uno no se come el arte.

Y él está devorando mis pechos con sus ojos.

—Joder, Paloma... —El aire se escapa de su boca.

Mis pezones están ya duros cuando él juega a derramar las últimas gotas del chupito en ellos. Aspiro con fuerza al notar el líquido helado sobre mi piel, pero no pierdo la respiración hasta que su boca los envuelve y sube la temperatura de todo mi cuerpo.

—Es el mejor tequila que he probado en mi vida.

—*Estamos de acuerdo.*

Pierdo la capacidad de pensar cuando su mano se cuela en mi entrepierna y me acaricia por encima de la ropa interior mientras su lengua sigue explorando mi pecho. Mis caderas piden a gritos que no se detenga. Trato de desabrochar sus pantalones, pero es complicado en esta posición.

—Es mi turno —suelto de pronto.

—¿No decías que no querías beber más? —Su voz suena ronca por la excitación.

—Sí, pero no he dicho que no quisiera subir las apuestas. —Me incorporo y tiro de él para que me siga hasta la habitación.

Siguiente paso: salvar mi columna.

ES OFICIAL: la doctora amor quiere volverme loco.

Quizás lo más sensato hubiera sido no venir aquí. Sin embargo, cuando una chica preciosa que en mi cabeza ostenta el título de "la que se me escapó" me invita a su piso y me deja muy claro que quiere tener sexo conmigo, ¿es *lo más sensato* no venir?

No sé cuándo mi noche ha pasado de ser "algo sencillo" a esto. En realidad, ella me ha dejado claro en el bar que quiere acostarse conmigo, aunque no tiene ni el más mínimo sentido porque está muy enfadada. Sin embargo, ha sido un auténtico reto acercarme a ella.

El tequila tenía que ser solo un juego para relajarnos, pero ha dejado de serlo en cuanto lo he probado de su boca. Juro que jamás me había sabido tan bien una bebida hasta que la he tomado sobre su piel.

Llevo años cruzándome con ella en ascensores, en la recepción, en alguna reunión de todo el equipo con más de cien personas. Su imagen en la revista es muy distinta de la que tengo delante de mí esta noche. Distante, cabreada e inaccesible serían las primeras palabras que puedo pensar.

Ahora mismo Paloma me recuerda más a la chica que conocí en aquel proceso de selección. Ese día me fijé en que su traje se ajustaba a sus curvas y en lo brillante que era su melena, pero entonces desconocía el efecto que tendría su piel en mis dedos y no había probado a qué saben esos labios tan carnosos que me obsesionaron desde el primer minuto en que los vi.

Conocerla más, en mi caso, es mala idea, porque todo en ella me atrae casi tanto como me desconcierta. Y ante mis ojos tengo el mejor ejemplo de eso último: la misma chica que hace un rato no quería que la besara en el rellano acaba de sacar del cajón de su mesilla de noche un bote de lubricante y un vibrador.

¿Quién la entiende? Yo no.

El salón de Paloma no me ha ayudado mucho a conocerla. Sin embargo, su habitación me parece más reveladora. Es justo lo que uno esperaría de una persona obsesionada con su trabajo. Tiene una estantería llena de libros de Psicología y un pequeño escritorio invadido de revistas. La pared está decorada con recortes de artículos, frases motivacionales y anotaciones, pero también tiene varias fotos, todas con la misma amiga.

Y entre eso, un solo retrato familiar. Imagino que Paloma es el bebé pelirrojo que está en brazos de una mujer idéntica a ella. Igual, sí, pero con una sonrisa.

Al verme ojeando sus cosas, carraspea para reclamar mi atención. Me hace gracia que le moleste y no oculto mi sonrisa al darme la vuelta.

—¿Alguien te ha dado permiso para chafardear?

Niego con la cabeza mientras me acerco a ella, que se ha estirado en su cama, pero me detengo en su mesilla y cojo el aparato que acaba de sacar y lo examino bajo su atenta mirada. No tiene forma de pene ni es un Satisfyer.

Son los dos únicos vibradores para mujeres que me suenan.

—¿Qué quieres hacer con esto? —dudo.

—Subir las apuestas, ya te lo he dicho.

No tengo muy claro cómo hemos escalado hasta este punto, pero lo toqueteo e intento estirarlo para adivinar cómo funciona.

—Es un vibrador de pareja. Bueno, de dos personas —se corrige y señala a un extremo con el dedo—. Esta parte se usa en el clítoris. Y la otra es para... ya sabes.

Entiendo a qué se refiere, aunque es gracioso que se ruborice y sea incapaz de decirlo.

—Gracias por la información, doctora amor.

Coloco un mechón de pelo tras su oreja y ella sonríe por un instante. Uno demasiado corto. Aprovecho para dejar el aparato donde lo he encontrado y acercarme a ella. Y la vuelvo a besar. Sin prisa, solo porque merece la pena detenerse a disfrutar de su boca.

Me hundo de nuevo en su olor —esa dulce tortura— y en lo suave que es su piel. Y sin forzarlo, volvemos a encontrarnos y regresa la misma energía que fluía entre nosotros en el comedor.

Paloma se deshace de mis pantalones y pronto empezamos a frotarnos el uno contra el otro solo separados por la ropa interior. Mis manos se recrean en sus curvas y en su glorioso culo mientras ella me despeina y se deja explorar por mi boca. En un momento, se estira para coger su juguete y lo aproxima, pero yo se lo quito.

—¿Cómo se enciende? —pregunto mientras busco con los dedos algún sitio donde apretar. Estirados en la cama, conmigo sobre ella, manejo el aparato torpemente porque no quiero dejar caer mi peso y aplastarla.

—Tiene un mando. —Vuelve a alargar el brazo para alcanzarlo y lo activa con un botón. Enseguida comienza a vibrar en mi mano.

Es una intimidad extraña la que estamos compartiendo y no sé por qué, a los dos nos da por reír con el ruido absurdo que llena la habitación de repente. Es una risa nerviosa, pero me gusta verla sonriendo, para variar. Y no me importaría ser yo quien provocara ese gesto, en lugar de un cacharro.

—¿Cuándo has aprendido a sonreír, palomita? —bromeo y ella niega con la cabeza.

—No me llam... —empieza a decir, pero yo aprovecho el momento para colocar el aparato en su entrepierna contra su punto más sensible y ella deja de hablar. El suspiro que sale de su boca me confirma que funciona. Sin embargo, cuando intento coger el mando, lo aparta y vuelve a negar con la cabeza.

Trato de despistarla besando su cuello, pero ni así logro quitárselo. En realidad, puede que a mí me cueste más que a ella mantener la concentración cuando me pierdo en el perfume que desprende su pelo.

—¿No me vas a dejar el mando?

—No —sentencia con la respiración forzada por el efecto del vibrador. Pruebo a mover el juguete de posición para ver su reacción y responde bufando.

—Has dicho que se usa con otra persona, ¿no? ¿Ese no sería yo?

Con una especie de gruñido, me cede el control. Aunque se resiste, se está dejando llevar. Parece más relajada que cuando hemos llegado y tenerla así me gusta.

No. Me encanta. Y quiero más.

Me acerco a ella y trato de agradecerle que me haya

confiado el mando besando su pecho, aunque soy yo quien disfruta más teniendo en mi boca esos pezones duros que no dejan de provocarme. En general, soy de gustos sencillos, pero sé apreciar un buen manjar cuando lo tengo delante.

Aprieto de nuevo el botón y aumento el ritmo del vibrador antes de acariciar con él su clítoris, solo cubierto por una tela fina de encaje. Mis labios descienden por su tripa, dejando un tortuoso camino de besos y mordiscos que la hacen retorcerse de placer. Y cuando llego a su ingle, cuelo mi lengua en el borde de sus braguitas.

—Quítamelas —me suplica levantando las caderas.

Obedezco sin pensarlo y mentiría si dijera que no me gusta comprobar que es pelirroja natural. Mi sonrisa al verlo hace que ella ponga los ojos en blanco.

—Tan típico —se queja y yo me encojo de hombros.

Que me juzguen porque me guste Paloma desnuda. Me declaro muy culpable.

Echo a un lado el vibrador y me permito recrearme en la visión que tengo ante mí. Es un espectáculo verla así; cada una de sus curvas es pura provocación. Hace cinco años que esto debería haber sucedido y no quiero perder el tiempo. Ella vuelve a acercar su juguete, dejándome claro que espera que lo use.

—Dame un minuto —le pido antes de apartarlo. La quiero solo para mí un poco más.

Sin dejar de acariciarla, beso y mordisqueo sus muslos. Su olor adictivo me envuelve mientras me hundo entre sus piernas. Mi lengua da un primer paseo en sus pliegues provocándola, pero a mí me basta con eso para confirmar lo que ya sospechaba: Paloma es condenadamente deliciosa.

—Joder... —suelto sin apenas alejar mi boca de ella.

—No pares —me anima acompañándose de un gemido demasiado sexi.

No podría.

Me gusta descubrir cómo su cuerpo reacciona con cada nueva forma en la que mi lengua la recorre. No dejo de mirarla mientras me recreo en su punto más sensible y succiono con fuerza cuando ella se arquea reclamando que siga.

Sus manos agarran mi pelo y tiran de él mientras sus piernas me apresan. Está exigiendo lo que quiere y yo soy incapaz de negárselo. Retorciéndose, logra bajar sus dedos por mi cuerpo hasta alcanzar mi erección y me castiga acariciándola.

Como si mi polla no estuviera deseando ya tener permiso para participar en esto.

Me deshago de mis calzoncillos y así le doy mejor acceso. Enseguida mis dedos se cuelan entre sus pliegues húmedos y, con un vaivén suave, encuentran la forma de entrar en ella. Cuando se hunden, a los dos se nos escapa un gruñido. El suyo de placer, el mío de dolor. Sí, duele. Duele poder imaginar cómo se sentiría hundirse en ella mientras su mano no para de moverse de arriba abajo sobre mi polla.

Desesperados, nos damos placer. No hay palabras. Solo dos cuerpos que son lo que el otro necesita. Soy incapaz de dejar de mirarla buscando en sus ojos si ella también lo está notando; una energía demasiado real para ignorarla. *Una conexión.*

Por instinto, me sitúo entre sus piernas y gruño de placer al notar mi polla deslizándose sin esfuerzo contra su entrada.

—¿Condones? —le pido rezando para que tenga una caja enorme cerca. No creo que pueda esperar a encontrar el que llevo en la cartera. Ni que uno sea suficiente.

Voy a explotar si no entro en ella pronto. Notarla húmeda, estrecha y caliente en mis dedos ha sido una promesa de paraíso. Deseo estar dentro de ella mucho más de lo que puedo admitir, pero Paloma me responde volviendo a acercar su juguete.

Y lo deja a mi lado.

—¿Y si lo usamos más tarde? —Es una súplica y suena como tal.

Trato de convencerla con mi mejor sonrisa, pero ya ni me sorprende que no funcione.

—No.

Y con una sola palabra, me deja en el banquillo. *Joder.* Se estira para alcanzar el bote de lubricante.

—¿Crees que lo necesitas?

Para ilustrar mi mensaje, vuelvo a pasear mis dedos por su entrepierna y le muestro cómo de fácil entran y salen. Solo dos. Luego tres. *Qué no daría porque mi polla fuera la que se deslizara así en ella.*

—Por favor —pide con voz aguda por la excitación y, después de coger su juguete, se lo coloca ella misma entre las piernas. Aparto su mano para manejar yo el aparato de las narices.

—No puedes controlarlo todo, palomita.

—No me llames así. —La ignoro aumentando el ritmo del cacharro y ella responde gimiendo más fuerte.

—Solo dime si algo te gusta —le pido sujetándolo contra su clítoris y ella asiente.

Paseándolo entre su propia humedad, lubrico el otro extremo del vibrador antes de hundirlo en ella y mi polla se retuerce solo por ver cómo se resbala hacia su interior, sin apenas esfuerzo. Cada nuevo "Dios" que pronuncia me deja más claro que ella está disfrutando.

Yo no.

Cuando coloco el extremo exterior contra su clítoris de nuevo, se arquea y agarra su colcha de flores con fuerza haciendo una "o" condenadamente sexi con sus labios. Esa imagen se va a quedar grabada en mi retina para siempre. Mi pequeña obsesión con su boca no ha hecho más que crecer esta noche.

Le doy a un botón y sigo aumentando la intensidad. Nunca había odiado tanto a la tecnología. Mi papel, de momento, es este: el de aguantar en su sitio el aparato mientras ella gime y se retuerce de placer.

Sin poder evitarlo, rozo mi polla con su pierna. Al menos, el vibrador no puede quitarme eso. Ni tampoco hacerlo mientras lamo sus pezones. Acepto y reclamo mi terreno como tercer miembro en importancia en esta especie de trío. Aunque creo que podría explotar de placer solo viendo cómo Paloma responde cada vez que hundo el maldito vibrador en ella para que haga un trabajo que preferiría hacer yo mismo.

Escucharla gemir cada vez más fuerte —con su jodida boca abierta— bajo mi cuerpo es un tormento. No puedo dejar de frotarme contra su piel y desear mucho más. Es pura provocación tenerla así, tan cerca, tan suave, tan tentadora... Y no quiero ser un quejica, pero es ella la que no me está dejando participar.

Pongo mi mano sobre su boca para acallar sus gemidos, aunque estoy bastante seguro de que estamos solos en este piso. Me prometo hacerla chillar mucho más luego, eso sí.

Por desgracia, ella toma mi gesto como una invitación

para lamer mis dedos. Al instante, dejo de rozarme contra su pierna porque podría correrme solo con eso. Sin embargo, Paloma no se detiene ahí. Consigue llevarme al infierno lamiendo mi oreja y yo me siento temblar de deseo.

—Necesito follarte —confieso sin dejar de buscar un acceso entre sus piernas, a pesar de saber que no lo voy a encontrar.

Paloma quiere su juguete, pero yo no puedo seguir así. Necesito estar dentro de ella. Por un instante, mira de reojo el bote de lubricante en su mesita de noche y luego a mí sin decir nada.

—¿Paloma...? ¿Quieres que...? —pregunto y ahora el incapaz de usar palabras soy yo.

La sola idea de lo que imagino manda un latigazo de placer directo a mi polla, que no puede aguantar más esta tortura. Follar con ella con su juguetito puesto suena a todo lo que deseo ahora mismo.

—Sí —responde, pero solo aprieta el botón del mando para aumentar la velocidad de su vibrador y seguir en su propia fiesta de placer.

Me ha dicho que sí... ¿o no?

—¿Palomita...?

—No lo muevas, por favor —pronuncia con la voz entrecortada.

Eso es "no", ¿verdad?

Resignado, sujeto con fuerza el vibrador, a plena intensidad dentro de ella. Y puedo notar que está cerca. Desearía ser yo quien provocara que ella luche por y contra el placer, pero acepto lo que me ofrece.

Cuando se deja ir, solo la miro mientras se retuerce bajo mi cuerpo, desinhibida, salvaje, húmeda, con el maquillaje corrido, despeinada y deseando más... Está preciosa. Y sus gemidos en mi oído son un castigo que no creo merecer.

Las oleadas de placer se detienen y retiro por fin el aparato electrónico al que más he odiado en toda mi vida. Quiero dejar que recupere el aliento unos segundos, pero me pueden las ganas. Y la beso, porque no sé ni qué decir. No tengo palabras.

Yo no.

Ella sí.

Y no duda en usarlas.

—Esto va a quedar genial en mi columna —suelta con una sonrisa satisfecha y un brillo en sus ojos que solo un buen orgasmo puede dar.

—¿Eh? —Sin apartarme de su lado, dejo besos por su cuello y su escote. Aún tengo demasiada sangre en la polla para procesar de qué está hablando. No ayuda que su mano esté descendiendo. Gruño de placer cuando sus dedos acarician de nuevo mi erección.

—En mi columna, *Paola te lo explica* —aclara antes de ponerse a horcajadas encima de mí. Sus pechos desde esta posición me parecen aún más increíbles, pero es la forma en la que se muerde el labio mirando mi polla lo que de verdad me distrae.

Tardo un segundo en procesar lo que acaba de decir.

—¿Vas a escribir un artículo sobre... mí?

Niega con la cabeza y se agacha humedeciéndose la boca.

—Es sobre el vibrador. Pero tú me has hecho un gran favor. Y ahora quiero devolvértelo. —Se acerca a mí con la lengua asomando entre los dientes. La mueve insinuando lo que está a punto de hacer.

—¿Estabas pensando en eso todo el rato? —Me aparto un poco esperando su respuesta.

En lugar de aclararlo, sonríe por un instante. Sonríe, sí. Mirándome a mí. Algo que nunca hace. Y deja salir una espiración forzada porque sigue recuperándose del orgasmo. La miro preocupado cuando no contesta.

—¿No todo el rato? —*Eso no es una respuesta válida, es una mentira piadosa.*

—Joder, Paloma.

—¿Qué pasa? No te voy a nombrar, será anónimo. Ya te he dicho que esto era un favor. Y estoy muy agradecida. —Y con eso, acerca su boca a mi erección, sin dejar de acariciarla.

Abandono. Intento concentrarme en la forma en la que sus labios se frotan con la punta de mi polla y lo húmeda que se siente, pero maldigo mi mente por traerme las palabras de mi hermana justo en este momento.

"Tú siempre ligas así, sin conectar".

Aunque esta vez yo pensaba que sí lo estaba haciendo, y resulta que a ella solo le interesa acostarse conmigo por trabajo. *¿Hay algo más triste que eso?*

La idea de haber aceptado esto como un favor, de pronto, me parece inmoral. Creía que ella estaba disfrutando y que solo quería pasar un buen rato juntos; no que todo esto era material para su columna. Ahora mismo, deseo tanto follar que no sería capaz de aguantar ni un minuto, pero no sé si puedo seguir con esto.

—Paloma, por favor, para. —La detengo antes de ser incapaz de hacerlo.

—¿Qué pasa? —Se limpia un poco de saliva de la comisura de los labios.

Sí, porque me quiere torturar aún más. Aparto la vista y así evito mirarlos a ellos y a ella. No tengo tanta fuerza de voluntad para negarme a esto si insiste.

—¿No quieres —pronuncio con dificultad— hablar?

—¿De qué? —Se le escapa la risa como si le hubiera dicho una broma. Y no sé por qué me fastidia que le parezca ridícula esa idea.

—Creo que deberíamos parar.

—¿Por qué? ¿Es por mi consentimiento? Te lo doy. —Paloma se acerca a acariciarme de nuevo, muy cariñosa, y logra volver a sujetar mi polla, pero aparto su mano, bastante brusco.

—No es eso. —*Es que no me voy a acostar contigo por un jodido artículo.*

Me levanto de la cama pensando que la situación no podría empeorar, pero la expresión de Paloma, que hasta ahora era traviesa y satisfecha, pasa a ser la que he aprendido a reconocer en los últimos años: se ha cabreado.

Lo que me faltaba.

Intenta taparse con su sábana, y no lo consigue. Quiero ayudarla porque parece que está costándole levantar el edredón.

—¡¿Pero cuánto pesa esto?! —pregunto al elevarlo para que ella pueda coger su sábana. Lo hace de un tirón.

—Déjalo. —Me aparta con un manotazo.

—Paloma, por favor, no te enfades —trato de razonar, pero ella se cubre como si quisiera protegerse de mí.

—No estoy enfadada. Me has hecho el favor que te he pedido y estamos en paz. Puedes irte —asegura justo antes de ir a su puerta y cambiar la sábana por un batín.

—Estás cabreada.

—No.

Me mira a los ojos, pero es evidente que está mintiendo. Me pongo los calzoncillos y los tejanos con esfuerzo, porque mi polla se niega a perder la esperanza.

Antes de salir de aquí, trato de aproximarme a ella de nuevo.

—Podríamos quedar otro día —sugiero— sin favores de por medio.

—Mejor no.

Se anuda el batín con fuerza, se aparta y se dirige hacia el comedor donde enseguida recoge mi camiseta. En cuanto salgo de su habitación, me la lanza para que me la ponga.

—Habías prometido que dejarías de estar enfadada.

—Ya te he dicho que no lo estoy. —Se detiene en cada palabra para reforzar la contundencia de su mensaje.

A pesar de eso, se dirige a la entrada de su piso y abre la puerta sin darme tiempo ni a ponerme los zapatos. Espero que cuando pasen las horas, sepa entender que lo hago porque no soy tan mal tío. Estoy intentando hacer lo correcto, aunque no está saliendo muy bien.

—Voy a dejar mi moto aquí. Mañana vendré a buscarla. Si quieres, podemos ir a tomar algo. ¿Quizás el domingo?

—Estoy muy ocupada. Tengo un artículo que escribir y una prueba de vestidos de novia. Mi fin de semana está completo.

La que dice no estar enfadada me empuja al otro lado de la puerta, echándome de su casa. En la maniobra de desalojo, su batín de seda se descoloca y veo de nuevo su pecho desnudo por un instante. Me cuesta no querer mirarlo un poco más.

—Paloma —la llamo sin poder apartar los ojos de ella, pero de pronto caigo en lo que acaba de decir— ¿Vestidos de novia?

¡¿Se va a casar!?

¿En serio no le he preguntado ni si tiene pareja?

Se me da de puta madre conectar.

—Buenas noches, Basil. Gracias por el favor. —Tira de la tela de su batín para cubrirse y cierra la puerta.

—¿De nada?

Esas últimas palabras no las escucha. Ha cerrado antes de que pudiera pronunciarlas.

CAPÍTULO SEIS
SECRETOS DE LA MUJER CAMALEÓN

PALOMA

DOS DÍAS MÁS TARDE

—¡ESTÁS guapa con todos, Iris! No puedo elegir —asegura Número Uno.

—¡Es precioso, pero son tan bonitos que es imposible quedarse con uno! —aporta Número Dos.

—Este —zanjo yo—. Sin duda.

Es el quincuagésimo sexto vestido de novia que se ha probado mi prima Iris esta tarde. Todos me parecen igual de espantosos y alguien tiene que poner fin a esta tortura.

Llevamos horas encerradas aquí, en una trastienda sin luz del exterior donde, según mi prima, venden "los diseños más caros y exclusivos para novias". Número Uno y Dos son sus mejores amigas, por cierto.

Mi misión esta tarde es sobrevivir sin usar el nombre de ninguna de las dos porque soy incapaz de distinguirlas entre ellas o recordar cómo se llamaban. A veces, dudo de si tienen distintos padres. Otras veces sospecho que comparten un solo cerebro. Y en días como hoy, me planteo si es Iris quien lo maneja.

Las últimas horas han sido interminables, y no solo

porque este sitio es empalagoso y llevo tres copas de champán caliente.

No ayuda que el artículo que redacté el viernes y que hoy se ha publicado no haya dejado de sumar comentarios. Y aquí no hay cobertura para leerlos.

Nunca debí beber ese tequila.

Hay un motivo por el que lo guardamos al final del congelador, fuera de la vista. Cuando me olvido de que ese licor está prohibido para mí, suceden cosas horribles, como escribir un artículo cabreada y enviarlo a mi jefa pidiéndole si aún estábamos a tiempo de mandarlo a imprenta.

El viernes no pudo acabar peor. Y eso es mucho decir, teniendo en cuenta que mi punto de partida con Basil era ya muy malo. En las últimas cuarenta y ocho horas he repetido demasiadas veces en mi cabeza cómo sus manos se sentían sobre mi cuerpo, cómo su lengua me recorrió despertando puntos sensibles que ni siquiera era consciente de que deseaban recibir atención; su forma traviesa de mirarme para que le siguiera el juego; cómo sus besos sabían a tequila... Nunca había deseado tanto acostarme con alguien. Nunca.

Casi le supliqué que se quedara y me dejara hacerle una mamada. Mi feminista interior quiere venir a pegarme con un número especial de mi revista enrollado. No se me ocurre que pueda haber algo más humillante que te rechacen así. Y con mi historial amoroso, eso es decir mucho.

Dos suspiros dignos de unas auténticas princesas Disney me sacan de mis pensamientos.

—¡Ayyy! El novio no se lo va a creer cuando te vea con él puesto —suelta Número Uno.

—¡Va a morirse de amor! —Número dos aporta con mucha originalidad.

—Claro —añado yo y hasta sueno convincente como "número tres".

Cuando mi tía Angustias se levanta por primera vez desde que hemos llegado a la tienda, sé que la elección es oficial.

—Paloma tiene razón. Este es el vestido.

Enseguida, sus amigas empiezan a alabar detalles que lo hacen único, pero esta vez yo no las sigo porque no entiendo de bordados o de calidad de las telas. Mari es quien tendría que haber venido aquí hoy. Ella sí hubiera disfrutado con esto.

—Pronto te tocará a ti, sobrina, ya verás.

—Ojalá. —Sonrío con la boca pequeña y con la misma sinceridad que un cocodrilo llora.

Ojalá acabemos pronto y no tenga que repetir una tarde como esta jamás en mi vida. Juro que si escucho una sola vez más *The One That Got Away* de Katy Perry en el altavoz, me voy a arrancar los tímpanos con uno de los alfileres que hay tirados por el suelo de moqueta beige del probador de la novia.

—De una boda sale otra —deja caer mi tía.

—¡Mamá, céntrate! ¡Estamos aquí por mí, no por Paloma! —reivindica Iris a su madre. Se niega a ceder el protagonismo ni siquiera hipotéticamente.

Me aparto y aprovecho para alzar un poco mi móvil en busca de cobertura, sin éxito.

Mientras tanto, Iris nos habla a todas moviendo mucho su alianza. Desde hace medio año nos la restriega por la cara cada vez que tiene ocasión. Hace seis meses que al insensato —y me quedo corta— de su prometido se le ocurrió pedir matrimonio a la persona más egocéntrica de la Tierra. Y por eso estamos aquí hoy reunidos.

Trabajo en una revista que se dedica a empoderar a mujeres desde hace quince años. Defendemos valores como la independencia, la igualdad, la sororidad... pero me cuesta creer que esos mensajes estén calando cuando mi prima nos anunció que había "dado un braguetazo" y "cazado por fin un marido" el día que se prometió con él. Me dan ganas de vomitar cuando lo pienso.

Con disimulo, me aparto para poder mirar las notificaciones en mi móvil. En el tiempo que llevamos aquí, más de trescientos comentarios nuevos. Y me preocupan. Espero que todo esto no llegue nunca a verlo Basil.

Abro mi correo electrónico y veo uno de mi editora. Al parecer, nuestro jefe quiere que yo también asista a la reunión del viernes. Ha pedido que vaya porque está contento con el éxito del artículo. Tiemblo solo de imaginar ese encuentro.

Estoy a punto de responder el mensaje cuando me detiene un ruido estridente (tanto como la voz de mi prima Iris).

—¡Acordaos de que la semana que viene tenemos más pruebas de vestidos! ¡Los de las damas! Cuento con todas, ¿eh? ¡Deja ya el teléfono, Paloma! —me pide antes de quitármelo de las manos sin darme tiempo a enviar lo que había escrito—. ¡Y no se te ocurra faltar!

Otra tarde más como esta, pero peor. Que Iris apruebe cuatro vestidos puede llevarnos un día entero. Y encima seré yo quien tenga que probármelos. *¿Qué he hecho yo para merecer eso?*

—Mándame el sitio y la hora. No querría llegar tarde

o equivocarme de tienda y perdérmelo —*por accidente, por supuesto*.

—Lo tienes en la agenda que os pasé a todas en el grupo de WhatsApp —me recuerda mientras una modista le toma medidas—. ¡Tengo diez vestidos ya seleccionados! Ha sido una suerte que los encontraran todos en tu talla, Paloma.

No me da tiempo a comentar que mi talla no es el Arca Perdida y que preferiría escoger mi propia ropa. No, porque mi otra prima, que lleva rato callada, pero es la cuarta dama de Iris y hermana de la novia, viene a donde estamos su madre y yo.

Me mira dudando por un segundo antes de decidir (con acierto) dejar a su bebé en brazos de mi tía y saca su teléfono del bolsillo para hacer fotos al vestido, como le pide Iris.

Tengo dos primas, por cierto, aunque solo una de ellas ocupa mi vida como si tuviera quince.

De repente, mi tía Angustias me planta al bebé en brazos y nos contempla. Juntos somos algo insólito. Había evitado cogerlo hasta ahora.

—¡Te sienta tan bien! —Cruza los brazos para observarme emocionada.

Me quedo quieta sujetándolo incómoda por las axilas. Debe pesar unos diez kilos y se mueve raro, como si a él tampoco le gustara esto.

—Tienes que acercártelo, Paloma, que no muerde —me explica antes de juntarme con él a la fuerza—. ¿No te encanta ese *olorcillo* que tienen los recién nacidos? ¡Se les va enseguida y da una pena...! Pero cuidado, ¿eh?, que si lo hueles mucho se te va a acelerar el reloj.

Si eso sirve para irme más rápido de aquí, ahora

mismo me lo esnifaría encantada. De hecho, lo hago, pero mi nariz no detecta eso que mi tía dice.

¿Leche agria? Sí.

¿Saliva? Desde luego.

¿Un olor acelerador del continuo espacio-tiempo? Lo siento, pero no.

Nunca se me han dado bien los bebés y creo que ellos lo saben porque siempre acaban llorando en mis brazos. Por seguirle el juego a mi tía, finjo que me gusta el *tufillo* que en realidad percibo y asiento. "Mmm", añado para mi nominación al Oscar como mejor actriz secundaria.

—Ay, Paloma. Estoy deseando verte con uno algún día.

Se lo devuelvo enseguida soltando una risa incómoda para quitarle importancia.

—Mejor quédate tú con el bebé.

—Ya te entrarán las ganas cuando encuentres a la persona adecuada —insiste.

—*Ñe* —descarto sin querer sonar tajante.

—Tiene nombre, Paloma. Y quince meses. Podrías dejar ya de llamarlo "bebé" —me reprocha su madre antes de recuperarlo de los brazos de su abuela.

Asher. Insisto: Asher López.

Laura nos explicó que significa "afortunado". Ese bebé sería más *afortunado* si tuviera un nombre normal, pero yo no digo nada, aunque es mejor que lo aleje de mí antes de que empiece a llorar.

—Tengo que irme —anuncio de pronto y todas las miradas de la tienda se ponen en mí, como si estuviera cometiendo un acto de traición por marcharme antes de que la novia se quite el vestido (que ha elegido gracias a mí, que conste).

Empiezo a caminar de espaldas hacia la puerta

mientras noto que hasta la encargada me juzga en silencio. Necesito ir a preparar esa reunión y salvar mi columna, así que no puedo quedarme.

Ya he avanzado medio camino cuando veo venir hacia mí a Iris, con un vestido blanco que hace juego con su melena rubia platino. La dependienta le ha puesto un velo y reconozco que con él parece una novia de verdad. Está muy guapa, pero a mí ya no me engaña; la maldad vive en ella.

—Paloma, sin ti no sé si hubiera podido elegir. Estoy muy nerviosa con todos los preparativos.

—Seguro que será una boda genial, ya verás. —Con disimulo voy caminando hacia la puerta. Ella me sigue.

—A mi futuro *maridito* no le interesan los preparativos.

—Ya, eso suele pasar —lo justifico así porque si dijera lo que pienso en realidad de esta boda, se hunde la tienda sobre mí. Ya casi puedo notar bajo mis pies el maravilloso suelo no alfombrado de la calle.

—Paloma, necesito ayuda. Se me está echando el tiempo encima, mi hermana con el bebé está muy ocupada y yo estoy muy cansada últimamente... —Mantengo mi cara de póker. Creo que todos aquí sabemos el motivo de adelantar la boda. Y presiento que algo más grande que un bombo está a punto de estallarme en la cara.

—¿Y tus amigas? Seguro que una de ellas se anima a echarte una mano. —Me felicito por evitar decir sus nombres—. ¡Qué tarde es! ¿No?

—¡Paloma, tú eres mi familia!

—Ya, pero tengo mucho trabajo en la revista. —La miro rogando comprensión. Con ella, tendría más suerte pidiendo un millón de euros.

—Quiero que seas mi dama de honor. ¡Como en las películas! Tengo una coordinadora de boda. No será mucho trabajo. Prometo que no te robaré mucho tiempo. —Agarra mi mano, la que no tiene ya el pomo de la puerta sujeto, y eleva la voz para que todo el mundo escuche la pregunta en la tienda—. No vas a decirme que no, ¿verdad?

—Es que...

—Ya nunca hacemos nada juntas, Paloma.

¿Cuándo lo hemos hecho?

—Iris, por favor. —Intento librarme, pero todas las miradas caen sobre mí. Incluso el bebé llamado a ser afortunado espera mi respuesta—. Jod... —se me escapa, pero me detengo.

—Hija, ¿tanto te cuesta ayudar a tu prima? —me reclama mi tía. En sus ojos, las palabras "somos tu única familia".

Noto el aire saliendo de mi boca en señal de rendición.

—Dime lo que necesitas que haga y lo haré.

—¡Qué ilusión, Paloma! Esta noche te envío la lista de cosas pendientes. Estoy deseando que hagamos esto juntas. ¿Podrías venir conmigo mañana a mirar invitaciones? ¡Oh! Y las flores. ¡Tendremos que elegir florista! ¡Te pasaré otra agenda solo para ti hoy mismo!

Antes de poder abandonar la tienda, mi prima ya ha anunciado mi título de dama de honor. Número Uno y Dos no ocultan su envidia mientras yo lucho por escaparme.

Cuando por fin estoy al otro lado de la puerta, respiro aire fresco y espiro como si hubiera sobrevivido a una batalla. Una tarde con Iris siempre lo es.

De pronto, el ruido de la ciudad suena maravilloso

después de horas de hilo musical romántico. Cojo mi teléfono para responder a mi jefa antes de buscar un taxi cuando de pronto veo algo que no esperaba:

Basil le ha dado un *Me gusta* a mi artículo.

¿¡En serio!?

Paola te lo explica

SALVADA POR UN VIBRADOR DE UN INÚTIL EN LA CAMA

Ser soltera no es fácil. Sobre todo cuando algoritmos villanos se confabulan contra ti y te condenan a sufrir citas con auténticos espantos. ¿A quién no le ha pasado alguna vez, verdad? En mi caso, una foto de perfil que prometía mucho se convirtió en promesas que se lleva el viento en cuanto llegamos a la acción.

Por suerte, mi plan no era quedarme de brazos cruzados. Y el tuyo, después de leer esto, tampoco debería serlo.

Hoy las mujeres tenemos acceso ilimitado a información sobre nuestra propia sexualidad, pero un 45% sigue afirmando que ha fingido en sus relaciones en pareja el último año. Sí, sí, casi la mitad. ¿Ellos? Menos de un 10% no ha llegado alguna vez a la casilla de salida y cobrado su premio.

Es hora de empezar a restar a nuestro porcentaje y ganar esta partida. ¿Cómo? Sumando un jugador más. Uno que sí sabe dar placer, se carga con batería y tiene varias velocidades.

En mi caso, mi cita solo tuvo velocidad para desaparecer de la escena. Al menos, mi vibrador consiguió darle la vuelta a los porcentajes. Él se fue sin su premio y yo sí tuve el mío. Y a eso se le llama ganar.

Y tú, ¿usarías un vibrador para asegurar tu victoria?

13.487 Me gusta 489 Comentarios

@isa_dora_mdr Mujeres satisfechas con hombres: 55%. Mujeres satisfechas con su satisfyer: 100%. Son matemáticas.

@Rober_69 A lo mejor el chaval salió corriendo porque te olían los pies.

@bego675 ¿Ahora usamos vibradores en las citas de Tinder?

@blackdover Mi chico sabe que si yo no gano, él pierde al día siguiente. No se la juega.

@olelascosasbonitas88 DILO ALTO, reina. Ni una más que se queda a medias. Mucho inútil suelto en la cama.

@RealMad_4ever Que se queden con los novios a pilas. Ya volverán.

@emmayogui Tengo un Tinder esta noche. Voy a probarlo. Seguiremos informando.

@abel_el_del_pastel Busco a alguien que quiera probar esto conmigo. Interesades, envíen un mensaje directo.

@caritina_2020 Paola, eres mi nueva ídolo. Que se vaya corriendo sin premio ese desgraciado. #inútilenlacama

PALOMA TIENE una forma muy curiosa de no estar enfadada conmigo.

Creo que voy a enmarcar su artículo para poder recrearme en las mejores frases. Me cuesta elegir cuál es mi favorita, la que se refiere a mí como un "inútil en la cama" o la que dice que solo tuve "velocidad para desaparecer".

¿¡Y cómo se atreve a darle todo el crédito de la noche al maldito vibrador!?

¡Fue un trabajo de equipo, joder!

Hacer surf suele ser mi solución para aclarar mis ideas, pero esta tarde he estado horas en el agua y sigo sin quitármela de la cabeza. Y no solo es por ese maldito artículo. Es por Paloma. La veo bajo mi cuerpo con sus labios provocándome para que los bese. Hasta en sueños puedo verla acercándose a mí con ganas de hacerme perder la cabeza con su boca.

Estoy muy enfadado con ella como para poder ignorarla, y demasiado cachondo para que eso me impida desearla.

Intenté enviarle un mensaje por Tinder el viernes,

pero adivino que me bloqueó mientras escribía su artículo. Iría a visitarla mañana a su mesa, pero tengo un buen motivo para no poder ir: se llama Sonia y, para mi desgracia, también trabaja en Femalista.

Hace un rato que Jota ha venido a casa. Siempre me ha gustado tener compañía. Lo prefiero a ir a un bar, pero suele ser él quien propone los planes y le encanta salir de copas. Hacía tiempo que no venía aquí. Le he explicado cómo fue mi noche con Paloma y él pensaba que no podía ser peor. Aún no le había enseñado el artículo que ha escrito. Se está desternillando ante mis ojos mientras lo lee en mi móvil.

—No se te ocurra darle al *Me gusta*, ¿eh? —Le advierto antes de ofrecerle otro botellín de cerveza de la nevera.

No sería el primero en hacerlo. Esta tarde se lo he mostrado a mi hermana, sin explicarle que era sobre mí. Casi la mato cuando he visto que había apretado a *Me gusta* desde mi teléfono. Y no contenta con eso, me ha pedido el enlace para enviárselo a sus amigas.

—¡Esto es oro, Basil! Es muy bueno —se mofa Jota cuando le hago un gesto para que me devuelva el teléfono—. ¿Cómo no me lo habías enseñado hasta ahora?

—¿¡Estás leyendo los comentarios!? —La última vez que lo he comprobado, tenía más de seiscientos.

—Es demasiado divertido. No puedo parar. Eres el enemigo de todas las mujeres. El *inSatisfyer* humano, tío. Te están linchando.

—¡Ese vibrador no lo hizo todo! Y no era un Satisfyer.

—Pero sí la satisfizo —apunta en un tono de burla— y tú no, por lo visto. Tengo que darle la razón a Paola en que te ha ganado la partida. Te ha dejado con los huevos

82

duros y una humillación pública. ¿Pero cómo se te ocurrió irte a medio polvo?

—¡Joder, yo qué sé! Me rayé.

Pensaba que estaba haciendo lo correcto, pero ahora me pregunto por qué lo hice. Era solo una cita de Tinder. No nos prometimos amor eterno. No sé por qué me fastidió tanto saber que para ella solo era material para su trabajo.

Veintisiete años sin conectar con nadie y tengo que intentarlo la primera vez con la más complicada. *De puta madre.*

—Estas cosas te pasan porque no sabes elegir en Tinder.

—¡Pero si a Paloma la escogiste tú!

—Y aún estoy esperando que me des las gracias. —Le cuesta no partirse de risa mientras lo dice—. ¿Y no se llama Paola?

—No, Paloma. Y muchas gracias, en serio. —Resoplo con ironía—. ¿Cómo te fue a ti con tu cita, por cierto?

—¿Con Amari? Ni me la nombres. Es una loca peligrosa. No vuelvo a salir con alguien sin investigarla antes.

—Ni yo con alguien que trabaje en mi edificio. Menuda semanita me espera...

La expresión de mi amigo cambia a puro terror cada vez que insinúo algo sobre Sonia.

—¡No mientes a la bicha! Podría estar cerca o incluso estar escuchando. —Echa un vistazo a su alrededor con pánico en su mirada y con la cabeza señala a las cajas que tengo en la entrada con sus cosas—. ¿Cuándo se las va a llevar?

—Ni idea.

El viernes, después de presentarse en mi casa sin que

la invitara y esperarme en mi portal durante horas, acabó rompiendo un jarrón y media vajilla por no haberle respondido antes a sus quince mensajes. Y no se llevó sus cosas. Otra vez.

Así fue la gran final de mi noche del infierno.

No sé cómo he acabado con dos mujeres a las que no me puedo acercar en el mismo edificio. Ah, sí, sí lo sé: por culpa de Jota. Las dos. Porque también fue él quien me presentó a Sonia. Lo último que necesitaba era otro drama en la oficina.

—Sonia no será amiga de Paloma, ¿no?

—No.

—¿Seguro?

Por un momento reconozco que lo dudo. Las dos trabajan en la misma revista y Sonia ha hecho cosas muy raras, pero me cuesta creer que Paloma se prestara a algo así.

—Deberías dejar Esferia —suelta de pronto Jota.

No está diciéndome nada que yo no haya pensado antes. Tengo mi carta de renuncia escrita desde hace meses. Llevo tiempo pensando que las ideas no fluyen, tirando de nevera, o lo que es lo mismo, de viñetas antiguas que no me convencieron en su día.

—A lo mejor tienes razón. —Siento como si me hubiera quitado un peso de mi espalda solo por decirlo en voz alta.

Este viernes tengo una reunión con mi jefe. Quizás debería decirle que me voy. Darle esa carta y atreverme a hacer algo distinto. Llevo cinco años haciendo lo mismo y me cansa no poder cambiar.

—¿En serio? ¡Enhorabuena, tío! Dejar tu trabajo es un momentazo. Aprovecha esos quince días en los que te pagan por descansar. Haz alguna locura. No tienes nada que perder.

—¿Quieres que fotocopie mi culo y empapele algo?

—Eres un clásico.

—Hazlo tú si quieres. A ti tampoco te van a echar.

—Ojalá pudiera.

Jota tiene su propia agencia de publicidad, entre otros negocios. Es su propio jefe y es el mejor en lo que hace, pero tiene un inconveniente: no puede hacer locuras. Al menos, no en su trabajo. Demasiada gente depende de él.

—Cuando acabes tu contrato, hablaremos del siguiente libro. Te vendrá bien tener tiempo para centrarte en eso. Necesitamos ideas nuevas.

La agencia de Jota es la que se encarga de promocionar todo lo que hago. Él es, sin duda, el motivo de que haya tenido tanto éxito. Me va a costar menos dejar mi trabajo que decirle a él que no solo quiero romper con Esferia, sino con el personaje que tanto dinero nos ha hecho ganar a los dos.

De momento, entregar mi carta de renuncia parece un buen primer paso.

CAPÍTULO OCHO
GIROS DE TIMÓN QUE PROVOCAN VÉRTIGO

PALOMA

HA PASADO CASI una semana y las cosas se ven un poco distintas con la perspectiva del tiempo.

¿Me arrepiento de haber escrito un artículo viral convirtiendo a Basil en un villano sexual para el mundo? Absolutamente no.

¿He dejado de pensar en su lengua sobre mi cuerpo?
Sí. Por supuesto.
Bueno, casi.

Lo que nunca imaginé cuando escribí mi artículo es que el *hashtag* "#inútilenlacama" iba a hacerse tan popular, pero eso es lo que ha salvado mi columna. Me cuesta verlo como algo malo. Quizás Basil no opine lo mismo, pero yo no quiero saberlo. De verdad. No me interesa.

En cinco minutos voy a reunirme con el gran jefe de Esferia. Ha sido *mister* Miller quien ha insistido en que asista, para conocerme. Hasta ahora solo lo he visto *online* y su imagen en la pantalla es siempre una silla vacía y medio cuerpo que pasa de un lado a otro sin dejar de hablar. Me pone histérica su hiperactividad, incluso a distancia. No imagino que de cerca sea mejor.

Los próximos dos meses estará a menudo en las oficinas con motivo del veinte aniversario de Esferia y todo el mundo está pendiente de sus movimientos. No he dormido, nerviosa por lo que pueda pasar en la reunión.

Mari ha venido a buscarme a mi mesa hace un rato y me ha traído al baño para darme una de sus charlas motivadoras. Se le dan genial y es justo lo que necesito.

Estamos las dos encerradas en nuestro cubículo. En este lugar nos conocimos hace casi dos años. Ese día, ella se presentó como Amari —su nombre completo, de origen nigeriano—, pero no tardó ni una semana en convertirse en mi Mari.

Y aquí estamos las dos, yo respirando en una bolsa de papel y ella esperando a que deje de hacerlo para darme su charla. Ya sabe que estos ataques de pánico son leves y siempre consigo manejarlos.

—Palo, este es tu momento. Has escrito algo que la gente quiere leer. Les gusta que cuentes tus experiencias. Solo tienes que seguir haciéndolo —empieza a decirme.

Cuando descubrí la columna de Paola, lo que me enamoró de ella fue la confianza que desprendía en todo lo que escribía. Yo quería hacer eso mismo. Y tal vez mi artículo refleja esa seguridad, pero no sé si yo la tengo de verdad.

Si la tuviera, no me daría pánico volver a ver a Basil, por ejemplo.

—Mari, no sé si puedo escribir otro artículo como el de la semana pasada —confieso—. Tú no sabes lo que se siente cuando un chico te rechaza. Desnuda. ¡Y en plena mamada! —exclamo, pero en voz baja, porque moriría de vergüenza si alguien que no sea Mari lo escucha.

Ni una autoestima a prueba de balas supera un golpe así.

—Aún no me creo que acabaras con Indiana Jones en tu cama. —He obligado a Mari a usar un nombre en clave. Ha escogido uno horrible, pero al menos aprecio el esfuerzo. No quiero que nadie en Esferia sepa a quién nos referimos—. ¿Podemos hablar de lo bien que se me da elegir en Tinder?

—Genial, sí —ironizo—. ¿Te acuerdas de que no lo soporto desde hace años?

—Y gracias a mí, por fin te has desquitado. Te llevaste un orgasmo, un artículo de éxito y una venganza por escrito. Y encima, sabes que te ha leído. ¡Es que es pura poesía, Palo! Le dio un *Me gusta* y lo borró. Seguro que se arrepintió y debe estar mortificado.

Mari tiene razón. Yo sabía bien lo que buscaba esa noche y lo conseguí. En realidad, ha salido mejor de lo que esperaba y eso me alegra, ¿pero podría repetir algo así? Ni hablar.

—De quien te tienes que preocupar no es de él, es de Sonia. Si ella se entera de que te has acostado con el Superdetective Ratón Sexi —otro nombre en clave que no apruebo—, te va a hacer la vida imposible.

Sonia.

La jefa de Mari.

La mujer maravilla.

No sé cómo, pero hasta que Mari me lo recordó, había conseguido olvidar que Basil y ella estuvieron juntos hace unos meses. En realidad, eran una pareja ideal. En directo, Sonia es mucho más guapa que algunas de las modelos que vienen a fotografiarse a Femalista. Estoy segura de que él está acostumbrado a tener chicas como ella en su cama.

—Mari, ¿puedo preguntarte algo? Si tú le dijeras a Ricky que vas a usarlo de inspiración para tu trabajo justo antes de hacerle una mamada, ¿crees que se ofendería y se iría?

No responde, pero la risa que se le escapa es más que suficiente.

—¡No tiene sentido, ¿verdad?! —*Por supuesto que no. Tuvo que ser otra cosa.*

En otro tiempo, hubiera dudado de mi cuerpo, pero ya no. Ni hablar. Llevo años aprendiendo a quererme más a mí misma y me fastidia que un hombre tenga el poder de hacer tambalear una autoestima que me ha costado demasiado reforzar.

Él estaba disfrutando. Eso es lo que me decían sus ojos, sus manos, su boca... ¡Las erecciones no mienten! Sin embargo, no puedo evitar dudar de si hice algo mal. Sí, porque en mi cabeza vive una vocecilla odiosa que desconfía siempre de mí, por defecto.

—Palo, los idiotas están en todas partes y a veces te toca uno. —Agarrando mis brazos, Mari me regala una de sus lecciones de vida—. Indiana Jones es un idiota que está muy bueno. Esos abundan, créeme. Y hay que ser muy, muy, muy pero que muy idiota para dejar pasar una noche contigo. Así que no le des más vueltas al asunto porque lo único que conseguirás es marearte.

No respondo.

—Todas hemos tenido experiencias malas. Te acuerdas de Jota, ¿no? No he conocido a nadie más psicótico jamás. Y yo no tengo una columna con la que desahogarme y humillarlo en público.

Sonrío con eso porque es cierto que la escribí por venganza y me sentó bien hacerlo.

—Tú has ganado con esto y es hora de ir a esa reunión a recoger tu verdadero premio. Además, tengo algo que te ayudará. Este color te va a gustar. Lo he cogido del estudio para ti —me advierte antes de cubrir con un dedo su boca porque es un secreto.

Saca de su bolsillo un pintalabios y me lo enseña. *Left on Red (*un juego de palabras con "rojo" y "dejar a alguien sin responder"). Me encanta que sea tan irónico. Basil no puede contestar a mi artículo... y él me cortó a media respuesta el viernes, supongo.

Me cuesta no sonreír mientras me aplico el carmín. No me gusta que lo haya tomado prestado sin permiso, pero ella vive sin pensar en las consecuencias de sus acciones.

—Tengo que ir a devolverlo. ¿Estarás bien?

Me miro al espejo y asiento. Mari me ha aconsejado que me pusiera este traje hoy y el tono de mi boca combina con él a la perfección. Dicen que tienes que vestirte para el trabajo que deseas, pero yo ya lo tengo. Ahora solo necesito que no me lo quiten.

La buena noticia es que llevo años preparándome para esto. La mala, que *mister* Miller es muy imprevisible y temo sus giros de timón.

―――

—¡ASÍ que esta es la famosa Paola! ¡Menudo revuelo tienes montado con tu columna! —me saluda *mister* Miller en cuanto entro a su despacho y me estrecha la mano de un modo que me hace tambalearme. No es la primera vez que lo veo en persona, pero sí que hablo con él sin pantallas de por medio.

Solo estar en esta planta ya resulta imponente. Regina, su secretaria, me ha anunciado por interfono nada más llegar. Con su voz apenas audible para los humanos, su traje gris y su pelo recogido, ella siempre es la imagen de la profesionalidad.

Al principio he pensado que era innecesario que Regina, que debe tener mi edad, me acompañase a la entrada del despacho, pero he agradecido que me diera un empujón cuando me he quedado paralizada después de cruzar la puerta.

—Gracias —he susurrado.

—No te preocupes, suele pasar —he creído entender que ha dicho antes de dejarme dentro del enorme despacho de *mister* Miller.

Este espacio es mucho más grande que cualquier otro que yo haya visto jamás. Seguro que hay salas de macrofiestas más pequeñas. Y el gran jefe no está en su mesa presidiendo el espacio. No. Ha venido a buscarme. *Mister* Miller me estrecha la mano aún y noto su fuerza al apretar, pero soy incapaz de centrar mis ojos en él. Mi mente funciona a ralentí a su lado.

—¿Revuelo? —replico insegura al procesar las palabras de mi jefe.

—Walter, no sé si conocías ya a Paloma. Ella es la nueva responsable de la columna de Paola.

Y esa es mi clave para empezar a hablar. Tengo el discurso preparado y es mi momento.

—*Míster* Miller, sé que hemos perdido nuestro patrocinador, pero he preparado una lista de... —Saco un documento que llevo impreso. Él me interrumpe.

—Pensaba que te llamabas Paola.

—Paola es el nombre de la columna, Walter. Es una sección con casi quince años de historia. La Paola original se retiró hace años —justifica mi jefa.

Mister Miller tomó su cargo en plena crisis del sector y volvió a colocar a Esferia como líder del mercado. Desde que llegó, es como si trabajáramos con el Steve Jobs de las revistas. Antes de nuestro Grupo, dirigió varias en el Reino Unido y el éxito de todas ellas habla por sí mismo. Por desgracia, Femalista no ha sido su prioridad hasta ahora.

—¿Y por qué se llama Paola si la escribe Paloma?

Su acento es extraño, pero habla un perfecto español. No es el idioma lo que hace que me ponga nerviosa; es su presencia. Tiene una seguridad en sí mismo abrumadora. Y mucha energía. Demasiada.

—Paloma es la sexta Paola. No podemos perder la reputación que precede al espacio —trata de explicarle mi jefa.

—¿Una columna que no tiene visitas ni patrocinador? Tonterías.

—Hablando de eso, *mister* Miller, tengo una lista de ideas... —Quiero explicarle mi propuesta para recuperar ambos, pero él se adelanta de nuevo.

—Eso es justo lo que necesitamos, Paloma. Más ideas. Y también artículos como el de esta semana. Llámame Walter, por favor.

—Mmm... En el documento que he preparado... —Trato de mostrarlo, pero vuelve a interrumpirme.

—¿Te mueves bien en redes sociales, Paloma?

—Tengo una cuenta —dudo al decirlo. O al menos, a mí me suena más a pregunta que a afirmación. Y la respuesta es sí, porque desde hace años tengo un perfil en el que hablo de belleza real y amor propio, pero en ningún lugar sale mi cara o mi nombre. Eso me hace sentir protegida. Soy anónima.

—Quiero verla.

¡¿Mi cuenta?!

Hago lo que me pide porque es mi jefe y, al parecer, pierdo mi voluntad cuando él da órdenes. Busco el móvil en el bolsillo de mi chaqueta y se la muestro.

—Tienes bastantes seguidores —comenta mirando mi perfil y se lleva mi teléfono paseando con él dentro del despacho—. Pero aquí no se te ve. Quiero ver a la Paloma que enseñaste en tu artículo. Necesitamos que tengas una cara.

¿Me falta una?

—¿No deberíamos hablar sobre propuestas para aumentar las visitas y ayudar a Femalista a crecer? — Abro mi carpeta de nuevo. No me ha dado tiempo ni de sentarme desde que he llegado, mucho menos de enseñarle mi lista.

—No estamos aquí para eso. —Se aleja, aún con mi móvil en la mano.

Intento comunicarle a Begonia con la mirada que no entiendo qué está pasando. Su cara de póker no me ayuda.

—Quiero que tus artículos aparezcan en La Esfera las próximas semanas.

—¿Además de en Femalista? —duda mi jefa.

—Si queremos que la gente la conozca y su columna tenga éxito, necesita un público más grande.

—Eso podría ayudar a atraer visitas a la revista — admite Begonia.

He dejado de escuchar desde que las palabras "La Esfera" han salido de su boca. Es la principal publicación del grupo. El diario líder del país —gracias a él—. Tiene una tirada de millones de ejemplares y casi tantos lectores. Las visitas a su web multiplican por veinte a las de Femalista. Y es también donde se publica la tira cómica de Basil.

Creo que estoy teniendo un cortocircuito con esas ideas mezclándose en mi cabeza.

—¡Eres justo lo que estaba buscando, Paloma! —exclama, aún mirando mi teléfono—. Hoy el mundo es de los *influencers*. Son los filósofos de nuestro tiempo. La gente confía en lo que dicen porque son reales, como tu artículo. Eso es lo que quiero ver en ti. —Me apunta con un dedo y no siento que me esté dando opción a rechazar.

Muy en su línea, no espera a que yo responda, solo cambia el foco a Begonia.

—¿Y aún queremos encontrar un patrocinador a su espacio?

—Por supuesto.

—Yo tengo algunas ideas para ayudar a Femalista a ganar anunciantes... —Saco de nuevo mi lista, pero él me detiene con un dedo alzado y llama con un botón a su asistente personal.

—Regina, consígueme a alguien del equipo de Publicidad y al Editor Jefe de La Esfera. Que vengan ahora mismo a mi despacho. Rápido. Y cancela mi siguiente reunión. Esto nos va a llevar un buen rato.

No pasan ni cinco minutos cuando Víctor González, el máximo responsable de Publicidad de Esferia, aparece por la puerta. En media hora estamos planificando —para mi total y absoluta sorpresa— una campaña para darme a conocer al mundo como cara de la nueva columna *Paloma te lo explica*.

Repito: Paloma, no Paola.

Mis redes sociales pasarán a ser las de Paloma también. Y digo ese nombre en tercera persona porque me cuesta creer que hablan de mí. Sobre todo cuando *mister* Miller llama a un redactor para preparar una entrevista. Y por si eso fuera poco, también pide que venga alguien a planificar la sesión de fotos que me harán mañana.

En menos de una hora, dos miembros de Recursos Humanos y del departamento Legal se suman a nuestra particular fiesta y hablan de las nuevas condiciones de mi contrato. No, no incluye un aumento salarial, solo un cambio de título.

Siento que el aire me empieza a faltar cuando *mister* Miller se acerca a mí.

—Ya he hablado con Lucas —el Editor Jefe de La Esfera—. El domingo publicarán una entrevista contigo, Paloma. También mandaremos una nota de prensa a otros medios con los que colaboramos. Quiero que el mundo te conozca. Tú solo sigue explicando historias como la de tu cita de Tinder. ¿Podrás hacerlo?

Miro a Begonia que me está observando con los pulgares levantados e imito su gesto. En la sala hay unas diez personas divididas en distintos equipos preparando la entrevista que, por lo visto, publicaremos el día de más tirada del periódico. Noto mis pulmones fallando con esa idea.

—Necesito ir un segundo a refrescarme —me excuso así, antes de escribir un mensaje a Mari.

PALOMA

Emergencia. Baño. Último piso.

No necesito decir más. En menos de dos minutos veo

sus estilosos pies a través de una ranura del cubículo donde me he encerrado.

—¿Qué pasa? ¿Tan mal ha ido la reunión? ¿Van a cerrar tu columna? —pregunta al otro lado de la puerta.

—Ni te imaginas —respondo antes de abrir el cerrojo y empezar a contarle todas las novedades. Y mientras lo hago, siento cada vez más vértigo.

—¡Pero eso es genial, Palo! Por fin reconocen tu talento. ¡Y vas a ser famosa!

—No, voy a dejar de ser anónima. Es muy distinto.

—¿Y qué te vas a poner en las fotos?

—Ni idea.

—¡Es una entrevista en La Esfera, Paloma! ¡¿Sabes cuánta gente la va a ver?! ¡Necesitas una estilista! Yo me encargo. ¿Crees que podrás pedir que salga mi nombre en los créditos? —Ella planifica todo eso mientras yo noto que respiro cada vez peor, y no tengo bolsas aquí—. ¿Estás bien? Vamos a que te dé un poco el aire, anda. No tienes buena cara.

No recuerdo mis pasos desde la salida del baño hasta el ascensor. Solo sé que cuando se abren las puertas, me encuentro a Basil de frente y siento que bajo treinta pisos en un segundo.

Es la primera vez que nos vemos desde la noche de autos. El mundo se detiene por un instante mientras la vergüenza me inunda. Sus ojos se clavan en los míos, como si estuviera esperando a que hable. Está enfadado.

Abro la boca para intentar decir algo, pero Mari tira de mi brazo.

—Mejor vamos por las escaleras, bombón. Tienes cosas muy importantes que hacer y no puedes perder el tiempo esperando a que un perdedor se aparte de tu camino.

Me voy con ella, pero con un nudo en el estómago. Sigo pensando que Basil me hizo sentir horrible cuando se fue de mi casa, aunque también sé que no he contado toda la verdad en ese artículo. Y él es el único que lo sabe.

En cuanto pisamos el suelo de la calle, siento ese vértigo otra vez. Hemos bajado treinta plantas, pero no es esa la altura a la que me refiero. Tengo vértigo por la responsabilidad que estoy a punto de asumir.

Porque nunca antes en toda mi carrera había escrito un artículo viral y *mister* Miller confía en que escriba uno cada semana, publicando en La Esfera. Y no es eso lo que más me preocupa. Lo peor es que voy a tener que hacerlo con mi nombre y mi cara.

Y encima, Mari en lugar de apoyarme en esta crisis, se ha ido a hablar con un guitarrista de la calle. Estoy a punto de ir a quejarme cuando escucho las primeras notas de una canción.

Yo quería ser normal. La reconozco enseguida.

Desde que vivimos juntas, ese es nuestro tema, de ella y mío. Encabeza la lista de Spotify que creamos el mismo día que firmamos el contrato del piso.

A Mari le encanta Tequila y esa canción es una de sus favoritas. Es un chiste que le gusten tanto los grupos de los ochenta, una década en la que asegura que nunca estuvo viva. Siempre me divierte chincharla con eso.

Me tiende la mano para bailar. En una calle, llena de gente, delante de la oficina.

—Ni de coña —niego con la cabeza.

—¿Recuerdas cuándo dijiste eso mismo?

No necesito responder. Las dos lo sabemos: el día que propuso irnos a vivir juntas. Hacía cinco minutos que la conocía. Fue una locura. Y el mayor acierto de mi vida. Antes de firmar el contrato, le confesé que me asustaba mudarme con una desconocida y ella me dijo: "el miedo también pasa cuando algo bueno está a punto de suceder". Ese día tenía razón, pero hoy...

—Quieres hacerlo... —insiste con la mano extendida.

Pongo los ojos en blanco y niego con la cabeza de nuevo en respuesta.

—Repite conmigo: esto son buenas noticias —me pide.

—No, no lo son.

—Te van a subir el sueldo.

—No, ya me han dicho que no —le aclaro. Mari coge mi brazo y empieza a moverlo para que baile con ella.

—Da igual. Serás pobre, pero famosa. En las fotos que te hagan va a parecer que un millón de euros es calderilla para ti. Yo me encargo de eso.

Y con esa tontería, me rindo y bailo con ella. No me gusta pensar que media calle nos debe estar mirando, pero esta canción siempre me pone de buen humor.

—Cuando seas rica y famosa, ¿serás mi *sugar mommy?* —bromea.

—Claro. Te voy a poner un pisazo —le devuelvo—. Uno con ventanas que cierren de verdad.

Con un gesto exagerado, se toca el pecho como si lo que acabo de prometer fuera demasiado bueno para creerlo. Así logra hacerme reír y también consigue que el vértigo desaparezca. Quizás porque el ridículo ocupa su lugar.

Cuando está a punto de terminar la canción, las dos buscamos unas monedas en el bolsillo, pero solo yo llevo dinero. Un billete de veinte euros. No podemos irnos sin darles nada después del espectáculo que acabamos de montar. Me acerco al guitarrista y se los doy. *Empiezo bien mi vida de rica.*

—¡Gracias! —susurra alucinado con una gran sonrisa.

—Tu baile me ha costado veinte euros —me quejo cuando vuelvo al lado de Mari.

—Derrochadora, guarda algo para mi piso. —Me da un codazo.

Mi móvil comienza a sonar con un número oculto en cuanto entramos en el edificio de nuevo. Descuelgo aún con media sonrisa, imaginando que debe ser Begonia, preguntándome si voy a tardar mucho en volver.

—Estoy subiendo ya —me adelanto.

—A un taxi, espero.

Es Iris.

La prueba de vestidos.

Era hoy. Joder.

—Iris, no te enfades... No voy a poder ir esta tarde.

La he acompañado a ver flores en tres tiendas distintas en los últimos cinco días, aunque haya olvidado esto. Por suerte, conozco a mi prima y aparto el teléfono de mi oreja antes de que responda.

—¡¿QUÉ?! ¡Mira que te lo dije! Yo te mato, Paloma. ¿Primero Laura con la fiebre del niño y ahora tú? ¡Está claro que todo os parece más importante que yo! ¡Os envié la convocatoria hace un mes! ¿Tan difícil era guardarse el día? —decido interrumpir su bronca antes de que escale.

—Lo siento, pero no puedo hablar ahora. ¡Que vaya bien con... —*en mi cabeza: Uno y Dos, Uno y Dos, Uno y Dos*— tus damas!

—¡Si no te vale tu vestido, haces dieta, pero el que escoja te lo pones y punto! —me amenaza.

Y lo peor es que sé que no bromea.

UNA SEMANA MÁS TARDE

POR PRIMERA VEZ, después de dos años en esta revista, hoy soy Paloma D. (así firmaré mis textos). No seré la sexta Paola ni una redactora de artículos de relleno o la suplente sin rostro de nuestra pitonisa. Siempre he soñado con escribir mi columna, pero ser "yo" quien lo hiciera no formaba parte de mi plan.

Y ahora que es real, mi sueño se parece bastante a una pesadilla. Mi principal labor esta semana ha sido tener entrevistas con posibles patrocinadores para mi columna. Y creo que no he gustado a ninguno.

—Mátame, anda —le pido a Mari cuando me acerco a su escritorio. Veo un bol de palomitas sobre su mesa y mi estómago ruge de hambre, pero me niego a comer eso ahora mismo.

—No puedo. Estás demasiado guapa. El verde te sienta genial, aunque hay algo que me falla —asegura sin apartar los ojos de mí y de mi vestido que compré hace un año solo porque ella insistió. Es ajustado y tiene una lazada en la cintura.

Este fin de semana, Mari ha destripado mi armario ayudándome a elegir conjuntos para mis reuniones. Ha creado lo que ella llama "una colección cápsula" con mi propia ropa. Puedo combinar las piezas entre ellas, sabiendo que la mezcla siempre funcionará. Eso me ha ayudado mucho a vestirme esta semana, pero no me gusta depender tanto de mi imagen.

—Con el pelo suelto estás mejor —asegura quitándome la pinza que sujetaba mi melena.

Trata de tirarla a su basura, pero yo la cojo al vuelo. El sábado me hizo cambiarme más de diez veces hasta que estuvo satisfecha con la fotografía de mi entrevista. Es muy perfeccionista con su trabajo, a pesar de que su sueño no es ser estilista, sino diseñar su propia ropa.

Sigue mirándome sin decir nada, analizando mi aspecto. Da miedo cuando hace eso.

—Déjalo, Mari. Solo venía a decirte que no puedo comer contigo. Tengo que ir a sentarme delante del ordenador y escribir un artículo viral esta misma tarde. Estaría bien saber sobre qué. Y antes de que lo sugieras, no pienso volver a buscar a alguien en Tinder.

Me ha propuesto esa idea diez veces esta semana. Y ayer, en plena desesperación, lo hice. Quedé con un chico. En cuanto me miró, supe que yo le había gustado a él tan poco como a la inversa. Cuando llevaba —lo que me pareció— una eternidad hablando de sus planes de ayuno intermitente, me di cuenta de mi error e inventé una excusa para huir. No me fío de la gente que no come a horas normales.

—Ya no tienes tiempo de una cita —niega antes de llevarse un par de palomitas a la boca. Mira alrededor, a nuestra planta, que está vacía porque todo el mundo ha salido a almorzar—. Soy tu última opción.

—¿¡Tú!?

—Puedo ser tu primera experiencia con una chica. Eso tendría éxito, pero no prometo que no te haga dudar de tu sexualidad. —Se acerca a mí con las manos a la altura de mi cara y los labios apretados simulando un beso.

—¡Quita! —me quejo—. Además, no serías la primera. Soy una mujer de mundo.

—Un pico con tu prima Laura jugando a verdad o atrevimiento no cuenta. Yo te estaba ofreciendo un tórrido romance de oficina.

—Creo que Recursos Humanos no aceptaría nuestro amor, Mari.

—Aburrida —me critica. E insisto: no lo soy, solo aprecio mi trabajo. Y tengo muy claro que me gustan los hombres—. Espera aquí, anda. Ya sé lo que te falta.

Sin decir más, se aleja y me deja en su escritorio. Me entretengo mirando mi móvil, pero cuando levanto la vista, veo a mi editora viniendo hacia mí. Begonia nunca pisa esta zona porque es Sonia quien la dirige. Había conseguido evitar a mi jefa toda la mañana, pero al final me ha encontrado. *Maldición.*

—Paloma, por fin te encuentro. Necesito que me envíes tu artículo en una hora.

—Enseguida te lo mando. —*En cuanto sepa sobre qué voy a escribir.*

Cada minuto libre esta semana lo he dedicado a teclear y reteclear lo peor que he redactado en toda mi vida. Es como si hubiera olvidado juntar frases con sentido.

—Voy a almorzar con Walter y me gustaría decirle sobre qué irá, al menos —insiste—. ¿Es otra de tus citas Tinder?

—No. —Definitivamente, no.

—¿Entonces? ¿Qué escribirás? Walter quiere leerlo. Tiene que estar a la altura de La Esfera.

—Te garantizo que será mejor que el anterior.

¿Eso es mentir o querer confiar en mí misma?

Con eso se queda satisfecha y se va, pero se cruza en el camino con Mari, que viene con un collar en la mano y me lo pone sin consultarme

—No. No es eso. —Vuelve a mirarme—. A este conjunto le falta algo que focalice la atención.

—Tiene un lazo. ¿No es suficiente?

—No. Crear un *look* es como mezclar un *cocktail*. Necesitas una base suave —me explica tocando la tela de mi vestido—, un toque dulce —añade señalando el lazo en mi cintura— y un latigazo de algo fuerte que lo haga inolvidable. —Me abre el escote—. Ahora sí, perfecta.

—Siento fastidiarte tu bebida combinada, pero no puedo focalizar la atención en mis tetas en el trabajo —comento mientras cubro mi pecho.

—Que yo sepa estás buscando patrocinadores que quieran anunciarse a tu lado. Tienen que desearlo. Eso, bombón, es ligar. Hazme caso. Al fin y al cabo, yo te di la idea que ha salvado a tu columna y que te va a convertir en famosa.

—¡No me lo recuerdes! —me quejo mientras me miro en un espejo que tiene al lado de su mesa, y opto por un escote a medio camino entre lo que ella propone y lo que yo llevaba, sin collar—. Acabo de jurarle a Begonia que ya tengo una idea genial para mi siguiente artículo.

—¿Vas a darle una oportunidad a nuestro amor? Sabía que tarde o temprano te enamorarías de mí. Les pasa a todos, tranquila.

No puedo evitar reírme. Solo se le ocurre a ella.

—De ti se enamoran, conmigo salen corriendo a media mamada —comento repasando mi imagen en el espejo.

—¿Aún pensando en eso, Palo? —Se pone a mi lado observándome.

—¿Tú te das cuenta de lo irónico que es que tú me llames así a mí?

Ella responde abriéndome de nuevo el escote.

—Tus tetas son hermosas. Ya me gustaría tenerlas a mí. Y ese idiota se perdió una noche inolvidable con este pedazo de mujer. No se merece ni que te acuerdes de él. De hecho, voy a dejar de seguirlo en redes sociales porque ni eso queremos de él.

—¡¿Cómo que lo sigues?! —Me giro a mirarla indignada.

—Su tira es graciosa.

—No, no lo es. ¡Y sabes que me quitó el puesto de trabajo! Yo no seguiría a nadie que te hiciera eso a ti.

—Si te hubieran contratado entonces, no hubiéramos estado buscando piso a la vez. Puede que fuera el destino. —Mi mirada le recuerda lo que yo creo sobre eso—. Vale, vale... Tienes razón. No voy a seguirlo más y hasta denunciaré su cuenta. ¡Nadie deja a medias en una mamada a mi amiga!

—¡Venga ya! ¡Anúncialo por megafonía! —me quejo, aunque me cuesta no reír por cómo lo ha dicho.

Mari coge el teléfono de su bolso que queda abierto sobre su mesa. Mientras ella busca la cuenta de Basil para dejar de seguirlo, yo me fijo en que tiene un pintalabios que no reconozco entre sus cosas. No solemos compartir maquillaje porque nuestros tonos de piel son muy distintos, pero a mí nunca me ha importado el color. Me fijo más en la etiqueta.

—¿Código Rojo? —leo en voz alta.

—Ya lo puedes jurar —responde Mari, incapaz de contener la risa.

—¿Qué?

—Palo, tienes que ver esto.

BASIL TE LO EXPLICA

57.487 Me gusta 675 Comentarios

@AthleticGrande_67 Por fin lo ha dicho alguien claro. Bravo, Basil.

@alex1987_BB Que le pidan al juguete a pilas que las saque a cenar y bailar.

@RealMad_4ever Hay tías inaguantables, Basil. Eso es así.

@bego675 Los vibradores han superado a los hombres. Os guste o no.

@samu_poll469 Si alguna quiere probar algo mejor que un vibrador, que envíe un mensaje directo.

@abel_el_del_pastel Hay mujeres que no las aguanta ni el vibrador. 🙄
#inaguantable

¿¡QUÉ!? Basil es hombre muerto.

CAPÍTULO DIEZ
MOMENTOS DE INSPIRACIÓN

BASIL

VEO su melena a lo lejos y sé que ha venido a buscarme. Podría cerrar la puerta de mi despacho y no me vería, pero llevo un rato esperando esto. No pienso esconderme.

Encontrármela el viernes saliendo del despacho de Walter tuvo un efecto curioso en mí. Me quedé callado, pero se me ocurrieron a la vez cientos de cosas que quería decir. Y eso es algo que llevaba demasiado tiempo sin suceder.

No tuve una idea, tuve muchas. Fue un extraño momento de inspiración.

De pronto, entendí que Paloma no quería hablar conmigo, pero yo podía conseguir que me escuchara. Nunca había usado mi tira cómica para responder a alguien, pero como Jota me dijo, no tengo nada que perder. Así que lo hice. Me guardé mi carta de renuncia y me fui a dibujar.

Fue divertido pintar algo distinto, para variar. Ella ha tardado un poco en verlo, pero al fin lo ha hecho. Sabía que pasaría.

Cuando sus ojos se detienen en mí, comienza a caminar en línea recta hacia mi despacho, con cara de mala leche, puños cerrados y dando grandes zancadas. Si sigue sin estar enfadada, lo está disimulando cada vez mejor.

Ese vestido que lleva resalta sus caderas que se contonean de un lado a otro mientras se acerca. La observo caminar entre los escritorios de la zona de redacción y me fijo en que lleva el pelo suelto y recreo sin querer el olor de su melena. Suele recogérsela cuando viene al trabajo, pero agradezco que hoy haya hecho una excepción.

Nunca se viste tan sexi en la oficina. Si viniera dispuesta a disculparse, no me importaría tirar de ese lazo que lleva anudado a su cintura y desnudarla sobre mi mesa. Trago con dificultad para intentar no pensar en eso último porque tengo muy claro que no viene en son de paz.

—¿Tú estás loco? ¡¿Cómo se te ocurre publicar esto?! —Me muestra mi tira cómica en su móvil antes de cerrar la puerta de mi despacho.

—¿No te gusta que escriban sobre ti? Bienvenida a mi mundo, palomita.

—Déjate de palomitas y lechugas. ¡¿Cómo se te ocurre responder a mi artículo?!

—Bueno, como mucho, van a sospechar que contesto a Paola.

Sin decir más, lanza sobre mi mesa un ejemplar de La Esfera de hace unos días.

—¿Enhorabuena? —dudo al ver que le han hecho una entrevista.

—Tiene mi foto. ¡Y soy igual que tu viñeta! Y mi columna casi tiene el mismo nombre.

—Seguro que nadie se da cuenta.

—¡¿De verdad crees que no?! ¿Has leído los comentarios?

Abro la web de La Esfera en mi ordenador y empiezo a leer.

> @begoSiempre91 Menudo zasca a @paolateloexplica ¿O es Paloma? #aquíhaytema

> @Hello_Juan0_0 ¿Basil no será el "inútil en la cama" de @paolateloexplica? ¡JUAS!

> @picholina_chick ¡No! Me niego. Basil Jones no puede ser el #inútilenlacama. Lo amo demasiado.

> @la_telemaneje ¿Paola es Paloma? @palomateloexplica es igualita que ese dibujo #hechos

Hay unos pocos comentarios así, pero solo son eso; comentarios.

—No es para tanto.

—¡¿Cómo que no es para tanto?! —exclama, pero baja la voz.

—Soy yo quien tiene su propio *hashtag* de #inútilenlacama, te lo recuerdo.

—Y le diste un *me gusta*.

—No fui yo. Te aseguro que no *me gusta* leer un artículo sobre cómo un vibrador puede follarte mejor que yo.

—¡¿Quieres bajar la voz!? ¡Te van a oír! —Señala al exterior, hacia la zona de redacción, donde apenas hay un par de personas. Es la hora del almuerzo—. ¿Sabes qué? Es mejor que me vaya. Solo venía a pedirte que pares, pero lo último que necesitamos es que alguien nos vea juntos ahora mismo.

Me aseguro de que nadie nos está observando y la cojo de la muñeca para llevarla conmigo al cuartillo de material que tengo en la parte de detrás de mi despacho. Es un espacio pequeño, apenas un armario, y está lleno de papeles, ejemplares de mi libro, algunas pinturas, lápices... Si no quiere que nos vean, aquí estamos fuera de la vista.

—¿Crees que esto es mejor? ¿Un armario a oscuras en medio de la oficina? —pregunta buscando un interruptor de la luz que no va a encontrar. Al fin, se rinde. La única claridad es la que entra a través de la puerta translúcida, pero es suficiente para vernos—. No necesitamos estar aquí. Yo solo venía a pedirte que no dibujes más sobre mí. Yo tampoco lo haré. ¿Hecho?

—No.

—¡¿Cómo que no?! —exclama nerviosa con el pomo de la puerta en la mano.

—Puede que solo me queden dos semanas en Esferia y voy a dibujar lo que me plazca en ese tiempo.

—¿Dos semanas?

—Voy a dejar Esferia. O eso creo. Lo estoy pensando.

Pone los ojos en blanco y resopla antes de hablar.

—¡Si te vas, vete y ya está! Yo escribí mi artículo y tú, una tira cómica. Estamos en paz.

—No —insisto—. Me debes una disculpa.

—¡¿Yo?! Yo no te debo nada.

—Déjame que repase cómo funciona esto. Tú te cabreas conmigo y yo no solo te pido perdón, sino que te doy carta blanca para pedir lo que quieras, ¿y tú no puedes ni decirme que lo sientes por mentir?

—Es que no lo he hecho —descarta con mucha seguridad.

—Los dos sabemos que en esa cama no todo lo hizo un maldito vibrador. —La miro fijamente, pero ella mantiene sus ojos en mí, sin amedrentarse. Y por primera vez, me doy cuenta de que los tiene marrones. Chocolate, ron, coca-cola, café, caramelo... No entiendo por qué ese no es el color favorito de más gente.

—Todo esto es por tu culpa, ¿sabes? Lo único que yo te pedí fue olvidar esa noche y no volver a verte. ¡Y mira dónde estoy!

—¡Si no querías verme, no haberme llamado "inútil en la cama", palomita!

—¡Si no te hubieras ido, no te hubiera llamado así... lechuga! —añade con rabia— ¡Y nadie sabría que eras tú si no hubieses publicado ese dibujo! ¡¿Tenías que hacerlo tan evidente?!

—¡Porque quería que tú lo vieras! —grito en voz baja para que nadie nos escuche.

No sé cómo hemos acabado a menos de medio palmo el uno del otro, pero desde aquí me parece aún más sexi de lo que la recordaba y huele mejor de lo que mi mente era capaz de recrear.

—Quizás yo te llamé inútil en la cama en mi artículo, aunque tú me lo dijiste a mí de un modo mucho más cruel. —Se aparta y deja de mirarme.

Me parece mentira, pero creo que no tiene ni idea de cuánto me costó parar. Cuando la veo acercarse a la puerta, sin dudarlo, me pongo delante de ella impidiendo que salga.

¿¡De verdad piensa que no quería seguir!?

—¿Tienes idea de todas las maneras con las que he soñado con tu boca en mi polla esta semana? —pregunto con un tono de desesperación en mi voz—. Te he follado en mi cabeza de tantas formas en los últimos días que no debería ser ni legal —añado, porque no estoy seguro de que me esté creyendo.

—Entonces, ¡¿por qué paraste?!

—¡Porque soy jodidamente idiota! —No voy a molestarme en discutirlo.

—Basil... —alcanza a decir en un suspiro negando con la cabeza. Mi nombre suena demasiado bien en su boca y eso es lo único que puedo pensar. Se separa un poco hacia atrás y su culo topa contra mi mesa de materiales.

Debería alejarme, pero hago justo lo contrario porque su cuerpo me atrae de un modo que no comprendo. Mis manos bajan hasta su cintura y busco ese perfume que no he logrado olvidar y que he tratado de recrear en mi cabeza demasiadas veces. Mis ojos no se separan de sus labios abiertos que me retan a seguir avanzando.

—Palomita, llevo una semana muy cabreado contigo...

—Yo más —me interrumpe.

—Y ni siquiera eso hace que no quiera arrancarte ese vestido ahora mismo.

Su mirada se detiene en mi boca por un instante.

—¿Me crees si te digo que me muero por follarte ahora mismo? —susurro eso prácticamente respirando su aliento y cuelo mi mano bajo su vestido para acariciar su muslo. *Dios, cómo he echado de menos su piel...* Por si tenía alguna duda aún, mi polla en su vientre se lo confirma.

Aspira con fuerza al notar mi erección y lo tomo como una señal para lanzarme a por sus labios, que no han dejado de provocarme desde que ha entrado en mi despacho. No se aparta ni se amilana. Al contrario, me responde con las mismas ganas.

Nuestros cuerpos recuerdan cómo comunicarse al instante, pero lo hacen como si siguieran peleando. Mis dedos van directos a estrujar su culo y la subo a la mesa. Me importa muy poco todo lo que cae al suelo. Estoy demasiado concentrado en hacer lo que llevo días sin poder dejar de pensar.

La estiro para recrearme en sus curvas. Deshago el nudo de su vestido verde y lo que descubro es una auténtica visión; un conjunto de ropa interior que deja entrever sus pezones. Mis manos recorren con avidez la fantasía que tengo ante mis ojos.

—Vamos a... ¿aquí? —duda mirando al cuartillo que nos rodea.

—No creo que pueda esperar —confieso entre besos a su escote. Llevo siete días soñando con este momento. Sin tiempo que perder, me deshago de mi camiseta sacándola por la cabeza. Necesito notar cómo me acaricia.

También querría que me pellizcasen porque soy incapaz de creer que esto sea real. En lugar de eso, opto por apretar yo su mandíbula entre mis dientes. Y lo confirmo: esto es tan real como el gemido que ella trata de ahogar en mi hombro.

—¡Shhh! —Pongo dos dedos sobre su boca para callarla, aunque en realidad me encanta escuchar cada sonido que sale de esos labios suyos.

—Esto es una locura. ¿Y si nos ha visto alguien entrar? —pregunta despeinando mi pelo mientras mi lengua sigue recorriéndola.

Eso no podría preocuparme menos ahora mismo. No me molesto en deshacerme de su sujetador, solo bajo la tela para dar acceso a mi boca. Una semana es demasiado tiempo sin poder volver a saborear sus pezones.

Y todo lo que puedo pensar es que si acerca su boca a mi polla de nuevo, voy a perder la cabeza.

—Basil, ¿has escuchado algo? —Se detiene de repente.

—No —descarto con seguridad, pero ella se aparta—. Palomita, por favor. —Estoy dispuesto a suplicar.

—¡Ejem! —exclama alguien, de pronto, desde mi despacho. Vuelvo a cubrir su boca, pero veo su cara de pánico, que debe ser parecida a la mía.

—¿Hola? —alcanzo a decir con voz grave por la excitación. Mis manos no se separan de ella. Aún confío en haberme imaginado ese sonido y poder seguir con esto.

—Señor Jones, *mister* Miller me manda recordarle que le espera en su despacho. He llamado a su teléfono, pero no respondía.

Mierda. Es la secretaria de Walter. Había olvidado que teníamos hoy la reunión para entregarle mi carta de renuncia. La misma que el viernes me canceló.

—Enseguida voy. Estoy terminando un trabajo, Regina. —Solo es una frase para disimular, pero Paloma me mira enfadada. Me encojo de hombros sin poder responder.

—Estupendo. Le diré que ya está de camino —concluye. Por suerte, enseguida se escuchan sus tacones alejarse y el sonido de la puerta al cerrar tras ella.

—Nos ha oído. Seguro —susurra Paloma—. ¡Mira que te he dicho que alguien podía vernos!

—No nos ha visto, aunque puede que sí te haya oído. He intentado taparte la boca, pero... —Solo estoy bromeando, pero ella me mira indignada y comienza a taparse—. Espera, espera, no te vayas —le pido mientras se recoloca el sujetador y anuda su vestido.

—Llegas tarde a una reunión con *mister* Miller. ¿¡No lo has escuchado!? En cinco minutos media oficina va a saber que tienes a una chica aquí. Necesito irme rápido.

—Walter me canceló una reunión el viernes, no creo que se muera por esperarme diez minutos. Y Regina es muy discreta. Es parte de su trabajo. —La rodeo con los brazos tratando de que no se marche aún, pero ella me ignora mientras se pasa los dedos por la melena.

—¿¡Por qué no te estás vistiendo!?

—¿Crees que puedo ir a ver a Walter así? —Mi polla contra su vientre le deja claro de lo que hablo.

—Acercarte a mí no te va a ayudar con eso. —Trata de apartarse, pero la sujeto a mi lado.

—En realidad, es lo que más me ayudaría ahora mismo. —Su mirada me fulmina—. ¿Haces algo esta noche?

—Basil, no. Esto ha sido... —Por un segundo, duda al elegir sus palabras y yo rezo para que "error" no salga de su boca—. Un error estúpido. Uno enorme que no sé por qué ha pasado. No tiene ningún sentido. Yo no hago estas cosas. No sé en qué estaba pensando.

Yo ahora mismo en que quiero repetirlo.

—Dame tu teléfono.

—Me voy. —Pasa las manos por su vestido para asegurarse de que está lista.

—¿Cuándo vamos a volver a vernos?

—¿Volver a...? ¡No, no, no! Te estás confundiendo. ¿Te acuerdas de por qué he venido aquí? Quería pedirte que parases. Porque me has llamado "inaguantable". Tú a mí. Y no pasa nada porque tú ni siquiera me gustas.

—Era una broma, palomita. Sabes que no pienso eso

de verdad. Y yo creo que un poco sí que te gusto, ¿no? —trato de convencerla rodeando su cintura, pero me aparta.

—¡No! No me hacen gracia tus bromas ni me gustas tú.

Creo que palomita miente cuando está nerviosa, así que no se lo voy a tener en cuenta. Si la secretaria de Walter no nos hubiera interrumpido, ahora mismo estaría tratando de no gemir mi nombre demasiado alto. Y ella también lo sabe, a pesar de lo que acaba de decir.

Cuando hace el ademán de dirigirse a la salida de nuevo, pongo una mano en la puerta para detenerla.

—Es mejor que vaya yo primero y me asegure de que nadie te ve, pero antes hay algo que tengo que aclarar...

Apreso su cuerpo entre el mío y la puerta. Me niego a que se vaya de aquí dudando de que yo deseo esto. Ella me mira confundida cuando mis dedos se cuelan entre su pelo y acarician su cuello. La acerco a mí y la beso de nuevo. Con ganas. Su boca responde con un gemido demasiado sexi que ayuda muy poco a bajar mi erección

—Esto no acaba aquí, palomita —zanjo antes de apartarme.

Ella emite una especie de gruñido para quejarse de su apodo. No le gusta que la llame así. Y solo por eso, pienso repetírselo cada vez que tenga ocasión. Su expresión contrariada no abandona su cara mientras me pongo mi camiseta.

Al asomarme por la puerta, compruebo que la redacción sigue vacía y nadie está mirando. Señalo con la cabeza para que ella pueda marcharse.

—Adiós, Basil.

—Paloma —la llamo cuando está a punto de cruzar la

puerta y se gira para mirarme, nerviosa—, por si cuenta para algo, tú sí me gustas a mí.

—Ya se te pasará —descarta, antes de desaparecer y se me escapa una carcajada por cómo lo ha dicho.

No, no lo creo.

Paloma te lo explica

*NUNCA HAGAS REALIDAD TUS FANTASÍAS**

Un despacho solitario, dos personas con una atracción innegable, mucha tensión sexual en el ambiente y, de pronto, en medio de una pelea sin importancia, un roce casual invita a saltarse las normas... ¿Tú lo harías?

Dicen que si quieres conocer a alguien de verdad, deberías preguntarle su fantasía más oculta. Como soy nueva por aquí, he pensado en compartir primero la mía: tener un encuentro íntimo en la oficina.

El placer de lo prohibido y el riesgo a ser descubierto hace que todo sea más excitante, pero hay un motivo para eso. La moralidad limita nuestra idea del sexo. Por eso, recurrimos a un lugar donde vivirlo sin barreras: la imaginación.

Permitirnos fantasear tiene múltiples beneficios: alivia el estrés, incrementa la excitación, estimula la creatividad e incluso eleva la autoestima. En un mundo sin reglas, sentirnos irresistiblemente deseados es mucho más sencillo.

Pero fantasía no es sinónimo de deseo. En la realidad, donde las normas sí existen, llevar a cabo lo que nos excita suele ser inviable y decepcionante.

Y tú, ¿te arriesgarías a hacer realidad tu fantasía más oculta?

*Advertencia: peligro de llevarse un chasco.

13.487 Me gusta   258 Comentarios

@rakelina._. Eso sueño yo también, pero en mi oficina todos son feos.

@hola_mariola Cada vez que entre en un despacho esta semana, me acordaré de esto. 🫠

@bego675 Las fantasías en el mundo real pierden siempre. Qué decepción.

@trouble_maker69 Mi oficina está abierta por si alguna se anima.

@boy_to_man Vibradores y fantasías. Lo que necesitáis vosotras es una buena 🍆.

@bego675 @boy_to_man Hombres como tú son el motivo de que las fantasías nos decepcionen.

@silvia58 Me gustaba más Paola.

———

SÍ, yo le pedí a Basil que no me dibujara y yo he acabado escribiendo eso, pero en mi defensa:

1. He aclarado que es una fantasía inviable.
2. Dudo que Basil vaya a leerlo.
3. Esta vez no le he llamado inútil.

Y no, esto no significa que no pueda dejar de pensar en lo que pudo haber sucedido.

Mi plan es que nos olvidemos de ese momento y sigamos con nuestra vida. Por eso, estoy usando la entrada de servicio en el lateral de mi edificio. Me requiere subir muchos escalones, pero es un precio pequeño para no volver a verlo y dar tiempo a que la idea de Basil lamiendo mis pezones en la oscuridad de ese cuartillo de materiales se vaya de mi cabeza.

Es un plan perfecto.

El artículo está teniendo muchísimas interacciones, y Begonia y *mister* Miller están contentos. Eso es lo importante. Mi problema ahora es que seguimos sin anunciante y la única compañía que ha mostrado interés es una empresa de productos adelgazantes.

—Vas a tener que aceptar que es tu nuevo patrocinador —insiste mi editora desde la silla de su despacho.

He venido aquí a suplicarle que no firmemos un contrato con esa marca y a traerle pruebas que demuestran que se trata de una estafa, pero ni ha mirado el documento que he preparado. Solo lo ha metido en su bolso y me ha animado a correr para llegar a la reunión en la que las dos deberíamos estar ya.

—No podemos fomentar una industria que se alimenta de las inseguridades de las mujeres. Eso va contra el espíritu de Femalista. —Begonia me ignora y sale de su despacho—. Mi nuevo contrato dice que tengo derecho a elegir mi propia línea editorial. Puedo negarme a hablar de ellos —dejo caer, forzando que me responda.

—Tu contrato se acaba si no tienes un patrocinador. ¿Lo quieres entender por las buenas o por las malas?

—Dame una semana —suplico—. Puedo intentar organizar reuniones con otras marcas con valores que estén más alineados con los nuestros.

—Ese no es tu trabajo, es el de Publicidad. Y ya han formalizado la firma del contrato.

—Pero alguien tiene que arreglar esto. Es un error. —Juntas subimos al ascensor que lleva a la planta de dirección y noto como mi jefa me ignora de nuevo, así que insisto—. ¿Tengo permiso para hablar con Víctor? —Confío en que el Responsable de Publicidad entenderá el problema.

—No. —Se gira muy seria y no vuelve a decir ni una palabra hasta que salimos al vestíbulo—. Las últimas semanas me has enviado tus artículos con el tiempo justo de llegar a imprenta. No me mientas diciendo que tienes margen para hacer algo más y ni se te ocurra molestar a otros departamentos por esto —me recrimina.

Joder.

En silencio, entramos las dos a la sala donde *mister* Miller ha convocado a todos los redactores de Esferia para preparar el veinte aniversario del Grupo. Somos más de cien personas. Esta sala solo la usamos para charlas y conferencias.

Trabajando con *mister* Miller te acostumbras a lo rápido e inesperado. Hoy podría anunciar cualquier cosa y querer tenerla lista mañana mismo.

Casi todos los asientos están ya ocupados porque hemos llegado tarde. Begonia se aleja para sentarse junto a nuestro jefe y el resto de editores en el escenario. Para mi absoluta mortificación, Basil aparta sus cosas y me muestra que tiene el último sitio libre a su lado y me lo ofrece con media sonrisa.

—Pensaba que me iba a tocar sentarme solo. Has tardado mucho en venir —comenta.

—¿Nadie quería ponerse a tu lado?

Basil es el chico dorado de La Esfera y el ojito derecho de *mister* Miller. Dudo que le faltaran candidatos.

—Te estaba guardando el sitio —bromea.

Bromea, ¿verdad? Por supuesto. Es literalmente incapaz de hablar en serio. Solo es un chiste que no entiendo. Y sé que es un error, pero no quiero quedarme de pie con los tacones que me he puesto hoy.

—¿Gracias? —le agradezco sin mirarlo directamente. *Eso es, Paloma, evitando contacto.*

—Tengo una pregunta. —Se acerca susurrando—. ¿Tus fantasías son solo en despachos o también en salas de reuniones llenas de gente?

Es posible que haya leído el artículo.

No quería poner mis ojos en él, pero cuando lo hago y lo veo sonriendo, una ola de vergüenza me consume y noto mis mejillas ardiendo. *¿Por qué siempre tiene este efecto en mí?*

—Creía que no íbamos a escribir el uno sobre el otro —comenta.

—No pensaba que ibas a leerlo. De hecho, ¿puedes dejar de seguir mi columna?

—Necesitas más lectores, ¿no? Estoy aprendiendo mucho con Femalista. Tiene artículos muy interesantes —asegura—, pero los que más me gustan son los que escribes sobre mí.

—¿Disculpa? Hablaba sobre *mis* fantasías —aclaro y compruebo que alrededor nadie sigue nuestra conversación. Todo el mundo está charlando y esperando la hora de empezar.

—Tengo otra duda: ¿lo escribiste antes o después de venir a mi despacho?

Eso son demasiadas preguntas.

—Creo que será mejor que busque otro asiento antes de que esto comience... —Me levanto para irme, pero de pronto toda la sala se calla porque *mister* Miller ha cogido el micrófono. Y yo soy la única persona de pie. Me siento de inmediato y Basil se esfuerza muy poco en ocultar que le hace gracia.

—No pasa nada. Yo también he tenido fantasías contigo, palomita. —Me guiña un ojo con total descaro. *Será canalla.*

—Yo no fantaseo contigo —hago hincapié en la última palabra—. Por cierto, ¿tú no te ibas de Esferia?

—Cambio de planes. Tengo muchas fantasías que quiero hacer realidad antes de irme.

¡Increíble!

—¿Puedes parar? —le pido en voz baja tratando a la vez de escuchar a *mister* Miller, que está introduciendo ideas sobre el lanzamiento especial que espera tener listo en menos de dos meses.

—Pensaba que vendrías a verme otra vez a mi despacho —susurra.

—Te dije que no iba a hacerlo.

—Llevo días esperando.

—Menos mal que tienes lápices y colores para entretenerte —aporto sin apartar la vista del escenario y cruzando los brazos.

—A mí se me ocurren otras formas de entretenernos.

—¿Por qué no pruebas a ir de compras si lo que quieres es matar el tiempo? Una camisa no te vendría mal.

—¿Qué tiene de malo mi ropa?

En Esferia no hay obligación de llevar traje, pero la norma general invita a los hombres a venir con camisa a la oficina. Yo creo que a él aún no le he visto nunca con algo que no pudiera usarse como trapos.

Mister Miller da la palabra al responsable de una agencia de eventos, que nos informa de que además de una web especial conmemorativa, habrá una fiesta, y empieza a explicarnos algunos detalles con una presentación.

—Si me compro una camisa, ¿vendrás conmigo a cenar? —No respondo—. ¿Qué haces esta noche?

—Estoy ocupada.

—¿Otra prueba de vestido de novia? ¿Cuándo te casas?

Lo miro dudando de qué está hablando. Ya ni recordaba que le dije eso.

—¡¿Crees que estoy prometida?! —Me cuesta mantener un tono de voz bajo cuando lo digo. Por suerte, todas las presentaciones tienen material de relleno, así que decido dejar de escuchar por un segundo y aclararlo —. Era la prueba de vestido de novia de mi prima. Es ella quien se casa.

Devuelvo mi atención a la presentación porque se

forma un pequeño revuelo en la sala. *Mister* Miller ha anunciado que la fiesta incluirá una entrega de premios y tendrá lugar en uno de los hoteles más lujosos de la ciudad.

Lo primero que pienso es en Mari. Querrá que le cuente los detalles. Seguro que necesita prepararse para la ocasión. La sala está muy animada por lo que nos están adelantando sobre la gala, pero no puedo evitar seguir sorprendida de que Basil pensara que me iba a casar.

—¿De verdad creías que estaba prometida y aun así querías...? —No sigo la frase porque alguien podría escucharnos.

Se acerca a mí y me aparto un poco, aunque en el fondo quiero oír su respuesta. Por eso no me resisto cuando lo veo aproximarse a mi oído.

—¿La verdad? Me sentía un poco mal por tu prometido, pero no tanto como para dejar de pensar en follarme a su futura mujer... —susurra en mi oído— muchas... muchas veces y de muchas... muchas formas —añade muy lento, dejando que su boca se quede unos segundos más de los necesarios en mi oreja. Ese roce provoca un escalofrío que recorre todo mi cuerpo. Es la misma sensación que siento cada vez que él me toca; la que me hace relajarme y tomar malas decisiones.

Niego con la cabeza y cruzo las piernas de inmediato porque he notado mis braguitas humedecerse. También me separo un poco de su lado para recuperar la compostura y trato de concentrarme en lo que dice *mister* Miller y olvidar la sonrisa traviesa con la que sé que Basil me mira ahora mismo.

—En el evento me gustaría usar nuestras caras más famosas para dar a conocer nuevos talentos dentro de Esfera —sigue anunciando desde el escenario.

—¿Y cómo podemos hacerlo? —duda uno de los redactores con un micro en la mano. La secretaria de *mister* Miller es quien se encarga de pasarlo de unos a otros porque esta sala es famosa por tener muy mala acústica. Por eso no la han aprovechado para la fiesta de aniversario.

—Junto con los editores de todas las revistas —sigue explicando nuestro jefe—, he programado una serie de entrevistas que grabaremos el día de la gala. Como sabéis, estamos evolucionando hacia un modelo más dinámico. Por eso, hemos pensado en hacer una serie de vídeos, en directo, con nuestras caras más conocidas.

Al decir eso, el responsable de la empresa de eventos, muestra el programa. Mi nombre y el de Basil aparecen juntos.

¡¿Quieren que hagamos una entrevista?!

Me giro a ver su reacción y lo encuentro sonriendo.

—¡Cuántas cosas se me ocurren para preguntarte, palomita...! —Mueve sus cejas satisfecho con las novedades.

Enseguida levanto mi mano y pido turno de palabra. La secretaria de *mister* Miller se acerca a mí con el micro y me lo da, pero el responsable del evento sigue hablando sin mirar a los asistentes.

—La señorita Dulce tiene la palabra —anuncia Regina, para mi completa mortificación.

¿La única vez en toda su vida que usa decibelios por encima de lo normal tenía que ser para anunciar mi apellido delante de Basil?

—Bueno... —empiezo a decir mientras maldigo la sonrisa que puedo intuir a mi lado—. ¿No sería mejor hacer esas entrevistas en diferido y editarlas? Tendrían un aspecto más profesional. Es más efectivo preparar *clips* cortos y compartirlos en redes sociales, ¿no?

Evito mencionar que así podríamos recortar cualquier comentario inadecuado que a Basil se le ocurra hacer.

—¡Buena idea, Paloma! —aporta *mister* Miller—. Haremos eso sin duda, pero mantendremos el directo para que los lectores puedan participar. Os animo a dar difusión del evento en redes sociales. Esto es importante para Esferia, así que cuento con que los que tenéis más seguidores pongáis de vuestra parte. ¿Me has escuchado, Basil?

—Alto y claro —responde él—. Estoy convencido de que a la *señorita Dulce* y a mí no nos faltarán preguntas de nuestros lectores.

Lo mato.

—Paloma —le aclaro con una mirada que lanza rayos y truenos.

—De hecho, quería aprovechar para comentar que la semana pasada, Basil puso en práctica algo que quiero que suceda más dentro de Esferia. Como ya he dicho, la palabra clave en esta reunión es "colaboración". Justo cuando estábamos anunciando la nueva columna de Paloma, él tuvo la brillante idea de incluir en su tira cómica una referencia a uno de sus artículos.

Como tengo el micrófono aún en la mano, lo aprovecho.

—¿No fue más bien una crítica?

—Fue una forma de crear polémica. Que hablen de ti siempre es bueno, Paloma. Quizás podáis buscar algún modo de seguir colaborando, Basil. Sé que con humor es difícil...

—Puedo intentarlo —asegura ante mi mirada atónita.

—Ese es el espíritu que quiero ver en todos vosotros los próximos días para sacar adelante el proyecto especial del veinte aniversario.

No me lo puedo creer. Resoplo de pura indignación. ¡Fui yo quien habló de él primero, para empezar! Basil ni siquiera sabía que estaban anunciando mi columna. ¡Increíble!

—Por cierto, Basil, la gala será un evento formal. Traje obligatorio. Para todos —añade mirando de nuevo al resto de los asistentes—. No os quiero quitar más tiempo. Es tarde y seguro que queréis volver a casa. Vuestros editores os enviarán un correo electrónico con los detalles de lo que cada uno deberá preparar para el lanzamiento, pero os animo a seguir el ejemplo de Basil.

Devuelvo el micrófono a Regina sin poder evitar negar con la cabeza de pura frustración.

—Ni se te ocurra volver a dibujarme —amenazo a Basil en voz baja.

—Son órdenes de Walter. No creo que deba ignorarlas. Y parece que también voy a tener que comprarme una camisa.

—Se te van a atrofiar los músculos de los mofletes. ¿Puedes dejar de sonreír?

—¿Puedes hacerlo tú de vez en cuando?

Gruño.

—Solo quería ayudarte, palomita dulce. —Le cuesta contener la risa mientras lo dice.

—El único que va a necesitar ayuda como me vuelva a llamar así eres tú —le advierto muy seria con un dedo alzado, pero en cuanto veo al fondo de la sala levantarse al director de Publicidad, sé que tengo que correr tras él.

—No te vayas tan rápido —me pide, pero no me cuesta ignorarlo.

Solo me alejo dando grandes zancadas para alcanzarlo. No me molesto ni en recoger mis cosas de mi asiento.

—Disculpa, Víctor, ¿podríamos hablar un segundo?

—Claro, Paloma, ¿qué pasa? —responde. Es bueno que recuerde mi nombre.

Sé lo que quiero decirle. Y también sé que mi jefa me ha dicho que no lo haga... pero necesito que me ayude. Además, ella no va a verme porque está charlando con otros editores.

—Es sobre el nuevo patrocinador de mi columna. ¿Podemos seguir buscando otras opciones, por favor? —suplico.

—Paloma, NutriDieta es la única empresa dispuesta a firmar un contrato con tu espacio. Walter quería que buscáramos a alguien rápido, y lo hemos hecho. Además, la mayoría de nuestras lectoras admiten preocuparse por su peso. Es un buen encaje.

—¿Y no se preocupan por culpa de revistas que promocionan la cultura de la dieta?

—Haces que suene peor de lo que es. Mi mujer lo ha probado y ha perdido diez kilos. Está encantada. A lo mejor a ti también te gusta.

—¿Estás insinuando que debería ponerme a dieta? —Mi voz suena a amenaza y lo es. Mis ojos no se apartan de él esperando una respuesta.

—¿No fue Coco Chanel la que dijo que nunca se está demasiado delgada? —me devuelve, el muy cobarde.

—¿No nació ella en el siglo diecinueve? ¿No existen los trastornos alimenticios por culpa de ideas como esa? ¿No queremos ser una revista que refuerce la autoestima a las mujeres en lugar de alimentar sus inseguridades? —

Noto mi tono de voz elevándose porque ha tocado mi fibra sensible.

Coco Chanel nos hubiera hecho un favor a todas diciendo que "nunca se está demasiado gorda para quererse a una misma", y ya de paso, "nadie es pobre porque quiere serlo".

Usar las palabras de una mujer para atacar a otra es de cobarde, pero empiezo a pensar que tengo uno delante.

—Paloma, los números de Femalista no nos permiten rechazar la propuesta de NutriDieta. Si me disculpas... —No me da opción a réplica.

Cierro mis puños con rabia al ver que se va.

—¿Qué está pasando aquí, Paloma? —interviene mi jefa.

Mierda. Me he enfadado tanto que había dejado de vigilarla.

—¿Nada?

—Te he escuchado discutiendo con Víctor sobre tu patrocinador. Justo lo que te he ordenado que no hicieras.

—Lo sé, pero...

—¿Has prestado atención a la charla de Walter? A lo mejor no has escuchado cuando mencionaba publicaciones que están en peligro, pero se refería a Femalista, Paloma. Tenemos que aumentar las visitas y conseguir anunciantes, como sea. Ahora mismo no podemos elegir. Acéptalo. Y no se te ocurra volver a saltarte la cadena de mando si no quieres buscarte otro trabajo.

—Lo siento, Begonia.

Es oficial: la he fastidiado. Hasta el fondo.

CAPÍTULO DOCE
ACUERDOS DE (NO) COLABORACIÓN

BASIL

SIEMPRE SOY el último en llegar y el primero en irme de este tipo de reuniones, pero hoy quería ver a Paloma. Y ahora que se ha dejado sus cosas aquí, he pensado que podría esperarla e ir a tomar algo juntos.

Lo que no he tenido en cuenta es que Sonia también estaba en la sala.

—Hola, Basil —me saluda como si la última vez que nos vimos no se hubiera marchado dando gritos de mi casa.

Cuando la conocí, creí que lo nuestro tenía que funcionar. Amigos comunes, aficiones similares... ¡incluso trabajábamos en el mismo edificio! Tardé poco en darme cuenta de lo equivocado que estaba.

Ella insiste en que nuestro único problema es que yo nunca me he esforzado para hacer que funcionara. Y no sé si tiene razón o no, solo sé que cada minuto a su lado era peor tortura que el anterior.

—Sonia. —Es todo lo que alcanzo a responder, y miro alrededor asegurándome de que hay testigos.

—¿Qué haces después de esto? Podríamos tomarnos una copa y hablar. No me gusta que sigamos enfadados.

Su mano roza mi brazo con una familiaridad que me resulta extraña. Me levanto para apartarme de ella. De lejos, veo a Paloma discutiendo con Víctor, de Publicidad. Llevo cinco años trabajando aquí y sé muy bien que es un incompetente, pero con el tiempo he descubierto que además es mezquino. Siempre hay alguien de su familia detrás de las marcas absurdas que se anuncian en Esferia. Nunca me ha gustado el modo en el que dirige su departamento. Por suerte, Jota se encarga de gestionar las empresas con las que yo colaboro.

—Sonia, ¿podemos hablar en un sitio un poco menos concurrido?

Temo que haga uno de sus espectáculos en medio de una sala llena de compañeros. Dudo que eso me ayudara a ganarme a Paloma, aunque ella parece entretenida con su propia pelea.

Sonia asiente y me acompaña al vestíbulo. Al menos, aquí solo nos escuchan las personas que van de camino al ascensor para irse a casa.

—¿Te apetece que nos tomemos algo? —pregunta con una sonrisa.

—Sonia, lo hemos intentado muchas veces y siempre acaba mal.

—Pero aún tengo mis cosas en tu casa. Debería ir a recogerlas.

Me he ofrecido a traérselas o dejarlas en su piso muchas veces, pero cada vez que lo sugiero se convierte en un volcán en erupción.

—Ya sabes que puedes venir cuando quieras y llevarte tus cosas. Solo te pido que dejes tu copia de las llaves dentro. Es lo más sencillo.

—¡¿Y ya está?! ¡¿Tú sabes la de hombres que se

morirían por estar con una chica como yo?! Si sigues así, me vas a perder, Basil.

—Sonia, hace meses que no estamos juntos y te dije que no quería seguir contigo.

Gruñe indignada con esa respuesta.

—Solo te digo que después no vengas a buscarme.

Tengo claro que no lo haré. Dejo escapar aire aliviado cuando veo que se aleja, pero debería conocerla un poco mejor.

—¿Sabes? Compadezco a la pobre que se enamore de ti. ¡Estás tan acostumbrado a que todo sea fácil que no has aprendido nunca a luchar por nada! Tienes mucha suerte, Basil, pero eso no te va a durar para siempre. Te vas a quedar solo. Y es lo que te mereces.

Parece que no vamos a acabar como amigos...

—¡Que te jodan! —Grita y se asegura de que eso se oiga bien.

Varios compañeros me miran con caras de circunstancias mientras ella se aleja taconeando hacia el ascensor. Me encojo de hombros sin saber qué decir.

Basándome en nuestras últimas peleas, diría que está más calmada que otras veces. Estaría bien que recogiera sus cosas de mi casa pronto, pero supongo que si ya llevan en mi entrada casi cinco meses, no tiene mucha prisa por recuperarlas.

———

ESTOY a punto de entrar en el ascensor cuando Paloma llega con cara de malas pulgas.

—¿Todo bien?

—Basil, no estoy de humor.

Yo tampoco después de lo de Sonia, pero no digo

nada. Solo entro con ella y varios compañeros más, y empezamos a bajar. Paloma mira su móvil, en un claro intento de ignorar mi presencia.

—¿Qué te ha pasado con Víctor? —pregunto procurando no alzar mucho la voz. Estoy seguro de que su enfado es cosa de ese idiota.

—Nada que te importe... —me devuelve, pero resopla arrepentida—. Perdona. Estoy de mal humor, pero no es excusa para pagarlo contigo. No es tu culpa. Lo siento.

—No lo sientas. A mí también me cae mal Víctor —aporto cuando estamos a punto de salir del ascensor

—No es solo él, es... una dieta estúpida. Mi editora espera que escriba maravillas sobre ella, pero va contra todos mis principios.

—No lo hagas. Es tu columna. Ahora lleva tu nombre, ¿no? ¿Cómo se llama, *Palomita Dulce te lo explica*? —trato de provocarla con esa broma, pero ni siquiera pone los ojos en blanco y así me deja claro que está preocupada de verdad.

—No puedo negarme. Nutridieta es el único patrocinador que quiere respaldarme y necesitamos ese dinero. Sin ellos, no tengo dónde escribir.

—Habrá algo que puedas hacer.

—Lo he intentado, pero no hay más opción. Esta noche empiezo. Estoy deseándolo —ironiza con un gesto de celebración falso.

Abro la puerta de salida del edificio para que pase frente a mí. Cuando la tengo delante, no puedo evitar pensar que sería una auténtica tragedia que su culo perdiera un solo milímetro, pero si se lo digo así, sé que se va a cabrear.

El aire caluroso de final de primavera hace presencia en cuanto salimos. Respiro profundo. Lo necesitaba.

Es uno de esos jueves que parece viernes. El ambiente está animado e incluso un guitarrista toca música. En días como hoy, muchos compañeros se quedan tomando copas en los *happy hours* para turistas que hay en la zona. El mar está cerca de nuestras oficinas y siempre hay gente con ropa de playa paseando alrededor.

—Si esta noche comienzas, al menos, ¿te apetece tomarte algo como despedida? O podemos beber para olvidar. No me vendría mal hacer eso hoy. ¿Un tequila?

Creo que jamás podré volver a pensar en esa bebida sin acordarme de Paloma desnuda y de mi lengua recorriéndola. Por un segundo, me mira y creo que ella también piensa en ese momento.

—Gracias por la oferta, pero eso no va a pasar. Trabajamos juntos y ahora tenemos una entrevista pendiente. Necesitamos mantener las distancias. Al menos, yo lo voy a hacer.

—Pero Walter ha pedido que colaboremos. Quizás podríamos planear algo para librarte de tu patrocinador —añado con la esperanza de convencerla—. Tal vez podría echarte una mano...

De pronto, su mirada arroja desconfianza.

—No.

—¿Por qué no me dejas ser algo más que un *muso* para tu columna? Está claro que te inspiro, palomita. Tal vez puedo hacer algo más.

Pone los ojos en blanco como respuesta.

—Este trabajo es importante para mí. Y tomarme un tequila contigo solo complicaría las cosas. No insistas, no voy a cambiar de opinión.

Pasamos cerca del guitarrista y empieza a tocar una canción. *Jardín de Rosas* de Duncan Dhu. Me extraña que la cante mirando hacia Paloma, pero es más raro aún cuando le guiña un ojo y ella lo saluda como si se conocieran.

Y le regala una sonrisa.

A él sí.

No quiero que me importe, pero...

—Buenas noches, Basil —se despide quedándose frente al músico que sigue cantando sin dejar de mirarla.

—Buenas noches, palomita.

Siempre es un reto convencerla de que quiera pasar un rato conmigo, pero intentarlo con un tío tocando una canción para ella es una batalla que sé que he perdido.

Aun así, no pienso abandonar la guerra. Sonia se equivoca conmigo. Yo lucho por lo que quiero. Y Paloma no es algo que vaya a dejar pasar. Solo necesito convencerla de que me dé otra oportunidad.

BASIL

Jota, ¿tomamos una birra? Tengo un reto para ti.

UNOS DÍAS MÁS TARDE

—¡AHHH! ¡Palo, dale al agua! ¡Me congelo! —se queja Mari desde la ducha y me despierta con ese grito.

Nuestra caldera tiene vida propia y, de vez en cuando, decide sorprendernos apagándose a media ducha. No es la primera vez que pasa esto, pero siempre que me levanto de golpe, me mareo.

Me quito la máscara, los tapones de los oídos, busco a tientas mis gafas sobre la mesa y, sujetándome a la pared por el pasillo, llego al radiador. Activo la palanca del agua caliente y vuelvo a mi cama aún tambaleante. Me siento más débil que otras mañanas. He comido demasiado poco estos días.

Cuando me estiro, cojo mi móvil y un correo electrónico llama mi atención.

De: Pierre Latour
Para: Paloma D.
Asunto: Propuesta de patrocinio
Soy Pierre Latour, responsable de marketing de una

marca de juguetes para adultos de lujo. Estamos buscando abrirnos mercado en tu país, después de nuestro éxito en Francia. Hemos visto tu columna y creemos que podría encajar con lo que buscamos. Nos interesa ser tu patrocinador exclusivo y apoyarte en lo que necesites. Quedamos a la espera de tu respuesta.

Atentamente,

Pierre

Esto es nuevo. He hecho otras dietas en mi vida, pero esta es la primera que me provoca alucinaciones. Compruebo que el mensaje pone mi nombre. Busco en internet si se trata de un timo para estafar a inocentes redactoras. No aparece nada al respecto.

Con dudas, le reenvío a Víctor el mensaje con un breve "¿sabes algo de esto?" que esconde la esperanza de que haya recapacitado y buscado otra marca para patrocinar mi columna después de nuestra charla del jueves.

Cuando termino de escribirle, voy a la cocina y vierto los polvos de mi desayuno en una coctelera de plástico.

Me juré a mí misma no volver nunca a hacer dieta por otros. He intentado demasiadas veces gustarle a los demás a costa de dejar de quererme a mí misma. No fue fácil aprender esa lección de autoestima y me siento rara teniendo que aceptar esta situación.

Podría ponerme a dieta por salud, pero no es el caso. La hago porque me están obligando y no puedo evitar pensar que me estoy dejando engañar.

—Si sigues meneando eso, solo vas a comer burbujas —me advierte Mari al salir del baño.

Envuelta en una toalla y con su melena hacia abajo, la

Mari ante mis ojos ni se parece a la que va por la calle cada día. Todos pueden verla siempre con sus rizos espectaculares, pero yo soy la única que ve el tiempo y el esfuerzo que dedica a cuidarlos. De hecho, sé que lo nuestro es amor verdadero porque ella no deja que nadie se acerque a su pelo. Nadie, excepto yo.

La observo mientras pone un poco de crema de chocolate sobre una rebanada de pan crujiente y me esfuerzo por no babear.

—¿Cómo llevas la dieta?

—Muy bien —miento—. Mi diario para promocionar NutriDieta comienza a tener muy buen aspecto.

HOY: CUARTO DÍA DE CÁRCEL ALIMENTICIA

Peso: Cien gramos más que ayer. Quiero que la ciencia me estudie.

Desayuno: Batido especial con sabor a "químicos tóxicos" y café purgante, sin leche ni azúcar.

Estado de ánimo: hambrienta y cabreada.

Frase de motivación: Si ocupo menos espacio, dejo más hueco al patriarcado.

¿Quizás por esto Begonia quiere esperar a que termine el primer mes para revisar todo el contenido antes de publicarlo? Mi personalidad subversiva me precede, supongo.

Miro con disgusto mi batido, que debería saber a chocolate, pero desconoce lo que significa esa palabra. Soy incapaz de dar otro sorbo. Así es como adelgazas, por asco. Deberían ponerlo en sus anuncios. Apuntaré esa idea para mi diario también.

—¿Quieres un mordisco? —pregunta Mari al ver que

no aparto la mirada de su tostada. Si sigo oliéndola, acabaré engordando otro día más, pero mi nariz es un espíritu libre.

—No puedo comer eso, solo elegir entre la lista de batidos que hay en el cartel de la nevera. —Señalo con la cabeza el papel que ahora decora nuestra cocina. Es irónico, pero está sujeto por un imán *body positive* que Mari me regaló: "En esta casa nos zampamos a quien critica nuestro cuerpo".

—Espera... ¡¿Solo batidos?! Pensaba que esa porquería es algo que tomas con tu comida de verdad —se queja Mari—. ¿Cuál es la gracia de esos polvos si no te adelgazan? ¡Por supuesto vas a perder peso si solo bebes agua sucia!

—¡Cómo se nota que no has hecho una dieta en tu vida...! —*No quiero maldecir a mi amiga por su buena fortuna genética, pero...*

—No sé si yo podría hacer eso.

—Mi plan, que conste, siempre ha sido engordarte a ti para parecer más delgada a tu lado.

Sonríe.

—Si tú me cocinas, yo me dejo engordar, bombón.

—Tú eres físicamente incapaz de hacer eso. —Se pasa el día comiendo y su drama particular es que, a veces, le toca usar ropa de niñas porque la normal le va grande. Dicen mucho que Dios le da pan a quien no tiene dientes, pero yo creo que también le da celulitis a quien se pasa la vida a dieta—. No me hables de bombones, por favor. Esto es para mí cocinar en las próximas semanas. —Bato mi coctelera a disgusto demostrando mis palabras.

—Mira el lado positivo: alguien en el futuro va a estar muy contento de que ejercites ese músculo.

—Eres una pervertida y me voy a la ducha porque si sigo aquí, voy a robarte la tostada.

—¿No puedes hacer una excepción? En cualquier momento nos tiene que venir la regla.

—No me des más motivos para odiar este día, por favor.

―――――

UNA SEMANA MÁS TARDE

Dejo mi tercera coctelera del día a un lado de mi teclado y reviso mi correo electrónico. Es hora de comer, pero no tengo hambre. Corrección: sí tengo, pero no quiero más batidos.

En realidad, estoy demasiado intrigada para pensar en el almuerzo porque he vuelto a recibir un mensaje de un posible patrocinador. Después de la marca de juguetes para adultos vino una propuesta de unos diseñadores de ropa interior, tras ellos una cadena de hoteles para adultos, una compañía de preservativos y lubricantes...

Víctor ha cedido por fin y su equipo está hablando con todos ellos. No hay nada firmado aún, así que no puedo dejar mis batidos hasta que se confirme, pero la intriga que me está quitando el hambre ahora mismo es otra, y se llama José Guerrero.

Él es mi particular ángel de la guarda, por lo visto. Después de que el departamento de Publicidad me confirmara que ellos no han buscado más patrocinadores, esta mañana he decidido preguntar a varias marcas cómo han conseguido mi contacto. Todas me han dado ese nombre.

No conozco a ningún José Guerrero, así que he buscado en internet y lo único que he encontrado es que dirige una agencia de Publicidad cerca de aquí. *¿Quizás debería ir a darle las gracias?* Estoy planteándome hacerlo cuando Mari se acerca con dos tazas de café a mi escritorio.

Siempre comemos juntas, pero esta semana le he pedido no hacerlo. Me deprime ingerir mi batido sabor "tortura alimenticia" frente a sus platos de carbohidratos. Casi me he olvidado de cómo era morder comida. Sí, se puede echar de menos masticar.

Al menos, aún podemos tomar café juntas.

—¿Qué haces mirando una foto de Jota? —me pregunta en cuanto deja las bebidas en mi escritorio.

—¿Jota? —dudo.

—Sí, Jota. ¿No te acuerdas? El psicópata con el que quedé hace unas semanas.

—¿Tu Jota? ¿El hombre de tu vida? —dudo mirando su foto de LinkedIn. Con tanta ropa no lo había reconocido.

—No, no, no. Un Jota cualquiera. No *mi* Jota —aclara—. Lo único que tiene de mío es mi *top* histórico de malas citas y gente a la que evitar, que encabeza él.

—Pues está tratando de conseguirme un patrocinador. Si me libra de la dieta, voy a tener que darle las gracias.

—Palo, no te fíes de él —me advierte muy seria.

Tomo un sorbo de mi café, pero enseguida noto que no sabe amargo, así que lo escupo dentro de la taza. Mi lengua reconoce por un segundo ese sabor dulce con añoranza.

—No puedo tomar leche, Mari.

—¡Venga ya! ¡¿Ni desnatada?! —duda como si le pareciera surrealista. *Lo es.*

Alimentada por ese breve sabor prohibido aún en mi paladar, se me ocurre investigar un poco más el perfil de Jota y veo que tiene un contacto en Esferia y es alguien que conozco.

—¿Jota es amigo de Indiana Jones? —*¿No podría haberle buscado un nombre en clave que no sonara sexi?*

—Eso parece.

—¿Has vuelto a hablar con él?

—No. Fui a verlo a su despacho y le dije que parase. Solo eso. —*Nada que pasara con su lengua en mis pezones en un cuartillo de materiales ni con susurros en la oreja en medio de reuniones de equipo multitudinarias.*

No quise contarle a Mari lo que casi pasó en ese despacho. Confío en ella, pero sé que va a ver cosas donde no las hay. Fue una enajenación mental transitoria. Y en el fondo, no llegó a pasar nada y no se repetirá, así que no hay nada que contar.

—Pues creo que Indiana Jones no entendió tu mensaje. ¿Has visto su tira cómica de hoy?

Asiento, porque sí, la he visto.

—Pensaba que ya no lo seguías —le recuerdo.

—No lo hago —miente—. Pero es divertido que te las dedique. Reconoce que es mono...

—No me las dedica.

—Le has dejado huella, Palo.

—¡¿Qué?! No.

Ha vuelto a dibujar una viñeta sobre mí, pero no es divertida. En ella, Basil anima a su nueva amiga a cumplir sus fantasías con algo que no sea un vibrador. Con un dibujo que se parece a mí, otra vez.

Su público y el mío no podrían ser más distintos. A mí me siguen mujeres que valoran mis consejos, a él, gente que se ríe de sus bromas absurdas. Y gracias a sus referencias a mi columna, ahora me siguen sus *trolls* que me llaman "inaguantable", pero mis lectoras ven una historia de amor.

Lo sé. Tienen demasiada imaginación.

Me ha costado no decirle nada, sobre todo cuando he leído los comentarios:

@begoSiempre91 ¿Basil volviendo a dibujar a Paloma? Lo dije hace días, pero lo voy a repetir #AQUÍHAYTEMA Ella habló sobre fantasías y él pide que las haga realidad. ¡¿Podría estar más claro?!

@la_telemaneje Tenemos culebrón. #basiloma #itshappening

@picholina_chick @basiljones, yo quiero cumplir mis fantasías contigo. #odioapaloma

@Hello_Juana0_0 No quería creerlo, pero las evidencias están ahí. #basiloma

@LorenaBld Me encanta el nuevo personaje. Basil necesitaba una novia. ¿Será de verdad @palomateloexplica?

@ piradaperdida Si @palomateloexplica no responde en su columna a Basil, voy a dejar de creer en el amor. #basiloma

@ginaJ_81 Paloma es demasiado fea y amargada para Basil. No me gusta. #inaguantable

@boy_to_man Monumento a la 🥒 de
Basil, que tiene que luchar contra un
vibrador.

¿Y lo peor? *Mister* Miller le ha mandado un correo
electrónico felicitándolo por la iniciativa, poniéndome a
mí en copia.

Y eso no es lo único que Basil ha hecho para llamar
mi atención. Esta mañana me ha pillado subiendo por la
entrada de servicio. Juraría que me estaba esperando solo
para mortificarme.

No va a conseguir que le responda. Ni en mi columna
ni en ningún otro espacio. Estoy ignorándolo. Eso
debería ser sencillo, ¿verdad? En mi caso, no sé por qué,
requiere esfuerzo y él no me está ayudando.

—¿No te pone nerviosa? —pregunta Mari de pronto.

—¿Basil? —*Mucho*—. No.

—No, tu teléfono, que no para de sonar. ¿Cómo tienes
quinientos mensajes de Whatsapp? —comenta al
comprobar mi pantalla.

Chat de grupo:

Las damas de Iris 🤍💀

IRIS

@Paloma IMPORTANTE.

Este fin de semana tienes cita para
probarte tu vestido. Es ese o ese, porque
ya tenemos los demás que van a
conjunto.

Queda un mes y medio. Os lo recuerdo a
todas.

> Por cierto, ¡no sabía que trabajabas con
> Basil Jones! Siempre sigo sus viñetas.

> ¿Es tan simpático como parece?

Estoy empezando a escribir que "no, no lo es" cuando recibo otro mensaje.

IRIS

> Tengo que preparar los carteles de
> asignación de asientos. Os paso el plano
> de las mesas provisionales.

PALOMA

> ¿No prefieres ponerme en un lugar
> menos importante?

Yo sería feliz en la mesa de los solteros, los niños, los abuelos, los camareros... Incluso en otro salón. Pero según el plano que nos ha mandado, estaré al lado de los novios. Acepté acompañarla al altar, pero había puesto toda mi fe en emborracharme y huir a media boda con mucho disimulo.

IRIS

> ¡Qué tontería! Eres mi dama de honor. Te
> quiero cerca.

> ¿Vas a venir con pareja?

Si tengo que aguantar a mi tía Angustias preguntándome cuándo voy a casarme mientras intenta que me esnife al *bebé afortunado* de nuevo, al menos no lo haré sola. Además, a Mari le encantan las fiestas con barra libre.

Sí, iré con alguien.

—Te acabo de invitar a la boda de mi prima —anuncio a Mari.

—¡Ohh! ¡¿Y qué nos vamos a poner?!

—Mi vestido lo ha escogido ella, así que yo algo feo. Tú ponte lo que quieras.

—¿¡En serio!? ¿Por qué no te niegas a ir? Yo lo haría.

Encojo los hombros. Iris no es mi persona favorita, pero es mi prima. Y solo tengo dos.

De pronto, mi estómago ruge, no sé si por hambre o en protesta, pero cojo mi coctelera de mi escritorio y tomo un trago con una mueca de asco preventiva. Y entonces, sucede un milagro. Sí, a veces llegan por *email*.

De: Begonia Aguirre
Para: Paloma D.
Asunto: Nuevo patrocinador
El departamento de Publicidad acaba de cerrar el acuerdo de colaboración con la agencia de José Guerrero. Tu patrocinador será una marca de lencería francesa. Te enviarán productos esta misma semana para que puedas incluir menciones en tus artículos y en redes sociales.
Espero que entiendas la gravedad de desobedecer una orden directa.

Querría decir que lo siento, ¿pero lo siento? Estoy casi segura de que si Publicidad ha cerrado un acuerdo es porque las condiciones son mejores para la revista.

—¡No me lo puedo creer! —exclamo de pura emoción mientras leo junto a Mari el correo electrónico.

Ni siquiera espero a terminarlo para tirar la maldita coctelera a la basura. Por desgracia, hay una última frase que me invita a no abandonar aún del todo la dieta.

Como gesto de buena voluntad, hemos ofrecido a NutriDieta un artículo en tu columna este fin de semana. Quiero tenerlo en mi correo mañana.

Alimentar las inseguridades de mujeres contra mi voluntad me fastidia —y mucho—, pero al menos es solo una vez. Además, van a regalarme ropa interior sexi. Eso siempre son buenas noticias.

—¡Por fin te libras de tu dieta! Esta noche lo celebramos. ¿Cocinas tú?

—Deberías ofrecerte a hacerlo tú.

—¿De verdad quieres que haga eso? —pregunta con una sonrisa contenida.

Mari tiene un don para provocar incendios y echarle la culpa a su "ingrediente secreto nigeriano para hacer los platos extrapicantes". Algo me dice que su amor por los bomberos tiene algo que ver...

—Mejor cocino yo —resuelvo.

—Oye, Palo, ¿tú crees que Indiana Jones ha tenido algo que ver con esto?

—No sé. —*Aunque sospecho que sí.*

—Oye, si Jota vuelve a dar señales de vida, avísame. No me cuesta nada pedirle a Mandla que le haga una visita si no te deja en paz.

El hermano de Mari es policía y muy protector con ella. Si Mandla encuentra una sola multa de tráfico en su historial, es capaz de llevar a Jota a una sala de interrogatorios para llegar al fondo de la cuestión.

Yo siempre he tenido que defenderme sola. Supongo

que prefiero ser capaz de luchar mis propias batallas, pero a veces echo de menos tener a alguien que hiciera algo así por mí. Esa sola idea hace que un pellizco se forme en mi tripa, pero no digo nada mientras Mari se despide y se lleva los cafés a la cocina.

De camino, se cruza con un mensajero. Ver a alguien entregando regalos en Femalista no es raro. Al fin y al cabo, vienen a menudo modelos y famosos a ser entrevistados y fotografiados. Mari ni siquiera se molesta en preguntarle por qué está aquí.

—Traigo unas flores —anuncia con ellas en la mano.

—Debe ser para el otro lado —aclara una compañera.

No es raro que los repartidores se confundan y vengan a la redacción. Las oficinas de Femalista se dividen en dos zonas: la que tiene *glamour*, más cercana al estudio de fotografía... y la nuestra. Nosotros somos el equivalente a una planta de interior que no necesita mucha luz, supongo.

Con todo, esta planta no es nada comparada con el despliegue de metros cuadrados y decoración que tienen en La Esfera. El despacho de Basil, por ejemplo, es muy grande, moderno y con unas vistas impresionantes. Estaba muy enfadada con él cuando fui, pero no pude evitar fijarme en que era precioso. Y todo esto no lo digo porque no pueda dejar de pensar en lo que pasó ese día.

Podría. Puedo. Solo me tengo que esforzar más.

—Vengo del otro lado y me han dicho que es aquí —insiste el repartidor con las flores en la mano—. Son para la "señorita Dulce" —aporta.

—Es mi apellido, pero debe ser un error.

Mientras me acerco al repartidor, dudo de quién podría habérmelas enviado.

¿Me he comprado flores a mí misma?

Juraría que no, pero esta dieta me confunde. No sería la primera vez que me regalo unas (lo hacía incluso antes de que Miley lo cantara), pero no suelo pagar por el envío. Al fin y al cabo, una no vive en un piso compartido sin lavavajillas porque le sobra el dinero.

—Las firma un tal "inútil en la cama" —lee en voz alta el mensaje que viene con las flores. No se esfuerza en ocultar que le hace gracia, pero una cascada de vergüenza se apodera de mí cuando escucho esas palabras. Reacciono rápido antes de que se anime a leer la tarjeta entera delante de toda la redacción.

—Gracias. Son para mí. —Cojo las flores y, después de firmar un papel, vuelvo a mi escritorio enseguida. Dejo el jarrón a un lado de mi mesa y abro la tarjeta.

—¡Ohh! ¡Cómo me gustaría que alguien me mandara unas flores tan bonitas al trabajo! —exclama mi compañera de mesa—. ¿Quién te las envía?

—Nadie.

Solo por aclarar, no son "flores". Son peonías. Si me hubieran preguntado hace una semana, no lo sabría, pero acompañé a Iris a elegir su ramo y casi me echan de la tienda cuando sugerí que me parecían iguales que las rosas y no entendía por qué eran más caras. "Son las que todo el mundo quiere en su boda", me aclaró mi prima.

¿Por qué me enviaría Basil flores? Ni idea.

¿Por qué ha elegido esas? Menos idea aún.

La única respuesta la encuentro en su tarjeta.

Me debes una, palomita.

Oh, no.

CAPÍTULO CATORCE
LA HORA DE COBRARSE LOS FAVORES

BASIL

ME PREGUNTABA cuánto iba a tardar en volver a ver a Paloma viniendo cabreada hacia mi despacho. No es la primera vez que coincidimos hoy, por cierto. Esta mañana he ido a buscarla a la entrada de servicio porque sospechaba que estaba accediendo al edificio por otro lado desde hace días. Y no me equivocaba.

Solo por la cara que ha puesto al abrir la puerta de emergencia y encontrarme dentro ha hecho que valiera la pena esperarla casi una hora. Aún me cuesta dejar de sonreír pensando en lo contrariada que estaba cuando me ha visto.

—Buenos días, palomita —la he saludado con una sonrisa.

—¿Qué haces aquí? —me ha devuelto con su habitual expresión de desconfianza hacia mí.

—Esperarte. Sigues sin venir a mi despacho a hacer realidad nuestras fantasías.

—Muy gracioso —ha apuntado subiendo las escaleras para dejarme atrás, pero la he seguido.

—¿Cómo te va con tu patrocinador?

Según Jota, Publicidad había cerrado ya el acuerdo,

aunque ella no parecía saberlo aún. Espero que le haya alegrado descubrir que una marca de lencería apoyará su columna a partir de ahora. Yo, desde luego, estoy muy contento. Y no solo porque confío en verle puesto alguno de los conjuntos que le regalen.

—Eso no es asunto tuyo —me ha devuelto sin entrar en detalles.

—¿Siempre eres tan borde?

—Sí y suele ayudar a que me dejen en paz.

—Conmigo eso no te va a funcionar. —He seguido subiendo escalones, pero me he puesto frente a ella—. Me gustan los retos, palomita. Y quiero conseguir hacerte sonreír, aunque solo sea una vez.

Ha gruñido en respuesta y me ha esquivado para seguir subiendo escaleras. Sin embargo, cuando hemos llegado al rellano de su revista, se ha detenido.

—¿Vas a dejar ya de dibujarme en tu tira cómica? —ha preguntado de repente.

—¿La has visto?

—No, he visto el correo de *mister* Miller felicitándote por "ayudarme" —ha dicho eso entrecomillado con sus dedos— y cincuenta comentarios pidiendo que te responda, cosa que no voy a hacer.

—¿Y tampoco me vas a dar tu teléfono?

—No.

—¿Y si tengo algo que decirte?

—Tienes mi correo electrónico del trabajo.

—¿Seguro que quieres que te escriba por ahí?

—Ni se te ocurra.

—Pues dame tu número. —Le he mostrado mi móvil y por un segundo, hubiera jurado que iba a ceder. Mientras la esperaba, he creado el contacto "Palomita". Solo tenía que marcar nueve dígitos, pero no lo ha hecho.

—Si quieres decirme algo, puedes venir a mi escritorio. Sabes dónde trabajo.

Por desgracia, eso no es una opción —Sonia está demasiado cerca—, pero no he querido decírselo así.

—Me gustaría más que vinieras a verme tú —he salido al paso.

—Eso no va a suceder. —Ha abierto la puerta de acceso a su redacción.

—¿Te apuestas algo a que puedo convencerte?

—No, aunque créeme, no lo vas a conseguir.

Y así, me ha vuelto a cerrar la puerta en las narices. Sí, mi palomita tiene esa bonita costumbre, pero yo he decidido que voy a lograr lo que quiero, así que eso no me iba a detener.

¿Enviarle flores ha sido excesivo? Desde luego. Aunque espero que sirva para que me dé su número de teléfono. Si no lo hace, me va a salir muy caro enviarle mensajes a partir de ahora.

Viéndola aproximarse, recuerdo la última vez que vino a verme. Me pregunto si me dejará volver a llevarla a mi cuartillo de materiales. Sin pensarlo, busco mi amuleto en el bolsillo. No me vendría mal algo de suerte con ella, para variar.

Ya soy incapaz de entrar en mi despacho sin imaginarla doblada sobre la mesa. No me importaría hacer esa fantasía realidad. Es uno de los motivos que me animó a quedarme en Esferia, al menos un tiempo más.

En cuanto llega, deja las flores que le he regalado en mi mesa, sin siquiera saludar.

—¿No te han gustado? —Un suspiro y una mirada cargada de ironía me dan la respuesta.

—Ven —me exige.

En lugar de obedecer, me recuesto en mi silla y cruzo

mis brazos, dejándole claro que no me pienso mover de aquí. Gruñe, antes de acercarse a mí y me agarra de la muñeca. De un empujón, tira de mí. Mi silla rueda conmigo y, al fin, soy yo quien desisto. Cogido de su mano, Paloma me dirige hacia el vestíbulo.

Si lo que pretendía es que no nos vieran juntos, creo que está fallando en su objetivo, aunque no me voy a quejar. La sigo con media sonrisa que no puedo disimular.

¿Desde cuándo no necesita decir absolutamente nada para hacerme sonreír?

—¿Por qué me has enviado flores?

—Hola otra vez a ti también, palomita.

Resopla.

—Hola —me saluda a desgana—. ¿Por qué?

—Porque pensaba que te gustarían.

—Pues no. Y tampoco me gusta que me dibujes o que me busques patrocinadores, sobre todo cuando no lo he pedido.

— ¿No prefieres hablar de esto en mi despacho?

Niega con la cabeza, como si esa idea le pareciera horrible.

—¿Por qué lo has hecho?

—¿El qué, echarte una mano?

—No tenías que hacerlo. No eres mi amigo.

—Pero quiero serlo.

Me responde su habitual gesto de poner los ojos en blanco. Lo he visto muchas veces ya; lo hace cada vez que no me cree. Y esta vez tiene razón. No me gustaría serlo. No sé por qué he dicho eso.

—¿Prefieres que te diga que quiero follar contigo?

—¡¡Puedes no decir eso en medio de la oficina?! —Se me escapa la risa al verla tan contrariada.

—Eres tú quien no quiere hablar en privado —le recuerdo.

—Basil, no necesito tu ayuda ni busco a un príncipe azul que me regale flores para llevarme a la cama.

—¿Porque ya lo has encontrado? —Sonrío tratando de que ella me siga el juego. Por supuesto, no lo hace.

Solo resopla. De inmediato, se da la vuelta y llama al ascensor, en un claro intento de dejarme con la palabra en la boca.

—¿Sabes? La gente suele dar las gracias cuando les regalas flores... —sugiero al ver que está a punto de subirse al ascensor.

Tarda unos segundos en darse la vuelta.

—No me gustan las peonías. Son rosas injustificadamente caras. Y ni siquiera les veo el encanto a las rosas.

—¿Y qué tal "gracias por librarme de mi patrocinador, Basil..."? —fuerzo.

—¡No te he pedido que lo hicieras! —insiste.

Cuando el ascensor llega, da un paso adelante, pero no se sube. Se cierran las puertas sin que ella se monte.

—Gracias —admite al fin, girándose de nuevo.

—Habría quien diría que me debes una.

—Ni sueñes con que me voy a... —mira alrededor antes de seguir hablando y baja la voz— acostar contigo por esto.

Me cuesta no reírme con eso.

—¿No es un doble estándar? Es lo que tú me pediste a mí.

—Y tú aceptaste —me recuerda—, pero yo no.

—No voy a pedirte eso. Solo quiero pasar un rato contigo. Una hora. Nada más.

No abandona ni por un segundo su mirada de

desconfianza. En el fondo, hace bien. Yo usaría cada minuto de esa hora para terminar lo que empezamos en mi despacho, aunque quiero que ella lo desee también.

—¿Una hora? —pregunta, pero vuelve a llamar al ascensor para irse.

Asiento. Y sin darle tiempo a decidir, doy por hecho que acepta.

—Este sábado.

—No puedo.

—El domingo, entonces.

—Necesito mirar mi agenda.

—El domingo.

—Tengo que confirmarlo. Y esto es solo para agradecerte tu ayuda, no puedes imponer los términos.

—Sí puedo.

—Entonces, yo también: en un sitio público. —Vuelve a llamar al ascensor, que no llega.

—¿Qué tal si vamos al cine?

¿Suena inocente? En mi cabeza, suena a todas las formas en las que pienso provocarla en una sala oscura, sin que nadie nos vea. Casi puedo escucharla gimiendo suave en mi oído para que no la oigan. Mis manos se contraen de anticipación al imaginarla sobre mi regazo, iluminada solo por los destellos de la pantalla, mientras mis dedos recorren su piel bajo su ropa. ¡Es un plan brillante! Mucho mejor que los karaokes de Jota. Y lo más importante: en un cine no hace falta hablar demasiado. Quizás por eso me gustan tanto.

"Idiota, por estas cosas no conectas con nadie nunca", metida en mi cabeza, mi hermana Cecilia es especialista en fastidiarme mis ideas geniales.

—O mejor no —descarto—. No te dejarían pasar conmigo al cine y sería un problema.

—¿Por qué?

—Porque no suelen dejarme entrar en la sala con algo que me quiero comer. Tú deberías saberlo bien, palomita dulce. —Le toco la nariz para ver su reacción.

Hace una mueca de disgusto, aunque sospecho que en el fondo le ha hecho gracia.

—Si de verdad quieres hacerme reír, vas a tener que mejorar mucho tus bromas. —Me cuesta que no se me escape la risa con eso. No era tan mal chiste. Y no era un chiste—. Nueva condición: por la mañana, en un sitio con luz. Y no vas a... comer nada mío —aclara nerviosa bajando la voz.

Esta vez, cuando llega el ascensor, se monta. Como siempre, no me da apenas tiempo.

—Me lo estás poniendo difícil. Al menos, espero que me enseñes algo de tu nuevo patrocinador ese día... —Puede que le haya pedido a Jota que luche para que esa marca de lencería tan sexi sea el anunciante en su columna.

Me encantaría saber hacerla sonreír, pero confieso que adoro la mirada de odio que me está dedicando ahora mismo porque he dicho esa frase y hay dos personas con ella en el ascensor que me han escuchado.

—Ni lo sueñes —niega entre dientes mientras las puertas se cierran.

—Mejor lo discutimos el domingo, palomita —alcanzo a decir. Creo escuchar que dice algo parecido a "no he dicho que pueda ese día", pero prefiero ignorarlo.

Por una vez, no me ha cerrado la puerta en las narices.

O eso creo.

CAPÍTULO QUINCE

MOMENTOS EN QUE FALTA EL AIRE

PALOMA

DOS DÍAS MÁS TARDE

SABÍA que escribir sobre una dieta iba contra mi naturaleza, pero estoy acostumbrada a moverme en terrenos grises. Traté de mantenerme en una zona segura diciendo que hay muchas formas de quererse a una misma, que aprender a aceptarse es un camino difícil, hablé sobre la importancia de no juzgar a otras personas...

Escribí un artículo ambiguo. A propósito. Quería que fuese una bola de paja en el desierto. Eso es lo mejor que podía pasar; que el mundo lo ignorase. Y ha sucedido lo contrario. Mi falta de claridad ha invitado a todos a dar su punto de vista.

Porque si hay algo que anima a opinar a todo el mundo, eso es el cuerpo de una mujer.

> @lolo_bolo Tienes una cara muy bonita. ¡Si te pones a régimen vas a estar de diez!

@nutriDietafans ¡Pronto verás los resultados, ánimos!

@isma_pil79 Si te adelgazaras, a lo mejor encontrarías un novio, en vez de un vibrador.

@gorditafeliz Qué decepción, Paloma. Vivimos en tiempos de belleza real, no de patrocinar dietas.

@joangym Aprender a aceptarse cuando estás obeso es un error. Hay que cambiar de hábitos.

@silviaXL 'Unfollow' directo.

Esos comentarios avivan una voz que habita en el fondo de mi mente. Pero esa voz no es mía, es de otros. Es la del primer chico del que me enamoré y las horas que me pasé mirándolo en el patio deseando que él se fijara también en mí. Son las burlas de cuando se enteró de que "la gorda de la clase" se había fijado en él.

Es Iris y todas las malditas bromas que ha hecho siempre sobre mi peso. Son los miles de mensajes con los que nos bombardean a las mujeres para que tengamos cuerpos normativos... pero sobre todo es Sergio.

Fue su voz la que colmó mi vaso. Porque es difícil no creer que el problema eres tú cuando alguien a quien adoras se acuesta contigo y al día siguiente actúa como si nada hubiera pasado. Más, si lo hace muchas veces.

Y ese es mi problema. Cuando me topo con imbéciles, yo no dudo de ellos, dudo de mí. Llevo años aprendiendo a quererme y aún me pasa que a veces se me olvida. Sé que debo aferrarme a mi amor propio en momentos así, pero mi prima, para variar, no me ayuda.

Ya he visto que estás a dieta en tu
artículo. ¡Qué buena idea! ¿Tienes
zapatos ya?

Ayer fui a la tienda a probarme mi vestido de dama de honor con ella. Fue peor de lo que esperaba. Incluso la dependienta, que imagino que debe cobrar comisiones por ventas, me sugirió que siguiera buscando en otra tienda, pero mi prima insistió en que solo me falta "un dedito" para que cierre y tengo aún "unas cuantas semanas para perder cinco o diez kilos".

Me llevé el maldito vestido a mi casa. Mari ha prometido que hará magia con su máquina de coser, pero lo veo de fondo en mi espejo, colgado en una percha, riéndose de costar doscientos euros que no me puedo permitir. También me veo a mí, sudada porque este piso es un horno, con medio michelín asomando por mi camiseta más ligera, sin sujetador y con los pelos alborotados.

Lo último que necesito hoy es que un *troll* diga que soy "una foca amargada e inaguantable porque no folla". Y ni siquiera es un niñato imbécil que pueda ignorar. Es una chica, "@valeria_slim90". Tiene mi edad.

Y sin saber por qué, entro en una espiral. Empiezo a mirar sus fotografías y sus vídeos. Estoy juzgando a una desconocida, sí, porque ella lo ha hecho conmigo antes. Su sola imagen de perfil es ya un trofeo: dos hijos y un marido. Ha ganado en la vida. Vacaciones, citas románticas, ropa cara, hasta su perro es perfecto... tiene el jodido *pack* completo de la felicidad. Y yo estoy en mi cama mirando *posts* hasta del día que abrió su cuenta y negándome a mí misma que desearía una vida así. O al menos, un cuerpo como el suyo.

¿Qué estoy haciendo?

Yo no soy así. Y no quiero serlo.

Noto mi respiración acelerarse y sé que es hora de buscar mis bolsas de papel en mi mesilla. No las encuentro. Lo último que quiero es salir de mi habitación, pero tengo que hacerlo.

Mari fue anoche al bar y volvió a casa con Ricky de *souvenir*. Sé que es él porque ya reconozco sus gruñidos sexuales. Mari lo llama "mi tigrecito" por ellos. A mí me recuerda más a un burro, pero esa no es la cuestión.

Su "burrito" es un madrugador, a pesar de haberse pasado la noche rebuznando. Y sé que está en la cocina porque lo escucho trasteando en los cajones. La última vez que estuvo en casa, se olvidó de que yo también vivo aquí y decidió pasearse desnudo.

No me quejo. Ricky es un *barman* pésimo, pero es un regalo para la vista. Y nunca había presenciado algo como lo que él tiene entre las piernas en directo. Pero, por si acaso, antes de salir, golpeo en mi propia puerta para advertirle de mi existencia. Sin mirarlo ni casi saludarlo, me agacho frente al fregadero de la cocina. Confío en que hoy sí lleve calzoncillos puestos mientras empiezo a sacar cajas sin perder tiempo.

Mis pulmones no dejan de intentar buscar aire cada vez más rápido. Es un ataque de pánico. Los conozco. Solo necesito una bolsa y se me pasará. No sé por qué, pero hay algo en ellas que me relaja. Creo que es el ruido del papel doblándose o la imagen del aire entrando y saliendo. Me gusta su olor conocido que me recuerda que puedo superar esto. Con la cabeza aún metida en el armario, escucho el interfono.

—¿Abres...? —alcanzo a pedirle a Ricky. Él da al botón sin siquiera preguntar quién es y deja la puerta medio abierta antes de alejarse hacia el microondas. Yo estoy demasiado concentrada sorteando productos de limpieza y tratando de no ahogarme.

Cuando escucho a alguien en la puerta, no recojo el desastre de cajas. Solo me levanto, pero sigo mirando de reojo en el armarito por si encuentro mis bolsas.

—¿Paloma? —escucho de pronto.

Es Basil.

En mi casa.

Y yo estoy horrible.

No llegamos a confirmar si quedábamos hoy ni a qué hora. *¿Qué hace aquí? ¿Y por qué su pelo está más sexi cada vez que lo veo?* Su sola presencia es un continuo recordatorio de que su cuerpo es arte... y yo hoy siento que el mío es un borrador fallido.

Cuando la información de lo que está pasando llega a mi cerebro, mi única reacción es cubrir mi pijama cruzando los brazos. Exploro mis opciones en una fracción de segundo:

1. Correr a esconderme debajo de la cama.
2. Fingir enfermedad (eso explicaría mi aspecto).
3. Desmayarme para olvidar.

Todas esas opciones suenan mejor que seguir aquí, con la cara sin lavar, sudada, sin peinar, sin sujetador y con un dolor agudo en medio del esternón que no parece querer irse.

Opción tres. Decidido.

—¿Vengo en mal momento? —pregunta quitándose las gafas de sol, antes de fijar su vista en Ricky, que no, no lleva calzoncillos.

En el fondo, es un consuelo no ser la única que se

sorprende al ver una anaconda suelta en nuestra cocina. Quizás deberíamos poner un cartel en la puerta.

—Mejor me voy.

¿Cree que Ricky y yo...? ¡Oh, Dios, no!

Un silbido hueco sale de mi garganta, como un quejido, y pongo mi mano sobre el esternón porque noto una punzada. Ricky coge su café y entra en la habitación de Mari (sí, es abrumador lo que se preocupa siempre por mí).

—¿Estás bien? —Basil se gira.

—No puedo... —trato de inhalar con fuerza— respirar. Necesito... una bolsa.

Mis ojos se apartan de él para ir al desastre que sigue bajo el fregadero de la cocina. Basil enseguida se agacha a buscar entre las cajas y me ofrece una de basura, pero niego con la cabeza.

En pleno acto de derroche, Mari las compra de color lila y perfumadas. Dice que le quedan mejor con su ropa cuando le toca bajarlas a la calle. No se lo discuto, pero yo me voy a ahogar si inhalo colonia de lavanda.

—No hay más bolsas.

Mi cara de pánico responde. *¿Aún puedo elegir la opción tres?*

—Estírate —pide con un tono calmado— y mueve las manos. —Lo hago aunque no lo entiendo—. ¿Notas el aire? Está ahí.

Lo siento en mi piel, así que afirmo con la cabeza. Basil mueve mis brazos con los suyos, acompañándome, y somos dos idiotas haciendo eso en medio de mi cocina, pero abro la boca y no consigo inspirar.

—Puedes hacerlo, aunque primero tienes que soltar aire. Inténtalo.

Lo hago y, de pronto, estoy espirando. Vacío mis

pulmones sin esfuerzo. Con sus manos en mis costados eleva mi pecho. Creo que a esto en yoga lo llaman "la postura del pez", pero no estoy segura porque nunca pasé de la clase de principiantes.

Me fijo en sus pulseras de cuero, que no me gustan, y tampoco sus tatuajes, aunque la forma en la que los músculos se marcan en sus brazos no es del todo horrible.

—Y ahora, intenta inspirar.

Y de nuevo, obedezco. Es como si me hubieran engañado toda mi vida por no contarme que podía hacer solo esto. Me quedo mirándolo sin entender muy bien qué ha pasado en los últimos cinco minutos.

—¿Cómo sabías que...?

—Si hubieras tenido los pulmones vacíos, te hubieses desmayado. Estabas hiperventilando. A veces no se necesita más aire, solo dejarlo salir.

—¿Dónde has aprendido eso?

—*Shhh*... Solo quédate así. Respira con la tripa y suelta aire por la nariz. Te ayudará.

Es muy raro estar estirada así sobre las baldosas de la cocina, pero los dedos de Basil me invitan a cerrar los párpados. No sé cuánto rato estoy en el suelo, pero es el suficiente para que consiga relajarme escuchando su voz. "Inspira, espira...", repite una y otra vez. Y suena ridículo, pero respirar a su lado parece más fácil. Me sucedió en aquel proceso de selección. Y me pasa ahora mismo.

—Me has asustado, palomita.

Cuando abro los ojos, sigue a mi lado, pero tiene un vaso de agua en la mano. Me incorporo sobre mis codos para beberlo.

—Lo siento. Yo...

—¿Estás mejor?

—¿Sí? No sé —dudo porque aún estoy confundida. Dejo el vaso en la encimera—. No podía respir... ¿Por qué estás aquí?

—Habíamos quedado.

No es verdad, pero ya ha venido y es posible que me haya salvado la vida. No me voy a pelear por los detalles.

—Pensaba que... No sabía cuándo... —Sigo desconcertada.

—Dijiste por la mañana. Si tuviera tu teléfono, te habría avisado de que estaba de camino.

Visto así...

—Pero Basil, no es un buen día.

—Tienes compañía, ¿no?

—¿Ricky? ¡No! Mi compañera de piso y él... —empiezo a decir, pero estoy balbuceando aún—. Unos *trolls* están criticando mi artículo. Es un mal momento por eso, no por... —Señalo a la habitación de Mari—. Es solo que están diciendo cosas horribles y yo... —Cuando lo recuerdo, noto un nudo en mi estómago de nuevo.

—¿Y vas a dejar que unos idiotas te amarguen un día que claramente estabas deseando que llegara?

La media sonrisa con la que lo pregunta me recuerda que yo ya sabía que habíamos quedado hoy. Por supuesto que sí. Solo pensaba que él no se acordaría, porque no había vuelto a decir nada desde que fui a verlo a su despacho. Pero mi crisis de supervivencia sí me ha hecho olvidar algo importante: tengo un aspecto espantoso. Caigo en esa realidad como un saco de ladrillos.

—¡Dios, estoy en pijama! Estoy horrible. —Un instinto extraño me lleva a tirar del rollo de bolsas lilas y cubrirme con ellas. Sí, bolsas de basura. *Elegante*.

Era difícil caer más bajo que estar tirada en el suelo, al lado de cajas y productos de limpieza y, por lo visto, haciendo el pez (aunque sintiéndome más como si hiciera el memo), pero lo he conseguido. Porque no todo el mundo sirve para hundirse a lo grande.

Sería un consuelo que Basil siempre vaya mal vestido, pero la camiseta que lleva hoy —que es muy vieja, aunque todas las suyas lo son—, tiene el cuello tan cedido que me regala un recuerdo de sus pectorales que ahora mismo me cuesta ignorar.

Joder, yo con la melena despeinada parezco la gallina caponata.

Él, con el pelo alborotado, es un surfero salido de un catálogo de Quicksilver.

¿Qué fue de la justicia?

—¡No digas eso! Estás perfecta... para venir a la playa conmigo. —Ladea la cabeza y se asegura de que mis ojos encuentran los suyos. Su mano apartando un mechón de pelo de mi cara me hipnotiza por un segundo.

—¡¿A la playa?! —Me incorporo más y dejo las bolsas a un lado.

En mi mente: *¿en bikini?*

—Pediste un sitio público, ¿no?

—Pensaba en un restaurante. No me gusta tomar el sol.

Corrección: no me gusta la playa. Lo admito. A todo el mundo le apasiona, pero yo no le veo el encanto. ¿El mar? Maravilloso. Podría pasarme horas leyendo un libro o mis revistas con el sonido de las olas de fondo... en mis cascos. Incluso tengo imágenes de una playa de fondo de pantalla en mi ordenador. ¿Pero tumbarme en la orilla en bañador? No. Yo soy una chica moderna. Puedo apreciar el mar en digital. Y de lejos.

Nunca, en general, mi cuerpo desea someterse a una tortura por voluntad propia. Por eso no hago deporte, supongo. Y hoy, en particular, no estoy de humor para semidesnudarme en público y rebozarme en una mezcla de crema solar y arena.

Y sí, Basil me ha visto sin ropa antes, pero es distinto. No sé muy bien por qué, pero definitivamente un bikini es peor. Sobre todo, después de las últimas horas. No quiero exponerme hoy al mundo sin armadura. Quiero cubrirme con un edredón y no salir jamás de mi casa, aunque eso implique ahogarse de calor. Inmolarme aquí tranquila suena como un planazo.

—No te preocupes, no vamos a tomar el sol, pero coge un bañador. Voy a tomar un café y te espero abajo, ¿vale? —Se dirige a la puerta, pero se detiene para añadir algo antes de salir—. He traído un casco para ti.

—No voy a ir en tu moto.

—¿Alguna vez me dirás a algo que sí sin negarte primero, palomita?

—No.

Sonríe.

—Me alegra ver que ya te has recuperado —bromea de camino a la puerta—. Te espero abajo. No tardes.

CAPÍTULO DIECISÉIS
JUGANDO A SALTAR LAS OLAS

PALOMA

—¿VAS a venir o no? —pregunta Basil caminando hacia la orilla con una tabla de surf.

Surf.

Yo.

La última vez que recuerdo hacer deporte aún no existía el covid.

Mi día no deja de mejorar.

No soy una gimnasta ni una aventurera. Esa es mi realidad. Hasta hace quince minutos, nunca había montado en una moto. Y lo he hecho a regañadientes porque Basil ha dicho que no podía negarme a todo durante el rato que pasáramos juntos. No entiendo cómo me ha convencido, pero no va a conseguirlo con el surf.

Reconozco que la moto no ha sido horrible. Y abrazarme a su espalda es algo que puedo llegar a tolerar, pero meterme en el agua helada y hacer el ridículo con una tabla es distinto. Me quito las sandalias para poder caminar en la arena, pero me dejo el vestido puesto y me acerco a él con el móvil en la mano.

—¿Puedes coger esas tablas sin más? —dudo.

—La tienda es de mi hermana. Me hace precio especial.

—¿No te las deja gratis?

Se ríe al escuchar eso, pero niega con la cabeza. Lo normal sería no cobrar por alquiler de material a un hermano, aunque qué sé yo.

—Solo necesitamos una tabla. Nunca he practicado surf y no creo que se me dé bien o que consiga levantarme. Yo no tengo fuerza en las piernas ni en los brazos —*ni en ninguna otra parte de mi cuerpo*.

Mientras yo intento explicarle eso, él se quita la camiseta y confirma que él sí la tiene. Su físico es ridículo. No me extraña que la mitad de Esferia suspire cada vez que él entra en una sala. Es imposible no recrearse en cómo el bañador le cae demasiado bajo en su cintura o el modo en que sus músculos se dibujan en su piel.

—No te preocupes. Yo te enseño.

—¿Qué? No... Yo me puedo quedar aquí. Te miro y aprendo. —Con un poco de suerte, a dejar de babear.

Negando con la cabeza, me quita el móvil y lo mete en su mochila.

—Me debes un rato juntos y no pienso dejar que lo pases leyendo esos comentarios.

—No iba a hacer eso. Es solo que... el agua debe estar helada. —Me invento eso para tratar de librarme.

—A mí me gusta notar el frío, pero mi hermana puede prestarte un traje de neopreno si quieres.

—Da igual.

Estar gorda es dudar siempre de si algo será de tu talla. Viene con el título. Lo último que necesito hoy es otra cremallera que no sube. ¿Y ese momento de "quizás uno de hombre te valga..."? No, gracias.

—Al principio solo practicaremos en la arena, pero necesitas atarte esto al tobillo. Es importante, por seguridad.

—Si atas eso a mi pierna, me iré al fondo del mar con la tabla.

Se ríe.

—Tendrás un socorrista muy cerca si eso pasa.

—Preferiría uno de verdad —comento buscando alrededor.

—¿Te vale uno con siete veranos salvando vidas y rompiendo corazones con un bañador rojo? —pregunta con orgullo antes de guiñarme un ojo. *Descarado*—. Conmigo estás segura en el mar, palomita.

De pronto, imagino una cola de bañistas voluntarias para un boca a boca frente a su puesto de control. Hasta yo me pondría en fila. De hecho, ahora me arrepiento de no haber fingido mejor un ahogamiento en mi piso cuando tenía la oportunidad.

Mientras él ata la cuerda a la tabla, me aclara que es un "invento". A mí me parece algo muy poco novedoso, pero aprovecho que no está mirando y me deshago del vestido antes de dejarlo en mi bolsa. En cuanto termina de hacer nudos, se gira con una pulsera para mi tobillo en la mano.

Me cuesta no reírme cuando Basil tropieza con su propia tabla en cuanto me ve en bikini. Su reacción es medicina para mi maltrecha autoestima. Enseguida se incorpora, aunque sus ojos no se apartan de mí. Mis tetas no son sutiles, pero él tampoco.

Tener curvas es un arma de doble filo. Las mismas carnes que yo tanto he deseado perder en el pasado atraen miradas como la que Basil me está dedicando ahora mismo. A veces es más fácil apreciar algo a través de los ojos de otro.

—Neopreno —suelta de pronto y aparta su vista de mí.

—¿No has dicho que aún no me voy a meter en el agua?

—Soy yo quien lo necesita —admite antes de empezar a caminar hacia la tienda de su hermana. No sé por qué eso me hace gracia y se me escapa la risa. Se detiene en seco—. ¡¿Te estás riendo!? ¿Cuánto rato has estado sin respirar antes de que yo llegara? —Me palpa la frente comprobando si tengo fiebre—. ¿Debería llevarte al hospital?

—Si un doctor dice que estoy bien, ¿admitirás que no eres gracioso?

Me responde con una cara divertida; una mezcla entre sorpresa e indignación.

—¡¿Y una broma también, palomita?! —Se pone una mano en el pecho para dar dramatismo a su pregunta.

—No te acostumbres, lechuga —le advierto mientras empiezo a buscar la crema solar en mi bolsa. Aplicármela es un proceso que tengo muy aprendido. El verano es la peor época del año para las pelirrojas. También lo es para las personas con piernas poderosas que aman el contacto. Yo tengo la extraña suerte de unirlo todo en uno.

Basil también se protege y bromea poniendo un poco de crema en mi nariz. Su piel brillante resalta sus tatuajes.

—¿Significan algo? —Señalo a unos dibujos en su brazo derecho.

Tiene una cara sonriente, varios signos que parecen sánscrito, unas estrellas, un elefante, el número cuarenta y siete (dos veces), una ola y una especie de personaje de cómic con una bolsa de papel en la cabeza... La mezcla no tiene ningún sentido, pero en él queda extrañamente bien.

—¿Estás siguiendo algún plan al elegirlos?

Niega con la cabeza.

—¿Lo estás siguiendo tú, palomita? —Señala mi cadera, donde llevo un camaleón. Me recuerda que yo elijo lo que muestro al mundo. O más bien, cómo dejo que el mundo me vea.

—Fue muy difícil escogerlo. No quiero otro.

—Yo elegí el primero sin pensar demasiado. Y después, hice lo mismo con el resto.

Es ridículo.

—¿Así tomas tú las decisiones importantes en tu vida, sin pensar demasiado?

—La mayoría del tiempo —admite con media sonrisa.

Apenas puede disimular que sus ojos siguen a mis dedos cuando me aplico la crema solar. No tengo ni la más mínima intención de hacer surf. Así que ahora mismo provocar a Basil me parece mucho más divertido.

—Te has dejado un trozo —apunto y cojo su bote para solucionarlo. Uso ambas manos al embadurnar sus espaldas, empezando por sus hombros fuertes, que masajeo sin esfuerzo por la crema. Mis palmas se deslizan por sus paletillas anchas y duras antes de perderse por sus costados. Sin prisa. Al fin, llego a acariciar con mis dedos su cintura definida y me aseguro de no olvidarme ni un solo centímetro de piel.

Puedo notar su cuerpo en tensión. Y cuando termino, él deja salir aire de su boca, como si hubiera estado conteniendo la respiración. Quizás por eso me animo a provocarlo un poco más y embadurno mi escote con mucha dedicación. Noto que me mira de reojo mientras lo hago, pero ni eso me detiene.

—Podrías echarme una mano tú también a mí...— sugiero y me doy la vuelta regalándole así un nuevo ángulo de visión.

Lo escucho resoplar detrás de mí incluso antes de tocarme. Aparto mi pelo hacia un lado y deshago los nudos de la parte de arriba de mi bikini. Con eso, le doy acceso completo a mi espalda desnuda.

—No te olvides de los costados, por favor. —Me giro un poco sabiendo muy bien que mis brazos dejan los lados de mi pecho a la vista. Sus ojos caen de inmediato en mi trampa y me cuesta no sonreír al notarlo.

—No... No —insiste sin tocarme—. Vamos a necesitar ese neopreno. Ahora mismo.

Con las manos cerradas en dos puños, empieza a caminar hacia la tienda de su hermana sin ayudarme. Y con eso, consigue que vuelva a reírme.

BASIL

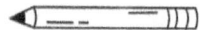

Mi hermana me aconsejó: "si quieres conectar con alguien, deberías hacer algo que te guste con esa persona".

Eso sonaba bien hasta que he visto la cara de Paloma cuando le he propuesto venir a practicar surf. *Menuda idea.*

Calculo que debemos llevar más de una hora en el agua y unos ochenta intentos fallidos de que se levante.

Doy gracias a que haya aceptado ponerse un traje encima de ese bikini rojo estampado de frutas porque incluso con una tela de tres milímetros de espesor sobre ella, soy incapaz de apartar mis manos de sus curvas cada vez que tengo ocasión de ayudarla a subir a la tabla.

He perdido la cuenta de las excusas inexistentes que he usado para tocarla. Es como si no pudiera controlarme cuando Paloma está cerca de mí, aunque juraría que a veces me provoca.

La observo en un nuevo intento de levantarse y falla otra vez.

Ochenta y uno.

—La culpa es de la tabla. Es muy grande. La de ese niño parece más fácil de manejar. —Lo señala y él le saca la lengua antes de subirse a una ola.

—Es más difícil con una tabla más pequeña, créeme.

—Encima le has puesto glicerina. ¿¡Cómo no me voy a resbalar!?

Menuda ocurrencia...

Recuerdo mi primer día practicando surf. Es duro cuando tu cuerpo no siente la tabla como algo natural y no entiendes la posición que debes poner para mantener el equilibrio. Eso aunado a la fatiga y al agua fría te hacen dudar de si eres capaz de lograrlo. No es un deporte fácil, pero es apasionante cuando lo dominas.

—Basil, estoy congelada —se queja incluso con el traje de neopreno puesto—. No hay un solo músculo que no me duela. Y ese niño me cae fatal. No para de reírse cuando me caigo.

Lo conozco. Viene a menudo a esta playa con su padre, que pretende convertir a su hijo en un campeón de surf. A mí me molesta más él, sobre todo porque no ha parado de enfocar hacia aquí con su móvil hasta que le he mirado con mala cara.

—Una última vez —la animo a seguir.

—Has dicho eso ya tres veces.

—Solo una más, te lo prometo, pero tienes que olvidar que llevas un rato aquí. Pruébalo como si acabaras de llegar y no supieras que puedes caerte. Y no pienses en el niño. Solo ignóralo.

Inspira, se coloca de nuevo sobre la tabla, comienza a bracear y usa las manos como hemos practicado durante la última hora, busca su equilibrio arqueando la espalda y, cuando llega el momento de incorporarse, lo hace (o casi) por un segundo, pero se resbala.

—¡¿Lo has visto?! ¡Casi me he levantado! —celebra con una sonrisa.

—Claro que sí.

Como si fuera capaz de dejar de mirarla.

Paloma ya me parecía preciosa desde el primer momento en que la vi, pero con esa sonrisa en su boca logra desarmarme por completo. No todos los días uno consigue descifrar la clave para ver algo así.

Tengo claro que deseo verla sonreír mucho más hoy, aunque nuestro tiempo haya llegado a su fin hace un buen rato.

—Palomita, has aprendido la primera lección del surf. La más importante. Aunque te caigas, tienes que subirte a la tabla otra vez. Así es como demuestras que quieres conseguirlo, volviendo a intentarlo. A veces hay que fallar mucho antes de lograr montarse a una ola.

—No creo que yo vaya a hacerlo nunca —descarta con cierta desilusión, volviendo a un gesto más serio.

—No digas eso. —Elevo su mentón para que me mire —. La mayoría de gente no lo logra en su primer día.

—¿Tú lo hiciste?

Querría mentirle, pero la realidad es que jamás había visto a alguien con menos aptitudes para la tabla que ella. Mi padre nos enseñó surf a mi hermana y a mí cuando éramos niños y a mí siempre se me ha dado bien.

Mi tiempo de reacción al responder me delata y Paloma me da un empujón enfadada.

—¡Lo sabía! Esto se me da fatal.

—¡No digas eso! La próxima vez se te dará mejor, palomita. —La alcanzo y la rodeo entre mis brazos.

—¿Qué próxima vez?

Sus ojos buscan los míos, pero yo solo puedo ver su boca y su labio que tiembla por el frío. Trato de calentarla acercándola a mí con mis brazos y me aproximo un poco más. Acaricio su mejilla y siento que es mi momento de lanzarme; de subirme a la ola.

Cojo aire antes de avanzar y esta vez no puedo buscar en mi bolsillo mi amuleto, pero es difícil no confiar en mi suerte cuando ella me sonríe así.

—Paloma, yo... —Quiero decirle que llevo semanas deseando volver a verla y una hora no va a ser suficiente, pero también que hacía tiempo que no lo pasaba tan bien con alguien como los pocos momentos que me deja compartir con ella. Y quiero más.

—Creo que te llaman.

—No importa. —Pongo mi frente sobre la suya y mis labios comprueban su reacción cuando avanzo un poco más.

No se aparta.

—¡Tito *Bachiiiiiiiiiiiiiil*! —grita con fuerza una vocecilla que, lamentablemente, no puedo ignorar.

Resoplo frustrado antes de alzar el brazo para saludar

a mi sobrina. Paloma se separa de mí y, con ese gesto, supongo que yo también me caigo de la ola.

PALOMA

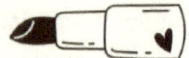

Mi problema hasta ahora era una cremallera que no subía, nunca al revés. Metida en el vestuario de la tienda de surf, he pedido ayuda con un grito para conseguir liberarme de esta ropa mojada. La que creo que es la hermana de Basil aparece detrás de una cortina para ayudarme.

—¡Hola! ¿Te has quedado atrapada? —pregunta sonriente al entrar—. No eres la primera. Estos trajes pasan por muchas manos y las cremalleras acaban fallando, no te preocupes —comenta mientras maniobra a mi espalda con una tira de tela que, en teoría, sirve para que no necesites ayuda desvistiéndote.

—Eres... la hermana de Basil, ¿no? —comento sin saber bien cómo actuar con ella.

Apenas la he visto de reojo, pero su sonrisa la delata. Los dos parecen incapaces de dejar de lucirla.

—Cecilia —se presenta—, soy la dueña de esta tienda. Tú eres Paloma, ¿verdad? La que llamó "inútil en la cama" a mi hermano.

Mierda.

—Lo siento.

—¡¿Por qué?! Le viene bien que alguien le ponga los

puntos sobre las íes de vez en cuando. Yo se lo hago siempre que puedo.

La naturalidad con la que lo dice me recuerda al modo en que Mari y su hermano discuten, pero también cuidan mucho el uno del otro.

—Me gustaría renovar pronto algunos materiales, como estas cremalleras, que no paran de atascarse —se queja en cuanto consigue bajarla.

Abre la cortina para salir y, por un instante, veo a Basil, que ya se ha puesto ropa seca jugando con su sobrina. La niña, que lleva una especie de disfraz de princesa hawaiana, tiene una libreta en la mano y le pide que marque una casilla.

La tienda no es muy grande, pero está llena de fotografías y detalles que dejan claro que su dueña es una enamorada del surf. La herencia genética ha agraciado a la hermana de Basil con un físico musculoso, como el suyo, y con la misma dentadura perfecta, pero sus ojos no sonríen igual.

—¿*Trenchas*, moñitos o coletas? —La pequeña da un lápiz a su tío para que escoja una opción y él hace un garabato—. ¡*Achí* no! ¡No *chabes* pintar! —se queja.

Basil me pilla cuando se me escapa la risa al oír eso.

—No creo que tenga tiempo para trenzas hoy, princesa —le responde mirándome de reojo.

Necesitaría mi móvil para comprobarlo, aunque sospecho que ha pasado bastante más rato de la hora que me pidió. Debería recordárselo e irme ya, pero verlo con trenzas no es algo que quiera perderme.

—Siempre hay tiempo para moñitos y trenzas. Sobre todo si son las dos cosas a la vez —suelto de pronto sorprendiéndome incluso a mí.

—¡*Chíííííí*! ¡*Chalón* de peluquería! Ven. —La niña coge su mano y tira de él.

—Me las vas a pagar cuando salgas de ahí —murmura con gestos y yo finjo no saber de qué habla.

En cuanto abro la cortina con mi ropa ya puesta, la hermana de Basil se acerca a charlar conmigo.

—¿Cómo ha ido la clase de surf? Déjame decirte, ahora que no nos oye, que te has ido a buscar el peor profesor de todos.

—Sí que os escuchoooo... —apunta él desde la trastienda.

—Tenemos instructores mucho mejores y la primera clase es gratis.

—¿¡Por qué para ella es gratis!? —se queja, pero su hermana lo ignora.

—Te voy a hacer un vale para que puedas volver. —Coge mi brazo y me lleva a la otra punta de la tienda y baja la voz—. Ese día, sin el pesado de mi hermano al lado, podemos hablar más tranquilas. Quiero conocerte mejor.

—¿A mí?

¿Por qué?

No llega a responder porque de la trastienda sale la sobrina de Basil, que debe tener unos cuatro o cinco años, anunciando que su gran creación de peluquería está completa.

—Les *prechento* el *moñitrencha*.

Tengo que cubrir mi boca con la mano para no reírme del aspecto de Basil cuando sale, con el pelo recogido en coletas de cinco colores distintos y también varios clips de flores y mariposas.

—¡Qué gran peluquera tienes! —logro decir conteniendo mi risa. Mientras tanto, su hermana saca el móvil y se lo da a su hija que quiere hacer fotos.

—Voy a querer una copia —le pido a Cecilia. La niña devuelve el móvil y se queda mirándome.

—¡Tu pelo es rojo! —Me agacho un poco porque está tratando de tocarlo—. ¡Es muy largo, de *princhesa*!

—Gracias.

—¡Quizás otro día puedas peinarla a ella también, Kai! Tiene que volver a hacer una clase de surf en condiciones —apunta su madre.

—¡Eh! ¡He sido un profesor excepcional! ¡Casi se ha levantado el primer día!

—Ha elegido la tabla más difícil y creo que ha puesto algo para que resbale —aseguro tratando de provocarlo.

—Si vuelves, tu profesor será Nelson. Te gustará, ya verás.

—¿¡Por qué con Nelson!? —duda Basil.

—La clienta que lo coge, repite. No te digo más —deja caer Cecilia con una sonrisa pícara.

—Vámonos de aquí, Kai. No escuches a tu madre. —Su tío coge a la niña y la carga sobre sus hombros sin esfuerzo. Ella se ríe mientras él le hace cosquillas de camino a la trastienda.

Decido perder el tiempo observando el local. Junto al mostrador, encuentro una foto de Cecilia y Basil de pequeños con sus padres. Parecen una familia feliz, pero siento que estoy viendo algo que no debería, así que me alejo y empiezo a escuchar sin querer la conversación que tiene lugar detrás de una cortina de caracolas.

—Lo siento, Kai. Necesito quitarme este peinado.

—¡No!

—Quiero ir a un sitio especial con mi amiga.

—Me gusta *chu* pelo rojo.

—A mí también. Es muy guapa, ¿verdad?

Trato de ignorar la sensación extraña que esas palabras provocan en mi tripa. Un ventilador en el techo hace que las caracolas de la cortina hagan ruido y miro alrededor antes de acercarme más, con disimulo, para seguir el resto de la conversación.

—Parece una *princhesa*.

—Mi única *princhesa* eres tú, Kai.

No sé por qué estoy espiando la charla de un tío y su sobrina mientras finjo interés por los distintos tipos de botines de surf que hay en la tienda, pero es lo que estoy haciendo.

—¿Buscas escarpines? —me pregunta Cecilia de repente.

—¿Qué? No... ¿Qué son escarpines?

—Lo que estabas mirando.

—¡Ah! No. Solo estoy esperando a Basil. Tiene mi móvil y no puedo marcharme sin él. Tu tienda es preciosa, por cierto. Está llena de cosas que —no voy a engañar a nadie, así que acepto la realidad— no sé para qué sirven.

Cecilia sonríe y enseguida comienza a hablarme sobre neoprenos, inventos y antideslizantes hasta que Basil sale de la trastienda con el pelo mucho menos divertido que hace un rato. Hemos llegado a los tipos de parafina cuando él sale de la trastienda. Me ha llamado la atención una con el nombre "sex wax" (cera sexual).

—¿Puedes usarla para...? —Tengo curiosidad.

—Créeme, no te lo recomiendo —Basil la quita de mis manos, como si esa idea le asustara.

—¿La has probado?

—No. —Suena poco convincente.

—Tenía diecisiete años, era su primera novia... —

empieza a contar su hermana cogiendo mi brazo, pero él le tapa la boca para que no siga.

—¿Nos vamos?

—¡No! —No quiero perderme esa historia.

—Otro día vienes y te lo cuento. —Cecilia me da el vale de mi clase gratis y me guiña un ojo—. Con Nelson —recuerda y señala una foto en la pared con un instructor moreno muy atractivo.

—¡Vendré! —aseguro mientras Basil tira de mi brazo hasta la puerta.

—ESTO NO ERA parte del trato —se queja Paloma en cuanto salimos del restaurante con una paella para llevar cubierta con un papel de aluminio y una botella de vino blanco frío en una bolsa.

La parte difícil era convencerla de que accediera a comer juntos, y eso ya lo he conseguido hace un rato, aunque me ha costado. En cuanto hemos salido de la tienda de mi hermana y hemos empezado a caminar hacia el puerto, Paloma me ha pedido su teléfono, que seguía en mi mochila.

—¿Puedes devolverme el móvil?

—¿Para mirar la hora?

Como viene siendo habitual en ella, ha resoplado antes de hablar.

—Querías una hora y la has tenido. Creo que algo más.

—Pero no lo sabes seguro. Y si te vas ahora, te vas a perder la mejor paella del mundo. Ya la he encargado. Y es para dos.

—¿¡Ya la has pedido!?

—¿Vas a dejarme comer paella solo? Sería muy triste,

palomita. ¿Por qué no me dices que sí por una vez sin pensar demasiado?

—¿Está muy lejos? —ha preguntado con recelo y yo he respondido negando con la cabeza—. Comemos y me voy. Y solo porque el surf me ha dado hambre.

Quizás debería haberle dicho que el encargo era para llevar y que íbamos a tomar esa paella en mi barco, pero a eso no hubiera accedido. Y ahora que la tenemos, convencerla para seguirme ha sido pan comido.

Lo normal sería llevarla a mi casa, pero sé que tampoco hubiera aceptado ir. Juego una partida con las cartas que me deja, pero me gustan los retos y empiezo a pensar que ella siempre lo es.

Mi barco no es gran cosa, aunque ahora que hemos llegado, creo que ha sido una suerte haber optado por este plan.

—¿Se llama "Princhesa"?

—Kai le puso el nombre —justifico antes de activar el motor. Empezamos a movernos y veo a Paloma sujetarse preocupada.

—¿Y sabes conducirlo?

—¿Debería?

Es una broma, pero es gracioso ver la cara que pone cuando cree que lo he dicho en serio. No se relaja hasta que ve que no nos chocamos con ninguna embarcación al salir del puerto. Al llegar a un punto bastante alejado, apago el motor y me acerco a ella.

—¿Qué tal lo he hecho?

—No del todo mal, para no saber conducir.

—¿Tienes hambre?

—Sí, vamos a comer ya, por favor. ¿Qué hora es?

Estoy a punto de mirarlo en mi móvil, pero me doy cuenta de que es una trampa.

—Buen intento, palomita. Siguen siendo las once de la mañana hasta nuevo aviso. Aún nos queda mucho rato juntos.

—Comemos y me voy —me recuerda con un dedo alzado.

Me niego a responder a eso.

A falta de una mesa, improvisamos un pícnic con vistas al mar con la paella en el suelo bajo un pequeño toldo. No guardo utensilios aquí, pero en el restaurante nos han dado dos cucharas y vasos para llevar. Con eso nos hemos apañado.

Mientras comemos, Paloma me habla de los comentarios que ha recibido su artículo. Aunque no está mirando su teléfono, sé que no se van de su cabeza. A mí a veces me pasa lo mismo.

—¿Alguna vez te han criticado así, en público? —pregunta.

—Te lo creas o no, una vez me llamaron "inútil en la cama" en un artículo.

Media sonrisa se dibuja en su boca de inmediato.

—Lo siento. No debería reírme. No estuvo bien llamarte así.

—No pasa nada. Estoy acostumbrado.

—¿A que te llamen "inútil en la cama"? —me devuelve con maldad sin perder su media sonrisa.

Niego con la cabeza. Estoy deseando demostrarle lo equivocada que está con esas palabras.

—Al principio me costó, pero me he acostumbrado ya a que la gente comente cosas sobre mí —aclaro—. Cuanto más te conocen, más pasa. Hay que aprender a seguir caminando sin que eso te afecte. Si les dejas llegar a donde duele, te acabarás hundiendo.

—¿Cómo lo consigues?

—Como en el surf. Solo hay que volver a subirse a la tabla. No importa las veces que te caigas o que te critiquen, solo tienes que montarte de nuevo. Intentarlo una y otra vez. Así es como demuestras que quieres algo de verdad.

—¿Sabes qué quiero yo? —La miro esperando a que siga hablando—. Lo que quiero es... ¡que dejes de coger mi arroz! —Da un golpe a mi cuchara con la suya para devolverme a mi lado de la paella.

Después de eso, los dos nos pasamos la comida peleando por robar los mejores bocados del bando contrario. Y no sé cómo acabamos hablando de la tienda de Cecilia.

—Se os ve muy unidos —comenta.

—Nos llevamos cinco años. Es genial tener una hermana mayor. Ella siempre me protegía. Cuando era pequeño y algo me daba miedo, me iba a dormir a su cuarto a escondidas.

—¿En serio?

—Bueno, Cecilia me echaba a patadas de su habitación por la mañana cuando se enteraba de que me había colado ahí otra vez. Aún hoy me lo hace si me meto en su cama de noche, no entiendo muy bien por qué —bromeo.

Vuelve a sonreír con eso y me encanta verla relajada, para variar. Podría pasarme horas hablando con ella así. Es lo mismo que pensé el día que la conocí.

—¿Tú tienes hermanos? —Antes de responder, bebe un trago de su copa—. Ya sé que tienes una prima que se va a casar.

—En realidad, tengo dos. Una que se casa y necesita tres agendas para su boda y otra con un hijo.

—¿Le puedo pedir a él que te haga trenzas y moñitos?

Algún día vas a pagar por esto. Lo sabes, ¿no? —comento pasando mis dedos por mi pelo aún enmarañado.

—De momento, solo babea. Ten paciencia. Dicen que la venganza se sirve fría —me devuelve tratando de ocultar que le hace gracia.

Durante la comida, Paloma intenta una y otra vez que confiese los detalles de mi vergonzosa experiencia adolescente con Sex Wax. Me niego a contarle eso, sobre todo porque ella no suelta prenda de nada de lo que yo pregunto.

De hecho, no sé cómo me ha acabado sonsacando que fui yo quien le pasé una lista de posibles patrocinadores a Jota para su columna.

—¡¿Elegiste las marcas tú?!

—¿De verdad creías que era casualidad que necesitases un *muso* para todas?

—Siento decepcionarte, pero sé usar un vibrador sola.

—Ya, ¿pero en quién pensarás cuándo lo uses?

Se acerca a mí, rozando su labio inferior con la punta de su pulgar, como si dudara de la respuesta. Si está provocándome, mi polla recibe esa señal alto y claro.

—Pensaré... en Nelson —asegura con una gran sonrisa.

Gruño vencido y ella se parte de risa. Con su propio chiste. *Genial.*

En realidad, está preciosa cuando se ríe. Su vestido de flores flota con el viento, al igual que su melena. Estamos los dos tirados en el suelo, separados por una paella, pero la aparto a un lado con la excusa de rellenar su vaso de vino de nuevo. La botella se ha terminado y supongo que nuestro rato juntos también.

—¿Sabes? No me importaría volver a ser *muso* para tu

columna algún día. Si no me llamas "inútil en la cama" otra vez, claro.

—Eso tendrías que ganártelo —me advierte.

—Créeme, estoy dispuesto a esforzarme mucho. —Mis ojos se clavan en sus labios. Es la primera vez que los veo de cerca sin maquillaje. A su piel le han salido unas pecas por el sol y no recuerdo haberla visto nunca tan sexi.

—No tienes por qué hacerlo. Ya no me debes nada, dibujitos. Estamos en paz.

Me ofrece su mano para sellar un acuerdo, pero no la cojo.

—No puedo aceptar. Me pediste que me acostara contigo. No quiero llevarme esa deuda a la tumba, palomita.

—Ja, ja, ja. —Ríe falsamente—. Eso no va a colar.

—¿No?

Aparto un mechón de pelo de su cara para ponerlo detrás de su oreja y me aproximo a sus labios, que no he dejado de mirar en todo el día.

—¿Y hace mucho que tienes este barco? —suelta de pronto, apartándose un poco.

Suspiro.

—Algo más de dos años. Siempre había querido tener uno —*pero no quiero hablar de él ahora mismo.*

—¿Y merece la pena?

—No.

Para mi sorpresa, esa respuesta es la que le parece graciosa. Me cuesta acostumbrarme a verla sonreír. Me desconcierta no saber cuándo lo hará y desearía aprender a conseguir que lo haga más. Paloma se ríe de un modo único, como si al hacerlo estuviera cometiendo una rebeldía, algo impropio de ella.

—Un barco es caro y muy difícil de mantener. Me paso el día limpiando y pagando facturas —me quejo.

—¿Y por qué no lo vendes?

—Porque me gusta demasiado. —La miro cuando digo esas palabras y ella toca su nuca incómoda—. Y porque no hay nada como hacer esto... —empiezo a decir mientras me quito la camiseta.

Compruebo que no hay nadie alrededor y me deshago también de los pantalones cortos y las chanclas. Me acerco al bordillo del barco antes de despojarme de los calzoncillos y tirarme al agua.

—¡Basil! —exclama sorprendida.

—Acabas de comer. ¿No tienes que hacer la digestión?

—Si te metes rápido, no has empezado a digerir.

—Eso no es verdad.

—Si tardas, te vas a perder una oportunidad de meterte en el agua. Está buenísima.

—Eso tampoco es verdad.

Paloma me observa desde cubierta, con su vaso de vino en la mano y no puedo resistirme a intentar convencerla.

—Yo nunca nunca... —empiezo a decir, aludiendo al famoso juego— me he bañado desnuda en el mar. O bajas o bebes, palomita.

—¿Quién dice que no lo he hecho?

—Si lo hubieras probado, estarías deseando repetir.

Toma un buen trago de su vaso

—¿Contento?

Niego con la cabeza desde el agua.

—Preferiría que hubieras venido —lamento antes de subir de nuevo a mi barco. Cojo una toalla y me la anudo a la cintura y me acerco a ella.

—Basil, no. —Ha adivinado mis intenciones muy rápido. Comienza a caminar por la cubierta en dirección contraria y yo avanzo para alcanzarla.

—Has pedido a mi sobrina que me hiciera trenzas y moños. Te he dicho que ibas a pagar por ello...

Cuando no tiene más camino por donde huir, empieza a moverse en una especie de círculo, dando la vuelta, para que no la alcance y yo acorto distancias.

—Lechuga... —Trata de decir eso con autoridad y alza un dedo a modo de advertencia.

—¿Pretendes que te tome en serio llamándome así?

—No tengo ropa para cambiarme.

—Quítatela mientras puedas. Vas a acabar en el agua.

—¿Y si me ve alguien? —duda sin dejar de retroceder.

—No hay nadie alrededor. Si quieres, no miro, aunque preferiría poder hacerlo.

Sigo dando pasos cada vez más cercanos. Sabe que está perdiendo la batalla.

—Voy a meterme —cede y yo pongo las manos en alto, en son de paz—, pero a mi ritmo.

Mira a su alrededor y enseguida empieza a deshacerse de su vestido, sin dejar de vigilarme.

Joder, ¿posee esta mujer ropa interior que no la haga parecer una fantasía sexual?

Me gustaría creer que se ha puesto eso por mí, pero sé que, si se lo pregunto, lo negará. Mientras la observo no puedo dejar de pensar que Paloma tiene la clase de curvas que hacen que un hombre desee tocarlas. Su cuerpo es pura provocación y una lección maestra de belleza. Mis dedos arden por recorrerlo. Esas caderas están pidiendo que unas manos las estrujen en todas las posiciones.

Sin prisa, desabrocha su sujetador de encaje y cubre

sus jugosas tetas con un brazo. No importa. Incluso sin verlos, puedo recrear la forma de sus pezones, el modo en el que encajaban en mi boca, el sabor salado que tenían en la punta de mi lengua. De pronto, me siento salivar y trago con dificultad.

Paloma da unos cuantos pasos hacia atrás para alejarse de mí, en dirección a la escalerilla. Se da media vuelta, cerca del bordillo y mete un pie.

—Oh, Dios. Está muy fría.

—No lo está.

Se agacha para mojar sus muñecas, regalándome un plano de su culo que me provoca una erección instantánea. Dios, noto cómo mi mandíbula se tensa solo de pensar en todas las formas en las que desearía colmarlo de atenciones. Tengo que cerrar mis puños con fuerza para contener mis ganas de ir a tocarla.

Cuando vuelve a meter un pie en el agua y lo saca de nuevo, pierdo la paciencia. Me deshago de la toalla y la cojo en mis brazos.

—¡Basil! —exclama— ¡Espera! ¡Aún no me he quitado las braguitas!

—Has tenido tiempo para salvarlas. Cuenta hasta tres.

—¡No, Basil, no! —Patalea, pero se agarra con fuerza a mí.

—Cuenta hasta tres —repito.

—Unoooo —alarga esa palabra para ganar tiempo porque trata de liberarse—. Uno y cuartooooo...

Es el último número que dice antes de caer juntos al agua.

—¡ESTÁ HELADA! ¡Basil! ¿¡No tienes sangre para notarlo!?

Después de tantos años haciendo surf, quizás soy un

poco insensible al frío. La agarro con fuerza para calentarla y la noto temblar entre mis brazos.

—¿No es genial? —le pregunto con una sonrisa.

—¡N...nnoo! ¡Es horr... ible! —alcanza a decir tiritando sin dejar de mover las piernas para no hundirse —. ¡Qué *frrrrrría* está!

Se está sujetando con fuerza a mí y yo solo puedo pensar en que su pecho desnudo contra mi piel es pura provocación. Necesito besarla. Y si mi forma de comérmela con los ojos no se lo deja claro, creo que mi polla contra su vientre se lo confirma.

—Has dicho que no ibas a mirarme. —No puedo apartar los ojos de sus labios que no dejan de temblar.

—No recuerdo eso.

—Basil —titubea—, me prometiste que iríamos a un sitio público.

—Técnicamente... —*¿No es público el mar?*

—Esto es trampa.

Asiento, admitiendo que lo es, y aprovecho para acercar mi nariz a la suya. No hay ninguna trampa que no haría por tenerla así.

—No hay nadie alrededor —se queja, pero apoya sus manos en mi pecho y no se separa cuando la agarro por la cintura.

Su pelo mojado cae sobre sus hombros y me parece ver frente a mí a una sirena. Sin atreverme a lanzarme aún, juego a aproximarme a su boca mientras mis manos bajan cada vez más cerca de su trasero.

—Ha pasado ya una hora... —Desde tan cerca casi puedo saborear sus palabras cuando las pronuncia.

—No... —*Más bien cuatro.*

—Es más rato del que acordamos, Basil. —Roza sus labios temblorosos con los míos y me mira sin moverse.

—A mí se me está haciendo muy corto.

Después de eso, mi boca va a buscar la suya porque es imposible no desear besarla. En segundos, nuestras lenguas lo invaden todo y bailan acortando distancias. Sus piernas me rodean mientras mis manos exploran su piel desnuda.

Podría estar horas así, en medio del mar, solo reencontrándola, pero cuando la noto aún tiritando en mis brazos, sé que tenemos que parar.

—¿Quieres volver?

Asiente con un gesto tenso por el frío que me hace sonreír, pero cuando ella dirige sus ojos hacia el barco, su mirada es de pánico.

—¿Te has acordado de echar el ancla?

NO PUEDO ENTENDER que la respuesta a esa pregunta sea una carcajada. Estamos a más de treinta metros del barco y no me considero ninguna nadadora olímpica. Además, estoy congelada. Y no quiero volver a la costa a nado. En bragas.

—¿Tenía que echar el ancla? —duda entre risas, cosa que me preocupa aún más.

—¿¡Puedes no bromear por una vez en tu vida!? ¡Estamos en medio del mar, Basil! ¡Sin ropa!

No me responde porque parece incapaz de dejar de reír. *Yo lo mato.*

—¿No confías en mí, palomita?

—¿Me preguntas si me fío de que hayas puesto el ancla o si creo que puedes llevarme hasta la orilla? No importa. Ninguna de las dos. No.

Empiezo a nadar hacia el barco y resoplo aliviada cuando consigo alcanzar la escalerilla y subirme.

—He echado el ancla cuando hemos llegado — asegura con una sonrisa en cuanto sube detrás de mí—. Los que nos hemos movido somos nosotros, no el barco.

—No me ha hecho gracia. Y encima me has mojado las bragas.

—¿Antes o despúes de tirarte al agua? —sigue provocándome.

—¿Puedes parar con los chistes? Esto no es divertido. ¡¿Cómo se supone que me voy a ir de aquí sin ropa interior?!

—Aún no te vas a ir. No te quieres ir tan pronto, palomita... ¿O sí? —duda y su expresión cambia a una más seria.

No puedo responder. Me noto temblando, y ya no sé si es por nervios o por el frío, pero Basil coge una toalla, que está caliente por el sol, y me la pasa por encima de los hombros. No sé qué decirle mientras el sonido del mar es el único que parece contestarle. Una parte de mí quiere huir, pero la otra...

—Soy capitán de barco desde hace años. Conmigo estás segura en el mar, palomita. Tienes que darme un poco más de crédito.

Muerdo mi labio mientras observo su pelo, que deja caer gotas sobre su piel bronceada y brillante por el reflejo del sol.

—Creo que ya te estoy dando demasiado.

De pronto, agarra mi cintura atrayéndome hacia él y niega con la cabeza antes de besarme de nuevo. No me acostumbro a su cuerpo cálido y duro chocando contra el mío, pero sus manos estrujan mi piel con tanto deseo que me invitan a pensar que a él le pasa lo mismo. No son solo sus ojos. Es su forma de tocarme la que logra hacerme sentir hermosa.

—Dios, Paloma... —alcanza a decir antes de devorar mi boca. Debería ser un derecho humano que te besen como Basil lo hace, al menos una vez en la vida.

Me dejo llevar por él, y sin darme ni cuenta, me acompaña en un descenso hasta que termino estirada sobre la cubierta, con la toalla bajo mi cuerpo. Basil no tarda en colocarse encima de mí y lanzarse a lamer mis pezones.

—Están salados, justo como me gustan —comenta antes de hacerme enloquecer de nuevo con su boca. Sin poder evitarlo, me arqueo pidiendo más.

—Basil, va a vernos alguien... —Hace un rato ha pasado un barco a lo lejos, aunque ahora no veo a nadie.

—Será mejor darles un buen espectáculo entonces.

Se deshace de mis braguitas mojadas con una mirada demasiado traviesa para negarle nada. Sin perder el tiempo, se agacha entre mis piernas. Sus dedos no dejan de acariciarme en ningún momento.

Recuerdos de cómo se sentía su lengua en mi zona más sensible me hacen estremecer incluso antes de que él se acerque. He tenido antes a Basil en una posición parecida, pero en mi cama no me sentía tan expuesta como aquí.

El sol calienta mi cuerpo y puedo notar las olas del mar meciéndonos, pero es el hombre que tengo frente a mí quien me tiene a su merced ahora mismo. Este espécimen humano de cuerpo irreal y ojos infinitos me saborea con auténtica adoración, pero también decide torturarme con su lengua.

Lo hace con pasadas lentas, con aleteos rápidos que se recrean en mi punto más sensible; lo hace adentrándose en mí y provocando que me retuerza de placer; y también ayudándose con sus dedos y consiguiendo que olvide por un instante que no debería confiar en él, pero lo hago.

Con su cabeza entre mis piernas veo el cielo estrellado de día.

Como una marea, me dejo ir entre olas de placer que no dejan de derribarme.

Y cuando me besa otra vez, no lo hace con sus labios, sino con todo su cuerpo.

No sé si es consciente, pero sus manos siempre parecen buscarme. Sin embargo, soy yo quien ahora necesita tocarlo. Cuelo mis dedos entre los dos y desciendo con un objetivo claro. Su polla se siente potente y húmeda cuando la alcanzo, y ardo por probar su sabor. Basil me mira hipnotizado y me vuelve a besar mientras, sin prisa, subo y bajo su piel.

Cuando aumento el ritmo, gruñe en respuesta.

—Cuidado, palomita —me advierte. *¿Cuándo ha dejado de molestarme que me llame así?* —. No creo que entiendas el efecto que tienes en mí...

—Explícamelo.

—Llevo semanas soñando con volver a tenerte así. Cuando entro en mi despacho, te imagino sobre mi mesa desnuda. Y no sabes las cosas que te haría... —susurra en mi oído—. He perdido la cuenta de las veces que he pensado en tu boca rodeando mi polla. —Pasa un pulgar por mi labio inferior mientras su pierna se cuela entre las mías.

Yo también he fantaseado con esos momentos. Y aunque sé que esto no es buena idea, no puedo pararlo más.

—Ven conmigo. —Me incorporo y cojo su mano. Le animo a seguirme hasta la zona que cubre un toldo. Obedece cuando le indico que tome el asiento del capitán y me coloco frente a él. Poco a poco, empiezo a descender y él resopla. Cuando caigo de rodillas, veo la nuez de su cuello bajar y subir, como si necesitara tragar para volver a respirar.

Decido tomarme esto con calma y jugar con mi lengua en sus ingles antes de acercarme a su polla. Él reacciona estampando su puño contra el bordillo para contener su excitación. Me recreo en acariciar y saborear todo lo que rodea su erección, que cada vez está más turgente, hinchada y venosa... y me provoca con su sola presencia para que mi boca le preste atención.

—Llevaba rato preguntándome dónde estaba el mástil en este barco, capitán —comento con malicia antes de agarrarlo al fin.

—Joder, Paloma, ¿ahora es cuando tú haces brom...? —Es todo lo que alcanza a decir antes de que comience a lamer muy lento.

Con los ojos en blanco, agarra mi nuca. Puedo notar sus dedos colándose en mi melena y clavo mi mirada en él mientras desciendo por su longitud hasta hundirme en ella. Una y otra vez. Mis manos buscan nuevas formas de darle placer mientras llego cada vez más profundo y avanzo más deprisa... hasta que él tira de mi melena, como si tratara de contenerse, aunque solo me sujeta a mí para hacerlo.

Se equivoca si cree que así voy a parar. Devoro su sabor salado mientras él resopla cada vez más rápido. Mi único deseo es hacer perder los papeles al capitán de este barco y me entrego a mi cometido para ver hasta dónde puedo llegar. Aumento intensidad, humedad, profundidad, ritmo... Y mi boca apenas abarca su tamaño con mis dedos rodeando su base, pero logro que mis labios lo cubran y absorbo con fuerza para reclamar cada vez más de él.

—Paloma... —me llama, pero quiero más—. Paloma,

Paloma, Paloma —repite tratando de detenerme. Su respiración es forzada.

—¿No te...? —*¿gusta?*

La última vez que intenté esto con él, fue un desastre y me dejó dudando de mí misma. No sé si quiero que me responda. Y no lo hace. Solo sonríe con dificultad antes de cogerme la cara con las manos y besarme.

—Esa boca tuya va a ser mi perdición.

Muerdo mi labio inferior, pero no me atrevo a hablar. Solo miro sus ojos, tratando de saber si me está diciendo la verdad.

—¿Aún lo dudas? Dios, palomita. Creo que no hay nada que tus labios no puedan conseguir de mí. ¿Tú sabes lo peligroso que es eso? —Basil acaricia la sonrisa que se dibuja en mi cara al escucharlo.

Me incorporo sin prisa mientras él me mira muy atento, como si no supiera qué esperar. En cuanto me siento a horcajadas sobre él, reacciona agarrando mis muslos, apretando mi carne entre sus dedos. Su cuerpo musculoso sigue pareciéndome irreal, por más que lo explore con mis manos. Sus tatuajes son tan raros como bellos. Todo en él lo es, aunque no logre comprenderlo.

Y no, no lo entiendo. No entiendo por qué mi boca necesita besarlo, pero no puedo negar el deseo.

Con sus dedos en mis caderas, me invita a moverme con su polla deslizándose entre mi humedad. El tiempo se hace demasiado corto mientras nos besamos y nos frotamos, provocándonos el uno al otro. Adoro poder despeinar su pelo húmedo y que él me sujete marcando el ritmo de mis caderas.

—Basil —suplico, y aunque no le he pedido nada, me entiende.

—Condones —pronuncia enseguida con dificultad.

Con una mano, alcanza su mochila en el asiento del copiloto y tira el contenido sobre el sillón. Papeles, cascos, llaves, gafas de sol... Muchas cosas caen al suelo, pero no importa. Ni siquiera me preocupa mi móvil, que está ahí, al alcance. Lo único que puedo ver es una caja de preservativos. Vacía.

A mi cara de confusión le responde otra de contrariedad de Basil.

—Pensaba que tenía alguno...

Dejo salir aire de mi boca, decepcionada.

—Qué mala pata... ¿Tú no tenías siempre suerte?

—Yo creo que ya estoy teniendo mucha hoy, palomita —asegura con una mirada que me derrite.

De pronto, sus manos a ambos lados de mis caderas me invitan a seguir moviéndome. Nuestros cuerpos excitados no dejan de frotarse uno contra el otro. Me arqueo y gimo de placer cuando sus dedos suben y se pasean por mi espalda desnuda.

—Podemos buscar una farmacia —alcanza a decir.

Me cuesta no reírme. Es cómico lo jodidamente lejos del mundo que nos ha traído. No hay nada ni nadie alrededor. Como llevados por las olas, los dos seguimos moviéndonos en un vaivén, entre caricias y besos suaves. Jamás hubiera pensado que podría correrme con solo el roce de su polla entre mis labios, pero empiezo a sospechar que me equivoco.

—Basil, yo no tomo nada... —le explico, aunque también me lo recuerdo un poco a mí misma porque puedo notar su polla muy cerca de mi entrada y deseo demasiado que cruce ese límite.

Sus ojos miran hipnotizados mi pecho rebotando y lo besan con adoración, los míos luchan por mantenerse abiertos mientras la brisa del mar acaricia nuestros cuerpos aún húmedos, que se deslizan juntos sin dificultad.

—Oh, Dios... —se me escapa cuando en una de sus falsas embestidas roza mi entrada. Está tan cerca...

La tentación de mandar el mundo al garete va creciendo al ritmo de mis caderas. Y cada caricia me invita a pecar más y más.

—¿Te gusta? —me pregunta jugueteando con su pulgar en mi zona más sensible.

Asiento, incapaz de mover la cabeza más que con pequeños movimientos.

Pronto nuestras respiraciones se acompasan, pero los besos se vuelven torpes, húmedos y salvajes. Nosotros también. Sus dedos provocan cada vez más rápido mi punto más sensible mientras su polla no deja de deslizarse entre mis pliegues y de llamar a mi puerta...

—Palomita, no voy a poder parar si seguimos así —confiesa.

—Basil, quiero más. —Es lo único que soy capaz de pensar.

—Y yo, pero... —No logra terminar sus frases.

—Más, Basil —insisto con su polla rozando mi entrada—. Solo un segundo...

—¿Estás seg...? —No hace falta que termine porque yo ya estoy asintiendo.

Y por fin puedo notar la punta de su erección justo donde la necesito. No soy capaz de recordar lo estúpido que es esto mientras dejo que su polla se clave en mí. Mi boca y la suya se unen, abiertas, y dejan escapar un gruñido al unísono. Estamos traspasando una barrera muy peligrosa. Y jodidamente excitante.

—Solo un segundo —le recuerdo.

Un día me juré no hormonarme nunca más por un

hombre. Mi personalidad suele asustarlos y hasta ahora eso había sido anticonceptivo suficiente... aunque ahora mismo maldigo esa idea, porque soy incapaz de pensar en el peligro cuando Basil se empieza a hundir en mí. Todos mis pensamientos enmudecen y solo puedo concentrarme en sentirlo justo donde lo necesito.

—Solo un segundo —repito.

—Solo uno... —Asiente con su boca pegada a la mía.

Es un momento irreal. Sus manos no dejan de recorrerme mientras su polla reclama su espacio dentro de mí, poco a poco, con movimientos lentos. El avance nos consume a los dos. Puedo ver sus párpados aleteando, incapaces de mantenerse abiertos, pero aún mirándome.

Estoy tan húmeda que él se desliza en mí sin apenas resistencia, pero puedo notarlo cada vez más profundo y respirar se vuelve más difícil. Cuando por fin llega al fondo, su boca, al lado de mi oído, gruñe con tanto placer que logra erizar toda mi piel. Y mis dedos se clavan en sus espaldas tratando de retenerlo conmigo.

Solo entonces logro soltar aire por mi boca.

No sé qué hora es ni dónde estoy, pero sí sé que un segundo con él es demasiado poco. Incluso una hora es muy corta a su lado, por lo visto. El tiempo se acelera mientras nos besamos intentando no mover las caderas. Y pronto nos conformamos con no hacerlo muy deprisa, pero la excitación nos lleva a aumentar el ritmo sin control.

—Paloma... —Me detiene de repente con las manos en mi cintura.

Entre suspiros de pura angustia, nos separamos, aunque seguimos excitados. Enseguida sus dedos se cuelan en mis pliegues y me acarician de nuevo. Yo agarro su polla, cubierta con mi propia humedad, y deslizo su piel una y otra vez. Juntos nos movemos desesperados por más.

—No pares —suplico en su oído. Mi voz suena muy aguda, pero soy incapaz de controlarla.

Nunca nadie en toda mi vida me había excitado de este modo ni me había hecho desearlo tanto.

—Quiero sentir cómo te corres, preciosa —confiesa en un susurro que se camufla en las olas del mar, con sus dedos entrando y saliendo de mí.

Yo también deseo verlo alcanzar el éxtasis. Puedo notar que los dos estamos muy cerca. Sus ojos no se despegan de los míos. Mi cara debe ser de puro sufrimiento, pero la suya no se queda atrás. Me dejo ir, rindiéndome a unas olas de placer que no parecen terminar jamás, y enseguida él me sigue, liberándose con mi mano y cubriéndome con su excitación.

Sonrío, apenas sin aliento, y miro a Basil. No sé qué decir. Soy experta en estropear un momento como este. Sus manos no se separan de mi cuerpo y en lugar de usar palabras, me besa.

—¿Qué hacemos ahora, capitán? —Es lo único que se me ocurre decir.

Casi sin aliento, niega con la cabeza.

—En este barco mandas tú, palomita. —Coloca un mechón de pelo tras mi oreja antes de besar mi cuello. Cuando no respondo, se detiene para mirarme, preocupado—. ¿Quieres... volver ya?

Es mi turno de negar con la cabeza. Y él deja escapar aire de su boca, aliviado.

—¿Siguen siendo las once de la mañana?

Hace un rato que sé que son casi las cinco de la tarde.

—Siguen siendo las once.

Un poco más de tiempo no puede ser tan grave...
O eso espero.

———

BASIL

Paseo la nariz por su pelo, aún húmedo, que se mueve salvaje por el viento. Llevamos un buen rato en esta posición, con ella sentada entre mis piernas. Así no veo su cara, pero está callada, observando la puesta de sol. Temo que su cabeza esté de vuelta en la tierra y que pronto me diga que quiere volver.

Cuando beso su cuello, ella parece salir de sus pensamientos.

—Nunca había visto la puesta de sol desde un barco.

—¿Es eso lo que estabas pensando? —pregunto con miedo, pero ella asiente.

—Eso, y que si son tan espectaculares siempre, no me extraña que no lo quieras vender.

—El sol no se pone a las once de la mañana todos los días, ¿sabes? —Sonríe al escuchar eso. Adoro ver el atardecer en el mar, pero hacerlo con ella entre mis brazos se siente distinto.

Se estira para alcanzar su móvil y toma una foto a las vistas, pero la pantalla se queda lejos de reflejar la escena que tenemos frente a nosotros.

—Nunca me salen bonitas —se queja.

—Porque estás enfocando al sol. Así no va a quedar bien —apunto antes de pulsar el botón de cámara frontal. Aparecemos los dos en una estampa mucho más especial que el atardecer. Eso pasa cada día. Esto no—. Mejor, ¿ves?

—¡Ay, Dios, qué pelos! —Pasa una mano por su melena en cuanto se ve despeinada en la pantalla, pero yo beso su mejilla y ella me sonríe. Capturo una instantánea del momento.

—Estás preciosa, palomita —aseguro mientras vuelvo a pasear la nariz por su cuello. No podría cansarme de olerla jamás—. ¿Me la enviarás?

Abre la boca para responder, pero se detiene. Y guarda el teléfono.

—Quizás deberíamos volver ya. O al menos, recoger un poco. —Se separa para incorporarse, pero no me gusta la idea de dejar de tenerla entre mis brazos tan rápido, así que la retengo conmigo.

He tirado media mochila al suelo antes, confiando en que tendría algún condón olvidado en un bolsillo. Ha pasado un rato, y el mar y el viento han ido esparciendo lo que se ha caído por la cubierta.

—Se va a mojar todo, Basil —me recuerda—. ¿No son importantes estos papeles? —Logra alcanzar un cuaderno con el pie y lo acerca para mostrármelo.

—Son solo dibujos. Borradores. Nada serio.

—¿Puedo? —pregunta con el bloc en sus manos. Dudo, pero asiento. No me gusta enseñar mis pruebas. La mayoría de las veces creo que solo pinto tonterías... Y en esta posición, no ver su cara mientras los observa me pone nervioso.

—¿Te... gustan?

Me duele recordar que hace algo más de un año me propusieron publicar otra tira cómica. Ni me planteé que pudiera ser el fracaso absoluto que fue. Por suerte, Jota lanzó enseguida una línea de material escolar de *Basil te lo explica* para crear ruido y opacar las críticas, pero desde ese día, siento que cada nuevo borrador es horrible.

Fue duro descubrir que no tengo talento, solo tuve un golpe de suerte.

—No parecen tuyos —apunta sin dejar de observar y pasar páginas.

No sé si esa idea me gusta o me preocupa.

—¿Eso es bueno o malo?

—Bueno —responde sin dudar.

—¡¿Es bueno que no parezcan míos...?! —pregunto.

—Perdón. —Se gira a mirarme y me cuesta no reírme de su cara de "trágame tierra".

—Perdón y me encantan todos tus dibujos, Basil... —sugiero como disculpa.

Se pone a mirar de nuevo el bloc sin decirlo.

—¡¿No te encantan todos mis dibujos?!

Cuando sigue observándolos sin responder, me pongo nervioso y solo se me ocurre hacerle cosquillas para que conteste. Aprovecho el momento y le quito el cuaderno de las manos.

—¡No había acabado de verlos! —se queja, pero se da la vuelta para mirarme, aún sentada entre mis piernas.

—A veces me gustaría hacer algo distinto, pero son solo borradores —le resto importancia y dejo el bloc a un lado.

—No sabía que dibujabas otras cosas que tu tira. Me gustan tus borradores.

—Entonces, lo que no te gusta es Basil... —Vuelve a girarse y sospecho que no quiere reconocerlo—. Bueno, quizás tenga suerte y consiga convencerte algún día.

—Dejas demasiadas cosas en manos de la suerte.

—No todo lo dejo en sus manos...

Me acerco a besar su nuca y cuelo mis dedos entre sus

piernas. No ha podido ponerse sus braguitas porque estaban mojadas. Y eso a mí me hace sentir muy afortunado ahora mismo.

—¡Basil! —exclama al darse cuenta de mis intenciones—. Basil... —repite, pero su tono cambia. Me cuesta no sonreír cuando abre sus muslos para darme mejor acceso. Estamos de espalda, pero adoro notar cómo su cuerpo se retuerce de placer entre mis brazos.

Su humedad me está invitando a hundir los dedos en ella y lo hago sin dudarlo. Su respiración se vuelve forzada y empieza a gemir al compás que yo le estoy marcando. Mi polla sufre dentro de los pantalones.

Alcanzo sus tetas por encima de su vestido. Es ella quien se lo quita para que pueda tocarlas sin barreras de tela. Son siempre tan suaves, abundantes, sabrosas... Es imposible resistir la tentación de jugar con ellas. *Mejor pasatiempo del mundo.*

No me he molestado en ponerme una camiseta, así que noto su piel desnuda contra la mía. Huelo su cuello, lo beso, lo lamo, lo muerdo... pero no es suficiente. Y solo estoy consiguiendo excitarme cada vez más.

—Quiero volver a estar dentro de ti. Me gustaría tanto poder follarte otra vez... —confieso en su oído—. Voy a pensar en ese segundo cada vez que me masturbe por el resto de mis días.

Ella niega con la cabeza mientras la invito a tumbarse acompañándola con mi cuerpo. Verla desnuda sobre cubierta, extendida ante mis ojos, es como tener un festín donde todo me gusta, y no puedo esperar para volver a saborear cada plato.

—¿Por qué me miras siempre así?

Supongo que mis ojos no saben ocultar el deseo, pero creo que ella no se da cuenta de que los suyos tampoco.

—Porque contigo nunca sé por dónde empezar, palomita —*y no querría acabar jamás.*

Recorro su cuerpo de un vistazo y muerdo mi labio para contener mis ganas de devorar cada centímetro de su piel. Paloma me dirige con gestos hacia sus costillas. Y obedezco. Beso con devoción ese rincón bajo su pecho. Esa tierra de nadie que, por lo visto, la excita. Y memorizo eso, como si fuera un dato importante, a pesar de que nada me asegura que lo vaya a necesitar de nuevo.

Sin dejar de sujetar su cintura entre mis dedos, visito sus pezones con mi lengua. Y observo cómo reacciona cuando froto mi barba contra ellos. Mis manos bajan para volver a colarse entre sus piernas, buscando la forma de darle placer.

—Más —pide ella, aunque soy yo quien siente que no podría tener jamás suficiente de esto. *Qué no daría por poder darle más...*

Está preciosa con la luz del sol rojizo bañando su cuerpo. Su olor dulce mezclado con el mar es una combinación adictiva. Reconozco al instante la misma energía que nos envuelve cada vez que estamos juntos. Y pensaría que estoy loco, pero veo su piel erizarse por esa misma sensación.

Mis dedos se deslizan entre sus piernas. Mis labios, en su cuello, la muerden de nuevo, porque con ella me siento más hambriento de lo que creía posible.

—¡Ahhhh! —gime en mi oreja cuando succiono con fuerza por debajo de su mandíbula. Y con solo ese sonido logra que pierda la cabeza. Empiezo a creer que ella sabe muy bien cómo conseguirlo.

—Palomita... —Es todo lo que puedo decir (y pensar) ahora mismo.

Ella clava sus uñas en mi espalda de nuevo. Y debo

estar loco, pero me encanta que me pida siempre más, y que lo haga de ese modo.

—Basil, más —me suplica, aunque mis dedos ya no pueden moverse más deprisa.

—Sigue, preciosa...

Desearía tanto volver a hundirme en ella. Mataría por notarla corriéndose en mi polla. Está muy cerca, lo veo en su cuerpo temblando, tratando de contenerse.

Apenas unos segundos pasan cuando una ristra de "síes" gemidos se escapa de su boca y siento en mis dedos cómo se contrae, reclamando las últimas oleadas de placer. Me encanta saber que puedo provocar eso en ella.

Paloma me premia regalándome una imagen que no me cansaría de ver: ella estirada en cubierta, desnuda, saciada, salvaje y apenas recuperando la respiración. Entre besos, poco a poco nos incorporamos, sin prisa. Sin palabras.

—¿Estás bien? —le pregunto al ver que no dice nada.

Asiente. La cojo por la cintura y me relajo un poco cuando me responde rodeando mi cuello con sus brazos.

—¿Sabes qué? Tenías razón.

—¿En qué? —pregunto temiendo lo que pueda contestar.

—En que si lo probaba, iba a querer repetir... —comenta justo antes de escaparse de mi abrazo y tirar de mi mano hacia la barandilla del barco. Me encanta ver la sonrisa pícara que me dedica antes de saltar al agua—. ¿Vienes conmigo?

Tardo pocos segundos en deshacerme de mis pantalones y tirarme tras ella. Porque no hay marinero que consiga resistirse a los cantos de una sirena, aunque esta es la primera vez que yo desearía llegar a buen puerto.

CAPÍTULO DIECINUEVE
DE VUELTA A TIERRA FIRME

BASIL

AYUDO A PALOMA A BAJAR de la moto. Enseguida, me devuelve mi casco y mira hacia la puerta de su edificio. Ha anochecido, pero tengo la sensación de que el día ha sido demasiado corto.

—Hemos llegado —comenta con su móvil en la mano antes de colocarse un mechón de pelo tras la oreja. Parece tensa.

—¿Sabes ya lo que vas a responder a tus *trolls*?

Niega con la cabeza con gesto triste.

—A lo mejor solo tendrías que ignorarlos y no dejar que te amarguen el día.

—Eso no suena mal —admite—. Me ha gustado este día.

—¿Eso significa que ya no soy un inútil en la cama?

—No he estado contigo en ninguna hoy —responde en tono juguetón—, pero el barco no se te da mal, capitán.

—Si vuelves a llamarme así, voy a secuestrarte y llevarte de nuevo al mar, palomita —susurro en su oído y mis manos suben por sus caderas para acercarla a mí. Me aproximo e intento besarla, aunque ella apoya sus palmas en mi pecho y me detiene.

—Basil, ha sido muy divertido, pero... —Se separa y yo resoplo porque no me gusta tener que dejar de tocarla tan pronto—. Vivo muy cerca de la oficina. El otro día casi nos pilla Regina... Me importa mucho mi columna y yo me tomo muy en serio mi trabajo.

—Pero vamos a volver a vernos, ¿no? —Tengo la sensación de que la respuesta va a ser "no".

—Claro que sí. —Y suena a "sí", aunque no lo es—. En el edificio de Esferia casi cada día.

—A no ser que quieras venir a mi despacho a terminar de cumplir tus fantasías, no hablamos de lo mismo.

—Basil... —Eso también suena a "no".

—Merezco dejar de ser un inútil en la cama. —Pongo mi mejor sonrisa para tratar de convencerla, pero menea la cabeza en respuesta. Fuerzo mi suerte susurrando en su oído—. Solo mi barco no va a ser suficiente, quiero tenerte en mi cama, en el sofá, contra una pared, en el suelo de la... —Y así comienzo a recitar mi particular lista de deseos, pero ella me detiene y pone un dedo sobre mis labios para callarme.

—Basil, hoy me lo he pasado muy bien. Ha sido muy divertido —repite, y no sé por qué, me molesta—, pero no es solo que trabajemos en el mismo edificio. Hay gente comentando que estamos —duda de qué palabra elegir— coqueteando.

—Y eso es falso, claro —interfiero recalcando la ironía.

Resopla en lugar de responder. Sé muy bien lo que está callando. Cuando estuve con Sonia, las cosas se pusieron muy feas muy rápido y ahora vivo evitándola. Estoy en el mismo barco que ella; me encantaría que las cosas fueran menos complicadas, pero ahora no puedo pensar en eso. Solo sé que quiero volver a verla.

—¿Qué haces el viernes por la noche? Ven a mi casa. Tú y yo. No tiene por qué enterarse nadie. —Mis manos vuelven a buscar sus caderas sin permiso. En realidad, le hubiera dicho de vernos mañana, pero sé que dirá que es pronto y yo viajo el martes fuera de la ciudad tres días para promocionar mi libro. El viernes es mi apuesta más segura.

—¿Por qué a tu casa y no a la mía?

—Porque quiero follarte en mi cama —le devuelvo sin dudarlo.

—Pues a mí me gusta la mía. Y quizás cada uno debería quedarse en la suya. Es lo más fácil. —Enseguida encuentra las llaves en su bolsa. Antes de que abra la puerta y se vaya, me pongo frente a ella.

—Aún te debo una.

—Basil, se acabó. Ya nos hemos acostado —me recuerda.

Joder, como si lo pudiera olvidar.

—Solo ha sido un segundo. No cuenta.

—Los dos sabemos que ha sido más que eso.

—No. Los dos sabemos que ha sido demasiado poco.

—Hemos estado bastante más de una hora. Y estamos en paz. —*No estoy de acuerdo*—. Lo único que me debes es una disculpa por esto.

Señala en su cuello el chupetón que le he hecho. Me gustaría decir que me arrepiento, pero imagino que yo también tengo unas cuantas marcas suyas en mi espalda y no me importaría que me hiciera muchas más.

—¿Por qué no me dejas que te pida perdón el viernes? Tú lo has dicho. Te lo debo.

—Era una broma. No me debes nada. Ni yo a ti.

Se gira y empieza a entrar en su portal, pero antes de que me cierre la puerta en las narices como siempre, me cuelo con ella.

—Aquí no nos ve nadie —susurro.

Cuando me sonríe, sin pensarlo, agarro su cintura con una mano y encuentro su nuca con la otra, acercándola a mí. Y la beso sabiendo que no va a ser nada fácil repetir este momento. Me recreo en el modo en que su cuerpo responde al mío. Y su forma de gemir en mi boca me recuerda por qué deseo tanto volver a verla.

—Esto sí me lo debías. —Ella niega con la cabeza, aunque puedo leer deseo en sus ojos.

—Los dos sabemos que no tiene sentido complicar las cosas, Basil.

¿Los dos?

—Piénsate lo del viernes —insisto.

—No cre... —La interrumpo con un beso suave. Uno de despedida.

—No hace falta que me respondas hoy. Buenas noches, palomita.

Resopla confundida.

—Buenas noches, capitán. —Se muerde el labio inferior con media sonrisa contenida.

Va a ser un infierno esperar su respuesta.

UNA HORA MÁS TARDE

—¿Cómo eres tan bobo, Basil? —me pregunta mi hermana, que me ha llamado para consultarme si puedo quedarme con Kai el viernes mientras ella va al banco. Eso no le impide insultarme y sonsacarme detalles sobre cómo ha acabado el día con Paloma.

—Se lo he pedido muchas veces, pero no me lo quiere dar.

Estaba tan distraído tratando de convencer a Paloma de quedar de nuevo que he olvidado que aún no tenía su número al despedirme.

—Si un chico se pasa el día conmigo y no da señales de vida al día siguiente, lo envío directo a la lista de capullos indeseables.

—Trataré de encontrármela mañana en el edificio...

—¡Pero ve a verla, no seas cafre!

—No puedo hacer eso, Ce. Trabaja en la misma planta que Sonia.

La escucho resoplar con cierta ironía en mi teléfono.

—Te está bien empleado por ser un picaflor.

—Vale, ya, ¿pero qué hago?

—No sé. Es muy tarde y llevo demasiadas horas despierta. Tengo que dormir para poder pensar. No sé cómo ayudarte ahora mismo, ¿pero cuento contigo el viernes? Necesito que me den ese crédito.

—Yo me quedo con Kai, sí. Y te puedo prestar el dinero también, si quieres. ¿Para qué vas a pagar intereses a un banco?

—No, es mi negocio y voy a sacarlo adelante yo sola.

—Eres muy cabezota, Ce. Tú lo harías por mí.

—Ya, pero yo soy tu hermana mayor.

Sé que no va a ceder. No es la primera vez que

tenemos esta conversación ni el primer banco que rechaza darle un préstamo. Siempre me ignora.

—Le diré a Kai que vuelva a llevarse su maletín de peluquería el viernes.

—Sí, por favor, que no se le olvide —ironizo.

—Basil —insiste—, si te gusta esa chica, consigue hablar con ella antes de irte. Es importante, créeme.

Fácil.

LA MAÑANA SIGUIENTE

MI DÍA en el mar con Basil ha dejado una huella en mí y en mi cuerpo. Desde que anoche nos despedimos, noto algo en mi estómago que creía haber olvidado. Es una sensación demasiado real para ignorarla. Y no pienso negármelo a mí misma. Tampoco tendría sentido. Así que voy a admitirlo: tengo agujetas.

¿A quién le puede gustar el deporte?

Vestirme y hacer la cama hoy ha sido una auténtica tortura. Mientras preparaba el desayuno, ha empezado a sonar *Playa* de Tini en la cocina, pero he apagado el altavoz porque mis músculos atrofiados se empeñan en seguir el ritmo. Además, la letra me estaba recordando mucho a mi día de ayer con Basil.

No necesito una canción para eso. Mi cabeza se ha transportado demasiadas veces a su barco desde que nos despedimos anoche.

Recordatorio: "demasiadas" es una palabra con connotación negativa.

Mari sale de su habitación aún en pijama y ni siquiera se molesta en saludarme. Solo lleva un pantalón corto y un *top* aún más minúsculo que le sienta mejor que a muchas modelos, pero no puede disimular su cara de sueño.

—¿Hemos cambiado la hora de entrada? —pregunta en medio de un bostezo cuando me ve ya vestida y sentada en la mesa desayunando.

—No, solo quiero llegar pronto.

Sus ojos se equivocan al mirarme incrédulos y decir sin palabras "tú tienes otro motivo para querer ir a la revista hoy".

Anoche, en cuanto llegué a casa, le conté dónde y sobre todo con quién había pasado el día. Está convencida de que debería volver a quedar con Basil, pero Mari es daltónica en el amor. Es incapaz de distinguir las banderas rojas. Y mi experiencia me dice que hay un capitán de barco que las tiene todas.

Desde que he abandonado la dieta, hemos vuelto a nuestro habitual acuerdo en el que yo cocino para las dos y ella olvida lavar los platos. Así que, por costumbre, se sienta a mi lado y coge varias tortitas del desayuno que he preparado.

En realidad, quiero llegar pronto porque tengo mucho trabajo. Anoche miré los comentarios de mi artículo al volver a casa, pero no respondí a ninguno. Basil tiene razón; no voy a dejar que unos *trolls* me afecten. Las visitas a la web han crecido y eso es lo que quiero. Tarde o temprano me voy a tener que acostumbrar a recibir críticas y afrontarlas sin dejar de subirme a la ola. Y eso es lo que voy a hacer: ignorarlos y seguir trabajando.

—¿Y tú por qué estás despierta tan pronto? —Su alarma ha sonado y ella nunca la pone temprano.

—Tengo que pasar por correos.

—¡¿Has hecho alguna venta?! —Hace tiempo que no la veía preparar envíos de su tienda en Etsy—. ¿¡Todos esos paquetes!? ¡Eso es genial, Mari!

Tiene por lo menos quince amontonados en la entrada. Suena el interfono antes de que le dé tiempo a hacer más que asentir. Me acerco a atenderlo, pero solo se escuchan sonidos indescifrables al otro lado del aparato.

—¿Hola? ¿Quién es? —pregunto apretando el botón del intercomunicador que, como casi todo en esta casa, no funciona. Nadie responde, pero abro por si acaso.

—Que sea el manitas, que sea el manitas, que sea el manitas... —invoca Mari entre dientes con los dedos cruzados.

—No tengo mucha fe, pero si es él, ¿puedes decirle todo lo que falla? Hay una lista en la nevera, aunque lo primero que tiene que mirar es el aire acondicionado.

—Desde luego, eso antes que nada —me apoya.

Ya no pedimos que funcione el ascensor, la caldera, que arreglen las grietas o que todos los interruptores y enchufes que solo decoran las paredes vuelvan a ser útiles. Nos da igual que el grifo del agua caliente sea el frío y a la inversa. Nos hemos acostumbrado a no pisar ciertas baldosas para evitar calambres y que media nevera congele todo lo que metas en ella.

Nuestro único deseo ahora mismo es no morir de calor otro verano. Ese aparato inútil fue el motivo por el que elegimos este piso, a pesar de ser más caro que otros en esta zona. Ninguna de las dos soporta el calor.

—¿Pero te vas a ir tan pronto de verdad? ¡Espérame y vamos juntas!

Es casi una broma que me pida eso. A Mari le lleva siglos arreglarse por las mañanas y siempre llega tarde. Los raros días en los que salimos de casa a la misma hora es porque yo me he quedado dormida.

—Quiero escribir mi siguiente artículo. Y tiene que ser perfecto. Voy a montarme de nuevo a la ola —aseguro muy mística.

—¿Esa ola no se llamará Basil?

—¿Eh? —disimulo mientras abro la puerta y asomo la cabeza en el rellano deseando ver al manitas, pero parece tardar en subir—. ¡Qué va!

No, no iré a verlo; lo tengo muy claro. Basil ayer me regaló orgasmos que hicieron temblar mi mundo por un instante, pero no pienso arriesgarme a que haga tambalear también mi estabilidad emocional. O mi trabajo.

Además, Basil es como el mar que tanto parece gustarle: inestable. Y yo he aprendido que tengo tendencia a ahogarme a base de aguadillas. Él es lo último que me conviene.

Su foto de perfil de Tinder es el mejor ejemplo de lo que hablo. Él está acostumbrado a deslumbrar con su aspecto a las mujeres. Y yo no soy inmune. Él puede nublar mi capacidad de pensar racionalmente. Dios, cada vez que recuerdo que por un segundo —bueno, algo más que eso— olvidamos la protección... Este mes me voy a alegrar infinito cuando me venga la regla, para variar.

Sí, hice una estupidez ayer, y no voy a repetirla.

Me costó demasiado reconstruirme a mí misma después de Sergio y me niego a volver a perderme el respeto por las estupideces que me hace cometer el amor.

Bueno, en este caso, la lujuria. Ayer me costó mucho poner un punto final con Basil, pero hoy me toca mantener los pies en la tierra. Necesito centrarme en mi trabajo. Y dejar de hacer tonterías.

—No voy a verlo más —aseguro.

—¿Y por eso te has puesto tan guapa hoy? Por si no te lo encuentras, claro... —Me provoca con una sonrisa malvada.

Hoy he despertado en una realidad alternativa en la que tenía buena cara sin hacer nada. ¿Es eso mi culpa?

—No me he puesto guapa —aclaro, aunque quizás he elegido algo que sé que me sienta bien porque una nunca sabe lo que un lunes puede deparar.

—¡Ah! Entonces solo es la cara de buen sexo. Deberías ponértela más a menudo... —Aprieta mis mejillas como si fuera una chiquilla y yo me aparto con cara de disgusto.

Por fin llaman a la puerta y, al comprobar la mirilla, veo que es un repartidor. Viene bufando por haber subido cuatro tramos de escaleras.

—No es el manitas —me quejo antes de abrir la puerta. Es entonces cuando veo que lleva un ramo en la mano. No son flores; son peonías.

No puede ser...

—Traigo un envío para "palomita" —anuncia recuperando el aliento.

Todo mi cuerpo se eriza al escuchar ese nombre. Me niego a aclarar a un desconocido que no me llamo así, pero cojo el ramo con esfuerzo porque mis brazos duelen.

—¿Dónde firmo?

—¿Palomita? —me chincha Mari acercándose a la puerta.

—No preguntes.

¿Por qué me ha enviado flores Basil (otra vez)? Abro la nota con miedo.

¿Te gustan más estas?
B.

¿Solo eso? Leo varias veces la tarjeta porque no la comprendo. Es evidente que se refiere a las flores del otro día, pero no logro entender por qué me diría eso sin más. Tengo muchas preguntas, aunque es Mari quien hace la primera.

—¿Qué significa?

—Me envió unas flores como estas el viernes y se las devolví porque no me gustaban.

—¡¿Y no me lo contaste?! ¡Palo! —me reprende con un empujón.

—No me las quedé. Y fue una especie de broma.

—¿Tú crees? ¿Qué chico conoces tú que envíe flores como un chiste?

—Basil —respondo sin dudar.

Sigo mirando la nota sin comprender, pero cuando la giro, veo un número. Son los nueve dígitos de su teléfono. Y entonces lo entiendo. Esta es su manera de conseguir mi móvil. Resoplo al darme cuenta de lo que está intentando. Es solo un juego.

Yo no quería darle mi número porque eso da pie a que las cosas se compliquen. No me gusta estar esperando que alguien me escriba. Me niego a caer en esa trampa. Ya viví eso durante años y así aprendí a leer entre líneas.

Preferiría no tener que hacerlo de nuevo, aunque miro las flores y sé que no se merece que no le dé ni las gracias.

Supongo que un mensaje es mejor que ir a su despacho a decirle que no debería haberme enviado nada. Y si voy a verlo, corro serio peligro de acabar en ese cuartillo de materiales de nuevo, así que...

PALOMA

Gracias por las flores. No tenías por qué.

BASIL

Quizás quería decirte que me lo pasé bien ayer y aún no tenía tu teléfono.

Ahora ya lo tienes. Puedes dejar de enviarme flores cada vez que quieras algo de mí.

Si estuviera haciendo eso, tendrías muchas más, palomita.

No sé qué contestar a eso... Bueno, sí.

¿Por qué las mismas? Te dije que no me gustaban.

La última vez viniste a mi despacho a devolvérmelas. No me importaría que volvieras hoy. Así podrías despedirte. Voy a estar tres días fuera.

He caído en esa trampa yo solita y me cuesta no sonreír al darme cuenta, pero se equivoca si cree que le va a servir de algo.

No voy a ir, Basil.

Confío en mi suerte.

Conmigo no te va a funcionar eso.

229

Resoplo y meto el móvil en el bolso, sin responder. Sé que con ese mensaje está provocándome y esta es la clase de juegos que quería evitar. Por eso no le di mi teléfono ayer.

—Palo, una preguntita... —comenta Mari acercándose a mí— ¿sueles sonreír así cuando escribes mensajes a alguien que no vas a volver a ver?

—No estaba sonriendo —aseguro mientras cojo mi bolso decidida a ir a la oficina y a olvidarme de esto.

—Si al final vas a verle a su despacho, no se te ocurra no contármelo, ¿eh? —me advierte antes de dejar su plato en el fregadero.

—No, no pienso arriesgarme a que Regina vuelva a pillarnos enrollándonos ahí.

—¿¡Qué!? ¡¿Cuándo ha pasado eso?! —Me cuesta contener la risa al ver su reacción.

—Te lo cuento si llegas pronto a la oficina —la provoco desde la entrada.

—¡Pero espérame!

—¡No te olvides de lavar los platos! —Doy un portazo.

Me cuesta no reírme al escuchar el "¡Palo, no te escapes! ¡No me puedes dejar así!" que grita al otro lado de la puerta. No me parece tan gracioso cuando me pongo los cascos, empieza a sonar *Flores* de Tini y me sorprendo al cantar el estribillo.

De inmediato, me cubro la boca con la mano, ultrajada, al escucharme a mí misma. ¡¿*"Si quieres la verdad, el amor me asusta"*?!

Ja.

No.

Ni hablar.

Esa canción se equivoca. Y lo que siento en el estómago son agujetas. Absolutamente nada más.

VIERNES

CUANDO SE ACERCA el día de publicar, el ambiente de la redacción se siente distinto. Hay una energía especial que lo envuelve todo, aunque esta semana la noto más que otras. Quizás porque mi plan es subirme de nuevo a la ola y me gusta.

Pero eso no me ha hecho olvidar qué día es hoy. Y por si acaso lo hubiera conseguido, Basil se ha encargado de recordármelo.

> **BASIL**
>
> ¿Has pensado ya qué te vas a poner esta noche cuando vengas a mi casa, palomita?

Hace días que le debo una respuesta y he estado a punto de enviársela muchas veces. De hecho, voy a contestarle cuando mi móvil tiembla en mi mano. Sonrío al leer el mensaje.

BASIL

BASIL

No quiero presionarte, pero yo he ido a la peluquería.

Adjunta una foto con un peinado que, sin duda, le ha hecho su sobrina.

Esta es la prueba más evidente de que a veces Basil es como un niño. No puedo tomarlo en serio. Cuando voy a responderle al fin, las notificaciones de otra conversación toman prioridad.

Chat de grupo
Las damas de Iris 💍 👰

IRIS

¿Habéis hecho ya todas el depósito para la despedida?

A nadie le sorprenderá ya que mi respuesta vaya a ser que no, pero temo que una de mis misiones como dama de honor sea organizar esto. Si es así, tengo un problema serio.

NÚMERO UNO

Lo hice el primer día. Lo que pasa en la despedida, se queda en la despedida. 😏

NÚMERO DOS

¡Claro! No puedo esperar. Va a ser histórico.

PALOMA

¿Depósito?

234

IRIS

Revisa tu correo. Es un chollo. Ya lo
verás. Lo ha organizado todo la
coordinadora de la boda.

Define chollo, por favor.

IRIS

Menos de trescientos euros, cena
incluida. Y me vais a hacer un regalito
precioso. Está todo organizado ya.
¡Gracias!

¡¿Trescientos?!

Un sudor frío me recorre la espalda al leer esa cifra. A
este paso, la boda me va a costar más a mí que a los
novios. Iris ya me sugirió que, si voy con Mari, espera que
le ingrese en su cuenta un importe que cubra el cubierto
de las dos. Y yo sé lo que cuesta cada menú porque me
los ha mandado para ayudarla a seleccionar los platos.
No ha escatimado en gastos. Esta boda me va a arruinar.
Es oficial.

IRIS

Luego te reenvío el correo con toda la
información. Estoy en la prueba de
menú. Mi futuro 'maridito' te manda un
beso. 😶

Resoplo y pongo el teléfono boca abajo. No quiero
leer más. Cuando levanto la cabeza, veo a Mari acercarse
a mi escritorio con mala cara. Hace rato que no miro el
reloj, pero imagino a lo que viene.

—¿Sushi? —pregunto y ella niega con la cabeza con
desgana. Esperaba que eso cambiara su expresión. La

empresa nos paga las dietas. Ir a un restaurante a mediodía es nuestro único lujo y la comida gratis suele poner a Mari de mejor humor—. ¡Eh! ¿Qué te pasa? ¿Estás bien?

—Había un bufé hoy en el estudio. Te juro que a veces pienso que la comida gratis es lo único que me gusta de este trabajo. No soporto a Sonia. Me ha hecho probarle quince conjuntos a una modelo hasta elegir el primero que yo había propuesto hace semanas. ¡Fue ella quien lo descartó! Y después me ha dicho "si sigues esforzándote, algún día llegarás a tener tan buen gusto como yo". —Mari se pone muy dramática y no se queda corta de teatralidad al imitar la voz de su jefa—. ¡Tengo diez años más que ella, Palo! ¡Diez!

—Sonia es idiota. Cualquiera que no se dé cuenta de lo que tú vales, lo es.

Todos en Femalista sabemos que Sonia es hija de uno de los mayores accionistas del grupo Esferia. Fue modelo antes de entrar a trabajar a la revista, sin estudios o experiencia en medios de comunicación. En menos de tres meses, pasó a ser la responsable de la sección de moda. Y el resto es historia, aunque Mari y sus compañeros sufren sus pataletas a diario.

De pronto, su teléfono suena y leo "Maléfica" en su pantalla. A Mari le gustan los apodos, pero juega con fuego guardando así a su jefa en la agenda. Al verlo, no responde, solo deja el móvil boca abajo en mi escritorio vibrando.

—¿Te apetece que nos tomemos un café luego y me lo cuentas? A lo mejor te ayuda.

—¿Sabes qué me animaría de verdad? Salir esta noche. ¿Podemos celebrar mi cumpleaños?

Cuatro meses faltan para la fecha. Cuatro. Algún día Ricky se cansará de invitarla a copas con esa excusa.

—¿Esta noche? —Pienso en Basil, pero no lo digo.

—¿No le has respondido a Indi aún? —Ya tiene hasta mote apocopado para él. *Estupendo*.

Niego con la cabeza.

Llevo días sin lograr olvidarme de todo lo que pasó en su barco. Pero es que gracias a Basil he descubierto que mi historial completo de amantes ha sido bastante mediocre y es lógico que siga impactada por alguien que no lo es, ¿verdad? No, no puedo dejar que eso me confunda.

Buen sexo no es amor.

Y aunque lo fuera, no es lo que yo busco.

Es de lo que huyo.

—¿Has pensado en que Indi podría ser tu Ricky...? —deja caer.

—¿¡Qué!?

—Un *tigrecito* hace mucha compañía y es una mascota muy fácil de mantener.

—Yo siempre he sido más de Tamagotchis.

Los míos duermen en el primer cajón de mi mesilla de noche y me dan muchas alegrías y muy pocos problemas, aunque me cuesta no recordar la sonrisa de Basil al preguntarme "¿pero en quién pensarás cuándo lo uses?".

¿Hace falta que responda?

—Si te apetece verlo, pero no quieres nada serio con él... —empieza a decir, pero la interrumpo.

—No. Ni de broma. —*Qué va*.

—... marca bien los límites. Es la única forma de dejar los sentimientos aparte y quitarse las ganas.

—Yo ya me las quité todas el otro día. —*Es casi cierto*.

—Entonces, ¿le vas a decir que no?

Inspiro profundo antes de asentir.

—Pues si no tienes planes esta noche… —La conozco demasiado como para no saber que está planificando ya su noveno cumpleaños.

—En realidad, sí tengo planes —interrumpo—. El primero, ir a comer algo rápido. Después, ya veremos.

Gruñe en protesta.

—No te olvides de mi café cuando subas.

—Con dos de azúcar y triple de agujas de vudú. Marchando. Tú ve buscando una muñeca que se parezca a Sonia para que puedas clavárselas.

—Te pago el café la semana que viene, ¿vale?

—No. Déjalo, yo invito.

Se ha gastado medio sueldo en materiales para una prueba de selección de un curso sobre emprendimiento en moda. Lo hace su particular ídolo, Gérard Goulard. Cree que es lo que necesita para despegar su negocio *online*, pero no tiene ahorros. No puede ni pagar la matrícula. Por no hablar de que tampoco dispone de fondos para montar un negocio.

"Palo, yo soy una romántica, de verdad, pero es que necesito que el hombre de mi vida sea rico", lamentó con el folleto de las clases en la mano sin dejar de mirarlo.

Lo que me partió el corazón fue cuando me preguntó entre lágrimas si ya era muy mayor para confiar en encontrar un *sugar daddy*. Esa no es mi Mari. Si hay algo en lo que ella cree es en que un hombre rico es la solución a todos sus problemas. Fue como ver a un niño descubriendo que los Reyes Magos son los padres. O más bien aceptando que va a tener que usar sus propios medios para poner regalos bajo su árbol a partir de ahora. *A veces, el mundo es así de cruel.*

De pronto, lo veo claro. Con los trescientos euros que cuesta la despedida podría ayudar a Mari. Y prefiero mil veces darle ese dinero a ella para que trate de cumplir su sueño, aunque no pueda permitírselo. Envío un mensaje a mi prima.

PALOMA

Iris, no voy a poder ir...

IRIS

¿¡En qué clase de despedida no está la dama de honor!?

NI DE BROMA, ¿EH? Tú vienes y punto. Además, ya te he incluido en el presupuesto.

La ignoro cuando veo que me llama.

—¿Sabes qué? No pagues el alquiler este mes, Mari. No iré a la despedida y con eso cubro tu parte. Yo me arreglo con Iris. Tú solo consigue que te seleccionen.

—¡No! No tendría que haberme gastado ese dinero. Es una tontería. Seguro que no me cogerán. A lo mejor Sonia tiene razón y no sirvo para la moda...

—¡Eh, Mari! —Cojo sus brazos y me aseguro de que me mira. Es mi hora de darle una charla de motivación—. El tal Goulard debería pagarte a ti por ir a su clase. Ni se te ocurra pensar lo contrario. O hacerle caso a Sonia. Tú sabes que vales mucho y quien no lo vea necesita unas gafas nuevas.

Me parece escuchar que me da las gracias, pero el sonido queda mudo por el abrazo tan fuerte que se lanza a darme. Es raro verla dudar de sí misma. Esto es algo nuevo.

—No te preocupes por el dinero, Palo. Yo me apaño, pero ve a esa despedida. Va a ser peor si no vas.

—¿Tú crees?

ESA CONVERSACIÓN con Mari me ha dejado una sensación extraña, pero me he dirigido a las escaleras de la salida de emergencia decidida a volver rápido para tomar un café con ella y tratar de animarla.

Empecé a usar las escaleras por evitar a Basil, pero he descubierto que perdía demasiado tiempo esperando al ascensor. Mientras bajo, con cuidado de no caerme, vuelvo a abrir el mensaje que escribí hace días y aún no he mandado. Lo leo una vez más antes de enviarlo.

PALOMA

Es mala idea volver a vernos, Basil.

Me detengo en un escalón y me permito coger aire y asentir para mí misma antes de mandarlo. Estoy haciendo lo correcto. En el fondo, lo sé, aunque me provoque un nudo en el estómago pensar en que no volveré a verlo.

De pronto, escucho una notificación a mis espaldas. No estoy sola.

—Yo creo que es una idea muy buena.

Mi corazón se detiene por un instante. Cuando me giro, encuentro a Basil en el rellano de la planta que acabo de dejar atrás, apoyado en la pared con su móvil en la mano. Y es mala señal que desee besarlo desde el mismo instante en que lo veo. Es peor aún darme cuenta de que lo he echado de menos esta semana.

—Basil. ¿Qué...? ¿Qué haces aquí? —alcanzo a decir mientras se acerca a mí. Me aferro a mi teléfono, que sigue entre mis dedos, con el mensaje aún en la pantalla.

—Hola a ti también, palomita. Yo también te he echado de menos...

¡¿Acaso se lo he dicho?!

Sin prisa, baja los escalones que nos separan y se sitúa junto a mí regalándome una bocanada de ese olor que ya reconozco. Basil huele como el mar; salvaje y limpio. He recordado demasiado lo que pasó en ese barco, pero había olvidado el modo en que sus ojos sonríen cuando me miran. Ojalá pudiera olvidar también el calor que invade mi tripa cada vez que lo veo.

—He tenido que venir a buscarte. Aún no me habías respondido. Te estaba esperando.

—Basil... —Soy incapaz de decirle que no quiero verlo esta noche, pero sé que es lo mejor.

—¿Vendrás? —Su voz es profunda y grave.

Estamos solos. Y no sé si me gusta o me asusta esa idea. Lo veo acortar distancias y agarro la barandilla que hay detrás de mí. Mantener las manos ocupadas es la única forma que se me ocurre para no cometer el error de ir a buscar sus besos en el edificio donde los dos trabajamos.

—Ya te he enviado un mensaje.

—Era un "no", ¿o un sí? —duda.

Su boca está demasiado cerca —y muy, muy lejos—, pero yo no puedo olvidar dónde estamos. Agarro aún más fuerte la barandilla tras de mí y mi móvil contra el pecho. Si no lo hiciera, estaría acariciando esa zona de su melena que cae justo en su nuca. Mis dedos arden por perderse en su pelo y en su piel de nuevo.

—Era un "no" —pronuncio en voz baja, pero me arrepiento al instante, así que añado una ventana abierta junto a la puerta que acabo de cerrar— "...sé si es buena idea".

Negarme a verlo era más sencillo sin tenerlo cerca.

—Han pasado cinco días, palomita. ¿Aún estás decidiéndote? —Aproxima su boca a la mía que se abre sin mi permiso.

Mi corazón no ha dejado de latir acelerado desde el instante en que he escuchado su voz, pero su cercanía hace que mi respiración lo acompañe en el ritmo. *Mal, mal y mal.*

—Es que no quiero complicar las cosas. Sobre todo en el trabajo.

—Eso ya lo hablamos. Por eso vas a venir a mi casa, ¿no?

—Eso no es más sencillo.

—¿Por qué? No tendrás miedo de enamorarte de mí, ¿no?

Y sonríe al decirlo. *¡Será imbécil!*

—¡¿Qué?! ¿¡Pero tú qué te crees, que eres irresistible o algo así!? Eres tú quien me ha enviado flores a mí. Dos veces —puntualizo—. Si no quería verte esta noche, era para no romperte el corazón.

¿Qué pasa? En una mentira se entra por la puerta grande o no se entra.

—Palomita, solo vas a rompérmelo si no vienes.

Y aquí es donde entiendo que he caído en una trampa. O más bien me he tirado de cabeza, pero no puedo dar marcha atrás.

—Si tanto quieres que vaya, envíame la dirección. Me lo pensaré.

Vuelve a sonreír cuando lo oye y juro que siento tantos deseos de borrar esa sonrisa como de besarla.

—No me hagas esperar otra vez. Nos vemos a las nueve.

De pronto, se escuchan ruidos desde el piso de abajo,

y me aparto intentando tomar distancia, pero él coge mi muñeca para que no me vaya.

—No me rompas el corazón, palomita.

Besa el dorso de mi mano antes de alejarse y empezar a subir escalones.

Dios mío, ¿dónde me acabo de meter?

PALOMA

No me has enviado la dirección completa. No sé qué piso es.

ESTOY a punto de responder cuando llaman al timbre. En cuanto abro la puerta, lo primero que veo es que se ha hecho algo en el pelo porque su melena está más salvaje que nunca. Y sus curvas resultan demasiado tentadoras con ese vestido blanco que deja sus hombros al descubierto, pero son sus labios rojos los que atrapan a mis ojos al instante.

—Estás... —No termino la frase porque solo las palabras "tan sexi que te estamparía contra la pared del recibidor" me vienen a la cabeza. *Soy un poeta.*

—Tienes una casa —*¿Supongo que esperaba un piso?*—. ¿Por qué vives tan lejos?

—Porque la vista es increíble. Ven, déjame enseñártela. La vista —aclaro enseguida. La frase anterior me ha sonado mal, pero haberlo explicado es aún peor. *Bravo, Basil.*

Yo sé que estoy nervioso cuando digo tonterías como

esa, pero ella también lo está porque en lugar de responderme con sus habituales ojos en blanco, se muerde un labio confundida. *Dios, su boca roja va a ser mi perdición esta noche.*

Me he apartado para dejarla entrar, pero no parece querer hacerlo. Sabía que esto podía suceder. No estaba convencida de venir, y ahora que está aquí, duda de si debería dar el último paso.

—Te has puesto una camisa... —observa. Reconozco que quizás debería usarlas más a menudo. He pensado que le gustaría que lo hiciera.

—¿Y? —me doy la vuelta esperando pescar algún piropo.

—No está mal...

Sin embargo, sigue sin entrar. Me rindo y decido salir con ella. Quizás pueda convencerla de que esto no es tan mala idea como cree.

—Las mejores vistas se ven desde fuera. Ven —le pido mientras camino por el jardín hasta mi rincón favorito, donde se puede ver toda la ciudad, rodeada por el mar.

Cuando pasamos por delante de mi TR-X, las bicicletas, la canasta, y varias tablas, se detiene a mirarlo.

—¿Hay algún deporte que no practiques?

—¿El golf? —dudo—, aunque no lo he probado nunca. ¿Cuál te gusta a ti? Además del surf, claro.

—Ese seguro que no.

—Porque solo le has dado una oportunidad.

—¿Cambiaré de idea después de mi clase con Nelson? —comenta provocándome y niego con la cabeza.

Me parece verla sonreír por un instante, pero se gira cuando pasa al lado de unos arbustos y se detiene a oler unas flores.

—¿Te gustan?

—Son mis favoritas, aunque dicen que si tienes hortensias en casa, te quedas soltera.

—¿En serio? Eso explicaría muchas cosas —bromeo mirando mi propia finca, que está rodeada de ellas.

—La gente las critica, pero a mí me parecen preciosas.

—Te entiendo. A mí me pasa lo mismo con una pelirroja que conozco —comento recordando a sus *trolls*. Yo le recomendé que se olvidara de ellos, aunque me cuesta hacerlo, sobre todo cuando leí las cosas tan horribles que le dijeron en su artículo.

Con ese comentario, sus mejillas han pasado a ser del mismo color que sus labios, que ahora sí me regalan una sonrisa tímida. El sol está poniéndose, pero hay suficiente claridad para poder ver que se ha sonrojado. Ya casi es verano y los días empiezan a ser más largos, aunque yo desearía que esta noche no fuese demasiado corta.

Aprovecho el momento para tratar de coger su mano y animarla a aproximarse a la piscina, desde donde las vistas son mejores. El sonido del agua moviéndose me trae recuerdos de Paloma en el mar animándome a meterme tras ella. Sin embargo, ahora mismo está evitando aproximarse al bordillo.

—No te voy a tirar, puedes acercarte.

—No me fío de ti cerca del agua, Basil.

—¿Y lejos sí? —pruebo mi suerte, pero solo niega con la cabeza y me aparto un poco para que se pueda asomar a ver mejor las vistas.

—Esto es muy bonito.

—A mí también me lo parece. —Aunque desde aquí no veo el paisaje. Y en el fondo, tampoco importa porque soy incapaz de apartar los ojos de ella.

La ciudad entera se puede ver desde este balcón. Me

enamoré de mi casa en cuanto la vi. Costaba una pequeña fortuna, pero Jota dijo que era una buena inversión y me fío más de su criterio que del mío.

Cuando la compré, mi fama empezaba a despuntar y buscaba un refugio alejado de todo. Me daba miedo la idea de estar siempre solo aquí hasta que intenté compartirla con Sonia. Eso sí que fue un infierno.

—¿Entramos? —tanteo y ella acepta con un gesto—. ¿Quieres que te ayude con eso?

Cuelo los dedos bajo el asa de la bolsa que lleva colgando del brazo y me pregunto si habrá traído ropa para quedarse a dormir esta noche. Me cuesta ocultar mi sonrisa al pensarlo.

—Espera. —Saca una botella de su bolsa, que queda vacía—. He traído vino.

Menudo chasco.

MIENTRAS ABRO el vino en la cocina, puedo observar a Paloma examinando todo lo que le llama la atención en mi salón. Se detiene un rato en mi estantería llena de cómics, pero no dice nada. Enseguida voy a buscarla con dos copas llenas y le ofrezco su bebida antes de sentarme a su lado en el sofá.

—¿Un barco y esta casa? Te pagan demasiado bien, dibujitos.

En realidad, también tengo un piso a medias con Jota, pero prefiero no alardear de eso. Es él quien es un genio de las finanzas y siempre me aconseja cómo invertir lo que gano. No hace tanto que yo sobrevivía gracias a los *tuppers* que mi madre me preparaba cada semana.

—¿A ti no?

—Ya has visto mi piso.

¿La verdad? Las dos veces que he estado, no he prestado mucha atención. Mi palomita suele distraerme. Y esta noche está volviendo a hacerlo con esos labios rojos brillantes.

—No es tan horrible, ¿no? —comento. El primer día no vi mucho porque era de noche, pero reconozco que el domingo sí me fijé en un par de grietas mientras subía las escaleras de su edificio—. Siempre puedes pedir un aumento de sueldo y cambiarte a otro.

—¡¿Cómo no se me había ocurrido eso!? El lunes lo hago y empiezo a buscar una mansión. ¿Hay alguna más en este barrio que se alquile? —bromea con ironía.

—¿Me invitarás a tu casa cuando seamos vecinos? —Ofrezco sellar el pacto con un brindis.

—Ni hablar. —Choca su copa con la mía y bebe un sorbo sin apartar sus ojos de mí, pero a los míos les cuesta separarse de sus labios.

No quería apresurarme esta noche. Por eso he preparado una cena, a pesar de que no tengo ni idea de cocinar. Quiero que se relaje, del mismo modo que hizo en mi barco. Por primera vez sentí que conectaba con ella de verdad, pero algo me dice que no va a ser fácil que baje de nuevo sus defensas. Y aunque me cueste, quiero intentarlo.

Me encantaría volver a pasar un rato con la Paloma sonriente que tuve entre mis brazos en medio del mar. Sin embargo, cuando su pierna roza la mía en el sofá y me mira mordiéndose el labio inferior, es todo lo que hace falta para que pierda mi resolución.

Como un lobo acechando a su presa, yo me acerco a su boca con sigilo. Lo único que puedo pensar es en volver a morder sus labios carnosos de nuevo.

—¿Estás cocinando algo...? —pregunta a medio centímetro de mí.

A las costillas que tengo preparándose en el horno les queda un buen rato y ya solo puedo imaginar una forma en la que quiero pasarlo.

—No hacía falta que... —Deja la frase a medias cuando mi nariz se pasea por su cuello—. ¿A qué huele?

Lo único que yo puedo oler es ese perfume dulce que no he dejado de buscar en todas partes desde el día en que la besé por primera vez. Uso mi brazo para rodear su cintura y atraerla hacia mí.

—A mí me huele a palomitas dulces... —Se ríe.

Avanzo por su cuello sin prisas, pero juraría que es ella quien me está animando a seguir. Lo hace recostándose en el sofá y dándome mejor acceso. Apenas la he besado y mi erección ya amenaza con partir la tela de mis vaqueros.

Me precipité con Paloma una vez y acabó en desastre, aunque saber eso no va a ser suficiente para detenerme. Quizás ella lleva toda la semana dándome largas, pero la forma en la que reacciona a mis caricias me confirma que tenía tantas ganas de esto como yo.

Poco a poco, asciendo para colocarme sobre ella. Mis manos ávidas recorren sus curvas. Adoro el sonido que se escapa de su boca cuando mis dedos suben por su muslo y alcanzan su glorioso culo.

Ya he perdido esta partida.

No voy a ser capaz de tomarme con calma la velada.

Es imposible dejar de besar esos labios con el pintalabios rojo corrido. Es lo más sexi que he visto en toda mi puta vida. Estoy a punto de empezar a bajar la cremallera de su vestido cuando la maldita alarma antiincendios empieza a sonar y me recuerda que no tengo ni idea de cocinar. Seguro que he hecho algo mal y nos hemos quedado sin cena.

Empezamos la noche bien.

———

PALOMA

Mari ha insistido en maquillarme esta noche (con su pintalabios favorito, *Rojo Desalmado*), pero también se ha encargado de recordarme que debía ir con cuidado con Basil. "Si quieres mantenerte en terreno seguro, recuerda que es solo sexo; no una cita romántica en un restaurante con velitas, ¿entendido?". Creía que sí.

¿Pero qué pasa si él ha hecho la cena y no me ha avisado? ¿Y qué hago si se quema?

Cuando Basil ha propuesto salir, he tenido claro que eso era peligroso, pero su cocina estaba llena de humo por culpa de una bandeja de costillas medio chamuscadas. Yo he abierto las ventanas mientras él miraba su móvil para entender en qué había fallado, y no he podido evitar fijarme en que en su pantalla se leía: "receta a prueba de tontos para sorprender a tu chica".

Objetivo conseguido. Sorprendida me he quedado. Confundida también. No pensaba que él iba a cocinar esta noche. En realidad, no sé qué esperaba que sucediera. Lo único que tengo claro ahora mismo es que la receta era para un costillar completo y Basil ha metido en el horno piezas sueltas. Por eso se han quemado enseguida. Cuando se lo he explicado, su cara de decepción me ha hecho sentir fatal.

Y así es cómo he acabado intentando salvar los trozos que se habían quemado menos con una receta improvisada.

Sí, sí, ha sido mala idea. Además, siempre me resulta raro cocinar en casa de otra persona, aunque tengo la sensación de que aquí los dos estamos igual de perdidos y solo uno tiene idea de cómo salvar la cena. Y no es él.

Al menos, Basil no es mal pinche. Se ha ocupado de hacer una ensalada y de que no le falte vino a mi copa. Me conformo con eso. Mari no ayuda tanto.

—¿Puedes colar la pasta? —le pido mientras remuevo un sofrito. Obedece, pero cuando está a punto de tirar todo el líquido por el desagüe, lo detengo—. Espera. Siempre hay que guardar un poco de agua de cocción para la salsa.

No estamos haciendo alta cocina porque no había muchos ingredientes, pero se me da bien improvisar recetas. Me ha dado permiso para abrir los armarios y buscar lo que necesite, aunque están medio vacíos. No sé cuándo se habrá mudado, pero tiene varias cajas en la entrada y otras pocas en la cocina.

—¿La pimienta está aquí? —pregunto mientras abro una de ellas.

—No creo. —Me detiene—. Ahí no vas a encontrarla. Eso son... cosas de mi ex.

—¿De... Sonia? —dudo y él asiente.

—Trabajáis juntas, ¿no? ¿Sois amigas?

Puedo ver el miedo en su expresión. *¿No quiere que le cuente que he estado aquí?* No me extrañaría que quisiera volver con ella. Hasta yo me sorprendo a veces siendo incapaz de dejar de mirarla cuando visita nuestra humilde —y carente de *glamour*— parte de la redacción. Pero no puedo olvidar lo cruel que es con Mari y sus compañeros siempre.

—Diría que Sonia hace un *casting* para elegir quién se puede aproximar a ella. Dudo que yo lo pasara, aunque tampoco me presentaría. —Sigo dando vueltas a la salsa que estoy preparando en una sartén y me resigno a que solo haya sal en esta cocina.

—Siendo justos, tú tampoco pones fácil acercarse a ti, palomita.

—Sigo sorprendida de que tú pasaras mi *casting* —y también un poco mosqueada, y no sé por qué. A mí me da igual si quiere estar con ella.

—¿Por qué no ibas a elegirme, acaso no soy guapo y encantador? —duda y me regala una gran sonrisa que me recuerda que, en efecto, lo es. Es muy difícil enfadarse con él cuando tiene esa arma de dientes blancos siempre cargada, pero no pienso alimentar ese ego suyo, así que niego con la cabeza— ¿Quizás te impresioné con mis dotes de capitán de barco? —Me guiña un ojo mientras lo dice.

—Lo único que me impresiona de ti es que no poseas un bote de pimienta. No esperes pasar mi *casting* sin eso.

Su carcajada resuena en toda la cocina. Él se ríe, pero yo considero que una casa debería contar con veinte tipos de especias básicas, como mínimo.

—¿Voy a tener que aprender a cocinar?

—O puedes seguir confiando en tus recetas "a prueba de tontos..." —Sonrío al recordar el título de su artículo. Me giro y veo que él niega con la cabeza.

—Lo mío no es la cocina, pero no soy tan inútil, ¿sabes? Otras cosas se me dan mucho mejor cuando me dan la oportunidad de demostrar mis habilidades. —Se aproxima a mí por la espalda y asoma la cabeza para ver lo que hago en la sartén. Su boca en mi oreja me provoca escalofríos—. Además, seguro que si me pongo aquí puedo aprender mucho...

Hace unos minutos estábamos besándonos en su sofá y el ambiente se ha enrarecido con el humo y la alarma, pero creo que ninguno de los dos olvidamos lo que hemos dejado a medias.

No ayuda que hayamos tomado ya dos copas de vino mientras cocinábamos ni tampoco la música que ha puesto en los altavoces. Está sonando *Amárrame* de Mon Lafertre haciendo que el ambiente sea demasiado sexi.

—¿Quieres probar la salsa? —le ofrezco la cuchara de madera. Soplo para que no se queme antes de acercarla a su boca, pero cuando abre los labios, la aparto bromeando.

—¿Quieres verme suplicar, palomita?

—Más tarde puede que sí. —Media sonrisa se me escapa mientras le ofrezco de nuevo la cuchara con una mano por debajo para que no se manche

—Deliciosa.

Se refiere a la salsa, aunque sus ojos no dejan de mirarme mientras su lengua se pasea por su boca.

—Espera, se te ha quedado un poco de... —empiezo a decir, sin embargo, mi pulgar va directo a recoger una gota de salsa de la comisura de sus labios. Y él aprovecha para lamer mi dedo. Sus manos rodean mi cintura y me estrechan contra su cuerpo.

—Si haces eso, no voy a poder concentrarme —le advierto, pero él no se detiene.

—Eso es lo que estoy tratando de conseguir hace rato —confiesa antes de comenzar a recorrer mi cuello con su lengua.

—Bueno, alguien tiene que encargarse de la cena. Y tú casi te cortas tres dedos preparando una ensalada. —No puedo ver su sonrisa, pero sí notar cómo vibra su cuerpo en mi espalda.

Aún detrás de mí, con sus manos sobre mi cintura, pasa a besarme suavemente en la piel desnuda de mi hombro. He tenido que recogerme el pelo para cocinar, pero le he dado acceso libre a mi debilidad. Adoro su boca justo ahí. Consigue que mi cuerpo se erice al instante.

Trago con dificultad cuando deshace el nudo del delantal y sigue besándome. Sin embargo, hay algo que él no sabe; no soporto cocinar y comerme un plato frío.

—Lo siento, pero no puedo permitir que estropees dos cenas hoy, lechuga. —Le alcanzo el bol con la ensalada que ha preparado para que lo lleve a la mesa y él sonríe dejando salir aire por la boca.

—Esta me la he buscado yo solo —reconoce. Antes de irse de la cocina, le dice algo a un altavoz—. Alexa, recuérdame comprar pimienta.

Mientras emplato la receta que hemos preparado, no hay manera de disimular una sonrisa que no abandona mi cara, pero cuando llego a la mesa y veo las velas que Basil ha encendido, mi gesto cambia a uno mucho más serio.

Esto me va a explotar en la cara —*o un poco más abajo, hacia la izquierda*—. No sé cómo he acabado en una cena romántica con velitas, justo lo que Mari me ha advertido que evitara.

Esto comienza muy muy mal.

CAPÍTULO VEINTITRÉS

Y CENAS QUE SE COCINAN A FUEGO LENTO, PERO SE COMEN DEPRISA

PALOMA

UNA DE LAS mejores cosas de llevar años sin pareja es evitar ese juego de juicio mutuo que es una cita. Es perverso que dos personas decidan quedar y medirse la una a la otra; y me parece peor aún que así determinen si otro ser humano aparenta ser lo suficiente interesante como para seguir viéndolo o no.

¿Y lo que más detesto? Las conversaciones —mejor dicho, interrogatorios— que se producen en ellas.

¿Vives sola?

¿Te llevas bien con tus hermanos?

¿Qué te gusta hacer en tu tiempo libre?

Por eso, cuando Basil me pregunta un "¿cuántos años tienes, palomita?", sé que tengo que poner un freno.

Esto <u>no</u> es una primera cita.

Ni técnicamente ¿una tercera?

—Basil, vamos a dejarnos de juegos, ¿vale?

Apago de un soplo las velas porque me estaban poniendo nerviosa. Para empezar, yo no quiero gustarle. Y él no me gusta a mí. O no en serio, al menos.

—¿A qué te refieres?

—A que no busco complicaciones, ya te lo he dicho. Esto se parece mucho a una cita y no lo es.

—Ah, ¿no?

—No necesitamos velas ni jugar a conocernos. De hecho, yo ya sé demasiado sobre ti. ¡Hasta conozco a tu hermana!

—¿Y también sabes mi edad?

—Sí. Supongo que la habré visto en alguna entrevista... —le resto importancia.

Mentir es el único deporte que practico a diario, está claro. *¡¿Acaso él no se fijó en mi perfil de Tinder?!*

—¿Así que has leído entrevistas mías...? —recalca con una sonrisa que me deja claro que piensa que eso significa algo (y no, yo solo tengo curiosidad periodística).

—Hay demasiadas para ignorarlas todas —aclaro—. Y deja ya de hacer preguntas.

—Vale, ya paro. —Pone las manos en alto en son de paz—. ¿Pero seguro que no hay algo que aún quieras saber de mí, después de leer todas mis entrevistas?

—No todas —insisto.

Basil es una de esas personas con las que es fácil charlar de tonterías. Es lo que hemos hecho hasta ahora y es mejor seguir así, pero sí hay algo que me intriga de él.

—Tu nombre. ¿Es de verdad Basil Jones?

Asiente.

—Mi padre es americano. Jones es su apellido. Tengo familia en California, aunque hace años que no voy a verlos. Mi madre es española. Se conocieron en un crucero y se enamoraron.

—¿Y te llamaron Basil?

La forma en la que ni confirma ni desmiente me deja claro que solo hay media verdad en ello.

—Si quieres saber algo más, tendrás que pagar un precio, palomita.

—Yo te digo mi edad, tú me dices tu nombre real. ¿Trato?

Niega con la cabeza.

—Sería fácil averiguar eso en internet.

—Soy una persona muy reservada.

—¿Quién lo diría...? —apunta irónico sin dejar de mirarme—. Me llevo bien con la gente de Recursos Humanos. Quizás ellos sí quieran responder mis dudas sobre ti.

—Yo también puedo preguntar qué nombre aparece en tu contrato.

Chasca la lengua varias veces.

—Lo firmé como Basil... aunque no siempre me he llamado así. Si quieres saber más que eso, necesito asegurarme de que conozco un secreto sobre ti. Algo importante —me advierte—, vergonzoso incluso. Si no, no hay trato.

—¿Empiezas tú? —Necesito ganar tiempo. Se me ocurren varias anécdotas humillantes en mi vida, pero ninguna que vaya a compartir con él.

—Tienes que prometerme que no le vas a contar esto a nadie —hace hincapié en esa última palabra—. Va en serio. Y no te puedes reír.

—¿No te quejas de que nunca lo hago?

Con un gesto de cabeza admite que tengo razón. De pronto, el ambiente es tenso, como si estuviéramos jugándonos un premio gordo en una partida de póker y cada uno fuera a mostrar sus cartas. Aunque yo aún no sé cuáles serán las mías. Tal vez quiero medir las suyas antes de apostar.

—Mis padres me tuvieron cuando eran bastante

mayores, pero llevaban años juntos. Les gustaba mucho ir a conciertos. A mi madre siempre le ha encantado la música...—comienza a contar y le animo a que siga hablando prestando toda mi atención, pero se detiene unos segundos antes de seguir—. Más vale que tu historia sea buena de verdad. Esto no lo sabe todo el mundo. Y no estoy seguro de que deba contártelo... especialmente a ti.

—Te prometo que tengo una historia humillante que te encantará —insisto intentando sonar convincente—. ¿Basil es un instrumento musical raro o algo así? ¿Uno con forma de pene o peor?

—Ojalá.

Su cara de circunstancias casi me hace reír, pero me contengo.

—Por favor, sigue.

—A mi madre siempre le ha gustado mucho la música... —vuelve a comenzar— De pequeños, nos llevaba a conciertos con ella.

—¿Y eso es malo?

—Sí, cuando tu madre es la fundadora y presidenta del mayor club de fans de Paloma San Basilio del mundo.

—¡Nooooo! —se me escapa sin poder evitarlo. Niego con la cabeza, pero no puedo ocultar que me estoy riendo. *Y yo que pensaba que era cruel que su nombre fuera una hierba...* —. ¿Te llamas...?

—Ni lo digas —me advierte cubriendo mi boca—. ¿Pero ahora lo ves? Es el destino. Tu nombre y el mío van juntos.

—¡Ja! No. —*Ni hablar.*

—Bueno, me llamo Basil de forma oficial desde hace tiempo, no Basilio —insiste—. A mi madre le costó un disgusto, pero al final lo entendió.

—Pobrecita... —me cuesta contener la risa.

—La que tiene una extraña conexión con Paloma San Basilio desde la primera vez que la escuchó en la radio es ella, no yo.

Me esfuerzo por recordar alguna canción con la que chincharlo, pero no logro que venga ninguna melodía a mi cabeza.

—Ni se te ocurra —me advierte adivinando mis pensamientos. Da igual. Voy a buscarlas en cuanto llegue a casa para poder fastidiarlo con eso otro día... No. No puedo planear más allá de esta noche. Es mejor dejarlo estar.

—¿Y no pensaste en cambiarlo por otro nombre? ¿No hay nadie con quien tú conectes?

Por un segundo, no responde, solo me mira confundido.

—¿Tú...? —*¿Por qué no suena a pregunta?*

—¿Yo? Yo con Paola, claro. —Parece decepcionado con mi respuesta. No sé si esperaba a alguien más interesante, pero decido seguir hablando—. Hace años respondía cartas de los lectores y sus consejos eran increíbles. Así es como comenzó *Paola te lo explica*.

—¡Entonces sí que era la doctora amor! ¡Lo sabía!

—La columna empezó así, sí. Después tuvo que transformarse porque las cartas de los lectores dejaron de llegar... y acabó siendo lo que es ahora. ¿Pero te puedes creer que una vez la Paola original vino a la redacción y me dijo que se acordaba de una que yo le envié?

—¿Qué le preguntaste?

—Fue una tontería. Cosas de adolescentes...

—Me debes una historia vergonzosa.

—Tengo mejores que esa.

—Pero esa es la que no me quieres contar.

Resoplo vencida porque, en el fondo, tampoco había decidido qué explicarle.

—Escribí por un chico. —Veo la sonrisa de Basil y pongo un gesto serio—. Si te ríes, no lo cuento. —No vuelvo a hablar hasta que su expresión cambia a una más seria—. Yo estaba muy enamorada, pero él ni me veía.

Eso es algo que, por desgracia, suele pasarme. Basil me observa mientras bebo de mi copa antes de seguir hablando.

—Lo que le pregunté era cómo podía conseguir que se fijara en mí —confieso muy rápido porque me muero de vergüenza con solo decirlo—. Ridículo, lo sé.

Bajo la cabeza nerviosa y recoloco mis cubiertos en el plato, a pesar de que ya he terminado de cenar hace rato.

—¿Y cuál es el truco mágico que te enseñó?

—¿Truco? —dudo.

—¿Cuál es tu secreto para que un hombre caiga a tus pies, palomita? Me considero una víctima de tu magia negra. Merezco saberlo.

Nunca habla en serio.

Niego con la cabeza antes de responder.

—Me animó a quererme más a mí misma y a no fijarme en alguien que no estuviera completamente loco por mí. Fue muy buen consejo. E hice muy mal en ignorarlo. —Más de una vez—. ¿Sabes? Ahora creo que le faltó decirme que no tenía edad para perder el tiempo con chicos.

—¿Y ahora sí la tienes? —Su mirada traviesa me anima a seguirle el juego.

—¿Edad de perder el tiempo con chicos? No. Con hombres, puede que sí.

—Palomita, yo tengo casi veintiocho años, no soy ningún crío.

—Ja. —Pongo los ojos en blanco—. Cuando te quites años en lugar de sumar "casi" al siguiente, hablamos.

—¿Qué edad tienes tú? Dímelo. —*Ni de broma*—. No puedes ser mucho más mayor que yo, ¿no? ¡¡Tantos años nos llevamos?! ¿Estamos haciendo algo ilegal?

Media carcajada se me escapa sin poder evitarlo, pero la disimulo mientras me levanto de la mesa sin responder. Basil se pone de pie delante de mí para que no me libre de contestar.

—¿En serio no me vas a decir tu edad, palomita?

—He dicho "sin preguntas". Averígualo con Recursos Humanos si tanto te interesa —le devuelvo con malicia.

—Yo te he revelado mi nombre.

—Porque has querido.

—¿Sabes? Se me ocurren otras formas de conseguir que me cuentes tus secretos, palomita. —Se acerca muy lento hacia mí. *¿Cree que no voy a aguantar la presión?*

—¿Cómo cuáles?

—Puedo preguntarte lo que quiera en la entrevista que tenemos pendiente. —Se aproxima aún más, pero yo no retrocedo.

—Primero tendrías que atreverte a hacer esas preguntas, Basilio. —Al escuchar eso, sonríe de un modo que me deja claro que estoy ganando esta batalla, pero en una fracción de segundo, su mirada cambia. Y sé que hemos pasado a jugar a otra cosa cuando sus ojos se posan sobre mis labios y de pronto hace más calor.

—Quizás no sepa tu edad, pero sí sé algo de ti: te gusto más de lo que admites. Y por eso has venido.

—Eso no es verdad, Basil. Ya te lo dije en tu despacho. No me gustas.

Alza una ceja sorprendido, antes de dar un paso más y quedamos a medio palmo de distancia. Por primera vez, me fijo en que tiene pequeñas arrugas alrededor de los ojos cuando sonríe. Quizás es más joven que yo, pero esas líneas de expresión le sientan muy bien y su barba, que no llevaba cuando lo conocí, le da un aspecto más maduro.

Deja de mirarlo ya, Paloma.

—Tienes la mala costumbre de mentir cuando estás nerviosa, palomita.

Trato de retroceder, pero me topo contra la mesa. Sus brazos se apoyan a ambos lados de mi cuerpo.

—Yo no estoy ner... —Me detengo porque no voy a engañarlo y lo sé—. Deberíamos llevar los platos a la cocina.

De algún modo, niega y sonríe a la vez, y eso en él resulta irresistible.

—Los platos pueden esperar. La verdad, no.

Noto su mano acariciando mi rodilla y trago con dificultad.

—¿Qué verdad? —dudo con un hilo de voz mientras sus dedos ascienden por el interior de mi muslo, pero van muy despacio para lo excitada que comienzo a estar.

—¿De verdad no te gusto...? —Sus caricias entre mis piernas aceleran mi respiración.

—Te ha costado cinco días convencerme para venir y estoy aquí por no romperte el corazón... —le recuerdo y trato de defenderme así, pero sus dedos se detienen justo donde empieza el encaje de mis braguitas y sé que estoy a punto de perder este juego.

—Eres tú quien está obsesionado conmigo y no deja de mandarme flores, Basil —recalco con gesto serio.

Sonríe dejando salir aire por su boca.

—Eso no te lo voy a negar, palomita, pero no es lo que estamos discutiendo...

De pronto, sus dedos empiezan a pasearse por encima de la tela fina de mi ropa interior y tengo que reprimir un gemido cuando presiona justo donde más deseo que me toque. Estoy tan húmeda que él puede notarlo y me lo deja saber con media sonrisa.

—Que no te gusto, ¿dices? —susurra en mi oído, haciendo que todo mi cuerpo se estremezca.

—Cállate ya, ¿no?

—Joder, ven aquí —resuelve antes de agarrarme y besarme con ganas. Mi cuerpo responde al suyo al instante.

—¡Basil! —exclamo cuando noto que me sienta sobre la enorme mesa de madera sin apenas esfuerzo. Varios utensilios caen al suelo, pero lo único en lo que puedo pensar es en el modo en que me aproxima a él con fuerza por la cintura.

Con una mano, empuja varios platos antes de extenderme encima del tablero. La luz del comedor cae sobre mi cuerpo como si todo en mí fuera parte del menú para él. Con un movimiento rápido, baja desde el escote la cremallera de mi vestido, desenvolviéndome como quien abre un caramelo antes de llevárselo a la boca.

Tal vez por eso, en cuanto ve mi pecho desnudo, no duda en entrar a devorarlo. Me apoyo en mis codos para poder estar más cerca de él y de sus besos. Su mano en mi nuca me ayuda a incorporarme. Muevo las caderas pidiéndole sin palabras que no pierda el tiempo. Cenar juntos no era parte de mi plan, pero sí llegar así al postre.

Basil me explora con deseo mientras yo me deshago de sus pantalones. Pronto él hace lo mismo con mi ropa interior. Su cabeza no tarda en encontrar su sitio entre mis piernas. Y sus dedos también. *Dios mío.*

—Mmm... Basil... —le suplico sin especificar, pero no parece entender lo que quiero porque se detiene.

—Hacerme esperar cinco días tiene su precio, palomita —me advierte.

¿Qué?

Cuando empieza a pasear su polla entre mis piernas, deslizándose en mi humedad, me excita casi tanto como me cabrea que solo necesite hacer eso para que pierda la cabeza. Ningún vibrador me torturaría así. Gruño en protesta, pero él me responde con una sonrisa demasiado sexi.

—¿Quieres más? Dímelo. Confiesa cuánto te gusta —susurra en mi oído y logra que un escalofrío recorra toda mi piel.

Su polla está rozándose una y otra vez contra mi clítoris, con más y más intensidad... Tarda muy poco en ponerse un condón, rompiendo el envoltorio con sus dientes, pero no parece tener prisa por dejar de castigarme así.

Echo tanto de menos sentirlo dentro de mí que me consume el deseo. Quizás no lo digo con palabras, aunque soy poco sutil cuando mis piernas rodean su culo para acercarlo más a mí.

—Dime que has estado esperando esto... —Niego con la cabeza, frustrada—. Yo no podía pensar en otra cosa. He soñado con volver a follarte cada hora.

Se aparta y, cuando deja de rozarme, lo echo de menos al instante.

—Nooo... —Esa sílaba se alarga en mi boca. Es una negación, pero también un quejido con un hilo de voz agudo.

Me niego a confesar todas las veces que he fantaseado con sus caricias en los últimos días. Soy incapaz de admitir que mi maldito vibrador me aburre sin él o que he mirado la foto que nos hizo demasiadas veces. Y ese es el motivo por el que no era capaz de responder a su mensaje. Porque sí, por supuesto que me he acordado de él. A todas las malditas horas del día, pero me asusta lo que eso significa.

Sin embargo, cuando vuelve a acercarse y se hunde por fin en mí, no logro ocultar más una respuesta que está muy clara.

—¡Oh! Sí. Sí. Sí... —Mi confesión se mezcla con placer. Lo deseo tanto que mis piernas no pueden evitar apresarlo para que no se vuelva a ir.

Un gruñido se escapa de su boca mientras yo me arqueo de deseo. Y cuando empezamos a movernos, no solo se escucha el replique de nuestros cuerpos chocando el uno contra el otro, sino las patas de la mesa desplazándose en un chirrido rítmico, utensilios cayéndose al suelo, un jarrón que se rompe... y a ninguno de los dos nos importa tanto como para detener esto.

También sé que mi vestido blanco ya no será nunca de ese color, pero es un sacrificio que estoy dispuesta a hacer por un momento así. Hacía tanto que no tenía un hombre entre mis piernas... Desde luego, no uno como Basil. No creo haber conocido nunca a nadie como él.

Y yo lo sabía. Nunca pensé de verdad que fuera un inútil en la cama. Lo tuve claro desde el mismo momento en que me sonrió por primera vez en aquel maldito proceso de selección y sentí una corriente recorriéndome entera. Nunca ha necesitado esforzarse para que mi cuerpo reaccione con él.

Cuando nuestra velocidad aumenta, los besos pasan a ser torpes, con bocas abiertas y manos erráticas, y jadeos, muchos, muchos jadeos. Sus dedos encuentran mi clítoris para hacerme enloquecer. Es una pelea de deseos y placer, pero es sobre todo un orgasmo inevitable, liberador y aterrador a partes iguales. Basil se deja ir gruñendo en mi cuello y yo me arqueo estirando la cabeza hacia atrás, incapaz de soportar la presión de sus embestidas.

Aún estoy temblando cuando él me dedica una sonrisa y deja escapar el aire por la boca. No soy capaz de decir nada ahora mismo, pero Basil se me adelanta.

—Me encanta cenar contigo, palomita.

Aún estirada sobre la mesa, sonrío antes de incorporarme, pero no pronuncio ni una palabra. Solo puedo pensar en el consejo que me ha dado Mari esta mañana: "Marca bien los límites. Es la única forma de dejar los sentimientos aparte".

Yo no estaba preparada para una noche así. He cometido un gran error y no sé si estoy a tiempo de arreglarlo.

EN LA PUTA mesa del comedor. Me cuesta arrepentirme del polvo más increíble de mi vida, pero está claro que tomarme las cosas con calma con Paloma no me sale bien.

Al menos, hemos cenado antes. Ella sigue sin responder a mis preguntas, pero hemos hablado y cada vez me gusta más conocer los pequeños detalles que me deja descubrir. Mi plan hasta hace quince segundos era prepararnos algo de beber, tomárnoslo juntos en el sofá y convencerla de subir a mi habitación para hacerle el amor sin prisas.

Quería demostrarle que esto es algo más que sexo, aunque también pasarme toda la noche entre sus piernas. Eso no tiene mucho sentido, ¿no? Bueno, en mi cabeza era un plan genial. Y con esa idea he ido al baño a deshacerme del condón, pero entonces no sospechaba lo que me iba a encontrar al volver al comedor.

Paloma está poniéndose la ropa para irse.

—¡¿Por qué!? —suelto sin poder ocultar mi sorpresa—. ¿Por qué te estás vistiendo?

—Se ha hecho muy tarde. Es mejor que me vaya —responde sin prestarme atención mientras recoge un par de cubiertos que han caído al suelo.

Le he pedido que esperase aquí antes de irme al baño y me ha respondido con media sonrisa mientras miraba de reojo a su vestido lleno de manchas de salsa. *¿Se habrá molestado por eso?*

—Lo siento, no quería mancharte.

—No pasa nada...

He vivido con una hermana. Sé que esas palabras nunca significan eso. Cojo sus antebrazos y la detengo para captar su atención.

—Paloma, no es tan tarde. Mañana es sábado. ¿Por qué no te quedas un rato más? —En lugar de responder, desvía su mirada hacia el suelo. *Está buscando sus zapatos.*

Hemos dejado una escena propia de un terremoto en el comedor, pero no podría importarme menos. Por mí, la casa podría haberse hundido sobre nosotros y no cambiaría nada de esta noche... hasta este momento, claro.

Veo cómo Paloma se aparta para recoger su sandalia y se la pone.

—Puedo comprarte un vestido nuevo. Es mi culpa que se haya manchado. —Niega con la cabeza—. Te prometo que rompo menos cosas en un colchón. No soy tan inútil en la cama como crees. Podrías quedarte un rato más.

Sonríe al escucharlo y deja salir aire por la boca.

—No me importaría que pases la noche aquí, palomita —insisto.

—No. Eso sí que no. Dormir es... complicado.

Se da la vuelta para buscar su otro zapato y la sigo.

Me acerco a su espalda y mis labios rozan su hombro desnudo.

—¿Por qué iba a ser complicado? —Intercalo caricias y besos con palabras que intentan convencerla—. Solo tienes que quitarte esa ropa que no sé por qué te has puesto... subir a mi cama y no salir de ella hasta que te canses de mí... y después podemos dormir un rato para coger energías antes de volver a empezar... ¿Suena algo de eso complicado?

Muy despacio, mis brazos han ido avanzando hasta rodearla por la espalda, pero ella se da la vuelta para mirarme.

—Basil... —No soporto cuando mi nombre en su boca suena a negación.

—Palomita —le devuelvo con una sonrisa cogiendo su cara entre mis manos.

—Ha sido muy divertido —*¡Qué manía con eso!*—, aunque es mejor que me vaya ya. No quiero complicar más las cosas. Y es muy tarde.

No son ni las doce, pero ella se aparta y no pierde el tiempo rebuscando entre varios cojines del sofá. Soy yo quien encuentra lo que busca: su zapato bajo una silla. Se lo doy, a desgana.

—Al menos, ¿puedo pedirte un carruaje, Cenicienta? —pregunto con la sandalia aún en la mano.

—¿Cenicienta? —Deja salir aire de su boca como si le pareciera gracioso—. No, yo me pago mis carruajes. —Me muestra la aplicación de taxis en su teléfono en cuanto se coloca el zapato.

—¿Volveremos a vernos? —A riesgo de ser pesado, quiero saberlo.

Abre la boca, pero la cierra enseguida cuando el

taxista pita en la entrada. Me pongo rápido los calzoncillos para poder acompañarla a la puerta.

—Basil, me están esperando... Buenas noches —se despide con un beso que me sabe demasiado corto.

Y así, me deja sin respuesta.

Paloma te lo explica

¿SER O NO SER... 'FOLLAMIGOS'?

Los *follamigos* tuvieron su época dorada hace dos décadas, entre los *mileniales*, pero diversos estudios apuntan que las nuevas generaciones dan más importancia a compartir intimidad que al sexo.

Quizás por eso, los *follamigos* hoy están en peligro de extinción. A medida que los vibradores ganan popularidad y aparecen nuevas formas de desafiar la estructura de la pareja tradicional (como las relaciones abiertas o el poliamor), las relaciones de sexo sin compromiso van desapareciendo.

Quizás porque la falta de intimidad, a largo plazo, genera un vacío.

Sin embargo, para una soltera preocupada por su economía, encontrar un amigo con quien compartir ratos en la cama tiene muchas ventajas. Sin regalos de pareja, citas románticas o escapadas de fin de semana que planificar, el único gasto es en condones.

Tener uno sale casi tan barato como comprarte un vibrador, pero tiene mejor conversación (si es que te interesa hablar con él, claro).

La pregunta entonces es: ¿merece la pena salvar al *follamigo* de la extinción?

20.487 Me gusta 467 Comentarios

@menchu_menchu Volvamos a ponerlos de moda. Etiqueta a ese amigo que te follarías aquí. 🤭

@emmayogi Cuando un follamigo me asegure los orgasmos que me da mi vibrador, hablamos.

@rober_69 Si te adelgazas, a lo mejor encuentras un novio, en vez de un follamigo. #inaguantable

@lapili_mili ¿Qué es un follamigo? ¿Alguien me lo explica?

@vane675 Basil no quiere compromiso. #prayforPaloma #basiloma

@maxreal_4ever ¿Ya te cansaste de tu novio a pilas y buscas uno de verdad? No hay quien te aguante, Paloma. Ya lo dijo @basiljones

@vane675 ¿Alguien más se ha fijado en que @basiljones sigue a @palomateloexplica? Él solo sigue a quince cuentas. #pruebas #basiloma

@la_telemaneje Estoy contigo @vane675.
¿Has visto lo parecida que es
@palomateloexplica a los dibujos que él
ha publicado últimamente? #basiloma

@isma_pil79 Lo de ser su follamigo no
funciona nunca. Siempre se enamoran
de mí.

———

A MI PALOMITA le gustan los juegos... Es evidente
que me está enviando un mensaje con este artículo. Es la
respuesta a la pregunta que no quiso contestar al irse de
mi casa antes de ayer.

Follamigos. Si es así como quiere llamarnos, acepto.
Sobre todo si eso significa que voy a volver a verla. Quizás
la parte en la que asegura que hablar conmigo es
opcional es un poco cruel, pero es mejor que ser un inútil
en la cama, así que lo tomo como una pequeña victoria.

BASIL

'Follamigos', ¿eh?

PALOMITA

¿Por qué aún lees mi columna?

Porque sigues escribiendo sobre mí. ¿O
acaso tu 'follamigo' no es sexi,
encantador, tiene nociones de
navegación y es solo un poco más joven
que tú?

No conozco a nadie que responda a esa
descripción.

Algo hice muy mal el viernes si ya te has
olvidado de mí.

> ¿De qué viernes me hablas?

No puedo evitar que me guste cuando mi palomita juega a torturarme.

BASIL

> Está claro que necesitas que te refresque la memoria. ¿Qué haces esta noche?

PALOMITA

> Podríamos vernos después del trabajo, pero hoy terminaré tarde...

> Entonces, ven a dormir conmigo.

Me emociono con la sola idea de tenerla toda la noche en mi cama.

PALOMITA

> Tengo una reunión pronto mañana. Solo puedo escaparme un rato, pero... ¿se te ocurre algo que podamos hacer en una hora?

¿He dicho ya que me gustan los retos?

La vida me sonríe a menudo, pero no suele pasar que Paloma también lo haga. Y es una sensación a la que me podría acostumbrar.

———

UNOS DÍAS MÁS TARDE

Paloma

BASIL

Déjame adivinar… Estabas pensando
en mí.

PALOMA

¿Cómo lo sabes?

De inmediato, adjunto una foto de mi ensalada.

No me tendrás guardado como
"lechuga" en tu teléfono, ¿verdad?

No. Para nada.

LECHUGA

La próxima vez que nos veamos,
tenemos que negociar ese mote. De
hecho, ¿qué haces esta noche?

Hoy no puedo quedar. ¿Otro día?

Al menos podrías enviarle una foto desde
tu cama esta noche a tu 'follamigo'
favorito.

¿Crees que a Nelson le gustaría?

Grrrr.

POCOS DÍAS DESPUÉS

LECHUGA

¿Sabes? He estado pensando. Podrías llamarme "capitán" en vez de "lechuga". "Dios" también ha salido un par de veces de tu boca en grandes momentos...

Puedes elegir cualquiera de los dos.

PALOMA:

¿Vas a dejar tú de llamarme "palomita" a mí?

Jamás.

Déjame consultarlo con la almohada. Tal vez podría acostumbrarme a "capitán".

CAPITÁN LECHUGA

Eso está bien. Yo también soñaré contigo.

Yo no he dicho eso.

Buenas noches, palomita. 😊

UNA SEMANA MÁS TARDE

Basil

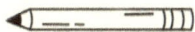

BASIL

¿Cuál es tu comida favorita?

PALOMITA

¿Es una pregunta trampa?

No pienso responder "lechuga" para hacerte feliz.

¿Tanto le cuesta contestar a algo alguna vez?

BASIL

Solo lo quería saber para invitarte a comer.

PALOMITA

Contigo me apetece mucho más saltarme la comida.

Tienes toda mi atención.

Tal vez podría hacer una visita a tu cuarto de materiales en un rato. Tenemos una fantasía pendiente, al fin y al cabo…

¿Por qué no estás aún aquí?

Y OTRA SEMANA MÁS

> Estoy a punto de embarcar. ¿Me echarás de menos estos días?

> Si me vas a decir que no, mejor no respondas.

> No me importaría tenerte ahora mismo en mi cama. ¿Eso cuenta?

Cuando vi que tenía otro viaje programado esta semana, lo único que pude pensar es que no quería más motivos para que fuese difícil vernos. Cinco días sin tocarla se me van a hacer eternos. Antes de salir, necesito hablar con ella. La llamo desde la puerta de embarque.

—Si quieres que no me suba al avión, repite eso.

—Buenos días a ti también —me saluda al otro lado de la línea.

—No son buenos.

—¿Acaso no te lo pasaste bien anoche?

No puedo dejar de pensar en cómo llegó a mi casa con uno de esos conjuntos de ropa interior tan sexis que yo mismo deseé que se pusiera para mí, pero el tiempo se me hizo demasiado corto, como siempre que estoy con ella.

—Tendrías que haberte quedado a dormir. Así no estarías echándome de menos.

—¿Y despertarme sola en tu cama? No, gracias.

—Me conoces poco si crees que estaría aquí si tú estuvieras en mi cama.

Escucho mi nombre en el altavoz y sé que es hora de embarcar.

—¿Me llamarás si me echas de menos estos días, palomita?

—Ya veremos.

BASIL

No te olvides de enviarme esa foto sexi que aún me debes. 😳

PALOMITA

Buen vuelo. 🙂

¿Soy yo o no me ha respondido a la primera pregunta?

POCOS DÍAS DESPUÉS

Adivina a quién he visto hoy...

No se me ocurre qué responder.

Anoche, cuando hablamos por teléfono, me confesó que se había acordado de mí al escuchar una canción en la radio.

Por un segundo tuve la esperanza de que mis encantos estuvieran empezando a funcionar con ella, pero resulta que la canción que le recuerda a mí es *The Bad Touch* de The BloodHound Gang. *Muy romántica, sí.*

Estoy a punto de contestar una chorrada cuando recibo otro mensaje.

CECILIA

Basil, me encanta esta chica para ti. No la cagues.

Y de pronto, tengo clara la respuesta. Lo que ha hecho es alta traición. Esto no se puede solucionar por mensaje. La llamo de inmediato.

—Palomita, dime que no has ido a practicar surf sin mí.

La escucho sonreír al otro lado de la línea antes de responder, como si no entendiera la gravedad de su ofensa.

—Se lo prometí a tu hermana. Me envió un mensaje recordándome que iba a caducar mi vale...

—Yo te puedo dar todas las clases gratis que quieras. ¡¿Por qué no me lo has pedido a mí?!

—Si te sirve de consuelo, no he conseguido subirme a

282

ninguna ola. Quizás no eres tan mal profesor después de todo.

—¡Soy mejor que Nelson! —protesto—. Lo soy, ¿no?

—Mmm... —No llega a responder, pero noto en su voz que bromea.

—¿Me voy cinco días y me cambias por otro hombre en el mar? No me gusta nada eso, palomita.

—¡¿Estás celoso?! —pregunta con una sonrisa en la voz como si le pareciera ridículo.

¡¿Hace falta que responda?!

—Piensa que, si hubiera ido contigo, ahora no sabría los detalles de tus experimentos sexuales con la parafina en tu adolescencia... ¿Podemos hablar de que tus padres te pillaron ese día?

—Voy a matar a mi hermana.

"Ten cuidado con el camaleón.
Aunque te enseñe la cara,
no te muestra el corazón"
RUBEN BLADES, POLÍTICO Y CANTANTE

CAPÍTULO VEINTISÉIS
AVANZANDO POSICIONES PARA LLEGAR A NINGUNA PARTE

BASIL

ESTO DE SER *follamigos* tenía que ser fácil para mí.

Sonia puede escribir un libro sobre mi ineptitud para mantener una pareja. Por eso, cuando Paloma publicó su artículo, pensé que era una solución perfecta. Al fin y al cabo, eso significaba que íbamos a volver a vernos sin tener que convencerla cada vez, ¿no?

Respuesta corta: sí, y cada vez es mejor que la anterior.

Respuesta larga: nos vemos, pero ella se niega a hacer planes y nunca acabamos compartiendo más de una hora. Y para colmo, hace días que me está dando largas.

Por no hablar de las bromas sobre Nelson. Yo sé que son eso: bromas. Joder, me dedico al humor. Debería entender lo que es un chiste, pero cada vez que recuerdo al tío que vi en pelotas en su casa, me pongo enfermo.

Paloma casi nunca se salta su regla de oro; no quiere preguntas. Así que no puedo saber si tiene más *follamigos* porque no me lo confirmará. ¿Y la verdad? Si la respuesta es que sí, no quiero saberla. Solo sé que me gustaría verla más a menudo y ella me está poniendo muy difícil conseguirlo.

BASIL

¿Qué estás haciendo, palomita?

PALOMITA

Acabar un artículo que se me está resistiendo.

¿Y si nos vemos cuando lo termines? Podríamos ir a cenar juntos.

Después de una hora sin respuesta, cedo ante la evidencia: va a volver a negarse. Resoplo antes de mandar un nuevo mensaje.

BASIL

¿Aún escribiendo? Sabes que esos artículos te salen mejor con un 'muso' cerca...

PALOMITA

No hay pruebas que lo respalden.

Si no quieres salir, puedo cocinar algo en mi casa.

Basil, siento recordártelo, pero tú no sabes cocinar.

¿Y si hacemos un trato? Yo seré tu 'muso' sexual y tú me enseñas a cocinar. Podemos ayudarnos.

La veo tecleando y borrando varias veces y sé que está indecisa. Necesito darle motivos para decir que sí.

BASIL

Yo te enseñé surf… y tú me traicionaste con Nelson.

PALOMITA

Eso no fue así.

Me debes una (una grande) después de eso.

Quizás podría darte una lección de cocina. Desde luego, la necesitas.

Respondo su mensaje del único modo que soy capaz de pensar, porque hace más de una semana que no la veo y ahora tengo el recuerdo de los momentos fugaces que hemos compartido para mantenerme en estado de excitación perpetua.

BASIL

Cuando dices "lección de cocina" solo puedo imaginarme follándote desnuda sobre mi encimera. Si lo que querías era provocarme una erección, lo has conseguido.

PALOMITA

No creo que a mi compañera de piso le guste que repitamos esa "lección" en mi cocina.

Ven a mi casa entonces.

No puedo permitirme más carruajes hasta los confines del mundo este mes.

Me he ofrecido a traerla, a llevarla y a pagar el taxi cada vez. También le he propuesto —más bien suplicado a niveles patéticos— que se quede a dormir conmigo, pero algo me dice que el mensaje no está calando.

> **BASIL**
>
> Si voy, ¿me echarás otra vez de tu cama?

> **PALOMITA**
>
> Primero pensaba atarte a ella o pedirte que me ates tú a mí, como parte de tu trabajo como 'muso', claro, pero si no quieres venir…

> Llevo más de una semana sin verte. No puedes decirme eso. Ahora no quiero esperar.

¿He dicho ya que cada vez que nos vemos es mejor y que estoy muy cachondo? Por si acaso, lo repito.

> **PALOMITA**
>
> Aprovecha el tiempo y cambia mi nombre en tu teléfono. ¿Sigues teniéndome guardada como "palomita"?

> **BASIL**
>
> Enseguida lo hago.

> **MI PALOMITA SEXI**
>
> Gracias.

> Nos vemos en un rato, preciosa.

CUANDO LEVANTO la cabeza del teléfono —con una sonrisa idiota y una erección que, por suerte, mi escritorio oculta—, veo a Jota acercándose a mi despacho con dos cafés en la mano.

Es divertido ver el efecto que su sola presencia provoca en la gente. Media redacción ha levantado la cabeza para seguir su paso. Le encanta llamar la atención y lo hace sin dudarlo allá donde va. A veces, me cuesta recordar al Jota que conocí en el instituto. Nadie diría hoy que detrás de esos trajes tan caros y ajustados que lleva se esconde un auténtico cerebrito.

En cuanto me saluda, cierra la puerta, deja los cafés y una bolsa con dos cruasanes en la mesa, se quita las gafas de sol y se sienta en la silla frente a mi escritorio. Antes de empezar a hablar, coloca las mangas de su camisa bajo la americana cubriendo su reloj. Su imagen es impecable y siempre se mete conmigo por no arreglarme más.

—He tenido que venir a comprobar si sigues *vivito*. *Coleando* imagino que sí estás —suelta sin siquiera saludarme—. ¿Sabes? Follar mucho no es una excusa para dejar de quedar con tu mejor amigo. Si yo hiciera eso, no me verías nunca.

Sospecho que Jota está celoso porque le estoy prestando menos atención de la que suelo dedicarle. En mi defensa, la editorial ha traducido mi libro y ha programado nuevos viajes para promocionarlo, he estado dibujando bastante... y ser *muso* consume mucha energía.

Además, he acompañado a Cecilia a varios bancos. Al fin, ha aceptado que nadie va a darle un crédito y que sea yo quien respalde las mejoras que su tienda necesita para sobrevivir. Me niego a que sea Kai quien pague el precio de que su padre sea una escoria que las abandonó a las dos y les dejó de recuerdo sus deudas pendientes.

Cuando voy a coger uno de los cruasanes que ha traído, me da un manotazo. Debería conocerlo ya. Los ha traído solo para él...

—Necesito entregar una viñeta en dos horas. No tendré tiempo para ir a comer hoy.

—¿Esta? —me pregunta mirando lo que estoy dibujando, pero ni después de decirle eso me da un cruasán.

Jota es el primer fan que tuvo mi tira cómica. Fue él quien me animó a tratar de publicarla en Esferia. Me fío de su criterio. Y no solo porque le gusta mi humor; su agencia es la responsable de la promoción de todo lo que tiene que ver con mi personaje. Además de su mejor amigo, soy uno de sus principales clientes. Mi éxito es el suyo también.

—¿Qué te parece?

Jota sigue mirando la viñeta y se pasa la mano por la frente preocupado.

—¿Tan mala es?

—No es eso, es que... no tiene chiste, ¿no?

—No es la intención.

—¿Y no dibujas mucho a Paloma?

—Sí... —admito. Es lo único que me apetece pintar desde hace semanas, a pesar de que ella es la primera que me dice que no lo haga.

—Basil, solo te lo voy a preguntar una vez: ¿es verdad que le has enviado flores, dos veces?

Se me escapa una carcajada. Tenía la certeza de que me lo iba a reprochar tarde o temprano.

Adoro a su madre y no podría escoger otra floristería que la suya. La mala noticia es que ella no tiene secretos con su hijo y Jota no ha enviado flores a una chica en toda su vida. Suele escandalizarse cuando yo lo hago y dos veces seguidas está muy por encima de lo que él considera aceptable.

—No tiene tanta importancia y, aunque la tuviera,

Paloma me gusta. ¿Qué hay de malo en regalarle unas flores? ¡Tu madre vive de eso! Deberías ser el primero apoyando su negocio.

Trato de coger un cruasán de nuevo, pero vuelve a pegarme un manotazo antes de darme solo la mitad del que no se ha comido ya y quedarse él la otra.

—Me preocupan más nuestros negocios ahora mismo. ¿Has visto el correo que te he enviado sobre el piso?

Los inquilinos del apartamento del que somos propietarios han pedido que les reduzcamos el alquiler. Sé que Jota no va a estar de acuerdo y yo prefiero no entrar en números.

—No he tenido tiempo...

—Ya, has estado muy ocupado enviando dos veces flores a una chica y dibujándole viñetas, ¿no? —Me encojo de hombros sin saber qué responder—. ¿Tú estás seguro de que quieres empezar otra vez una historia como la de Sonia?

Resoplo porque sé que no me va a creer, pero nunca me sentí así con ella.

—Basil, no sé si decirte esto o no...

—¿El qué?

—Las ventas han crecido en las últimas semanas.

—Pero eso es bueno, ¿no? ¿Por qué no me lo ibas a contar?

—No solo es tu libro, es todo tu *merchandising*. Está agotándose en las tiendas. Y es desde que pintas a Paloma. Es la primera vez que dibujas un personaje que funciona... además de Basil, claro.

No me lo había planteado así.

—Esto podría ser un gran salto en tu carrera.

—Pero no es un cambio de registro ni una tira cómica nueva...

—"No es necesario hacer cosas extraordinarias para conseguir resultados extraordinarios". Warren Buffet —cita a su particular ídolo en el mundo empresarial—. Warren nunca se equivoca y los números tampoco. Las ventas han crecido porque estás llegando a una demografía más grande. Lo único que me preocupa es que no sé si me fío de Paloma. No puede ser casualidad que sea amiga de Amari.

—¿Amari? —Me suena el nombre, pero no caigo.

—La pirada que cantó en el karaoke *Dime que me quieres,* de Tequila, y no hacía ni cinco minutos que nos conocíamos —recalca—. Creo que es su compañera de piso y también trabaja en Femalista.

No comparto la teoría de Jota sobre el significado oculto de la canción que eliges, aun así tengo que reconocer que es una apuesta arriesgada para una primera cita. Cuando me enseña una foto de Amari, la reconozco al instante. Me la he cruzado alguna vez en Esferia y sabía que era la compañera de piso de Paloma, pero no había caído en que es la misma chica de la que Jota no para de hablar después de su cita desastrosa.

—Cuando su mejor amiga está loca, ella también. Eso es ley, tío.

—O puede que juzgaras a Amari demasiado rápido.

—Con eso nunca me equivoco. Parte de mi trabajo es saber leer a la gente. Y tengo claro que si a una chica le envías flores y dibujas cosas como esta... —señala la tira cómica que tengo sobre mi mesa, pero no termina la frase — estás mandando un mensaje fácil de entender. ¿Seguro que quieres ir tan en serio?

Abro la boca, aunque no sé qué responder.

Nunca me he planteado sentar la cabeza —al menos, no de verdad—, pero hacerlo con Paloma suena bien. Y quiero poder enviarle unas flores si me apetece, sobre todo porque sé cuáles son sus favoritas y nunca se las he llegado a regalar. Y ahora me acuerdo de ella cuando las veo en mi jardín.

Y también quiero seguir dibujándola, aunque se cabree conmigo, porque quizás me gusta casi tanto enfadarla como verla sonreír.

Pero si de verdad quiero que vea algo más que un *follamigo* en mí, necesito dar el primer paso y demostrarle que puedo serlo. Y voy a empezar esta misma noche.

—Jota, eres un genio.

—Lo sé, pero... ¿por qué, exactamente?

NO ES la primera vez que vengo al apartamento de Paloma. Preferiría haber quedado en mi casa, donde no hay compañeras de piso que pueden volver en cualquier momento, pero me toca jugar con las cartas que me reparten.

He tardado un poco en llegar porque quería cambiarme. Quizás a ella no le interesa que la lleve a un restaurante bonito, pero yo me he arreglado como si fuéramos a uno. Por eso llevo una camisa y unos pantalones de vestir, y me he peinado. Algo poco habitual en mí, lo reconozco.

Confío en que eso me haga sumar puntos y deje que me quede a dormir esta noche aquí, para variar. Al fin y al cabo, mañana es día de trabajo y ella vive al lado de la oficina.

Cuando llego a su puerta, después de subir cuatro pisos de escaleras, no es Paloma quien me abre.

—¡Oh! ¡Mira quién está aquí...! No eres muy puntual, ¿no? —me saluda Amari con un tono que no sé descifrar.

Llego quince minutos tarde, pero he avisado a Paloma de que quería pasar por casa antes de venir.

—¿Traes flores? —Me observa como si me analizara sin cortarse un pelo—. ¿Camisa y pantalones de vestir? Interesante. Anda, pasa, Indi.

—¿Indi? —dudo, aún aguantando las hortensias de mi jardín que he traído para Paloma en una mano y mi casco en la otra.

—No quieras saber tanto —me devuelve con un gesto que tampoco sé interpretar antes de coger su bolso. Sin más, empieza a gritar hacia el fondo del piso—. ¡Me voy ya! ¡Adiós, bombón! No me esperes despierta. Bueno, imagino que sí —añade al girarse y encontrarme en su camino.

Sin molestarse en despedirse de mí, hace el ademán de cerrar la puerta, pero se detiene para decirme algo con un dedo amenazante apuntando en mi dirección: "Mi hermano y mi padre trabajan en el Cuerpo Nacional de Policía. Tenlo presente".

Confirmo que Jota tenía razón; no parece muy cuerda.

Meneo la cabeza tratando de olvidar lo que acaba de suceder y dejo en la entrada mis cosas. Hace mucho calor en esta casa, sobre todo con camisa y pantalón largo, pero deja de importarme en cuanto veo a Paloma acercándose a mí.

Lleva el pelo recogido y muy poca ropa bajo un delantal. Es peligroso lo que esa imagen provoca en la cabeza de un hombre.

Viene hacia mí, pero no me saluda con un beso. Nunca lo hace. Creo que así me deja claro que hay una barrera entre nosotros y me fastidia cada vez más. Al menos, sonríe al ver las flores.

—¿Has perdido mi número de teléfono? —pregunta mirándolas. Niego con la cabeza, antes de dárselas—. Gracias. No tenías que traer nada.

Cuando se gira para llevárselas, cojo su muñeca y tiro de ella para que no se vaya. Y la beso, porque he echado de menos poder hacerlo los últimos días. Entre mi viaje y las veces que ella me ha dado largas, ha pasado más de una semana y no puedo esperar más.

Confieso que he estado buscándola varias veces en las escaleras de emergencia para sorprenderla y robarle un beso, aunque sospechaba que no iba a querer darme uno en medio del edificio. Y me daba igual. Tal vez solo echaba de menos verla.

—Hola, preciosa —la saludo por fin.

—Hola —me devuelve con una sonrisa a la que soy incapaz de resistirme.

—Hace mucho que no te veía.

Sin poder controlarme, hundo la nariz en su melena e inspiro su perfume. Mi boca encuentra su cuello y se recrea en saborearlo. No tengo fuerza de voluntad cuando se trata de ella. Echaba de menos tenerla así. No la he visto desde que me fui de viaje y me moría de ganas de que llegara este momento.

Enseguida mis dedos descienden por su culo y lo aprietan con ganas.

—¡Basil! —exclama en cuanto la empotro contra la pared y me encanta volver a escuchar mi nombre en su boca—. Pero las flores... iba a ponerlas en agua...

Aunque parezca increíble, aún no he podido demostrarle que no soy un inútil en la cama. Cuando nos vemos en mi casa, nunca llegamos al segundo piso, donde está mi habitación. Y aquí, jamás logramos pasarnos la pantalla del recibidor.

Diría que esta noche va a volver a suceder, pero es su culpa, por esperarme así vestida después de más de una semana sin vernos. Y porque su mano libre acaricia mi nuca justo donde me vuelve loco que ella me toque.

—Tengo muchas más flores en casa. Te traeré otras.

—No, no quiero más flores —asegura, pero el modo en que ha sonreído cuando las ha visto me dice lo contrario. Tampoco quería besarme, pero ahora está alargando el cuello para que mi lengua pueda llegar a donde a ella le gusta.

Hemos tenido poco tiempo juntos, pero empiezo a aprender los rincones de su cuerpo que la hacen estremecer. Y lo uso en mi ventaja sin dudarlo.

—Te he echado de menos, palomita —confieso.

—Tuve un virus. No estaba de humor para... ya sabes.

¡¿Por eso no ha querido verme?!

—Hubiera podido cuidar de ti. Se me da bien eso.

—No necesitaba ese tipo de cuidados... —asegura, aunque de pronto parece bastante esquiva.

Como siempre, descarta que hable en serio. Es difícil que me vea como algo más que su *follamigo* si no me da ni siquiera una oportunidad. Si comportarme a su lado es el precio a pagar para que cambie de opinión, estoy dispuesto a intentarlo... al menos, un rato. Me aparto a desgana.

¿Tenía que llevar un camisón sexi justamente hoy?

Resoplo y trato de no mirarla para alejar de mi cabeza todo lo que estaba deseando hacerle medio minuto antes.

—¿Te he dicho ya que creo que tu compañera de piso me ha amenazado? —suelto reajustando una erección que no va a bajar pronto si sigo mirándola.

—Pues yo de ti tendría cuidado.

Sospecho que está bromeando, pero no estoy seguro.

—¿Os conocéis desde hace mucho?

Mueve el dedo índice de un lado a otro. No le gustan las preguntas. Siempre me lo dice.

—Solo quería saber algo sobre tu compañera de piso. No de ti.

—Hace casi dos años. Un día coincidimos en un baño y a la semana siguiente, vivíamos juntas aquí —explica mirando a su alrededor—. Ella acababa de empezar a trabajar como estilista en Femalista y yo venía a hacer mi entrevista para entrar en Esferia porque alguien se quedó con el último puesto en la convocatoria anterior, aunque esa historia ya te la sabes, ¿no?

—Me suena, sí... ¿Me lo parece a mí o conoces a tus personas favoritas en esos procesos?

—A una de ellas, sí —aclara y me quita así de esa ecuación.

—¿Es el famoso *casting* donde eliges a quién dejas acercarse a ti? —bromeo—. Tengo listo mi bote de pimienta para el próximo.

—Siento anunciarte que exijo mucho más que eso.

—Vas a tener que hacerme una lista. No querría fallar ese día.

—¿Por qué no empezamos con una lección de cocina? Algo me dice que una no va a ser suficiente contigo —bromea mientras me empuja hacia dentro.

———

PALOMA enciende la luz de la cocina, pero empieza a parpadear y suena una especie de zumbido eléctrico. Da un golpe seco al interruptor y así soluciona el problema.

—¿Eso es normal? —dudo.

—En esta casa, sí —afirma sin darle importancia.

De todas las comidas que podría haber elegido, ha

decidido que voy a preparar una ensalada. Dice mucho de su confianza en mis dotes culinarias que lo único que me deje hacer sea cortar vegetales y no usar el fuego.

—¿Una ensalada?

—Era eso o un gazpacho. Con este calor, me niego a preparar algo caliente.

—¿No es eso un aire acondicionado? —Señalo hacia una esquina con la cabeza. Comienzo a plantearme si ha sido buena idea llevar camisa de manga larga esta noche.

—Cuando me mudé aquí, yo pensaba lo mismo. —Coge un mando y trata de encender el aparato, pero solo mueve unas rendijas y vuelve a cerrarlas enseguida—. ¿Ves? Eso es lo único que hace.

—¿Y no lo arregla el casero?

—Siempre dice que este mes vendrá alguien a mirarlo, pero yo ya he perdido la fe... Bienvenido a los problemas de los que cobramos un sueldo de miseria —ironiza.

Paloma abre dos cervezas y me ofrece una.

—Veo que no has pedido aún ese aumento —comento antes de dar un sorbo.

—Tendrás que buscarte a otra vecina de mansión. Mi editora me ha prohibido hablar de dinero hasta que Femalista sea rentable.

—¡Qué lista..! —murmuro sin poder evitarlo antes de dejar mi cerveza en la encimera—. Tú trabajas para Esferia, palomita. Si no ganasen dinero, no estaríamos organizando una gala en un hotel de cinco estrellas en menos de dos semanas. Pídeselo a Walter.

—No sé si me atrevo. *Mister* Miller me intimida —confiesa.

Mientras habla, no puedo evitar fijarme en una

especie de mural lleno de menús de restaurantes que decora una pared de la cocina.

—¿Eso son cartas de...?

—No preguntes.

—No se me ocurriría hacer tal cosa.

—Son de mi compañera de piso —me aclara.

En el mismo sitio, encuentro algo que me sorprende.

—¿Y este boleto de lotería? —Apunto con un dedo a uno que está colgado con una chincheta en un corcho. Es un sorteo para esta noche—. ¿No dices que no crees en la suerte?

—Te aseguro que no es mío. También es de Amari. Y no debería gastarse el dinero en eso.

—¿Qué harías si te tocara la lotería a ti, palomita?

—Arreglar el aire acondicionado.

—Sueña un poco a lo grande, va.

—Me gustaría viajar, pero no sé a dónde. Yo soy más de planificar que de soñar. Y como no puedo permitírmelo, prefiero no pensarlo. Así me evito el disgusto.

—Eso es muy triste. —Se encoge de hombros, sin decir más—. Pues yo me compraría un barco más grande.

Me encantaría tener uno de vela, con un camarote y poder pasar las noches en distintos puertos. Mi barco es demasiado pequeño para hacer eso, pero siempre he sabido que quiero explorar otros lugares del mundo navegando. Y tengo muy claro el día en que mi sueño pasó a incluir ver puestas de sol con ella en ese velero.

—¡Pero si ya tienes uno! Y encima dijiste que era una mala inversión.

—Nunca he dicho que supiera hacer buenas. De momento, no me ha tocado la lotería, así que solo he perdido dinero comprando boletos.

—Al menos, yo eso me lo he ahorrado.

—No puedes ponerle precio a soñar, palomita.

—¿Y por qué mejor no paras de soñar y comienzas a hacer una ensalada? —Señala un bol y unos tomates que ha dejado frente a mí—. ¿O acaso crees que la cena se va a preparar sola?

—Yo ya sé hacer una ensalada —me quejo antes de empezar a lavar los tomates en el fregadero—. ¿No se supone que venía a una lección de cocina?

—Créeme, te vi preparando una y tienes mucho que aprender, lechuga —insiste y me da una para que la pase por agua también.

—Podríamos ir a un restaurante.

—No —descarta sin siquiera contemplar la idea.

¿Hay algo menos romántico que cenar una ensalada? A mi palomita no le gusta ponerme las cosas fáciles...

—¿Podrías poner algo de música? —sugiero. La clave está en crear ambiente. Me pregunto si tendrá velas en algún lado.

Mientras me peleo con el grifo, que no funciona bien, ella busca una canción en su teléfono y enseguida empieza a sonar en un altavoz. No necesito ni tres segundos para reconocerla y sentir un nudo en mi estómago.

Juntos, de Paloma San Basilio. No la soporto. Llegué a aborrecerla porque siempre sonaba en mi casa. Ella comienza a bailar en la cocina con media sonrisa.

—Tú has pedido música.

—Quita eso, anda.

Niega con la cabeza y sigue meneándose mientras yo pongo en remojo la lechuga en un bol.

—"Te quiero mucho, aunque te suene a lo de

siempre. Más que un amigo, eres un mago, diferente..."
—tararea bromeando.

Ella se toma a risa una canción de amor mientras me mira. *Genial.*

—¿Qué te pasa? Te noto algo tenso esta noche, Basilio —le cuesta decirlo sin reírse.

Cuando me ofrece coger su mano para bailar con ella, no me molesto en secarla antes de aceptar. Y también aprovecho que tengo mojada la otra para pasarla por su cara. La retengo entre mis brazos y sigo el ritmo de la canción que no soporto mientras uso el bol lleno de agua del fregadero para volver a mojarla.

—¡Basil, me estás empapando! —se queja, pero no deja de reírse.

—Me encanta bailar contigo, palomita —la provoco mientras evito que ella coja agua para mojarme a mí.

Mentiría si dijera que no agradezco que me refresque y tener una excusa para tocarla. Quizás por eso, me animo a bailar de verdad y nos alejo con disimulo del fregadero. Casi se me olvida que no soporto esta canción mientras nos movemos juntos.

No sé cuándo hemos pasado de pelearnos a sonreírnos como si el resto del mundo hubiera dejado de existir por un instante, pero cuando ella se escapa y trata de volver a mojarme, no dudo en cargarla en mi hombro y llevarla hacia el baño.

—¡No, no, no! —grita en cuanto abro la cortina y entro con ella en la ducha—. No me mojes más. Cambio la canción. Lo prometo. No la pondré nunca más. —Se rinde con las manos en alto.

—No. Déjala. Es la primera vez que bailamos juntos, palomita. Será nuestra canción. —Le doy un pico en los labios, que no disimulan su enfado.

—¡Eso sí que no! No es nuestra canción. De hecho, es horrible. Es un castigo musical.

—La has escogido tú. Haber puesto otra —le resto importancia.

Niega con la cabeza y enseguida coge una toalla. Y cuando sale de la ducha, me apunta con un dedo amenazador al hablar.

—Tú venías aquí por una lección de cocina. Y de momento, se te está dando muy mal.

No puedo evitar reírme con eso.

—¿Qué culpa tengo yo si mi profesora me distrae? — Antes de salir del baño, alcanzo a pellizcar su cachete y pega un brinco.

—¡Basil! —se queja, pero sonríe.

Y yo volvería a hacerlo, porque dejaría de ser yo mismo si fuera capaz de comportarme a su lado, y diga lo que diga, a ella le gusta más de lo que quiere admitir.

———

MIENTRAS PALOMA SE SECABA, yo he limpiado el suelo de la cocina y he vuelto a ocuparme de la ensalada. Coge su cerveza y se apoya en la encimera observándome.

—Si vas a dejar tu trabajo algún día de verdad, espero que no confíes en ser cocinero —suelta, justo antes de colocarse a mi lado, frente a la tabla, y mostrarme cómo quiere que corte la lechuga.

Intento imitarla con mucha menos soltura, sobre todo con la cebolla. Me pican los ojos y no estoy consiguiendo que me queden los trozos como a ella.

—¿Alguna vez has tratado de publicar los dibujos que vi en tu barco? —comenta casualmente.

—No es tan fácil, palomita.

—Pero dijiste que quieres hacer algo distinto, ¿no?

—Con Basil, la fortuna me sonrió. Eso no pasa cada día.

—Llevas cinco años publicando cada semana una tira cómica de éxito. Eso no es solo suerte. Es trabajo. Tienes talento, Basil. Ni siquiera yo puedo negar eso.

Que ella piense eso de mí significa más de lo que cree.

—¿Cómo era eso de subirse a la ola? Si quieres algo de verdad, tienes que intentarlo y arriesgarte, ¿quién decía eso? —Guiña un ojo para dejarme claro que habla de mí.

—¿Lo harás tú? ¿Pedirás ese aumento de sueldo a Walter?

—¿Hacemos un pacto? —propone alzando su botellín—. Por atreverse a subirse a las olas.

Choco mi cerveza contra la suya y así sellamos un pacto de valientes, aunque tengo claro que no estoy preparado para dar ese paso de nuevo aún.

En el altavoz empieza a sonar *Luna* de Sofía Reyes mientras vuelvo a cortar la cebolla y ella se pone a mi lado para corregir la postura de mi mano. Sin dudarlo, me acerco más a ella y me hago el torpe a propósito para que no se aparte.

—Tu primera lección de cocina es cómo no perder los dedos —apunta.

—Hasta ahora los conservo todos.

—Créeme, me interesa mucho que eso siga siendo así.

La miro y me sorprende ver su sonrisa traviesa. Enseguida la oculta bebiendo un trago de su cerveza, pero no aparta los ojos de mí. Y una jodida gota se resbala por su cuello haciendo que pierda la concentración.

—Cuidado —me advierte tras alejar el botellín de sus labios—. Te vas a...

—¡Hostia! —me quejo cuando veo que me he hecho un corte.

—¡Perdón! No quería distraerte. Ponlo en el agua —me indica antes de coger mi mano y enjuagar el dedo bajo el grifo—. Voy a por gasas y una tirita.

Cuando vuelve, aplica presión para detener el sangrado. Es un corte grande, pero estoy acostumbrado a hacerme heridas practicando surf. Me parece gracioso que ella esté preocupada hasta que la veo acercarse a mí con una botella de alcohol.

—No. No. Ni hablar. —Aparto mi mano—. Nunca se me infectan las heridas, de verdad.

—Tienes que hacerlo. No seas crío, va a ser un segundo.

Resoplo vencido. Sin mirar, le dejo que haga lo que quiera conmigo. Muerdo mi labio inferior anticipando el dolor. Y ocurre. Primero noto el líquido caer sobre la herida. Después el calor se intensifica hasta provocar un latigazo de escozor. Enseguida mi palomita sopla para amortiguarlo y lo cubre con una tirita.

—Curado —sentencia.

—¿Y no hay un "Sana, sana, culito de rana"? —me quejo.

Pone los ojos en blanco, pero dice esa rima infantil para complacerme. Sé que no le gusta hacer esa tontería y me lo deja claro su expresión, pero me divierte pedírselo. Y a mí me encanta el beso que me da en el dedo cuando termina.

—¿Qué tal se me está dando mi primera lección? —pregunto cogiéndola por la cintura.

—Eres casi tan malo como yo con una tabla. —Apoya las manos en mi pecho—. Quizás es mejor que no sigamos con las lecciones. Déjame a mí, anda. No quieres mojar ese dedo. —Coge el cuchillo para tomar mi puesto.

—Palomita, ¿no es esto una señal de que deberíamos ir a cenar fuera? —Trato de poner mi mejor sonrisa para convencerla, pero niega con la cabeza.

—No. Es una señal de que deberías tener cuidado. ¿Ves? Así hay que colocar los dedos —insiste, haciendo una especie de garra y reconozco que me asusta y fascina verla manejar un cuchillo con tanta agilidad.

Apenas hemos empezado a cocinar. Estamos a tiempo de ir fuera. Hace una de esas noches de verano calurosas donde el mejor sitio para estar es una terraza, y conozco un lugar que creo que le gustaría. O al menos, a mí me encantaría compartirlo con ella, pero voy a necesitar algo de suerte para convencerla.

—Paloma, ¿qué es eso que tienes en la oreja?

—¿El qué? —pregunta tocándosela preocupada.

CAPÍTULO VEINTIOCHO
PACTO DE COBARDES
BASIL

NO RECUERDO la última vez que pagué en metálico. Soy de los que confían en el dinero digital, pero el destino ha querido que tenga una moneda en el bolsillo. Es algo inusual. Y la he encontrado junto a mi amuleto.

Me encanta la magia. Sobre todo cuando me permite hacer un truco tan tonto como sacar una moneda de la oreja de Paloma para intentar que sonría al verla.

—¿El qué? —Se toca preocupada— ¿Qué tengo?

Le muestro la moneda y sé que algo estoy haciendo bien cuando, en lugar de sus ojos en blanco, su boca dibuja una sonrisa.

—¿Por qué no nos lo jugamos a suertes? Si sale cara, vamos a cenar fuera. Si sale cruz, seguimos preparando esa ensalada.

—Basil, no me gusta dejar que el azar decida por mí.

—Pero no vas a contradecir al destino, ¿no? —Le doy la moneda—. Si el universo quisiera que salgamos de aquí esta noche, ¿me dirías que sí?

—No —descarta e intenta devolvérmela.

—¿Cómo es posible que no creas en tu suerte teniendo cuatro lunares en la mano?

—¿Eh? —Se la mira.

El primero que me llamó la atención lo tiene en un lado de su dedo índice. Ese me provoca cada vez que se tapa la boca al sonreír. Y debo estar loco, pero me parece jodidamente sexi cuando hace ese gesto y me lo muestra. Los otros tres los he ido descubriendo en los raros momentos en los que me deja estar con ella.

—Uno, dos, tres y cuatro —con mi dedo encuentro las marcas en su mano—. ¿Ves? Dicen que traen suerte.

—Tonterías —descarta.

—¿Cómo sabes que no tienes suerte, palomita? Al final conseguiste justo el trabajo que querías, ¿no? Tal vez la suerte te ha ayudado alguna vez.

—Lo logré con muchísimo esfuerzo y con varios años de retraso, según tú, gracias a mi destino —me recuerda.

—Quizás los astros querían que coincidiéramos justo aquí y están esperando a que lances esa moneda.

—Quizás los astros deberían saber que no soy tan ingenua.

Se aparta, como si le enfadara esa idea y empieza a picar la cebolla. Lo hace con una postura tensa, con movimientos rápidos y en silencio. Siempre se me ha dado bien romper las situaciones incómodas con bromas, pero algo me dice que Paloma no está de humor.

—¿Te has enfadado?

—No —niega, pero está llorando, y sospecho que no es solo por la cebolla—. Hay cosas que no me hacen gracia. A lo mejor por eso no me río tanto como tú.

—No te gusta... ¿la magia?

—No, no me gusta confiar en la suerte. Las cosas pasan por un solo motivo: alguien hace algo. Y la mayoría del tiempo, no tiene ningún sentido cósmico, Basil. A veces a mí también me gustaría creer en el destino; dejarlo todo al azar y pensar que hay un karma que lo compensará todo y que los cuentos de hadas se cumplen, aunque sé muy bien que nada de eso es real. Para algunos la vida a veces solo apesta. Y no importa los lunares que tengas en la mano.

—Vale, vale, no te enfades. —Cojo sus muñecas para detenerla antes de que pulverice la cebolla con el cuchillo.

—Si confiara en el destino, estaría mucho más enfadada.

Ladeo la cabeza mostrando que trato de comprenderla, pero me cuesta. No responde de inmediato, solo deja salir aire de su boca, angustiada.

—No me apetece hablar de esto. ¿Podemos cambiar de tema?

—Paloma... —Sin decírselo, estoy pidiendo que confíe en mí. Sé muy bien que no suele hacerlo.

Resopla antes de hablar.

—El otro día me preguntaste si tengo hermanos. Un día tuve uno, ¿sabes? También un padre y una madre. Y según tú, el destino decidió que ya no los tenga. ¿Eso es lo que quieres que crea?

Cubro mi boca con la mano de inmediato, sin saber qué decir. No esperaba algo así.

—Fue un accidente, hace mucho tiempo. Yo era un bebé. Ni siquiera soy capaz de acordarme del momento o... de ellos. —Sus ojos empiezan a humedecerse, pero ella inspira con fuerza, como si intentara que esas lágrimas no salieran—. Solo sé que íbamos juntos. Ellos murieron y yo... no.

—Lo siento.

Es lo único que logro decir.

—Llevo toda mi vida escuchando que tuve mucha suerte, pero yo no lo creo. Morir no era su destino y el mío no tenía que ser crecer sin ellos. Y ya de paso, tampoco considero que el karma me haya compensado en absoluto. En mi experiencia, el mundo te hunde cada vez que tiene la oportunidad. Así que no, no voy a tirar una moneda y dejar que decida nada por mí.

Siento la tentación de abrazarla y consolarla, pero temo que eso la cabree aún más. Solo la miro mientras sigue hablando.

—¿Y sabes lo que tampoco me gusta? El horóscopo. Llevo media vida leyéndolo en Femalista. A veces, hasta lo he escrito yo. ¿Y sabes qué dice siempre? "Muy pronto te vas a enamorar", pero nunca es "otra vez te van a decepcionar" u "hoy te van a romper el corazón". ¡Y a algunas personas nos pasa eso! ¡Menuda suerte!

Verla seria o enfadada es algo a lo que estoy acostumbrado, pero ahora está dolida y eso es muy distinto. Desearía ser de esas personas que saben qué decir en un momento así. No puedo solucionar esto con una broma y tampoco quiero hacerlo. Sigo en silencio porque no sé cómo reaccionar.

Ella coge aire, alisa su delantal con los dedos y enseguida vuelve a cortar cebolla, como si nada. Y los segundos, de pronto, se hacen eternos. Nunca se me ha dado bien mantenerme callado.

—¿Puedes decir algo, por favor? —pide de pronto. Parece enfadada porque las lágrimas no dejan de salir. Con el dorso de la mano se las seca enérgicamente—. Una tontería, si quieres. Lo que sea.

—Lo siento. —La abrazo por la espalda. Tarda unos segundos, pero se da la vuelta.

—Basil, no me apetece hablar de eso. ¡Por eso no me gusta que me hagas preguntas! —se queja.

—No te he hecho ninguna.

Me mira con una mezcla de enfado y confusión.

—Es solo que... —titubea— está bien si tú crees en el destino, en la suerte, en la lotería, en el karma y en todo lo que te haga feliz, pero no me pidas que yo te siga en eso.

—Claro. —No deshago el abrazo—. Aunque yo tampoco creo en el karma, que conste.

—¿No? —pregunta.

Encojo los hombros.

—Dudo que cada acción tenga un efecto. Por eso me gusta más lila.

—¿Lila? ¿El color?

—Lila es entender el mundo como una obra de teatro. Una comedia escrita por dioses con un sentido del humor difícil de comprender.

Mientras se lo explico, se aparta un poco y sé que me está juzgando. A mí me gusta pensar en lila cuando las cosas se ponen difíciles. Confiaba en que tal vez a ella le ayudase también.

—¿Un Dios humorista? ¿En serio? Te das cuenta de que eso habla de tu ego, ¿no?

—No he dicho que piense que soy un Dios. Tú puedes creerlo e incluso llamarme así si te ayuda —trato de hacerla sonreír así, pero al ver que no lo consigo, solo vuelvo a abrazarla.

—Basil... —me llama, hablando en mi pecho.

—¿Qué? —Me separo para mirarla.

—Lila es una chorrada.

Me cuesta no reírme por cómo de seria lo afirma.

—A veces pasan cosas por las que merece la pena

sonreír, palomita. —Acaricio su mejilla—. Esas son con las que yo me quiero quedar.

Sus labios se curvan al escucharme y la beso cogiendo su cara entre mis manos. No sé encontrar las palabras para expresarlo, pero sé que le ha costado confiar en mí y me encantaría que supiera que puede seguir haciéndolo.

—No me apetece hablar más de esto.

—Está bien.

—Y tampoco quiero ir a un restaurante.

Resoplo vencido. Esto es todo lo que va a ofrecerme; momentos fugaces de sexo sin preguntas difíciles. Miro a sus ojos aún con lágrimas y sé que no puedo pedirle más.

—No iremos a ningún sitio donde tú no quieras ir —aseguro en voz baja.

Y así es como firmamos un segundo pacto.

Uno de cobardes.

Y yo lo acepto.

Aunque tampoco voy a poder cumplirlo, porque nunca he estado enamorado antes, pero sospecho que se parece bastante a lo que siento por ella.

—Bésame, Basil —me pide con unos ojos más tristes de lo que puedo soportar.

Acaricio su nuca y mis dedos se cuelan en su pelo, deshaciendo su coleta. Su melena cae en cascada de inmediato. Despacio, sus brazos rodean mi cuello y los míos bajan por su cintura para acercarla a mí. Y entre besos, nos alejamos de la cocina.

—Basil, es solo que... esto es divertido. Y nunca he tenido algo divertido antes. No quiero estropearlo. Lo entiendes, ¿verdad?

Asiento.

—Yo tampoco quiero estropearlo, palomita.

Aunque sospecho que no hablamos de lo mismo.

———

UNAS HORAS MÁS TARDE

Iluminada por la luz de una lámpara de la mesilla de noche, Paloma suspira en sueños entre mis brazos. Si la lección de hoy era que la comida sabe mejor cuando se queda en la cocina sin preparar, creo que merezco una buena nota.

No me importa. Ceno cada día, pero no puedo decir lo mismo de tener a Paloma así. En el altavoz del comedor se escucha de fondo *Somos Instantes* de Caloncho y me parece muy irónico.

Ella no quiere un "cada día" conmigo.

Estos instantes es todo lo que va a ofrecerme.

Pero es imposible no querer más de algo tan bueno.

Mi mente recrea una y otra vez el momento en que me ha pedido que la esperase aquí, en su cama. Ha venido con ese camisón tan sexi que podía intuir bajo el delantal; en sus manos llevaba unas tiras de seda para atarme al cabecero y en su boca una sonrisa que he esperado mucho a que se atreva a regalarme sin motivo.

—Se me da bien deshacerme de nudos, palomita —le he advertido.

—Yo no quiero atraparte, Basil —me ha devuelto sincera—. De hecho, tu reto es quitártelos. De eso irá mi artículo.

—¿Y si soy yo quien quiere atraparte a ti?

—Te he atado. No puedes —ha apuntado sentada a horcajadas sobre mí mientras terminaba de anudar mis muñecas al cabecero.

—¿Y vas a dejarme demostrarte algún día que no soy un inútil en la cama?

—Puede. Aunque nunca he dicho que fuera a ponértelo fácil... —Y sin decir más, su boca ha empezado a bajar por mi tripa hasta hacerme perder la cabeza.

No poder tocarla ha sido un castigo, pero el premio ha valido la pena. Verla desnudándose para mí y usando mi cuerpo buscando su placer es un recuerdo que no quiero olvidar jamás.

Cuando al fin he logrado liberarme de las tiras, he durado patéticamente poco porque estaba demasiado excitado. Le he pedido unos minutos para recuperarme y poder darle tantos orgasmos como me dejase, pero cuando se ha estirado a mi lado, su cuerpo se ha rendido... y no quiero despertarla.

Sé que estoy haciendo trampa, pero he deseado esto mucho. Ella me ha dicho otras veces que no quiere dormir conmigo, aunque algo en mí grita un "quiero más de esto" que no puedo ignorar. Solo tengo que cerrar los ojos para no perderme este instante que ella no quiere compartir conmigo.

Me concentro en su respiración, en esos ruidos que hace que no conocía y en poder tocar su piel sin un contador de tiempo en contra, por primera vez. Huelo su melena salvaje y rojiza, y la aprieto entre mis brazos, porque ya no soy capaz de dejarla escapar. Y sin más, cierro los párpados agradeciendo mi buena suerte esta noche.

———

VARIAS HORAS DESPUÉS

—¡No!

Paloma se despierta sobresaltada y se incorpora de golpe, apartándose de mis brazos. No sé qué hora es.

—¡Basil, ¿qué haces aquí aún?! Tienes que irte. Ahora.

—¡¿Qué?! —Pestañeando, me esfuerzo por mirar el reloj de su mesilla—. Son casi las cuatro de la mañana. ¿Por qué no me quedo ya? Solo falta un rato para despertarnos.

—Porque no puedo dormir contigo. —Cuando mis ojos se centran en ella veo que está recogiendo mis cosas del suelo—. Y necesito descansar.

—¿Y por qué no lo hacemos juntos? Vivo bastante lejos. ¿No me puedo quedar?

—Tienes que irte.

—Estábamos ya dormidos. No me pidas que me vaya, por favor. Te aseguro que no te voy a asesinar si cierras los ojos. Estás segura conmigo —bromeo tratando de calmarla.

—¡¿Qué?! —duda nerviosa.

—Ya hemos pasado media noche juntos, ¿cuál es el problema?

—El problema es... —empieza a decir, pero titubea nerviosa— eres tú, Basil. Y que no dejas de hacer preguntas.

—¡No estoy haciendo ninguna! Solo quiero dormir contigo.

—Sí, sí, las haces. Y yo no quiero contestarlas.

—¿De qué hablas? —No entiendo nada.

—¡¿Lo ves!?

Y sin decir más, me da mi ropa para que me la ponga.

Este momento es un extraño *déjà vu*. Me recuerda a la última vez que estuve en su cama y me echó sin dudarlo. Entonces yo solo le estaba haciendo un favor y ella me dijo que ya tenía material para su artículo, pero sé que ahora hay algo más que eso entre nosotros. Al menos, eso espero.

—Paloma, escúchame, por favor.

—No —niega tajante, pero veo lágrimas asomarse en sus ojos.

Es ahora o nunca. Es mi oportunidad de dejarle claro que puedo ser algo más.

—Estoy enamorado de ti. —Su cara de pánico no me anima, pero tampoco me detiene—. Esto ya no es suficiente para mí. Quiero más que pasar unas pocas horas contigo de vez en cuando. Quiero complicar las cosas. Lo quiero todo, palomita.

—No hablas en serio. Tienes que irte —niega con la cabeza y vuelve a darme mi ropa sin mirarme.

—¿Por qué haces esto?

—No es asunto tuyo. —Me empuja sin disimular hacia la puerta.

—¡Porque tú no quieres que lo sea! —le devuelvo cabreado—. El problema no soy yo; es que no quieres confiar en mí.

—¿¡Quieres que confíe en ti cuando tú te tomas tu vida como un chiste!?

—¡Joder, Paloma, eso no es lo que he dicho! —Cojo mi casco y no me molesto en acabar de vestirme antes de salir al rellano.

Si no me quiere aquí, no pienso quedarme, pero sigo sin entender por qué.

—Lo siento, Basil. No puedo. No puedo...

Con lágrimas en sus ojos, me regala una visión a la

que he aprendido a acostumbrarme: su puerta en las narices. Cierro el puño y gruño de pura frustración.

Creía que la última vez que me hizo esto y me llamó "inútil en la cama" tocamos fondo, pero esta vez es peor. Lo sé porque ahora soy yo quien tiene una tira cómica sobre ella publicándose en unas horas.

Maravilloso.

BASIL DEBE PENSAR que estoy loca. Y yo podría darle la razón.

Cuando publiqué mi artículo sobre ser *follamigos* sabía que él entendería el mensaje. Fue cobarde, sí, pero sirvió para dejarle claro lo que podía esperar de mí. Fue mi manera de poner mis límites. Y dormir con él es la barrera que yo no puedo cruzar.

Miro mi móvil para comprobar cómo de tarde voy a llegar al trabajo hoy y veo que tengo demasiadas notificaciones, pero ningún mensaje suyo. No merezco que me escriba después de lo de anoche, pero...

No. No.

Tiene derecho a estar enfadado.

Es cierto que no confío en él.

Y no importa lo bien que se sientan sus manos sobre mi cuerpo o que piense en él incluso cuando me esfuerzo en evitarlo. O que le haya echado tanto de menos los días que no nos hemos visto. *Joder, anoche no podía esperar a volver a verlo...*

No importa ni siquiera que me haya acostumbrado a recibir sus mensajes y llamadas a cualquier hora del día para contarme una tontería o que sus flores sean un recordatorio de las ganas de besarlo que sentí anoche cuando llegó a casa.

No, no importa porque también son la prueba más evidente de que estábamos entrando en mi zona de peligro.

Llevo más de un mes haciendo equilibrios sobre una cuerda que Basil no deja de aflojar. He tratado de imponer límites, aunque cada fibra de mi cuerpo me pidiera lo contrario. Por eso llevaba días evitándolo, y a pesar de todos mis esfuerzos, he caído en la misma trampa de nuevo. Y lo que pasó anoche es la mejor prueba.

Mari dice que soy alérgica al amor, y no le falta razón, porque tiene un efecto adverso en mí. Cuando lo he probado, me he perdido a mí misma y me juré no volver a caer en eso.

Aún en la cama, con mi móvil en la mano, compruebo que tengo muchos mensajes pendientes, pero no puedo leerlos todos. Lo que sí veo es esto:

Chat de grupo
Las damas de Iris 💍 🤍

IRIS

@paloma ¿Estás saliendo con Basil Jones?

UNA

Es guapísimo. Y tan simpático siempre… ¡Qué suerte!

DOS

Me encantaría conocerlo. ¿Vendrá a la boda?

Ni hablar. Ya tengo hechos los carteles con los nombres. Paloma, ni se te ocurra.

No entiendo por qué mi prima me ha escrito ese mensaje, pero cuando escucho la puerta de la entrada cerrarse, sé que Mari está yendo al trabajo. Jamás he llegado más tarde que ella, así que tengo que correr para vestirme y salir.

———

NUNCA HABÍA ENTRADO en la oficina después de las once, pero cuando ya estaba a punto de alcanzar mi silla sin que mi editora me viera aterrizando, me he encontrado con Regina de frente. Venía a buscarme.

Por lo visto, *mister* Miller quiere que vaya a su despacho, supongo que para comentar algo del evento.

El viaje en ascensor con Regina resulta incómodo. Sigo sin saber si ella me pilló en el despacho de Basil y es en lo único en lo que puedo pensar. Además, es difícil mantener una conversación con ella porque siempre habla bajito. Sin embargo, cuando me anuncia como "señorita Dulce" a las puertas del despacho, para variar, lo dice alto y claro.

De nuevo, me vuelvo a quedar paralizada y necesito un empujón, no solo por lo impresionante que sigue siendo el espacio, sino porque Basil está dentro.

No esperaba verlo hoy y un latigazo de culpa me atraviesa al instante. Sin saber cómo reaccionar, aparto la vista y me centro en mi jefe, que se dirige efusivo hacia mí.

—¡Paloma, por fin has llegado! —celebra—. Basil y yo estábamos hablando de ti.

Imagino que deben estar comentando la viñeta que él ha publicado esta mañana. La he visto mientras bajaba las escaleras de casa. Habíamos conseguido que la gente dejara de hablar sobre #basiloma en las últimas semanas y esto va a volver a levantar rumores.

BASIL TE LO EXPLICA

Comentario de @troll_glodita:
ERES INAGUANTABLE

Y TÚ NO TIENES GRACIA.

89.487 Me gusta 892 Comentarios

No me puedo creer que Basil haya querido apoyarme así. El momento que ha elegido no podría ser peor. A pesar de eso, me parece un gesto increíble. Y sé que tengo que hablar con él —de muchas cosas—, pero no es el momento ni el lugar.

—¿Habéis visto lo que pasa cuando dos personas

colaboran? ¡A eso me refería! —celebra *mister* Miller dando vueltas en su despacho—. Este es el pico de visitas más grande a la web de Femalista en lo que va de año. Tenemos que aprovecharlo.

—¿Cómo?

Me fijo en la pantalla del escritorio, con los datos en tiempo real y veo la subida de la que habla. Mi boca se abre de la impresión, incapaz de creer lo que ven mis ojos. *¿Todo eso por su viñeta?*

—Ahora tenemos que ver cómo capitalizamos esto.

—¿Capitalizamos? —dudo.

—La gala de Esferia es en menos de dos semanas y necesitamos atraer atención hacia vosotros. La gente sabe que estáis juntos. Y quiere más. Eso vende.

—La gente sabe ¿qué? —pregunto nerviosa.

—Que hay algo entre vosotros.

—Pero no lo hay —aclaro con seguridad intentando salvar la situación.

—Ya. Por supuesto. —Me guiña un ojo.

¿No somos inocentes hasta que se demuestre lo contrario?

Debería preocuparme por Recursos Humanos ahora mismo, pero hay muchas parejas en Esferia. En general, los periodistas somos aficionados a la endogamia porque nadie aguanta nuestros horarios. Dudo que nos echen por esto, aunque ahora mismo debemos ser la comidilla del edificio. *Estupendo, Paloma.*

—¿Basil? —Le pido que reaccione conmigo. No ha pronunciado ni una palabra hasta ahora.

—No lo has visto aún, ¿verdad? —habla por fin.

¿Ver qué?

Saca su móvil del bolsillo y me muestra varias fotos. "Para los que aún dudan, la prueba: Basil y Paloma son pareja #basiloma", reza el texto junto a unas imágenes de los dos en la playa practicando surf.

No puede ser.

Es triste, pero lo primero que pienso es que agradezco llevar un traje de neopreno en las fotos, en lugar de mi bikini. Sin embargo, cuando empiezo a leer todos los comentarios que siguen, me doy cuenta de que el problema es otro:

> @vane675 ¡LO SABÍA! #basiloma #yolodijeprimero

> @la_telemaneje ¡¡Me encanta!! #basiloma4EVA

> @picholina_chick Odio a Paloma. Te perdono y aún te amo, @basiljones.

> @isa_dora_mdr Si tienes que abandonar los vibradores, que sea por alguien con ese cuerpo, @palomateloexplica. Bien hecho. #basiloma

> @holacaracola Esperando a que @palomateloexplica hable este domingo #vivanlosnovios

> @rober_69 Él puede conseguir una chica más guapa. Ella tiene un cuerpo raro. #soysincero

> @olelascosasbonitas88 La pregunta sigue siendo si Basil es inútil en la cama. Me ofrezco voluntaria para investigar. #quierouninutilenmicama

@ursu_bonita Ella no me gusta para
@BasilJones. Él la llamó "inaguantable"
por algo.

@abel_el_del_pastel Me ofrezco a dar
lecciones de surf y lo que surja.
Interesades, envíen un mensaje directo.

Pellizco el puente de mi nariz por un instante, intentando procesar todo eso. Hay más de trescientos comentarios así.

—¿Qué vamos a hacer? —Me giro para mirar a Basil, aunque es *mister* Miller quien responde.

—¡Aprovecharlo!

—¡¿Qué?! Pero es mentira. Basil y yo no estamos juntos. ¡Solo fuimos a practicar surf! Eso no significa nada —insisto—. ¿Puedes decir algo tú también, por favor?

Basil no responde. Está enfadado conmigo y no quiere hablar. Sus ojos me miran distinto hoy. *¿Decepcionados?*

—Emmm... —duda *mister* Miller acercándose a nosotros—. Si queréis aclararlo, por el bien de Femalista, esperad al final de la gala. No habíamos tenido un pico de visitas así en semanas.

Begonia mencionó que la revista estaba en serio peligro si no lográbamos subirlas. Abro la boca para quejarme, pero la cierro, incapaz de refutar ese argumento. El gráfico en pantalla de *mister* Miller no deja de crecer. Jamás había visto algo así. Sabía que Basil era famoso y que sus admiradores lo adoraban, aunque no era consciente de cuántos tenía.

—Tengo que hablar con los organizadores de la gala.

Nadie va a querer perderse vuestra entrevista. ¡La dejaremos como la última del evento para que todo el mundo la espere! —propone emocionado mientras pasea de un lado a otro de su despacho—. Y también tenemos que hablar de tu artículo de este fin de semana, Paloma. Begonia me ha adelantado el borrador que le enviaste ayer y es perfecto.

¡No, no, no!

Pensaba escribir algo distinto después de la pelea de anoche. "Sexo sin ataduras o con ellas" me parece un título horrible ahora mismo.

A veces desearía ser la Paloma que se atreve a hablar sin miedo sobre sus fantasías, llama "inútil en la cama" a quien no la satisface y pone límites sin pestañear, pero yo no soy así. Yo me enamoro y sufro como una idiota. Quizás por eso le tengo pánico al amor.

Una llamada de Regina en el comunicador interrumpe el discurso de *mister* Miller.

—No, eso no puede ser así. Déjame ir a ver —le dice al telefonillo antes de disculparse y salir de su despacho.

Desde que he leído los comentarios noto mis pulmones fallando y sin *mister* Miller presente me permito inspirar con fuerza. Recuerdo que soltar aire es lo único que necesito, como me explicó Basil, y es lo que trato de hacer, pero esta vez no me funciona.

—Me voy. Dile a Walter que tenía trabajo y no podía quedarme, por favor —se despide Basil poniéndose en pie.

—Espera. ¿No vamos a hablar? —alcanzo a decir, aunque con dificultad.

—Tú lo has dicho ya todo.

—¡Pero tenemos que desmentir esto!

—¿El qué? ¿Las fotos? Quizás te sorprenda, Paloma,

pero son reales. Tú eres la única que piensa que lo que se ve ahí no lo es. Si quieres intentar convencer al resto del mundo, adelante. Yo prefiero tomármelo a broma, como todo lo demás en mi vida.

Nunca había visto a Basil así. No solo está enfadado, está dolido. Y sé que yo tengo la culpa.

—Basil... —le llamo, pero no se gira. Tan solo se detiene cuando llega a la puerta del despacho.

—Esta es tu oportunidad para pedir ese aumento de sueldo. Ojalá seas más valiente con Walter que conmigo.

Y cuando cierra la puerta, me doy cuenta por primera vez de cuánto duele quedarse al otro lado.

BASIL TIENE RAZÓN, no soy valiente.

Ahora es cuando yo debería hacer como en las películas y escribir un artículo diciendo que estoy enamorada de él y no quería reconocerlo... pero en la vida real abrir tus entrañas al mundo no es tan fácil.

Así que solo he aceptado el silencio que Basil impuso entre nosotros el día que cerró la puerta del despacho de *mister* Miller. Al más puro estilo camaleón, he camuflado mi cobardía con rutina y me he escondido de él disfrazándome de mí misma.

Refugiarme en mis sombras solo ha servido para darme cuenta de que él ponía color a mis días. Y ahora, sin él, todo me parece gris.

Este silencio que reina entre nosotros tiene fecha de caducidad, pero es aterrador pensar que vamos a romperlo en una entrevista delante de quién sabe cuántas personas.

En los últimos días he descubierto el poder de investigación de los fans de Basil. Han encontrado unas fotos de él en el bar de Ricky. Se las hicieron unas admiradoras sin que él lo supiera. También han localizado el selfi que Mari nos hizo esa misma noche. Atar cabos no les ha costado demasiado.

Una admiradora se ha molestado en publicar un vídeo explicando cómo cree que mis artículos y sus viñetas han sido una conversación desde hace semanas. Y lo peor es que no le falta razón. Ninguno de los dos hemos dejado de enviarnos mensajes en nuestras secciones, con más o menos disimulo.

Yo le pedí que no me pintara, pero seguí dibujándolo con mis palabras.

Quizás solo él es famoso, aunque los dos estamos expuestos al público.

Yo acepté ese riesgo. Y estos rumores son tan culpa mía como suya.

Sin embargo, solo soy yo la cobarde incapaz de asumir que lo que tuvimos fue real, incluso cuando todo el mundo parece tenerlo claro.

———

HOY NOS HEMOS REUNIDO de nuevo para discutir los últimos detalles del evento. La sala estaba atestada, pero Basil no ha venido. Más de cien personas están trabajando en la publicación especial que lanzaremos en unos días, aunque yo solo puedo ver quién falta aquí...

Con miedo, le he enviado un mensaje (un gesto cobarde, como todo lo que hago, sí).

> Basil, ¿vas a venir a la reunión?
> Deberíamos prepararnos para la
> entrevista.

No me ha contestado.

Mister Miller y Begonia me han dado las indicaciones de lo que esperan de nosotros y yo no he sabido cómo negarme a nada, como siempre. Lo peor es que empiezo a dudar de que Basil vaya a asistir a la gala. Tener una entrevista con él me parecía intimidante, pero la posibilidad de hacerla sola es mucho peor.

Tras la reunión, he vuelto directa a la planta de Femalista. Pensaba que ver a Mari me animaría, pero no la he encontrado en su mesa. Ella trabaja como colaboradora, así que no participa en los preparativos para la gala. Imaginaba que estaría en su escritorio.

Por eso he preguntado a una compañera suya si sabía dónde estaba y, cuando me ha dicho que lleva rato desaparecida, he tenido claro dónde encontrarla.

Hace casi dos años fue Mari la que vino a rescatarme a mí a este baño. Desde entonces, hacemos turnos en el cubículo cuando tenemos un mal día. Y sé muy bien por qué ella está pasando por uno hoy. Deben haber anunciado ya las plazas del curso de moda con Goulard.

Si la aceptan, sabrá que tiene talento, pero le falta dinero; y si no lo hacen, Mari creerá que carece de ambos. Y no es cierto. Un rechazo solo significaría que el criterio del tal Goulard es equivocado.

En cualquier caso, no puede ganar.

Llevamos varios días en los que apenas hemos coincidido. Quizás es mi culpa, porque yo no he estado de humor para nada, pero sé que ella también lo está pasando mal.

Entro en el baño y veo enseguida sus pies. Es la única chica negra que trabaja en Esferia, así que no me cabe duda de que es ella, pero me extraña que no lleve unos tacones, sino unas sandalias planas. Algo le pasa.

Me parece oírla sollozando y me acerco rápido a tocar la puerta.

—Mari, ¿estás bien?

—Vete, Palo. No quiero ver a nadie.

—Gérard Goulard es un imbécil que no sabría apreciar talento ni aunque se hundiera en él, ¿me oyes? ¡Tú haces magia con la ropa, Mari! ¿Dónde dices que son las clases? Me va a oír. —Sin esperar, empiezo a buscar la dirección del curso en mi móvil.

—¡No, no, no es eso! Me han cogido.

—¡¿Sí?! ¡Enhorabuena! Pero entonces, ¿por qué lloras?

—Por esto... —apunta antes de abrir la puerta.

Pego un grito de la impresión en cuanto la veo.

—Estás... —No puedo decirlo.

—He vendido mi pelo para pagar la matrícula.

—Ay, no, Mari... —La abrazo y ella se echa a llorar en mi hombro. Está tan desconsolada que la noto temblar entre mis brazos.

—Quiero hacer ese curso e irme de aquí —confiesa bajito.

—¡¿Pero por qué no me lo habías dicho antes?!

A veces, Mari es así. Con ella no hay medias tintas. O ama u odia. Y en el punto intermedio, apenas da señales de que está pasando de un lado a otro. Debí suponerlo cuando me dijo que estaba tan cansada de Sonia el otro día.

—Porque ibas a intentar cambiarme de idea y ya he tomado una decisión.

—Hubiéramos encontrado otra manera —aseguro, aunque no sé cual porque lo cierto es que las dos vivimos sin red de seguridad.

Y lo peor es saber que está a punto de hacer una locura. Lo que gana en Femalista apenas le permite sobrevivir. No va a ser suficiente para pagar ese curso; pero esas clases van a exigirle la dedicación propia de alguien que no trabaja. Y encima es autónoma.

—Venderé lo que haga falta estos meses. Será solo una temporada. El curso es un cuatrimestre.

—¡Pero si ya has vendido tu pelo! ¿Qué más te queda? —Temo lo que se le pueda ocurrir. Y cuando baja la mirada, me preocupo de verdad—. Mari, ¿qué has hecho?

—Mi ropa interior usada... —añade bajito con una mueca.

—¡¿Qué?! ¡¿Has vendido tus bragas en internet?!

De pronto, recuerdo los paquetes que ha estado enviando últimamente por correo. Pensaba que eran de su tienda. Está claro que no. *Joder*.

—¡Tengo que pagar cuatro mil euros de matrícula! No me dan tanto por mi pelo.

—¡Podrías habérmelo dicho! ¡Te hubiera ayudado!

—¡Ni hablar! Este es mi problema y yo lo soluciono, ¿vale?

—Mari... —me quejo, aunque la comprendo. Ella no es la única de las dos a la que le cuesta aceptar ayuda—. ¿En serio alguien ha comprado tus bragas?

Asiente con vergüenza, pero enseguida media sonrisa se le escapa.

—También he hecho vídeos de mis pies —confiesa—. Ahora tengo un OnlyFans, aunque no estoy teniendo mucho éxito. Y encima me he gastado lo que he ganado en una camiseta —lamenta.

—Espera, espera... ¡¿En serio tienes un OnlyFans?!

—¡¿Sabes lo que cuestan los materiales del curso?! —exclama ofendida—. No juzgues. Y la camiseta dice "tu novio está suscrito a mi OnlyFans". ¡No podía abrir una cuenta sin comprármela!

No sé si reírme, echarle una bronca o abrazarla. Hago lo último porque, si no, la mato.

—No te preocupes por mí. No moriré de hambre, ya me conoces, pero —titubea en mis brazos y se detiene unos segundos antes de seguir hablando— deberías buscar una nueva compañera de piso. Puedo ayudarte a encontrar a alguien.

—¡¿Qué?! ¡No! ¡Ni hablar! ¿Y dónde vas a vivir tú? Tú te quedas. No me importa que no me pagues un tiempo. Ya me apañaré.

—Las pelirrojas tienen mucho público en el mercado de compra de bragas usadas... —sugiere. Mi cara de asco le deja claro lo que pienso del tema.

—Buscaré otra manera. Pero si tú las necesitas, cógelas del cubo de la colada y haz lo que quieras con ellas. Prefiero no saberlo.

Me abraza como si le hubiera regalado un tesoro. Y sí, a veces el amor es ofrecer tu ropa interior sucia a tu mejor amiga para que cumpla sus sueños.

Habría quien diría que el destino ha hecho que mi nuevo patrocinador me regale más braguitas de las que jamás necesitaré. O quien considere que mi suerte tiene el nombre de Basil marcado a fuego. Creer eso ahora mismo me duele demasiado y no quiero que Mari se preocupe por mí con lo que tiene encima, así que prefiero callarme.

—¡Eh! Vamos a salir de esta —le prometo y ella sonríe, aunque sus ojos siguen tristes—. ¿Quieres que tomemos un poco el aire antes de volver?

Asiente. Al salir del cubículo, se mira al espejo con disgusto. Busco en un armarito el neceser que guardo en este baño y encuentro justo lo que necesito.

—*Girl Boss* —pronuncio con una barra de labios de color ciruela—. Siempre te ha quedado mejor a ti. Quédatelo, anda.

Sonríe antes de ponérselo, pero cuando bajamos por el ascensor sigue teniendo mala cara.

—Echo de menos mis rizos, Palo —confiesa al fin.

Acaricio su melena, mucho más corta, antes de salir a la calle.

—A lo mejor puedes probar *looks* nuevos, ahora que tu pelo no tiene tanto protagonismo —propongo.

Un reto de moda es lo que más motiva a Mari. Cuando la conocí, se me ocurrió mencionar que vestirse sexi con mi talla era difícil; ella se tomó como un desafío personal demostrarme cuánto me equivocaba. Por eso, sé cuánto talento tiene, porque ella me enseñó a no vestirme para disimular lo peor de mí, sino para destacar lo que más me gustaba de mi cuerpo. Y estoy segura de que ella aprenderá a hacerlo con su nuevo peinado.

—¿Crees que me quedarán bien las diademas por fin? —duda.

—Nunca te he visto llevando un turbante... —me atrevo a sugerir. Juro que su cara se ilumina con esa idea.

—¡Tengo un pañuelo perfecto para hacerlos! —exclama emocionada.

Mari tarda muy poco en empezar a hablar de balances visuales y de cómo su nuevo peinado va a requerir un cambio completo en su elección de accesorios.

—Palo, me has alegrado el día.

—Bueno, al menos una de las dos está contenta.

—¿Sigues pensando en él?

—No. —*Solo cada minuto de cada día desde que lo eché de mi cama por cobarde.*

Intento mentir, pero a Mari nunca se las cuelo.

—¿Habéis vuelto a hablar? Quizás si le explicas cómo te sientes... —empieza a decir y yo niego con la cabeza.

Sé que debería dar el paso, pero hay algo que me lo impide. El miedo a veces se parece a una caja de Pandora y yo no estoy lista para destaparla. Basil tenía razón. Mi problema es que no puedo confiar en él, así que no importa que le pida perdón o no. Eso no va a cambiar nada.

Noto mi móvil temblando en el bolsillo y voy a mirarlo enseguida. Echo de menos sus mensajes a cualquier hora y saber que él siempre me respondía cuando era yo quien se los enviaba. *¿No es increíble eso?*

Sé que no va a escribirme sin que me disculpe antes. Y se lo debo. Pero soy incapaz de dar ese paso, a pesar de que he perdido la cuenta de las veces que he abierto su último mensaje.

> CAPITÁN LECHUGA
>
> Nos vemos en un rato, preciosa. 😘

Un beso. Uno con corazón pequeño. Y esta vez tampoco supe leer entre líneas...

Y, por desgracia, no es él quien me reclama hoy en mi teléfono.

IRIS

> Os espero a todas para la despedida de soltera esta noche. Nos veremos en el restaurante. Cena solo las chicas. Después habrá una actividad y nos juntaremos con Sergio y sus amigos. ¡Qué nervios!

Se lo enseño a Mari.

—Tu prima me cae fatal. ¿No se da cuenta de que no quieres verlo? —Me encojo de hombros—. Puedo ir contigo. No vayas sola.

Niego con la cabeza. Lo último que le pediría es sumar gastos a su cuenta ahora mismo y no hay manera de que invirtamos más dinero en esa tortura.

Cuando estamos a punto de subir, veo acercarse a un vendedor de lotería. Por costumbre, voy a decirle que no me interesa, aunque me fijo en un boleto terminado en cuarenta y siete. *El número de Basil.*

Sé que esto es una tontería, pero me palpo el bolsillo y, esta vez sí, llevo unas monedas.

—Déjame regalártelo, Mari. Para ti. —Me mira sorprendida.

No, yo no creo en la suerte. Y seguro que no le tocará, pero alguien me dijo una vez que no puedes ponerle precio a soñar. Quizás llevo demasiado tiempo sin permitirme ese lujo, pero no quiero que Mari deje de hacerlo.

Ella no tiene al hombre de su vida que tanto desearía, pero desde el día que la conocí, sé muy bien quién es la mujer de la mía. Yo no puedo ponerle un *pisazo* o pagarle ese curso tan caro, aunque desearía poder hacerlo para que ella persiga sus sueños.

Al menos, una de las dos debería atreverse a intentarlo.

CAPÍTULO TREINTA Y UNO
DESCUBRIENDO LAS SOMBRAS DEL AMOR

BASIL

—¿QUIERES quedarte a dormir?

Asiento sin mucho ánimo.

Pasar la noche en el sofá de mi hermana no es el mejor plan, pero al menos aquí no tengo recuerdos con Paloma. Ha pasado una semana desde que cerré la puerta del despacho de Walter. Se supone que el tiempo ayuda en estos casos. Resulta que no es verdad.

A mí solo me está sirviendo para recordar todos los momentos que hemos pasado juntos y que ella cree que no fueron reales.

Cecilia se sienta a mi lado y pone una mano sobre mi hombro. Al respirar, noto el peso de unos sentimientos que nunca había experimentado. *¿A quién le gusta enamorarse si duele así?*

—El amor es una mierda a veces. Bienvenido al lado oscuro.

Sonrío sin humor.

—¿Sabes lo peor? Estoy enfadado, pero sigo queriendo verla.

—Es normal.

—Sonia tiene razón. Voy a acabar solo.

—¿¡Qué!? ¿Por qué dices eso?

Me pareció cruel cuando lo dijo, pero ahora mismo no sé qué pensar... Al menos, estando solo nunca sentí como si me hubieran arrancado un trozo del corazón cada vez que respiro.

—Basil, esto solo tiene dos salidas. O dejas pasar esta ola y esperas a la siguiente... o luchas por intentar volver a subir a ella.

Cecilia y sus analogías con el surf. *¿De quién habré aprendido yo a hacer eso?* Sin poder evitarlo, me acuerdo de Paloma. Me río a desgana por la ironía de este momento y noto de nuevo ese dolor que acompaña mi pecho desde hace una semana.

—Sonia dice que mi problema es que no lucho por lo que quiero.

Sonríe falsamente en respuesta.

—Yo he estado con alguien que no lucha, así que puedo hablar desde la experiencia. —Empieza a decir, refiriéndose a su ex—. Basil, tú tienes muchas cosas malas, pero esa no.

—¿Gracias? —dudo.

—Sin ti, no sé cómo hubiera podido sacar todo adelante. Jamás nos has dejado a Kai y a mí solas. Además, eres mi hermano pequeño. Yo me encargué de que no fueses un cretino. ¿Y la verdad? Creo que no hice mal trabajo.

Pasa una mano por mi cabello despeinado tratando de hacerme sonreír, pero no me sale.

—Esta vez yo quería luchar por ella, Ce... Te juro que lo he intentado, pero no puedo hacerlo si no me da una oportunidad. No confía en mí. Y no sé por qué.

Cecilia me mira a los ojos y me transmite

comprensión, pero enseguida su expresión se transforma en una distinta.

—Basil, ¿puedes culparla con tu historial amoroso? Te acostaste con una chica que trabajaba a su lado...

Mi hermana es especialista en hundirme cuando estoy en el pozo.

—Puede que me equivoque, pero yo vi cómo ella te miraba. Y dudo que volviera a mi tienda porque le gusta el surf.

—Ya, fue por Nelson.

—Y por eso lo ignoró todo el rato, claro.

—¿En serio? —Esa idea me hace sentir un poco mejor.

Asiente con media sonrisa.

—Pero se le iluminó la cara cuando empezamos a hablar de ti.

—Ya, gracias otra vez por contarle mis vergüenzas.

—Basil, yo creo que te echaba de menos. Y venir fue su forma de estar cerca de ti.

—A mí no me dijo eso.

—A veces no es fácil mostrar tus sentimientos, sobre todo si te han roto el corazón antes. Y Paloma tiene eso escrito en la cara.

De pronto, recuerdo algo que ella me dijo. Se quejó de que su horóscopo no le advertía cuándo alguien la iba a decepcionar... Paloma nunca me cuenta detalles de su pasado, aunque sí me ha dejado ver pinceladas.

—Puede que no se atreva a confiar en ti porque no está lista para hacerlo. La pregunta es si tú aún querrás luchar si al final ella te da esa oportunidad.

Quiero decir que sí, pero siento un nudo en la garganta. No sé si voy a poder olvidar el modo en que me echó de su casa o cómo menospreció lo nuestro en el despacho de Walter.

Cada vez que pienso en esas malditas fotos que ella asegura que no son reales, me pregunto si alguna vez llegamos a conectar de verdad... o no tengo ni idea de cómo hacerlo.

Ese día en la playa fue uno de los mejores de toda mi vida. Y ella tiene otra imagen de nosotros; la que hicimos en mi barco al atardecer. Nunca quiso compartirla conmigo. *¿Acaso también piensa que esa no fue real?*

—¿Sabes? A mamá le encantaría saber que estás enamorado de una Paloma... —suelta de repente, incapaz de contener media sonrisa.

—No me lo recuerdes, anda. Aún no sé por qué no te llamaron así a ti.

—Porque papá llegó primero al registro. Tú no tuviste tanta suerte.

Para una vez que me falla mi buena estrella...

De pronto, un ruido al fondo del comedor llama mi atención. Cuando me levanto a ver qué sucede, Kai asoma por la puerta de su habitación. Su cabello rizado y despeinado apenas deja ver su carita.

—¿Y tú qué haces aún despierta? —se queja mi hermana.

—*Tito Bachil*, ¿qué *haches* aquí? —Se acerca a mí y se sienta en mis piernas.

—Me quedo a dormir.

—Tienes mucha barba.

Afeitarme no ha estado entre mis prioridades esta semana. Debo tener un aspecto horrible. Mucho peor de lo que me imagino si mi hermana no se ha metido conmigo hasta ahora.

—Necesito una peluquera. ¿Conoces alguna? —Su

carita se ilumina porque sabe que hablo de ella y de su juego favorito.

—Kai, mañana le haces trenzas a su barba, pero ahora vamos a la cama —nos interrumpe Ce.

—¿Quieres que te lea un cuento, princesa?

—¡*Chí*!

Me levanto del sofá y camino hacia su habitación con Kai en brazos.

—Solo uno, ¿eh? —Conociéndola, serán por lo menos tres o cuatro. Siempre me convence.

—Vale, pero no te quedes dormido en mi *camita*, que no cabemos los dos.

Sí, mis mujeres favoritas tienen la manía de no quererme en sus camas.

CAPÍTULO TREINTA Y DOS

MIEDO Y OTROS EFECTOS SECUNDARIOS DEL AMOR

PALOMA

*"No te voy a pedir que hagas nada,
ni siquiera que te quedes a mi lado para siempre.
Porque si tengo que pedírtelo, ya no lo quiero".*

FRIDA KAHLO, ARTISTA MEXICANA

ES una gran ironía que la despedida de soltera de la que más desearía huir me haya hecho acabar en un *escape room*. Puedo asegurar que nadie quiere "escaparse" de aquí esta noche más que yo.

Iris me envía unos doscientos mensajes al día, pero hasta hoy no ha mencionado que la despedida era mixta. "¿Qué esperabas? ¡No iba a dejar que ninguna lagarta se acerque a mi futuro *maridín* en una discoteca!", ha justificado.

Y como una broma del destino, el azar ha querido que yo acabe en el mismo grupo que Sergio. ¿He mencionado ya que odio al azar y al destino? Es porque me hacen estas cosas.

Somos casi cuarenta personas. Siete equipos en total.

Cada uno encerrado en una sala distinta. Podría haberme tocado con otros invitados y ni siquiera tendría que verlo hasta llegar a la discoteca (de la que pienso desaparecer muy rápido). Pero no. He acabado a su lado, porque a mí la suerte no me deja en paz.

—Cuánto tiempo, Paloma...

Había evitado poner mis ojos sobre él hasta ahora. Sí, porque su imagen es peligrosa para mí. Creo de verdad que todo el mundo merece ser amado sin importar su aspecto, pero me avergüenza reconocer que yo me enamoro siempre del chico guapo.

Me pasó en el colegio, en el instituto, con Sergio en la universidad... y supongo que también me está sucediendo de nuevo con Basil en el trabajo. O no. No sé. Lo único que tengo claro es que yo no aprendo.

Aunque Sergio era mucho más que guapo. Alto, rubio, siempre bien vestido y con un aire de líder natural que me conquistó desde el primer minuto que entró en mi clase de Ciencias de la Comunicación... Tardé semanas en dejar de observarlo y reunir el valor para hablar con él.

Y esta noche juro que he intentado no mirarlo, pero él solo ha necesitado decir mi nombre para provocar un torbellino de sensaciones en mi cuerpo. Predomina la rabia, por la naturalidad con la que siempre se acerca a mí, como si nada hubiera pasado nunca entre nosotros.

—Bastante —respondo tratando de sonar neutral, aunque sé exactamente cuánto tiempo hace.

—He pensado mucho en ti.

Yo también, en terapia, casi siempre.

No respondo.

—Nunca contestas mis mensajes.

Han pasado dos años de la última vez que lo hice y

ese día me convenció de quedar para hablar. Al fin y al cabo, éramos mejores amigos (al menos, yo lo creía). Y también pensé que estaba preparada para desenterrar los fantasmas del pasado. Un error colosal.

Le bastó con una hora para cegarme de ese modo que siempre consigue. Y cuando puso su mano en mi rodilla, por debajo de la mesa, tuve que hacer uso de toda mi fuerza de voluntad para irme de allí.

Ese día elegí quererme a mí misma, por primera vez en mi vida. Lo borré y bloqueé sin mirar atrás. Y me prometí seguir escogiéndome a mí antes que a otro hombre de ahí en adelante. Hasta hoy lo he conseguido, pero no había vuelto a tenerlo enfrente y esto es una prueba de fuego para mí.

—Te echo de menos. Me gustaría charlar un rato contigo esta noche. Es muy triste que ya no sigamos en contacto.

—No tenemos nada de qué hablar —le aclaro.

—Bueno, ahora vamos a ser familia.

Mis tripas se revuelven con esa idea.

—Quiero escuchar las normas. —Me aparto, pero él me sigue, poniéndose a mi lado. Necesito salir de aquí. Rápido.

El coordinador del *escape room* nos da indicaciones generales y nos deja con una última frase antes de cerrar la puerta: "Una gran noche os espera a todos en un sitio que solo sabréis cuando consigáis escapar de aquí. ¡Cuando logréis el objetivo, la diversión será en mayúsculas!".

Se despide así y todos nos miramos sin saber por dónde empezar. Somos cinco personas. Número Uno y Número Dos están encerradas en una especie de cárcel con las manos esposadas. Se supone que el objetivo del juego es liberarlas para poder salir todos juntos.

Del otro lado de la celda, estamos Sergio, un primo suyo y yo, pero dudo que el quinto miembro del equipo vaya a ayudarnos mucho. Está claro que se ha pasado de copas en la cena. Felipe estaría ligando con Uno y Dos si estuviera sobrio, así que no es una gran baja.

Enseguida Sergio empieza a dar órdenes. *Por supuesto*. Es parte de ese atractivo magnético que tanto me gustó en él cuando lo conocí. Es un líder natural. Y yo sentía que hacíamos un buen equipo juntos, siendo su segunda de abordo. *Y qué ridículo que, ni en mi imaginación, yo fuera mi prioridad...*

Me niego a volver a caer en esa trampa.

Por suerte, no tardamos en encontrar las llaves que buscamos. Están a la vista, al fondo de un tubo transparente, pero necesitamos algo alargado para alcanzarlas. Hay un armarito donde podríamos encontrar herramientas, aunque está cerrado con un candado que tiene un código de cuatro números.

El primo de Sergio se fija en que hay una cifra enorme en la puerta y la anuncia como si hubiera resuelto el enigma.

—Eso es demasiado sencillo —descarta muy seco.

—Bueno, voy a probarlo. Nunca se sabe —me quejo.

Por desgracia, tiene razón. Está claro que no van a ponérnoslo tan fácil. Felipe se sienta en un sillón mientras el resto de nosotros empezamos a buscar pistas por la sala sin decir nada. Cuando pasa el rato y no avanzamos, empiezo a ponerme nerviosa.

—¿Y si fuera una fecha? —pregunto de pronto.

—Eso no es mala idea. ¿Pero cuál? —duda mi particular pesadilla hecha realidad acercándose a mí.

—Esto lo ha organizado Iris, ¿no? Puede que haya planeado este *escape room* sobre la boda. O sobre vosotros, como pareja.

Pruebo primero el cumpleaños de mi prima porque la conozco bien, pero no funciona. Después lo intento con el año que se conocieron. Yo los presenté, así que no necesito consultarlo. Compruebo todas las fechas que se me ocurren.

—¿Cuándo empezasteis a salir? —pregunto con el candado en la mano.

—Emmm... Ya sabes que se me dan fatal las fechas. La única que soy capaz de recordar es el ocho de noviembre. Te aseguraste de que nunca me olvidara. —Me guiña un ojo cuando lo dice—. Aún la recuerdo cada día.

Mi cumpleaños.

En otro momento, solo ese dato me hubiera hecho agarrarme a la esperanza de que alguna vez fui importante para él, pero la historia es un poco distinta a como él la cuenta.

Siempre se olvidaba de ese día. Incluso cuando empezamos a acostarnos y, para mí, era mi mejor amigo y el hombre de mi vida. Él nunca lo recordaba. Y yo me pasaba mi cumpleaños esperando un mensaje o una llamada suya. Hasta que me cansé y un día le puse eso como clave de desbloqueo en su móvil.

—Podrías cambiarla ya —le sugiero pensando en mi prima. No puede gustarle que aún la use.

Sin poder evitarlo, me acuerdo de Basil porque me contó que su contraseña es el número cuarenta y siete, dos veces. Lleva tatuado y a la vista ese número. Tal cual. En el momento, me pareció una de esas decisiones que él no piensa demasiado, pero lo cierto es que solo alguien que no tiene nada que ocultar podría tener una clave así.

—Algunas seguimos aquí encerradas —nos recuerda Número Uno, frustrada—. Creo que hemos encontrado un código. Está debajo de esta silla.

Como pueden, entre ella y Dos, le dan la vuelta y nos enseñan la etiqueta.

—¿La clave es que la silla es de Ikea? Seguro que sí. Anda, seguid buscando —descarta Sergio.

—No veo que tú hayas avanzado más. Chicas, por casualidad, ¿sabéis la fecha en la que Sergio e Iris empezaron a salir?

—¡Dos de febrero de 2018! —responden al unísono.

Compruebo con el candado, pero no funciona.

—No, tiene que ser otra cosa.

—Prueba seis de diciembre de 2017 —sugiere Uno.

—¡La primera vez que se acostaron! —celebra Dos, que demuestra así lo bien que conoce a Iris. De paso, yo acabo de descubrir que, aunque me lo negó, el cerdo de Sergio se llevó a la cama a mi prima cuando aún se acostaba conmigo.

Los dos vamos a coger el candado para probar la fecha, pero cuando sus manos se ponen sobre las mías, lo aparto con rabia.

—Ni me toques —le advierto.

La mirada de asco que le dedico le deja claro que no me ha pasado desapercibido lo que esa fecha significa. Por desgracia, no sirve para que nos vayamos de aquí.

Me aparto para intentar respirar y recuerdo que solo necesito dejar salir aire. Casi puedo escuchar "inspira y espira" con la voz de Basil en mi cabeza. Su recuerdo me ayuda casi tanto como me duele.

De pronto, me fijo en que la pared tiene una especie

de signos. Desde aquí, parece morse. Me detengo a observarlos y los toco con la mano. Sergio se acerca y me imita.

—¡Creo que son números!

Coge un libro de la estantería y empieza a descifrar el código. Siempre me pareció que era muy inteligente. Quizás por eso fue el primero de nuestra promoción. Aunque sé bien que fui yo quién le prestaba los apuntes cada año y se encargaba de la mayor parte de los trabajos que hacíamos en pareja.

Pareja... ja.

En realidad, creo que su mejor talento fue siempre saber aprovecharse de mí.

Cuando metemos el número en el candado, funciona y logramos por fin abrir el armarito. Por desgracia, dentro solo encontramos una carta y un maletín que requiere un código de acceso.

Yo maldigo los malditos *escape rooms* interminables. Abrimos el mensaje.

LA BIENVENIDA OS DAMOS A UN <u>DESAFÍO</u> DONDE LA EMOCIÓN ESTÁ <u>A</u> PUNTO DE DESATARSE.

CLAVE PARA EL ÉXITO: OBSERVACIÓN AGUDA Y COLABORACIÓN. ES IMPORTANTE <u>REVISAR</u> RINCONES Y SABER PENSAR <u>BAJO</u> PRESIÓN. LA PRISA ES MALA CONSEJERA. MEJOR TRABAJAR JUNTOS CON IDEAS INSÓLITAS.

NOCHE, SIN DUDA, LLENA DE MISTERIOS POR RESOLVER. DE LA CAPACIDAD DE DESBLOQUEAR PISTAS INGENIOSAS DEPENDE <u>EL</u> ÉXITO. MI RECOMENDACIÓN: DESPEGAR EL TRASERO DEL <u>SOFÁ</u> Y USAR MUCHA CREATIVIDAD.

¡VIDA LLENA DE ADRENALINA Y DIVERSIÓN OS ESPERA!

Al darle la vuelta a la carta, encontramos un segundo

texto: "La pista crucial está bajo tus narices". Sergio coge el papel y se detiene a leerlo de nuevo.

—¿Podemos verla nosotras también? —piden Uno y Dos. Quizás yo tengo más ganas de salir de aquí que nadie, pero las pobres llevan un rato encerradas y maniatadas en una celda. Quieren participar. Felipe se ha quedado dormido en un rincón y está babeando sobre un cojín. *Maravilloso.*

—"Desafío a revisar bajo el sofá", es lo que está subrayado —apunta Número Uno cuando leemos juntos la carta.

—Eso es demasiado evidente —descarta Sergio.

—¿¡Puedes probarlo, al menos!? —le exijo cabreada. Tal vez Uno y Dos no son las mentes más brillantes que he conocido, pero nadie ha dicho que él sea nuestro líder y pueda descartar ideas.

Con un resoplido y media sonrisa irónica, se aleja hacia la butaca que está al fondo de la sala y empuja a su primo para levantar un cojín. Me parece distinguir unas letras en rojo.

—¿Qué pone? —pregunto.

—"¿Creíais que esa era la pista, bobos?". —La mirada de superioridad de Sergio me repugna.

¿Siempre ha sido así de cretino? ¿Cómo no lo vi hace años?

Vuelvo a fijarme en la carta. Está escrita de una forma extraña, como si hubieran intentado forzar el orden del texto.

—Las primeras palabras de cada frase son "La clave es la mejor noche de mi vida" —observo—. ¿Quizás es eso?

—¡Esa es mi chica! —responde él y trata de abrazarme, pero me aparto. *NO.*

Sin ganas de perder el tiempo, introduzco el código

en el teclado que cierra el maletín y no funciona. *¿¡Quieren que pierda más la paciencia!?*

Vuelvo a probar con espacios, sin ellos, cambiando letras por números... tiene que abrirse. Quiero salir.

—Debe ser otra cosa —descarta Sergio.

¿El guía no ha dicho algo de pasarlo bien en mayúsculas al entrar? Lo pruebo. ¡Y funciona!

Cuando el maletín se abre, dentro solo hay una especie de percha. Doblándola conseguimos alcanzar las llaves de la celda y liberar de sus esposas a Uno y Dos. En el mismo maletín, también hay un sobre con la dirección de la fiesta.

Uno de los organizadores nos anuncia que hemos sido los primeros en resolver el enigma. Respiro aliviada cuando por fin salgo de la sala y voy directa a la habitación donde he guardado mi móvil.

Sergio me sigue.

—Espera, tenemos que hablar.

—No tenemos nada más que decirnos.

—¿Ya no te acuerdas de lo que nos divertíamos juntos? No seas así, gordita. —Coge mi muñeca para detenerme cuando casi estoy en la entrada.

Odio que siempre usara ese apodo conmigo. Hoy tengo muy claro que ser gorda no define quien soy. Sin embargo, sí era todo lo que él veía en mí. El problema es que consiguió que yo también empezara a creerlo. Por eso, hubo un tiempo en que vivía contando calorías para tratar de gustarle... y llegué a contar demasiado pocas.

Morir de hambre por gustar a alguien es un sinsentido. Porque si alguien te ama de verdad, no quiere que hagas eso por él; y si no lo hace, no merece la pena que te esfuerces.

Pero el amor siempre ha tenido ese efecto adverso en

mí: dejo de quererme a mí misma para intentar que otro lo haga, a cualquier precio, incluso pagando con mi salud. Escondo mis defectos, como un camaleón, y solo muestro mi mejor cara. Pero ni así conseguí que Sergio me amara.

Dejé de ser yo y viví solo por él.

Lo convertí en mi único norte.

Y así logré ser infeliz y odiarme a mí misma por no sentirme nunca suficiente.

Después de tantos años de haber jurado superarlo, de intentar alejarme de él, de salir con otros chicos para tratar de olvidarlo, pero volviendo a caer en sus redes una y otra vez —porque él se aseguraba de llamarme—; lo único que puedo sentir ya es resentimiento, vergüenza y pena.

—No. La verdad es que no recuerdo que fuera divertido. —Me suelto de su mano.

Cuando piso la calle, por fin, respiro aire fresco. Y nunca escapar de un lugar lo había sentido tanto como libertad.

————

VUELVO A CASA SINTIÉNDOME EXTRAÑA. Por fin he conseguido romper las cadenas que me ataban a Sergio. No queda nada de ese amor que me cegó durante años. Nada en absoluto.

Yo sabía que estaba encerrada en una relación tóxica con él. O no relación, porque él nunca quiso que lo fuera.

En ese momento, solo cortar por lo sano me funcionó. De hecho, creo que quizás lo llaman así porque a veces es lo único que te puede devolver la *sanidad* mental. Aunque yo sabía bien que para sanar no basta con alejarse de lo que te hizo daño; lo difícil es lograr que ya no tenga poder sobre ti. Y Sergio aún lo tenía.

Llevo años arrastrando con dolor el recuerdo del día que me llamó para pedirme que no le contara a Iris que nos habíamos acostado "alguna vez" (o más bien algunas decenas de veces). Fue el mismo día en que ella me preguntó si me importaba que estuviera saliendo con él.

"Sé que llevas años *coladita* por Sergio, pero es evidente que no te hace ni caso... y él dice que está enamorado de mí", me soltó sin paños calientes en un mensaje de audio. Me torturé cientos de veces escuchándolo.

Cuando pierdes a tu familia, lo único que deseas encontrar es algo parecido al amor de tus padres. Y yo lo encontré. Mis tíos nunca me hicieron sentir como una intrusa en su casa; fue Iris la encargada de recordarme que lo era. Yo quería tener una hermana, pero ella siempre vio en mí a alguien que le robaba la atención.

Las personas que quieren brillar a cualquier precio acaban opacando a los que tienen alrededor. Es inevitable. Quizás por eso, el día en el que me traicionaron a dos bandas, con el corazón roto, fui más camaleón que nunca y me escondí en mis propias sombras.

Y no, no le dije a mi prima que Sergio y yo nos habíamos estado acostando durante más de un año, pero tampoco le confesé a él que lo amaba con todo mi corazón. Porque cuando tienes que mendigar que te quieran, lo único que pierdes es amor propio... y ese era el único que me quedaba ya.

En dos semanas se van a casar y me confirmarán de nuevo que el karma no existe, pero por primera vez pienso que tal vez están hechos el uno para el otro. Y esa idea ya no me duele.

En el taxi veo el amanecer desde la ventana, con el mar de fondo. Mi prima Laura acompaña al conductor desde el asiento del copiloto. Número Uno y Dos duermen a mi lado, apoyando sus cabezas una sobre la otra. Resulta que no son tan horribles como compañeras de baile en una discoteca.

Podría jurar que me lo he pasado bien esta noche con las Damas de Iris.

Querría sonreír, pero jamás podré mirar un amanecer o atardecer del mismo modo. Como he hecho demasiadas veces en los últimos días, busco en mi móvil la foto que Basil nos hizo en su barco. La única foto que nos hicimos juntos. Al verla, una lágrima se resbala por mi mejilla, pero no me molesto en secarla.

Me costó años entender que Sergio no iba a amarme nunca, pero el precio a pagar fue muy alto: ahora soy incapaz de confiar.

Veo mi sonrisa en la foto y la imito con tristeza sin poder evitar pensar que todo me parece condenadamente...

LILA.

CAPÍTULO TREINTA Y TRES
EXPLICANDO COSAS QUE NO CABEN EN UN PAPEL

BASIL

EN MIS CASCOS suena la lista de canciones que me ha enviado Cecilia esta mañana. En concreto, *Everything Sucks* de Vaultboy. Creo que mi hermana está disfrutando de saber que me han roto el corazón más de lo que debería.

Escucho su particular chiste musical mientras trato de dibujar cualquier cosa que no tenga que ver con Paloma, pero no, no consigo sacármela de la cabeza. Quizás yo bromeaba con ser su *muso*, pero sé muy bien que es ella quien lleva semanas inspirándome a mí.

A Walter, por supuesto, le encanta que vaya a publicar una viñeta que dará de qué hablar justo antes de la gala. Jota insiste en que no deje de dibujar a Paloma porque parece que eso ayuda a las ventas. Y no sé si ella la verá. Puede que se enfade si la lee y venga a verme. Y tal vez es lo que quiero conseguir. Cualquier cosa menos seguir en este silencio que va a volverme loco.

Es irónico que el único personaje que he conseguido crear con éxito, además de Basil, sea ella. Miro de nuevo la tira que estoy terminando y solo puedo pensar en que dibujar humor con el corazón roto es una mierda.

BASIL TE LO EXPLICA

—Basil, ¿puedo pasar? —pregunta de pronto la voz que no consigo quitarme de la cabeza, como si la hubiera invocado—. Necesito hablar contigo y no respondes a mis mensajes.

Porque solo quieres charlar de una jodida entrevista.

—Adelante —contesto seco evitando mirarla.

—Mañana es la gala. —Resoplo y creo que mi expresión le deja claro que eso es algo que ya sabía—. ¿Vas a venir?

Quizás debería no asistir. Entregar ya mi carta de renuncia e irme de Esferia. Sería lo más sensato, pero una parte de mí considera que marcharme ahora equivale a darme por vencido con ella. Y no soy capaz de eso.

—Basil, vamos a hacer el ridículo si no nos ponemos de acuerdo antes de la entrevista.

Desde detrás de mi escritorio, la observo por primera

vez. Podría haberse evitado este momento incómodo, pero ha venido porque le preocupa su trabajo. Eso es lo único que le interesa.

Siempre que la miro, son sus labios los que me cautivan, pero esta vez me llaman más la atención sus ojos tristes. Y aunque suene patético, me he acostumbrado a que Paloma me importe y no puedo dejar de hacerlo, por muy enfadado que esté.

—Por favor, Basil —insiste.

Inspiro con fuerza antes de levantarme de mi silla y me dirijo a una mesa de trabajo. Con la mano hago un gesto para invitar a que se siente a mi lado.

—Gracias.

—Ninguno de los dos queremos hacer el ridículo —resto importancia a su agradecimiento.

—*Mister* Miller ha pedido que lo primero que hagamos sea presentarnos el uno al otro. Yo tengo bastante material con las entrevistas que he leído. ¿Tú necesitas algún dato sobre mí? ¿Qué estudié, dónde nací...?

—Creo que sé suficiente.

—¿Seguro? ¿No tienes ninguna pregunta? ¿Mi edad, tal vez?

—Treinta y dos.

—¿Lo averiguaste? —Me mira confundida.

Me quito las gafas que uso para ver la pantalla de mi ordenador y las dejo sobre la mesa antes de responder. ¿Cree que por no contestar preguntas no la conozco? Se equivoca. No puedes estar más de un mes hablando con alguien cada día y no contarle nada. Y Paloma me ha dejado ver más de lo que piensa.

Sé que adora su columna porque su cara se ilumina cuando habla de ella, que le gustan las puestas de sol casi tanto como a mí; y también detalles ridículos como que sus flores favoritas son las hortensias o que de pequeña dormía siempre con un oso de peluche vestido de capitán de barco. Eso último me lo contó sin que se lo preguntara en una de las muchas llamadas que nos hemos hecho.

Pero más allá de eso, ella me ha dejado conocer —tal vez sin darse cuenta— a una Paloma mucho más divertida de lo que muestra al mundo. Y sé por qué le intimida tanto pedir ese aumento de sueldo a Walter; porque le cuesta decir lo que quiere, aunque conmigo sí se había atrevido a hacerlo. También juraría que ya empezaba a saber cómo provocar sus sonrisas y reconocer cuándo estaba enfadada... aunque casi nunca supiera el motivo.

Me hubiera encantado que me revelara muchos más detalles sobre ella, pero no por una entrevista.

—Créeme, te conozco lo suficiente como para presentarte mañana.

—Yo no sabía que tú llevabas gafas... —aporta incómoda.

—No suelen preguntarme eso en entrevistas, supongo.

Se recoloca en su asiento, tensa. No sé si está nerviosa por lo que sucede en esta mesa o por lo que va a pasar en otra mañana.

—Bien —cede—. Si no necesitamos ayuda con las introducciones, al menos deberíamos revisar las preguntas que han ido mandando y elegir las más seguras. Lo más sencillo es elaborar un guion con nuestras respuestas y una lista de temas sensibles que evitar.

—O podemos hablar de cualquier cosa un rato y responder unas cuantas preguntas al azar.

—Basil, la entrevista dura una hora. ¿De qué vamos a hablar? Tú y yo no tenemos nada en común.

—¿Quién dice que no?

—¿La realidad? —duda.

Joder, para ella, es así de evidente. Una verdad incontestable.

—Ah, ¿sí?

—Bueno, ¿a ti se te ocurre alguna afición o interés que compartamos? Porque a mí no.

—Yo nunca he notado que nos costara hablar.

Resopla, como si mi respuesta no le pareciera seria.

—Esto es trabajo. Tenemos que estar preparados. Deberíamos redactar una lista de temas a los que recurrir si la conversación se pone tensa o no sabemos qué contar.

—No creo que sea necesario.

—Para ti es fácil. ¡Tú le gustas a todo el mundo, Basil! Yo necesito prepararme un poco más.

Enseguida empieza a escribir el título "temas en común". Cruzo los brazos mientras observo lo que apunta en su lista.

—El primero es evidente. Trabajamos en la misma empresa —afirma antes de anotarlo—. Y en el mismo edificio —añade. Después de eso, se detiene y me mira tratando de pensar en algo más. Una eternidad más tarde, al fin se le ocurre cómo seguir —. Además de cómics, ¿a ti qué libros te gustan?

Le quito los papeles y los miro. Tiene una colección de "preguntas seguras" con respuestas ya preparadas, ha imprimido varias entrevistas mías para documentarse y también tiene una lista de temas que evitar —con la palabra "fotos" como único punto.

El último papel es una copia de la viñeta que publiqué hace una semana.

—No llegué a darte las gracias por publicarla —comenta cuando me ve con ella en la mano— ni a pedirte perdón.

—¿Perdón?

—Basil, siento mucho haberte echado de mi casa... y haber escrito muchas tonterías en mi columna. —Me mira arrepentida—. La mayoría no las pensaba de verdad.

Sus ojos demuestran más tristeza de la que soy capaz de soportar ver en ella. Expulso aire por la nariz, contrariado.

—Bueno, supongo que yo tampoco debí publicar esto —admito con mi viñeta aún delante. Era demasiado evidente que hablaba de Paloma y eso animó al idiota que nos hizo esas fotografías a publicarlas.

—Me encantó que lo hicieras.

—Mi amigo Jota dice que no tiene gracia.

—Yo no tengo sentido del humor. A lo mejor por eso me gusta.

—Tú eres un público difícil, Paloma. Es distinto.

Su boca me deja ver media sonrisa.

—¿Por qué lo hiciste, Basil? ¿Por qué la dibujaste? Yo no te pedí ayuda.

—Porque no me gustaba ver cómo te criticaban. Fui yo quien te llamó "inaguantable", pero cuando vi que otros empezaron a usarlo contra ti... Solo quise hacer algo. No me salió muy bien.

—Yo te llamé "inútil en la cama". No me lo debías. En realidad, creo que nunca me has debido nada. Y no entiendo por qué siempre me ayudas.

—¿Tan raro es que quiera hacerlo?

Asiente.

—No sé con qué clase de imbéciles te has topado en

el mundo para que pienses así, pero deberías confiar más en la gente.

—¿La gente? —pregunta exhalando con incredulidad—. Supongo que es fácil decir eso cuando caes bien sin importar lo que hagas, pero yo no tengo esa... suerte. Yo necesito prepararme un guion y, aunque me esfuerce al máximo, no hay garantías de éxito.

—¿Por eso no quieres dormir conmigo?

¿Cree que si se relaja no me va a gustar?

—Basil, eso es otro tema. No es tan fácil...

—Pues explícamelo para que lo entienda. —Cojo sus brazos reclamando su atención, pero ella desvía la mirada hacia la redacción y se aparta en la silla. Recoloca su pelo, nerviosa.

—¿Por qué no volvemos a la entrevista?

—Solo quieres centrarte en eso, ¿no? Estupendo. —Me fastidia ser incapaz de hablar con ella, pero no la voy a dejar escapar tan fácil—. Explícame por qué necesitas un guion.

—¡Por experiencia, Basil! ¡Porque yo no soy naturalmente encantadora, pero sí puedo seguir un plan y asegurarme de que muestro solo lo que quiero! Prefiero planificar que dejar las cosas al azar.

Mueve un anillo en su dedo nerviosa y aparta la vista.

—¿Sabes? A mí me gustaste el primer día que te conocí. ¿Tenías un guion aquel día? —Su expresión sorprendida me hace pensar que no se lo dejé suficientemente claro, pero niega con la cabeza en respuesta—. Entonces tampoco lo necesitas mañana.

Reacciona intentando quitarme sus papeles de la mano, pero los alejo a tiempo para que no los coja.

—¡Basil! —se queja.

—Quieres que vaya a la entrevista, ¿no?

—¡Claro que sí! No quiero hacerla sola.

—Entonces tendrás que confiar en mí. Y no vamos a seguir ningún guion.

—Basil, por favor —me pide contrariada.

—Sé que crees que no me tomo nada en serio, pero esta vez no es así. Quizás no es buena idea no pensar mucho las cosas, aunque tampoco lo es pensar demasiado. Tal vez no lo quieres ver, pero lo que tú y yo tenemos en común no se puede poner en un papel. —Esos ojos en blanco que he aprendido a apreciar desde que la conozco hacen acto de presencia de nuevo—. Lo siento, pero vas a tener que confiar en mí esta vez.

En su mirada veo un miedo que he visto más veces, incluso antes de que hable.

—Basil, nos van a hacer muchas preguntas. Si no nos preparamos, va a ser un desastre.

—Un desastre no siempre es algo malo.

—¿¡Qué!? ¡Eso no tiene sentido!

—La mayoría de cosas no lo tiene, palomita.

—¿Como en lila? ¿Me estás pidiendo que crea que un Dios humorista nos salvará de hacer el ridículo?

—No. Lo que te pido es que confíes en mí, por una sola vez —y que veas con tus ojos que tú y yo funcionamos sin necesitar guiones.

—Basil... —suplica.

—¿Por qué no dejas que el mundo te sorprenda de vez en cuando? A lo mejor te da motivos para sonreír... si se lo permites.

Devuelvo los papeles a la mesa, a su alcance. Ella me mira buscando una respuesta en mis ojos y de nuevo tengo las mismas ganas de besarla que siempre me sobrevienen cuando está cerca. Poco me importa que estemos en medio de la oficina, en un despacho donde cualquiera podría vernos y donde, con total seguridad, hay varias personas observando y puede que hasta alguien esté haciendo fotos con su móvil. Los dos sabemos que los periodistas son chismosos y en una redacción nos rodean. Y sí, a mí me da igual, pero a ella ha tenido que costarle venir aquí.

Los ojos de Paloma se detienen un segundo en mis labios, pero solo inspira con fuerza antes de ponerse en pie para marcharse. No puedo evitar alegrarme al ver que no se lleva sus papeles. La acompaño a la puerta de mi despacho y me quedo apoyado en el marco cuando ella cruza el umbral.

—¿Sabes? Creo que a veces te gusta sacarme de mis casillas, Basil. —Se gira antes de marcharse y logra hacerme sonreír.

—Eso no es verdad, palomita. Me gusta siempre.

CAPÍTULO TREINTA Y CUATRO
LECCIONES DE CONFIANZA PARA CAMALEONES

PALOMA

EL MOMENTO QUE LLEVO SOÑANDO —en forma de pesadillas— hace semanas se convierte en real demasiado rápido. Apenas he podido cruzar un par de miradas con Basil esta noche. Quería hablar con él, pero mi corazón no ha dejado de acelerarse desde el momento en que lo he visto entrar en la sala enorme donde se celebra el evento.

No estaba preparada para el efecto que un Basil afeitado y con un traje negro iba a tener en mí.

Llevo un rato en la barra del bar tratando de conseguir un botellín de agua antes de nuestra entrevista, pero también observándolo a él a lo lejos. Me parece increíble la paciencia que siempre tiene respondiendo a sus admiradores y firmando sus libros. Aún recuerdo el cariño con el que trató a todo el mundo en el restaurante donde fuimos a recoger la paella que había encargado.

Ese día me explicó que le costó acostumbrarse a que la gente hablase de él. No debió ser fácil. Yo solo llevo unas semanas recibiendo más atención —ni de lejos tanta como él— y es una sensación muy extraña sentirse en el punto de mira de tantas conversaciones.

Casi me he terminado mi botellín de agua cuando alguien se pone a mi lado y su sola presencia logra que todo mi cuerpo se erice.

—Tú eres la famosa Paola, ¿no? —comenta una voz que suena tan relajada como siniestra.

Giro mi cuello para ver bien a quién tengo al lado y me encuentro con Sonia. La he visto muchas veces, pero nunca desde tan cerca. No me molesto en corregir mi nombre, a pesar de que estoy bastante segura de que sabe que no me llamo así.

—¿Eh?

—¿Te puedo dar un consejo? —Mi cara de desconfianza debería dejarle claro que la respuesta es negativa, pero lo hace igualmente—. Te voy a decir lo que me hubiera gustado que me advirtieran a mí: no te acostumbres.

—¿Qué? —pregunto eso, aunque me cuesta no distraerme en detalles, como el color irreal de sus ojos, la textura imposible de su melena rubia, su estructura ósea que acentúa sus mejillas... Sonia a diario es increíble, pero en una gala es mucho más espectacular.

—Basil es un artista, un alma libre. Le gustan las cosas bonitas... y lo diferente, supongo. —Me mira de arriba abajo. Juraría que nos acaba de describir a las dos con esa frase. Tengo claro cuál cree ella que es mi parte—. Pero se cansa rápido de todo, no es tan fácil retener su atención. No te lo tomes como algo personal, Paola. Los artistas son así.

—Gracias, pero yo no estoy intentando retener su atención.

Suelta aire con una media sonrisa.

—No disimules, anda. Tarde o temprano, vendrás a mi bando.

—¿Qué estás tratando de decirme?

—Que se cansará de ti como le pasó conmigo y como le sucede siempre con todo. Te dejará pasar de largo y es mejor que lo asumas si no quieres hacer el ridículo. Basil ha tenido tanta suerte en la vida que no se ha esforzado nunca por nada ni por nadie. No sabe hacerlo.

Eso no es verdad. Sergio no luchó por mí y yo sé reconocer las señales. Mensajes que no reciben respuesta, llamadas a última hora, encuentros rápidos evitando hablar de sentimientos... Y de pronto, caigo en quién ha estado haciendo eso.

Yo. Con Basil.

He sido muy injusta con él, a pesar de que me ha demostrado una y otra vez que no se iba a rendir conmigo. Él no solo me enseñó a subirme a la ola, sino también me dijo que estaba dispuesto a hacerlo por mí. Y soy yo quien lo dejó pasar.

—Te equivocas con Basil, y mucho.

No conozco a nadie más decidido a luchar por lo que quiere que él. Quizás me molestó que consiguiera su trabajo cuando nos conocimos, pero ha conseguido que su tira cómica sea un éxito durante años, y eso no se consigue sin esfuerzo. Se merecía ese puesto tanto o más que yo.

—En realidad, juraría que es la persona más luchadora que conozco —me sorprendo a mí misma al decirlo, pero sé que no estoy mintiendo.

—¿Y de verdad tú crees que va a querer quedarse contigo cuando podría estar con alguien como yo? No me hagas reír, cielo.

Mi inseguridad es mi punto débil. Sé muy bien a qué se refiere Sonia. Solo hay que vernos juntas para entenderlo. Su vestido es precioso, pero luce mucho más porque ella lo lleva puesto. Su cuerpo es de otro planeta.

Es imposible que yo compita contra eso, ni siquiera con los milagros que Mari obra en mi ropa. Sin embargo, hace rato que unos ojos me están haciendo sentir la persona más bella de esta sala, incluso cuando me miran con disimulo.

Basil siempre logra eso, sin necesitar palabras. Lo hace con sus manos, que parecen no tener nunca suficiente de mí —¡y cómo las echo de menos!—; con susurros en mi oído que me erizan la piel; con gruñidos de placer que no puede disimular; aunque sobre todo lo consigue estando ahí y pidiéndome que confíe en él, luchando por mí, incluso cuando yo he tirado la toalla.

A mí me costó mucho entender que el mayor tesoro que puedes tener es el amor propio, pero aún no sabía que alguien podía regalártelo. Y no tiene sentido, pero... "la mayoría de cosas no lo tiene, palomita". Fue él quien me lo dijo.

Quizás tampoco lo tenga ser un camaleón, pero hace tiempo que yo decidí enseñarle solo algunas partes de mí al mundo, y Basil ha sido capaz de descubrir a una Paloma que ni yo conocía; una que se sentía feliz.

Sí, por un instante fui feliz a su lado.

Feliz por primera vez en toda mi vida.

Y no supe reconocerlo, tal vez porque no creía que yo podía serlo.

—Lo creo, sí —respondo convencida.

Creo en él.

—No dirás lo mismo cuando se canse de ti. Hazme caso y no te acostumbres. Te lo digo como una amiga.

En la boca de Sonia esa palabra suena a amenaza, aunque me niego a dedicarle ni un minuto a esa idea. Le he dado a Basil todos los motivos para dejarme plantada esta noche, pero él está aquí.

"Intentarlo una y otra vez. Así es como demuestras que quieres algo de verdad". Él me lo dijo y no ha dejado de probarme que está dispuesto a hacerlo por mí. Y yo le debo una disculpa por no haberme dado cuenta antes.

Con un movimiento de melena, Sonia se aleja sin despedirse. Y a mí apenas me da tiempo de volver a aplicarme el pintalabios cuando un organizador del evento me avisa por mensaje de que me esperan en el plató.

Mari me ha conseguido un carmín nuevo para esta noche. No he querido preguntar de dónde lo ha sacado. Solo sé que se llama *Volcánica* y es así como me siento. La lava corre libre por mis venas esta noche y la función está a punto de comenzar.

No puedo evitar desear tener suerte, aunque solo sea una vez en mi vida.

———

MIENTRAS CAMINO hacia el escenario veo a Basil hablando con un técnico de sonido. Solo nos da tiempo a saludarnos antes de entrar a una zona iluminada por luces. Es un momento muy raro, pero el conductor de la entrevista —quien se encargará de leer las preguntas del público— lo interrumpe para explicarnos muy rápido que estaremos en directo después de unos anuncios.

—Tenemos en la mesa de la gala conmemorativa del veinte aniversario de la revista Esferia a dos personas que no necesitan presentación. —Las palabras suenan con eco en su micrófono, en medio de la improvisada jaula de cristal que han instalado para el evento. Aquí es donde están teniendo lugar las entrevistas. La nuestra es la última de la noche.

Esta configuración nos permite hablar sin que el bullicio de la fiesta afecte la calidad del audio. Varios técnicos nos ayudan a encontrar el camino entre cables y nos dan unos cascos enormes para no escuchar el ruido. Desde el interior de esta especie de pecera, las luces apenas nos permiten distinguir los rostros de nuestros compañeros, que disfrutan de canapés y champán un poco más abajo del escenario.

Varias cámaras nos enfocan y transmiten en vivo la gala, mientras un contador muestra la audiencia que nos está siguiendo.

Mister Miller mencionó que esperaban tener once mil personas conectadas, pero el número va por diecisiete mil y no deja de subir desde que Basil y yo hemos entrado aquí. Cuando veo un "dos" como primera cifra, siento mis pulmones fallando.

No voy a poder hacer esto.

Mientras el moderador sigue hablando y leyendo su guion, las cámaras, de momento, están enfocándolo solo a él. Sin pensar, pongo mi mano temblorosa sobre la pierna de Basil. No digo nada, pero lo miro, sentado a mi lado, y pienso que necesito parar esto. Él solo pone sus dedos sobre los míos y espira con fuerza para que yo lo imite. Y lo hago. Es otra de las cosas que no tienen sentido, pero siempre funcionan con él.

—Todo va a ir bien, palomita. Confía —susurra y mi cuerpo se estremece por los nervios y la sensación de volver a tenerlo cerca después de diez días interminables sin tocarlo.

Esta mañana ha publicado una viñeta que no sé cómo interpretar, pero ha tenido más de cien mil *Me gusta*. Y la ha cerrado a comentarios. Esta noche quiero darle las gracias, porque en el fondo, los dos estamos manteniendo este teatro por el bien de mi revista. Podría haberse negado a estar aquí, pero ha venido. Y significa mucho para mí que no me haya dejado sola.

—Seguro que todo el mundo en casa sabe quienes son las dos personas que se sientan conmigo esta noche, así que hemos decidido que es mejor si ellos mismos "te lo explican" —bromea el moderador—. Al fin y al cabo, son profesionales de hacer precisamente eso. ¿Quién empieza?

Basil me mira, dudando de si debería cederme el paso, pero esta es la única parte que he podido preparar. No tengo un guion después de esto.

—Puedo hacerlo yo —me ofrezco y separo la mano de la rodilla de Basil para concentrarme, aunque me gustaba sentir sus dedos sobre los míos. Tomo aire antes de empezar a hablar—. En realidad, me ha tocado lo más fácil. Presentar a Basil no es necesario. Su tira cómica y su libro son tan famosos que, si alguien aún no los conoce, solo tiene que ir a la estantería más cercana y encontrará un ejemplar de su *Guía para la vida de Basil Jones*. Ya es difícil localizar una que no lo tenga.

—Eso es culpa de mi publicista —aclara él—. Cerró un acuerdo con Ikea para que todas las estanterías salgan con una copia impresa de fábrica, junto con las instrucciones.

Aunque es difícil ver lo que pasa fuera de la pecera, ese comentario provoca risas en el público. Distingo el traje fucsia de Mari, que está mirándome desde primera fila y me alza los pulgares para darme ánimos. Eso me tranquiliza, pero no logra que deje de temblar del todo.

—¿Y tú qué nos puedes contar de la mujer que tienes al lado, Basil?

Antes de hablar, me sonríe, pero temo lo que pase a partir de ahora y se me hace un nudo en el estómago.

—Siento decir que no me he preparado una introducción. Tengo que ir con cuidado porque quizás se me escape el apodo cariñoso que uso con ella a veces, y no creo que le guste que eso suceda.

Un sudor frío me recorre entera pensando que me va a llamar "palomita" delante de veintidós mil personas. Las palabras "ni se te ocurra" salen de mi boca, que cubro con mi mano para disimular. Esto es peor de lo que pensaba. Voy a tener que matarlo en directo.

—De hecho, creo que voy a decirlo. —Niego con mi cabeza mientras él sigue hablando. Mi rodilla se aprieta tan fuerte contra la suya que voy a hacerle un morado, y no me importa—. Muchos conocen a Paloma por su nueva columna en Femalista, *Paloma te lo explica*, pero yo la conozco desde hace tiempo como... la doctora amor.

Resoplo aliviada al escuchar esas palabras.

—Además de su columna, Paloma es una apasionada defensora del amor propio en sus redes sociales. Y extraoficialmente, puedo contar algo que la convierte en única: es la persona más difícil de hacer sonreír del planeta.

—Ayudaría un poco que tus chistes fueran graciosos —suelto sin pensar.

Y de nuevo, el público se ríe, pero esta vez es por algo que yo he dicho.

¿Desde cuándo soy divertida?

—Está claro que Paloma y Basil son un dúo con mucha química —aporta el conductor de la entrevista—. Aunque os habéis presentado y creo que la mayoría os conocía ya, parece que el público quiere saber más sobre vosotros. Hemos recibido más de cuatrocientas preguntas esta semana y no dejan de llegar más. ¿Os parece que respondamos a algunas?

—Antes de eso, quizás debamos aclarar algo —anuncia Basil—. Desde hace unos días circulan en internet unas fotografías en la playa... —Mi expresión se congela al instante—. Creo que es mejor que despejemos los rumores desde el principio porque seguro que nos van a preguntar sobre eso. No tiene sentido dejarlo para más tarde. ¿No te parece?

Me mira y no sé si alguna cámara me está enfocando ahora mismo, pero mi cara debe ser de puro pánico. Veo el contador de personas subiendo y una pantalla con comentarios donde leo: "¡Por fin! Lo van a confirmar. #basiloma".

Asiento con miedo.

Dios.

—Para todos los que se lo estaban preguntando al ver las imágenes, la respuesta es sí. Es real.

Un silencio invade la sala. Mi boca es incapaz de cerrarse. *¿Por qué está haciendo esto?*

—Paloma es una compañera de trabajo única —sigue explicando y arrastra las palabras en una agonía que no logro comprender—, una increíble periodista, una experta en Psicología, y como las imágenes demuestran, también una gran surfista... Bueno, eso último quizás no tanto.

Ese comentario provoca risas en el exterior, pero es mi propia sonrisa resonando en el micro mientras niego con la cabeza la que más me sorprende. Creo que tengo fiebre por los calores que estoy pasando y no tiene nada que ver con los focos.

—No me explico cómo hay quince fotos de ella en la playa y en ninguna aparece encima de la tabla —sigue bromeando.

—Será que no me busqué un buen profesor —comento sin apartar los ojos de los suyos, pero él menea la cabeza con una sonrisa. Esta noche se ha afeitado dejando a la vista sus hoyuelos y no puedo dejar de mirarlos.

—Creo que después de aclarar eso, ya podemos responder a las otras trescientas noventa y nueve preguntas.

Asiento, dándole la razón, y me siento por fin más relajada, pero siempre que la marea parece calmarse llega una ola traicionera. Lo presiento.

—La siguiente pregunta es una de las que más se ha repetido. No es fácil andarse con rodeos, así que la diré sin paños calientes: ¿eres un inútil en la cama, Basil?

Me cuesta mantener la cara de póker ante las cámaras.

—Creo que no soy yo quien debe contestar eso, pero supongo que a todos nos toca ser inútiles en algún lado. No pasa nada —resta importancia sin entrar en detalles.

No. No puedo dejar que eso quede así. Es mi hora de arreglar algo que debí haber aclarado semanas atrás. Es mi momento de subirme a la ola y tomo aire para hacerlo.

—Me gustaría decir algo sobre eso. —Me detengo antes de seguir hablando.

Mi mente va a mil por hora, pero en la sala solo hay silencio. Puedo sentir muchos ojos sobre mí, aunque yo no los veo. Ahora mismo, en realidad, solo me importan dos, pero soy incapaz de mirarlos. Una cámara con una luz roja me enfoca y a su lado una pantalla no deja de mostrar nuevos mensajes que repiten #basiloma entre exclamaciones. Insisto: muchas exclamaciones.

—Basil es una de esas personas que tienen buena estrella —empiezo a hablar girándome para mirarlo—. Él mismo cree que es afortunado, pero se equivoca. La suerte la tiene quien puede estar a su lado, en una cama o en cualquier otro lugar. —Se escucha un "¡Oh!" en la sala y veo emojis de corazones en la pantalla.

—Entonces, ¿Basil no es un inútil, Paloma? —insiste el presentador. La respuesta viene a mí sin tener que pensarla.

—No. En absoluto —añado mirándolo—. Bueno, a no ser que lo metas en una cocina. Ahí no sabe ni hacer una ensalada. Es algo escandaloso.

Me parece increíble que el público se ría con eso de nuevo, aunque la única sonrisa que soy capaz de ver es la que sus ojos me regalan.

—Pero la gente quiere saber, ¿es o no es un inútil en la cama? —me presiona el presentador de nuevo.

Lo busco con mi mirada tratando de explicarle que nos queda mucho por hablar. No puedo aclarar eso delante de miles de personas. Por esto quería tener un guion, pero él me pidió que confiara y eso es lo que hago mientras lo veo acercarse a su micro.

—Para poder responder a eso, primero tendría que dejarme demostrárselo. Y me temo que sigo esperando esa oportunidad —bromea y el público vuelve a reír.

Solo que esta vez no bromea y los dos lo sabemos.

———

MARI ME HA ABRAZADO con fuerza cuando he sido capaz de encontrarla después de salir de la pecera.

Ha chillado tanto, aún sin soltarme, que ha conseguido contagiarme de su emoción, pero hemos tenido que apartarnos un poco para no interferir con la despedida de la gala.

—Dios, Palo, ¿¡tú has visto la química que tienes con Basil!? —me pregunta.

Bufo insegura de qué responder. Creo que ni yo misma era consciente hasta ahora. O sí, pero no quería asumirlo. A veces necesitas mirar algo a través de los ojos de los demás para darte cuenta de lo que tienes delante de tus narices.

—Medio mundo piensa que estáis hechos el uno para el otro y el otro medio está demasiado ocupado haciendo montajes del modo en que Basil te mira. ¿Tú has visto esto? ¡Twitter echa humo!

Sonrío al ver una de las imágenes en movimiento que Mari me muestra en su teléfono. Es Basil mirándome y mordiéndose el labio mientras respondo una pregunta.

—Bombón, tienes que hablar con él. Muy en serio.

No respondo, mientras leo los comentarios en el vídeo de nuestra entrevista.

@el_reflisflis ¿Alguien en la sala con un cuchillo para cortar la tensión sexual entre esos dos?

@marta22_vll ¿Quién les "explica" que queremos ver un beso en directo?

@violeta_sweet No quiero morir sin que alguien me mire como Basil mira a Paloma.

@victor_campeon89 Hoy estos follan a lo grande.

El corazón se me encoge por un instante al pensar en esa última frase. Voy a tener que confiar en algo más que una entrevista con Basil esta noche. Y no sé si estoy preparada.

—¡Madre mía, Mari! Estás espectacular. —Quiero cambiar de tema, pero también debo insistir en esto. Es la verdad. Está increíble con ese conjunto—. Creo que nunca te había visto tan guapa.

—Estoy encontrándole el punto a mi pelo nuevo. Es sexi, ¿verdad? No te preocupes por mí esta noche —suelta de pronto—. Tienes el piso para ti.

—No, Mari, no hace falta. Tampoco sé si...

—¿Tengo que volver a enseñarte los *gifs*? ¡¿Sabes lo que yo daría por encontrar a alguien que me mire así?!

Abro la boca, pero la cierro incapaz de hablar.

—Palo, si no le das una oportunidad, ¿cómo va a poder demostrarte si es el hombre de tu vida? —pregunta Mari antes de darme un nuevo abrazo que dura medio segundo, porque se aparta enseguida con su móvil sonando en la mano—. ¡Oh, me llama Jorge!

"Cariño, te voy a decir algo que oirás pocas veces salir de mi boca: te invito a una copa", la escucho ofrecerle en cuanto descuelga al teléfono. La barra libre hace milagros.

CUANDO HEMOS SALIDO de la pecera, una nube de personas ha venido a saludarnos a Basil y a mí. Muchos querían felicitarnos por la entrevista, otros seguían esperando a que él les firmara un ejemplar de su libro. Y sin poder evitarlo, nos hemos perdido de vista y ahora la sala principal está llena de gente.

El ambiente es el propio de una fiesta, con poca luz,

música demasiado alta y muchas personas bailando, a pesar del calor. No va a ser fácil encontrarlo.

De pronto, noto unos dedos en mi hombro. Me giro con una sonrisa, esperando que sea él quien me haya localizado a mí, pero es Regina. Es imposible oírla con tanta música, pero la sigo, por si acaso. Y ella me conduce hasta *mister* Miller, que está charlando con Basil animadamente. Bueno, ese es su estado natural, pero esta noche parece más contento por el éxito de la gala.

—¡Paloma, yo sabía que no me equivocaba al apostar por ti! ¡Menuda entrevista!

—Gracias. —Respondo sin apartar los ojos de Basil, que parece tan incapaz de dejar de sonreír como yo.

—No hace falta que te diga que a partir de ahora tu columna tiene casa permanente en La Esfera, ¿no?

Un momento. *¿Qué?* Yo quiero seguir publicando en Femalista. Ese ha sido siempre el objetivo.

—Gracias, pero...

—Paloma va a necesitar unos días para pensárselo —suelta de pronto mi particular ángel de la guarda. Jota, el amigo de Basil, que aparece de la nada. O yo no me había fijado en que estaba aquí. No lo descarto porque mis ojos tienen dueño esta noche y no se separan de él.

¿Habrá visto Mari que Jota está aquí?

—José Guerrero, su representante —se presenta con total naturalidad a mi jefe, dándole su tarjeta—. ¿Ese contrato, supongo, tendrá nuevas condiciones de retribución? ¿Incluirá un despacho? Ahora mismo Paloma tiene varias ofertas sobre la mesa —*¿las tengo?*—, así que yo si fuera usted, prepararía bien esa propuesta.

Miro a Basil sin entender qué está pasando.

—No te resistas. Es peor —asegura en mi oído, antes

de que unos admiradores se acerquen a pedirle que les firme su libro.

—Paloma, parece que tienes alguien velando por tus intereses —observa mi jefe.

—Soy la primera sorprendida.

—El lunes me encargaré de que Regina te haga llegar tu nueva compensación y buscarte un espacio en la redacción de La Esfera.

—Un despacho no es necesario. Me gustaría seguir en mi planta —apunto mirando de reojo al amigo de Basil.

—El lunes hablaremos de los detalles. Si me disculpáis, tengo que atender a los invitados de la gala. De nuevo, enhorabuena por la entrevista —recalca antes de irse con Regina.

—Perdón, no era mi intención hablar por ti, pero nunca es buena idea aceptar una oferta sin negociar —me explica Jota de pronto acercándose a mí—. No nos hemos presentado hasta ahora, pero me llamo José Guerrero, director de la agencia Guerrero Publicidad.

—Sé quien eres. Creo que te debo las gracias por ayudarme a encontrar patrocinador para mi columna.

—Fue un placer —le resta importancia—. De hecho, quería tener una charla contigo.

—¿Sí?

—Paloma, tengo varias editoriales interesadas en que Basil y tú escribáis un libro juntos. Me he tomado la osadía de rechazar sus primeras propuestas. Quiero negociar personalmente las condiciones. Te enviaré un correo con toda la información en cuanto crea que os ofrecen un buen acuerdo.

Mi cara ahora mismo debe parecerse a un rompecabezas. No entiendo ni una palabra. Solo sé que mi ángel de la guarda lleva un traje impecable y habla con una seguridad que me intimida.

—Creo que tengo que hablar primero con Basil. —Lo busco entre la gente, pero lo he perdido de vista de nuevo —. No sé si...

—Claro. Piénsatelo.

—¿Por qué haces esto? —dudo sin poder evitar acordarme de Mari, que me dijo que no me fiara de él.

—Basil es mi cliente y es mi trabajo asegurarme de que su carrera es un éxito. Y ese libro va a ayudarle a seguir creciendo. Tengo buen ojo para estas cosas.

—¿Gracias? —dejo caer sin mucha convicción.

—Además de eso, Basil es como un hermano para mí. Por algún motivo, tú pareces importante para él. Y yo cuido de los míos. Si necesitas ayuda negociando con Esferia tu nuevo contrato o con cualquier otra cosa, no dudes en llamarme —añade dándome una tarjeta negra con su información de contacto y un logo brillante—. Bienvenida a Guerrero Publicidad, Paloma.

Se despide así y siento la sala dar vueltas por todas las emociones que he vivido en la última hora y media. Cuando me giro para tratar de localizar a Basil, de nuevo no lo encuentro. Resoplo frustrada. Hay muchas personas en esta fiesta.

Decido salir a la terraza porque necesito tomar el aire. Las vistas panorámicas de la playa y el sonido del mar se mezclan con la música de la sala. Una brisa suave refresca la noche cerca de la piscina, que brilla provocadora.

Cojo mi teléfono para escribirle un mensaje a Basil, pero veo que él se me ha adelantado.

CAPITÁN LECHUGA

¿Cuánto más vas a tardar en proponer que nos vayamos de aquí?

Sonrío al leerlo y decido seguirle el juego.

PALOMA

¿Lo voy a proponer yo? Eres tú quien me mira así.

Adjunto uno de los cientos de *gifs* que están circulando de nuestra entrevista.

CAPITÁN LECHUGA

¿Y no hay uno de lo que pasaba debajo de esa mesa?

PALOMA

No sé de qué me hablas...

En algún momento, mientras respondíamos preguntas, mi mano y la suya han vuelto a encontrarse bajo ese mantel negro que cubría nuestras piernas. He sido yo quien ha cogido sus dedos y los he puesto sobre mi rodilla. Quizás estábamos haciendo un teatrillo para los lectores, pero necesitaba que eso fuera solo para nosotros.

Sonrío al recordar cuando le han preguntado si piensa seguir en Esferia. "Solo puedo decir que mi futuro próximo se plantea muy prometedor y no puedo esperar a ver dónde me lleva", ha respondido eso subiendo con sus dedos por mi muslo.

En mi defensa, es difícil resistirse al aspecto de Basil esta noche. Ha recogido su melena y se ha puesto un traje que le sienta demasiado bien, pero es el modo en el que me mira siempre lo que me deja sin defensas.

Cuando por fin lo encuentro, está al otro lado del cristal, dentro de la sala, hablando con su editor, pero me observa de reojo. Enseguida se disculpa para marcharse. Lo espero nerviosa mientras camina sin desviarse hacia el exterior. En la sala suena *Formentera* de Aitana.

Basil por fin cruza la puerta de acceso a la terraza con dos copas en las manos. Sus ojos me miran con la misma intensidad que lo hacían durante la entrevista, aunque entonces nos miraban miles de personas. Ahora apenas unos pocos ojos curiosos nos observan con disimulo.

Me ofrece una bebida y la acepto, aunque lo único que deseo poner en mi boca ahora mismo es la suya.

—Parece que ahora tienes un representante.

—Sí, eso parece. —Sonrío.

—¿Hay que pedirle permiso a él para decirte que estás preciosa con ese vestido? —Se acerca un poco más, pero mantiene las distancias.

Sonrío y niego con la cabeza. No hemos hablado antes, pero sus ojos ya me han contado eso sin palabras. Él y yo no las necesitamos, por lo visto. Y yo no me había dado cuenta hasta ahora.

—Es solo un vestido viejo... —lamento. No podía permitirme comprar nada y Mari ha hecho su magia con algo que ya tenía en mi armario. Gracias a sus cambios, la tela azul eléctrica ahora se ajusta a mis curvas y me hace sentir muy sexi.

—Mejor. Nunca sabes si alguien podría estar deseando arrancártelo esta noche... —susurra en mi oído y disimula colocándose el cuello de la camisa. Enseguida vuelvo a percibir ese olor que tanto he echado de menos estos días, pero cuando se aparta, su mirada me barre de arriba abajo. Quizás no logra despojarme de la tela con sus ojos, pero sí incendiar mi piel a su paso.

Es ridículo que estemos teniendo esta conversación sin poder tocarnos, pero aquí hay demasiados ojos.

—¿Quieres bailar y darles algo más de lo que hablar? —bromea.

Niego con la cabeza de nuevo. No puedo esperar a tener sus brazos rodeándome, pero no quiero que ese momento tenga testigos. De pronto, uno de los principales accionistas de Esferia se acerca a Basil y lo reclama. Ha venido con su hijo, que tiene su libro en la mano.

Él me mira con muchas palabras en sus ojos que no hemos podido decirnos, pero sabe bien que no puede negarse a atenderlos.

—¿Nos vemos más tarde...? —le pregunto queriendo sonar casual.

Asiente con una expresión de ganas contenidas que logra hacerme sonreír. Antes de irme de la fiesta, vuelvo a enviarle un mensaje.

PALOMA

Te espero en mi casa. Por favor, no tardes.

CAPÍTULO TREINTA Y CINCO
LA RESPUESTA QUE NADIE PREGUNTÓ

ES una noche calurosa y apenas corre brisa en mi apartamento, a pesar de que he abierto todas las ventanas. La tela ligera de mi vestido se pega a mi cuerpo y siento que me aprisiona. Es sofocante.

El piso está en silencio, pero en mi cabeza aún resuena la música de la fiesta. Cuando me recuesto en el sofá, noto mi corazón aún acelerado. Miro de reojo mi teléfono, pero no quiero leer ningún comentario más. Ya los he visto antes y ahora solo puedo pensar en lo que estoy a punto de hacer.

De reojo miro hacia la mesa del comedor y cada minuto parece una eternidad hasta que al fin suena el timbre del telefonillo. Aprieto el botón para abrir sin molestarme en preguntar quién es y espero a Basil nerviosa en mi recibidor. Mi corazón se acelera cuando lo veo subiendo con zancadas de tres escalones. Al llegar a mi rellano, se detiene frente a mí y apoya una mano en el marco de la puerta.

—¿Por qué has tardado tanto? —le pregunto conteniendo mis ganas de besarlo.

—Es la última vez que salgo de casa sin mi moto —

responde mientras me mira con la misma intensidad que lo ha hecho delante de tanta gente y coloca un mechón de pelo detrás de mi oreja. Sus dedos se quedan acariciando mi cuello—. ¿No vas a invitarme a pasar?

Mis nervios me han hecho olvidar que estoy bloqueando la entrada. Asiento, pero antes de que pueda apartarme, él rodea mi cintura y me besa.

Es apenas una caricia. Un roce tierno de dos bocas que se están reencontrando después de días de haberse prohibido estar cerca, pero a un beso le siguen dos, tres, quince... Y de pronto, estamos dentro de mi piso y la puerta se ha cerrado.

Sin pensar, suelto su pelo recogido, me deshago de la chaqueta de su traje y abro su camisa sin mucho cuidado con los botones, solo porque he echado de menos tocarlo y sentir mis dedos sobre su piel. Él hace lo mismo bajando mis tirantes y subiéndome la falda para darse mejor acceso. Sus brazos potentes agarran mis muslos y me invitan a rodearlo con mis piernas, pero sé que necesito detener esto.

—No, Basil, espera. Tengo que contarte algo. —Mis manos en su pecho ponen distancia entre nosotros.

No es fácil animarse a hablar de un tema que me ha atormentado desde hace años. Cuando decidí estudiar Psicología, confié en que tal vez me ayudaría a lidiar con todos los traumas que me persiguen, aunque solo me sirvió para ponerles nombre y encontrar algunos nuevos que aún no era consciente de que tenía.

En momentos como este, creo que escogí la peor carrera posible.

—Basil, tengo que pedirte perdón por muchas cosas.

—No pasa nada, de verdad. Ya no importa. —Coge mi

cara entre sus manos y me besa, pero mis ganas de llorar me traicionan—. ¿Qué te pasa, palomita?

—Por favor, ven. Necesito hablar contigo.

Entrelazando nuestros dedos, lo invito a seguirme a la mesa del comedor, donde hace un rato he dejado mi secreto. Es un maletín que me ha complicado la existencia más de lo que puedo explicar, pero también me permite seguir con vida.

Con un profundo suspiro, reúno el valor para abrir la cremallera. Lo hago despacio, dándome unos segundos para juntar el coraje necesario para hablar.

Miro a Basil, que observa con atención mis movimientos.

—Esto es lo que no te podía contar —comienzo a decir con voz temblorosa—. Desde hace años, tengo problemas para respirar cuando duermo...

Termino de abrir el maletín y dejo expuesta mi mascarilla CPAP. A simple vista es solo una máquina con un par de tubos de plástico, pero para mí, ese maletín encierra un secreto que me cuesta demasiado compartir. Bajo la mirada sintiendo vergüenza.

O más bien, vulnerabilidad. Yo no suelo mostrarme débil, pero voy a tener que aprender a hacerlo. Y quiero hacerlo por él. Basil se acerca a mí, aunque sus ojos se desvían hacia la máquina sobre la mesa. El aire está cargado de expectación mientras aguardo su reacción.

—¿Por eso hacías *ruiditos* al dormir?

Mi médico me ha advertido muchas veces. "Si duermes sin mascarilla, podrías no despertarte". Esto no es opcional para mí. Los sonidos que Basil escuchó son mi cuerpo dejando de respirar.

Esta es la primera vez que hago esta presentación

oficial. Odio este momento... y que esta sea mi suerte de por vida.

—Hace ocho años me diagnosticaron apnea del sueño. Sin todo esto —señalo a mi máquina—, cada vez que me quedo dormida podría ahogarme... y morir. Necesito esta máscara. Cada noche. Y es para siempre.

—¿Y conmigo te quedaste dormida sin ponértela? —duda llevándose la mano a la boca con una expresión aturdida.

Asiento.

—Me asusté —admito con lágrimas en los ojos—. Tenía que habértelo dicho esa noche, pero no estaba preparada...

Mortificada, pero consciente de que no quiero retrasarlo más, cojo mi mascarilla y me la pongo. Me siento muy ridícula con ella sobre mi nariz, pero necesito que Basil entienda por qué me ha costado mostrarle esto. Y si se ríe o hace uno de sus chistes ahora mismo, me va a romper el corazón.

Nunca fui capaz de hacer esto con Sergio. Con él, me pasé muchas noches en vela, aterrorizada de quedarme dormida. Jamás me atreví a enseñarle lo peor de mí. Y ni así conseguí que me quisiera. Esta vez no voy a cometer el mismo error.

Con los ojos llorosos, espero su reacción con miedo, pero él solo parece contrariado.

—Lo siento, si lo hubiera sabido...

—¿Hubieses salido corriendo?

Niega con la cabeza. Y en sus ojos veo que no miente.

—No es muy sexi —lamento y me encojo de hombros sin saber qué más decir, aún sin quitarme la máscara. Con el tiempo, los diseños de las máquinas han ido mejorando. La mía ahora es solo un tubo sobre mi nariz, pero está muy lejos de ser algo ni remotamente sensual.

—Palomita, para mí tú siempre eres sexi —asegura antes de coger mi cara con ambas manos y unir nuestros labios con un roce tierno—. Me temo que vas a necesitar algo más que eso para que yo no te vea preciosa.

Sonrío dejando salir aire por mi boca en cuanto nos apartamos. En todos estos años ocultando mi máscara, es la primera vez que alguien me besa con ella puesta. Esa idea me resulta demasiado triste como para no seguir llorando. Y de pronto, quiero confesarlo todo.

—Basil, también llevo aparatos de bruxismo porque mis dientes rechinan de noche y necesito un edredón especial para dormir. Lo siento, no soy fácil. Además... —cubre mi boca con un dedo.

—Puedes ahorrarte el ojo de cristal y la pata de palo. —Me hace sonreír de nuevo con esa ocurrencia y niego con la cabeza. Aprovecho para quitarme los tubos y separarme de mi máquina—. No me voy a asustar. Me gustas. Me gustas tú, palomita. Y me gustas de verdad.

Sus dedos acarician mis mejillas y secan unas lágrimas que no soy capaz de contener.

—Basil, yo... —Es todo lo que alcanzo a decir, pero me interrumpe.

—Nunca me crees cuando hablo en serio y quizás es mi culpa porque no suelo pensar mucho las cosas, pero de esto estoy seguro. Lo sé aquí. —Se palpa el pecho—. Te quiero. Creo que lo supe el primer día que me echaste de tu cama o puede que incluso antes, aunque soy tan idiota que me costó cinco años darme cuenta.

Sonrío entre lágrimas.

—Claro que te creo. Y yo también debo ser idiota, porque también estoy enamorada de ti.

Su sonrisa ilumina la sala y provoca unas sensaciones en mi tripa que ya no puedo negar. Esta noche he abierto una caja de Pandora... y han salido mariposas.

—Te quiero, Basil, te quiero... —repito una y otra vez, incapaz de contener algo que no sabía si iba a atreverme a confesarle algún día. Mis palabras se cuelan entre besos salados por mis lágrimas—. Siento no habértelo dicho antes. Me daba miedo. No podía... —No logro terminar las frases y resoplo sin saber cómo poner en palabras lo que siento.

—Eso ya no importa. —Me mira a los ojos antes de seguir hablando—. Lo único que necesito saber es si me dejarás pasar esta noche contigo.

Asiento sin esperar a que termine su frase. Y sigo moviendo la cabeza afirmando incluso cuando él me besa de nuevo.

—Todas las noches.

Hubiera deseado alargar cada día que he estado con él. No soportaba tener que pensar en cómo echarle de mi cama o irme de la suya antes de dormirme. Eran límites que yo misma me había impuesto, por miedo. Creía que así me protegía, pero sin darme cuenta había construido una cárcel de la que era incapaz de escapar.

Me había prohibido a mí misma volver a enamorarme, incluso sabiendo que ya lo estaba, pero no puedo negármelo más. Aunque me asuste esa idea, sé que mi corazón es suyo desde hace semanas... y confío en que él lo va a cuidar.

Cuando los dedos de Basil se cuelan en mi espalda y empiezan a bajar la cremallera de mi vestido, siento que por fin respiro libre. No logro dejar de sonreír mientras nos deshacemos de la ropa entre besos y caricias. Y cuando mi piel lo encuentra, mi cuerpo reacciona del mismo modo que la primera vez que me tocó en este mismo salón.

Entonces no quise ver lo que tenía ante mis ojos, pero es innegable; nadie me ha hecho sentir así antes.

—Te he echado tanto de menos —revelo.

—Y yo a ti, cariño.

Cariño.

—Nunca me habían partido el corazón antes, palomita —confiesa—. Por favor, no vuelvas a hacerlo.

—Te juro que no. —Pienso asegurarme de cumplir esa promesa, sin importar el miedo que me dé lo que el camino nos ponga por delante.

Entre besos, poco a poco, nuestra ropa acaba en el suelo del comedor mientras vamos de camino a mi cama. Parece imposible, pero el calor solo aumenta cuando sus manos se pasean por mi cuerpo. Mi boca recorre la tinta de esos dibujos que he aprendido a reconocer como suyos y que ahora me encantan porque son parte de él.

—No me puedo creer que por fin vaya a tenerte para mí toda una noche —susurra entre besos, sin dejar de acariciarme. Su polla firme roza mi vientre haciéndome arder de deseo. *Yo no me puedo creer que no quiera irse de aquí*—. Pero tenemos un problema. Uno muy serio.

No, por favor. ¿Ahora qué?

Lo miro tratando de entender, pero no digo nada.

—Ahora que tenemos toda una noche, tengo que elegir muy bien por dónde quiero empezar, palomita...

Sonrío aliviada porque, por un momento, me había asustado.

—A lo mejor necesitas un tiempo para pensarlo —aseguro siguiéndole el juego. Se inclina para besar mi pecho, pero me aparto—. Es una elección difícil. Será mejor que decidas sin prisas...

Me arrodillo frente a él y acaricio sus muslos lentamente. Él niega con la cabeza con una sonrisa, pero enseguida mi lengua juega a hacerle perder la concentración. Sé que no bromea cuando dice que le va a costar elegir por dónde empezar, porque yo también quiero probarlo todo con él.

Adoro saborear su placer en mi boca. Disfruto de llevar a Basil al límite y de volver a comprobar el efecto que puedo tener en él. El modo en que me mira me hace sentir poderosa y muy sexi.

Pero esto es solo el principio de una noche que espero que sea muy larga y los dos queremos aprovechar el tiempo que hemos perdido las últimas semanas.

Basil me lleva a la cama y llega mi turno de dejarme devorar por un hambre como jamás había conocido. Con su cabeza bajo mi cuerpo, muevo las caderas para disfrutar de cómo su lengua me explora sin límites. Nunca antes me había sentido tan libre y tan desinhibida con alguien.

Cuando me dejo ir, lo hago sin reservas, pero lejos de estar saciados, por primera vez nos detenemos a hacer el amor sin un contador que nos marque la hora. No nos debemos nada, no hay artículos en mente, no hay secretos, no hay límite de tiempo; solo hay sensaciones y piel.

Sus caricias me recuerdan una y otra vez cuánto me desea. Y mis manos tratan de decirle lo mismo sin palabras. Sin saber cómo, acabamos de espaldas. Con su cuerpo sobre el mío y él dentro de mí. Sus embestidas son cada vez más intensas. Mis manos agarran las sábanas con fuerza cuando le pido más, porque soy así de avariciosa con él y a Basil le gusta consentirme.

—No pares —suplico.

Su sudor y el mío se mezclan cargando de sexo el ambiente. Siento su respiración acelerada en mi oído y cómo aumenta el ritmo al que nuestros cuerpos se chocan. Su nombre y el mío se cuelan entre jadeos y gemidos.

—¿Te gusta así, cariño?

Asiento con fuerza, para que él lo vea, pero sigo reclamando más y más. Sus acometidas son más de lo que puedo soportar, aunque también son justo lo que necesito. Lo siento repicar contra mi punto más sensible, castigándome con más deseo. Y cuando ya no puede acelerar más, la presión se vuelve insoportable.

Estoy muy cerca. Muy muy cerca.

—No puedo más, Basil —exclamo desesperada. No querría que esto acabase nunca, pero no creo que vaya a aguantar mucho así.

Sin perder el ritmo, su mano libre agarra mi pelo acercándome a él. Su brazo baja para apresarme contra su cuerpo mientras sigue empujando una y otra vez, sin separarse de mí. Desde este ángulo, su polla me acaricia justo donde lo necesito. Y no puedo evitar gritar de placer cuando por fin veo las estrellas.

Sus dedos, en mi boca, son lo único que me invita a no seguir despertando a todo el barrio.

—Shh... —susurra en mi oído.

Sin darme tiempo a recuperarme, desciende su ritmo, pero no se detiene del todo. Tiemblo bajo su cuerpo, incapaz de seguir ni de soportar las olas de placer que no dejan de sobrevenirme.

—Palomita, quiero probar algo... —pronuncia con voz entrecortada en mi oído y, de algún modo, el roce de su boca vuelve a excitarme.

Sé lo que está insinuando. No hace falta tener ojos en

la nuca para saber que Basil siempre ha mirado con deseo una parte de mí que aún no ha explorado. Asiento y enseguida hunde la cabeza entre mis nalgas.

Oh, Dios.

Basil es un artista; cuando hace algo, se entrega con dedicación. Y yo no podría negarme a nada con él.

Esta va a ser una noche muy larga.

Y por primera vez, no pienso perderme ni un solo minuto.

———

NOTO QUE MIS PÁRPADOS PESAN, pero no los quiero cerrar aún. La sensación de una noche de placer que no tiene por qué acabar no es algo que yo haya vivido a menudo. Tener sexo no es raro, lo extraño es esta intimidad que me hace sentir segura entre sus brazos.

Basil acaricia mi espalda con dos dedos que, perezosos, repiten el camino una y otra vez, pero se niegan a detenerse del todo. Nos hemos duchado hace un rato, y aunque volvemos a estar pegajosos, no me importa. Me gusta escuchar sus pulmones con mi oreja sobre su pecho. Basil por dentro suena un poco como el mar. Y no podría cansarme de oírlo.

Su mano agarra mi cuello en un masaje cariñoso antes de darme un beso. Uno de los miles que nos hemos dado esta noche.

—Es hora de dormir, palomita.

—No... —me quejo.

Al ir a abrazarlo, mi pierna roza su polla.

—Cariño, dame unas horas. Necesito reponer fuerzas. No soy tan joven... Tengo ya casi veintiocho años,

¿sabes? —Me hace gracia que creyera que estaba insinuándome.

—¿¡Solo unas horas!? No voy a tener fuerzas en las piernas para levantarme de la cama en un mes —aclaro. Las agujetas del día que practicamos surf van a quedarse muy cortas comparadas con las que tendré mañana... aunque sospecho que las mariposas también.

—Bueno, tenía que asegurarme de que no te escaparas a medianoche. —Me abraza.

—¿Y cómo sé yo que tú no te vas a ir?

—Tendrás que confiar en mí. —Y por primera vez, esa idea no me asusta, aunque el momento que se está acercando sí lo hace—. Es hora de dormir.

Sin ganas, pero con demasiado sueño, me estiro para alcanzar mi aparato de bruxismo. Me lo coloco y, de inmediato, parezco un boxeador.

—Puedes reírte si quieres.

—¿Reírme? Creo que voy a tener sueños húmedos con la forma en la que tus labios se ven con eso puesto. Madre mía, palomita... —suelta sin dejar de mirarme.

Sonrío con dificultad.

—Si mi polla no hubiera caído en servicio, ahora tendrías un problema, cariño —asegura acariciando mi boca con su pulgar—. ¿Qué es lo siguiente en la lista?

Con un gesto, estiro del edredón que se ha quedado a los pies de la cama. Es una manta especial para la ansiedad. Llevo años usándola y me ayuda a conciliar el sueño.

—¿¡Quieres ponerte eso con el calor que hace!?

—Es por el peso. Me hace sentir protegida. También necesito mi pijama. Nunca he podido dormir desnuda. Eso es todo. Bueno, y la máscara, claro.

—Vale, palomita. Vamos a negociar.

—Basil, ya te he dicho que no es opcional —aseguro antes de quitarme los aparatos de bruxismo para que me entienda mientras hablo—. La necesito cada noche. Y es para siempre.

—No, eso no es lo que quiero negociar. Los pijamas no me gustan.

—Pero, ¿y si hay una emergencia?

—Eso no va a pasar. Y es una cláusula no negociable. No me gustan los pijamas —insiste.

Niego con la cabeza, aunque podría llegar a aceptar lo que pide.

—Mi manta sí la necesito. El peso me ayuda a dormir, me tranquiliza.

—Por si no lo has notado aún, me cuesta dejar de tocarte. —Lo ilustra con sus manos, que me están acariciando mientras hablamos—. ¿En qué mundo crees que no voy a ser tu manta personal cuando duermas?

Sonrío de nuevo, y supongo que con eso acepto sus condiciones. Y por si hubiera alguna duda, sellamos el pacto con un beso de buenas noches antes de ponerme de nuevo mis aparatos de bruxismo.

Hago lo propio con mi máscara y, cuando apago la luz, enciendo el motor de mi maletín. Y comienza a hacer ruido. Yo me he acostumbrado, pero sé que hay personas a las que les cuesta dormir con él.

—Lo siento. Espero que no te moleste demasiado...

—¿Estás de broma? Luego cambia al sonido de la lluvia y empiezan a oírse las ballenas, ¿no? Tengo uno igual en casa.

Incapaz. Completamente incapaz de tomarse nada en serio.

Decido no responder.

—¿Sabes? Creo que me gusta. Parece el ruido de las olas. Es como estar en mi barco —sigue burlándose.

Sí, quizás es incapaz de tomarse nada en serio, pero a la vez está logrando que este momento tan incómodo y difícil para mí sea mucho más sencillo. Sin decir más, se acerca a mi espalda y me rodea con su peso. Es raro dormir sin ropa, pero me gusta sentir su piel abrazándome. Y enseguida sé que no voy a echar de menos la tranquilidad y seguridad que mi manta me proporciona. Hasta ahora no lo sabía, pero ese edredón es un mal sustituto de su cuerpo.

—Palomita...

—¿Qué?

—Antes de dormirte, ¿podrías decir "yo soy tu padre"? —imita a Darth Vader.

—¡Basil! —Se lleva un codazo. *Sabía que iba a hacer alguna broma tarde o temprano.*

—¡Eh! Si vas a atacarme, el próximo día quiero yo también algo para proteger mis dientes.

—Si no te duermes ya, el siguiente codazo va a ser peor.

—Vale, vale, ya paro, *million dollar baby.*

Me cuesta no sonreír con eso. Y acurrucándome entre sus brazos, solo puedo pensar que podría acostumbrarme a reírme a su lado cada noche.

—Gracias por dejar que me quede a dormir, palomita.

—Gracias por querer quedarte a mi lado.

CAPÍTULO TREINTA Y SEIS
DE ENFERMERAS, MECÁNICOS Y NUEVOS AMANECERES QUE EMPIEZAN BIEN

BASIL

DESPERTARME ABRAZADO a Paloma tiene varias cosas increíbles. La primera es que ella no me haya echado a medianoche. La segunda, quizás, es que yo tampoco tengo ganas de salir corriendo.

De hecho, estoy deseando que deje de dormir para tener nuestra primera mañana juntos. Pero la tercera, aunque parezca menos relevante, no se queda corta en lo increíble: todas las ventanas de su piso están abiertas y no sopla ni un mínimo de corriente. Paloma vive en un extraño Triángulo de las Bermudas donde el viento no logra entrar.

Me he comprometido a ser su manta personal y voy a cumplir esa promesa. Mi cuerpo desprende calor de noche de forma natural y tocarla no es un impulso que tenga que forzar, pero si vamos a repetir esto —y joder, espero que sí—, ese aire acondicionado necesita repararse con urgencia.

Llevo media hora despierto y no dejo de mirar ese aparato inútil a través de la puerta de la habitación. Ahora mismo se me ocurren peores maneras de acabar mi vida que en esta cama, pero temo morir deshidratado, así que he decidido poner fin a esta tortura.

Paloma sigue dormida con su máscara y no parece tener prisa por despertarse. Con cuidado, me he apartado de su lado y, sin hacer ruido, he ido al comedor. Resulta útil que siempre lleve mi amuleto de la suerte conmigo: una navaja suiza con herramientas. He subido a una silla y he abierto el aparato con mi destornillador.

Siempre se me ha dado bien arreglar cosas. En casa, mi padre se niega a contratar a alguien para hacer reparaciones sin intentar solucionar el problema con sus manos y yo he heredado esa costumbre. Además, casi siempre alguien en YouTube te explica lo que deberías hacer.

Después de buscar el número de serie de aire acondicionado y describir el problema, he encontrado varios vídeos que sugerían que podría haber una bandeja llena de agua. En cuanto la he localizado y vaciado, una brisa soplando en mi cara empapada por el sudor me ha confirmado que había encontrado el problema.

Sin hacer demasiado ruido, he empezado a cerrar las ventanas para volver a la cama con Paloma. Mi plan era despertarla y hacerle el amor, esta vez sin calor.

—¡Mierda! —se me escapa cuando estoy cerrando la última ventana en el comedor. He hecho tanta fuerza que me he hecho un rasguño y tengo un poco de sangre, pero sobreviviré.

Pienso en coger mis herramientas de nuevo y tratar de ajustar las bisagras para arreglar la ventana hasta que escucho a Paloma desperezarse en la cama y sé que eso puede esperar.

—Buenos días, palomita —la saludo acercándome para estirarme a su lado.

—Buenos días, cariño —Me besa con ternura.

—Cariño, ¿eh? Me gusta más que lechuga.

—No te despidas tan pronto de ese mote —me advierte—. ¿Qué hacías fuera de la cama? ¿Te ha despertado el ruido?

—¿Qué ruido?

Apenas ha abierto los ojos, pero ya se ha quitado la máscara y ha desaparecido de la vista el maletín donde lo guarda. Anoche me sentí mal por haberla presionado tanto para quedarse a dormir conmigo, pero me gustó que por fin confiase en mí. Y no quiero que vuelva a pensar que necesita ocultarme algo así.

—Lo único que me ha molestado es el calor. Por eso me he despertado hace un rato. Ni me acordaba del ruido, de verdad. —Acaricio su cara y me aseguro de que me mira cuando le digo eso último.

—¿Has encontrado algo para desayunar? —me pregunta restregándose los ojos. Está jodidamente adorable con cara de sueño.

—No suelo comer tan pronto. Me gusta empezar el día haciendo deporte, pero no tengo mi ropa ni mis zapatillas aquí.

—¿Haces deporte antes de desayunar? —duda con una cara de disgusto que me hace gracia.

—Correr es la mejor forma de empezar el día.

—Correr es la mejor forma de que tu día empiece mal —me corrige. *Sí, mi palomita tiene madera de entrenadora personal*—. Ya que no vas a poder hacer ejercicio hoy, podrías quedarte a desayunar. Yo también sé algunas formas de que comiences bien el día...

—Nunca he desayunado palomitas antes, pero puede que me guste. Déjame probar... —Acerco la boca a su cuello y ella se retuerce porque mi barba de un día le hace cosquillas cuando bajo hasta besar su tripa. Juro que su risa es el mejor sonido con el que podría despertarme.

—Basil, ¿¡está funcionando el aire acondicionado!? —se incorpora de repente.

—Lo he arreglado —anuncio con orgullo. Una parte de mí se siente bien al reivindicar que no soy un inútil—. Eso es lo que estaba haciendo.

—¿¡En serio!? Eres mi héroe —asegura cogiendo mi cara antes de besarme.

—No es para tanto. Es solo una chapuza. —Para arreglarlo de verdad necesito cambiar el tubo del desagüe y el filtro, aunque por hoy funcionará. No me importaría traer mi caja de herramientas si sirve para que me llame así más veces.

—Pero te has hecho daño... —lamenta al ver el rasguño de mi mano. Vuelve a cubrirse con la sábana y se sienta de rodillas a mi lado para inspeccionar la herida—. Voy a por el alcohol.

—No, no, no... —La detengo de inmediato—. No es nada. No es ni un corte. No hace falta que lo cures. —Sí, soy un cobarde, lo admito.

—¿Seguro?

—Tendrías que ver algunas de las heridas que me hago con la tabla. Esto no es nada, de verdad.

—Yo pensaba darte las gracias por arreglar el aire acondicionado con una *cura sana* especial... —sugiere paseando un dedo por mi pecho con una mirada demasiado provocadora—. Muy muy especial.

Mientras sigue bajando su índice por mi tripa, tiene mi total y completa atención. Sobre todo cuando deja caer de nuevo la sábana y me regala una visión de las tetas más jodidamente sexis del planeta bañadas con la luz de la mañana.

—Deberías haberme avisado. Me gustan los hombres manejando herramientas, ¿sabes? —Muerde su labio inferior haciendo que mi polla empiece a sufrir.

—Tengo una caja enorme en mi casa, palomita. Cuando quieras te la enseño.

—¡Qué casualidad! Yo tengo un disfraz de enfermera muy corto que también quería enseñarte —me provoca acercando su mano a mi polla, cubierta solo por unos calzoncillos—. Pensaba ponérmelo y cuidarte, pero si dices que ese corte no necesita alcohol...

Se aparta de mi lado y me sonríe con una mirada pícara, pero logro retenerla a tiempo para que se quede conmigo en la cama.

—¡No, no, no! —rectifico enseguida colocándome sobre ella—. Estoy muy herido, cariño. ¿No lo ves? Necesito una enfermera. Trae el alcohol.

Vuelve a morder su labio inferior entre sus dientes, pero solo para tratar de no reírse, y no me da tiempo a besarla porque nos interrumpe la puerta de la entrada. Tras ella aparece Amari, aún vestida de fiesta, pero descalza.

—¡Buenos días! ¿Me habéis echado de menos? —pregunta mirándonos de reojo con malicia.

Por esto no me gustan los apartamentos compartidos.

Paloma nos cubre a los dos con la sábana enseguida. La expresión de su compañera de piso cambia al instante cuando se da cuenta de las novedades.

—¡¿Eso es el aire acondicionado funcionando?!

—Lo ha arreglado Basil —anuncia mi palomita con orgullo.

Novio del Año. Sí, espero que Paloma haya borrado de

su vocabulario la palabra *follamigo* después de esta noche.

—¡Oh! Palo, por lo que más quieras, dale las gracias en nombre de las dos.

—Eso estaba a punto de hacer, pero me ha dicho que no es necesario... —Me mira traviesa.

—¡¿Cuándo he dicho eso?!

—Por casualidad, ¿alguien va a desayunar? —pregunta Amari.

Mi palomita y yo respondemos a la vez, pero su "sí" contradice mi "no".

—Danos diez minutos —zanja ella.

—Hecho.

Amari se dirige a su habitación al mismo tiempo que yo empiezo a negar con la cabeza para dejar claro que no estoy de acuerdo con el rumbo que está tomando la mañana. Preparar un desayuno a tres bandas no es buena idea. Yo esperaba recibir cuidados intensivos y comer palomitas en la cama. Esos eran mis únicos planes.

—Quédate. Mari comienza sus clases hoy. Se irá en un rato. Podemos desayunar algo y pensar luego en cómo quieres que te agradezca haber arreglado el aire acondicionado...

La forma en la que me mira me deja muy claro que volvemos a tener el mismo plan en la cabeza.

—Un desayuno. Nada más... —insiste—. Mari es importante para mí. Quiero que la conozcas.

—Si acepto, ¿te pondrás ese disfraz cuando ella se vaya?

Asiente, aún con media sonrisa. Si algún día Jota se entera de que he desayunado con Amari, me cortará las pelotas, pero habrá valido la pena.

—Y ahora, cuéntame: ¿cómo de corto es ese uniforme...?

———

PALOMA

—Nadie me había informado de que la etiqueta de este desayuno era formal —bromea Mari en cuanto Basil sale de mi habitación vestido con sus pantalones de traje y la camisa a medio abrochar.

Él me sigue hasta la cocina, pero Mari lo reclama invitándolo a sentarse a su lado.

—¿No vamos a preparar el desayuno? —duda.

—Hazme caso. Deja trabajar a la artista. Tú te encargas de recoger y limpiar. Esa será tu misión. Todos tenemos un papel aquí —le explica Mari.

Basil me mira confundido y yo afirmo, animándolo a que se siente con ella. Esta cocina es demasiado pequeña para que un pinche sea algo más que un estorbo. Y yo me muevo mejor sola en este terreno.

—¿Y qué harás tú?

—Preguntarte por qué tienes un amigo tan gilipollas.

Empezamos bien la conversación.

—¿Jota? —duda él.

—Me gusta que hayas entendido tan rápido que hablaba de él, Indi. No es la primera vez que alguien te dice que es gilipollas, ¿no?

Basil me mira confundido y yo solo puedo encoger los hombros.

—Es mi nuevo representante. O eso creo —anuncio.

—¿Por qué? ¿Te apuntó con una pistola para que aceptaras?

—Es el mejor representante que podrías tener —asegura mirándome—. Y no es tan mal tío cuando lo conoces.

—Si tú lo dices... —le resta importancia—. Mándale saludos de mi parte cuando lo veas. Estoy casi segura de que me recuerda. Suele pasar. Soy bastante inolvidable.

—Se acuerda de ti, sí —responde confundido.

—Oye, Palo, ¿te has podido probar el vestido para la boda de tu prima? Necesito tiempo para ajustarlo si no te queda bien. Y ahora con las clases, no voy a tener mucho margen.

Odio ponérmelo. Por más cambios que Mari le haya hecho, no dejará de ser un vestido demasiado brillante y estrecho, y con un corte de sirena muy poco favorecedor si tienes mis curvas. Es como si alguien hubiera hecho moda de envolverse en una manta de refugiados demasiado pequeña.

—Por cierto, no sé si podré ir a la ceremonia. Mis clases terminan a las siete.

—¿Cuándo es la boda? —interviene Basil, pero lo ignoro porque Mari acaba de lanzar una bomba.

—¡Mari, se casan a las dos de la tarde! —exclamo con horror—. Contaba contigo. ¿No te puedes saltar una clase?

La idea de ir sola me horroriza. Es suficiente duro saber que voy a tener que ver esa boda desde primera fila. No quiero pasarme toda la tarde sola o sentarme al lado de una silla vacía en la mesa de los novios.

—¿¡Con lo que me cuestan!? No me pidas eso, bombón... La semana que viene es cuando nos dividiremos en grupos de trabajo. No puedo arriesgarme a que me emparejen con el compañero que nadie quiere.

—Yo estoy libre el fin de semana que viene. Y ahora tengo un traje—deja caer Basil mostrando su atuendo. Está demasiado guapo con él como para no querer que se lo ponga cada día, pero Iris me dejó muy claro que no quiere que venga—. Aunque puede que tenga que coserle algún botón a la chaqueta.

Me mira con ojos traviesos y sé de lo que habla. Quizás anoche los rompí sin querer...

—¡Oh! Bien hecho, palomita —me felicita Mari.

—¡No, no, no! No me llames tú también así. Y no cambies de tema. Mari, por favor, tienes que venir. Sabes que no te lo pediría si no fuera muy muy importante.

—¿Pero por qué no vas conmigo? —insiste él.

—Porque he dicho ya que iría con ella. No puedes dejarme sola en esa boda.

—Lo siento, Palo. A lo mejor llego al final del convite. Al baile seguro que sí.

—¿A estas cosas no se va con tu pareja? Es lo que somos, ¿no?

—¡¿Lo sois!? ¿Es oficial? —pregunta mi amiga emocionada.

Recuerdo la promesa que le hice anoche. No pienso romperle el corazón, sin importar lo que el camino nos ponga por delante. Y este es uno de esos momentos, aunque él no lo sepa.

—Por supuesto que lo somos. —Asiento con una sonrisa que imita a la de Basil cuando me escucha. Me acerco a besarlo y él consigue sentarme sobre su regazo —. Pero mi prima se va a cabrear, y mucho, si vienes tú.

—Que se cabree. ¿Qué más da? —nos anima Mari.

—¿Por qué la novia se iba a enfadar conmigo? ¡Soy

encantador! —Asegura muy convencido quien parece que será mi nuevo acompañante a la boda con sus manos sobre mi cintura.

—Si vamos a hacer esto de verdad, tengo mucho que contarte.

—¿¡Y sin que te pregunte nada!? —Sonríe como si eso fuera una gran noticia.

—¡Oh! Vas a tener muchas preguntas, créeme.

CAPÍTULO TREINTA Y SIETE
TRATANDO DE MANTENER EL ORDEN

PALOMA

NO HE IDO a muchas bodas en mi vida, pero imagino que no todas tienen tanto presupuesto como esta. Al fin y al cabo, Sergio es el editor jefe del principal periódico competidor de La Esfera. Con su sueldo, se lo puede permitir, supongo.

Ha sido una mañana muy dura. Si mi prima, a diario ya es bastante insoportable, en el día de su boda ha llegado a límites insospechados. Todo tiene que salir acorde a su plan. Las pobres Número Uno y Dos han vivido un auténtico drama porque alguien ha olvidado cerrar con candado la caja de las palomas blancas que Iris quería soltar tras el enlace y llevan toda la mañana tratando de volverlas a cazar en la iglesia.

Pero eso no ha sido, ni de lejos, la única tragedia del día. Yo misma he ayudado a elegir muchos de los elementos de la boda. Sé cómo de importante es para Iris que todo salga perfecto y que se respete el concepto que ha ideado.

Mi prima está obsesionada con que el tema es el fondo marino. Ver tantas veces "La Sirenita" de pequeña no fue muy buena idea. Aunque teniendo en cuenta su nivel de histeria esta mañana con su peluquera porque había quemado sus extensiones rubias con la plancha, yo creo que ella se identificaba más con Úrsula que con Ariel.

En fin.

Ha llegado la hora de la ceremonia y ahora solo queda pasar por el momento que temí desde el día que mi prima me obligó a ser su dama de honor. Caminar hacia tu ex en un altar debería estar prohibido por ley.

Mientras me acerco a Sergio, se me escapa la risa cuando veo la mancha marrón que aún se puede intuir en su camisa. Hace un rato una de las palomas a la fuga se ha cagado en su solapa. He escuchado a alguien decir que eso trae buena suerte, pero a mí —con mi nombre— me parece bastante irónico.

Frente a mí tengo al que siempre creí que iba a ser el hombre de mi vida... y solo logro pensar que, a veces, que alguien te rechace puede ser una bendición, a pesar de que duela.

Y cuando giro la cabeza para echar un vistazo hacia el lugar donde Basil se ha sentado, lo encuentro dedicándome una mirada tan enamorada que, por un segundo, me hace olvidar que llevo un vestido que parece hecho de papel de aluminio.

Ha sido horrible mirarme hoy al espejo, pero cuando él ha puesto sus ojos en mí, me ha dicho que le recuerdo a una sirena... y viendo el modo en que me observa ahora, empiezo a creer que lo piensa de verdad.

A veces, el hombre de tu vida no es quien esperabas que lo fuera, sino quien no podías ni soñar con desear.

Tener que vivir un momento como este es penoso, y refuerza mi idea de que el karma no existe y de que no me apasionan las bodas multitudinarias. No soporto tener tantos ojos sobre mí ahora mismo. Más que nunca, hoy sé que recorrer este camino no era mi destino, si es que eso existe.

Sin embargo, la idea de casarme en un velero durante una puesta de sol es algo con lo que podría llegar a soñar algún día.

———

—SIGO sin creer que te fijaras en ese tío —susurra Basil en cuanto me acerco a él, en el fondo de la iglesia—. Tiene cara de capullo.

—¿Estás celoso? —le devuelvo sonriendo, pero tratando de mantener la voz baja para no llamar la atención en medio de la ceremonia.

—Primero un guitarrista te canta canciones en la calle, después me encuentro un tío en pelotas en tu casa, luego te vas a practicar surf con Nelson y ahora me dices que estabas con ese tío tan bobo... Palomita, tú me quieres hacer sufrir.

Se me escapa la risa porque es gracioso que piense que me he fijado en alguno de los tres primeros.

—Ríete si quieres, pero creo que tengo un problema. Cariño, yo nunca he sido celoso. Esto es nuevo para mí.

—¿Sí?

—Sí, y estoy celoso hasta de ese bebé que tienes en brazos, porque lleva un rato tocándote las tetas. Y no entiendo por qué a él le dejas y a mí no.

Me cuesta aguantarme una carcajada. Mi prima Laura parecía preocupada porque no iba a poder escuchar la ceremonia con Asher reclamando su atención. Yo no tengo interés en lo que pasa en ese altar, así que me he ofrecido a cuidarlo.

Sí, lo he usado de excusa para quedarme al fondo de la iglesia, aunque me da un poco de miedo que empiece a llorar.

La buena noticia es que, desde tan atrás, Basil no roba el protagonismo a los novios, aunque hay varias personas que lo han reconocido en cuanto ha entrado aquí.

—Este bebé es muy afortunado, ¿sabes? Lo dice su nombre —le explico.

Sigo sin entender bién cómo debería cogerlo. Lo sujeto por las axilas, pero parece incómodo. De pronto, empieza a hacer pucheros y hunde la cabeza en mi escote. Se menea nervioso restregándose contra mis pechos.

Miro a Basil con cara de pánico y él me lo quita de las manos.

—Chaval —le advierte seriamente antes de ponerlo en su regazo—, no eres tan afortunado como para que te deje hacer eso en las tetas de mi novia. Si vamos a llevarnos bien, tienes que respetar los límites.

Media iglesia se gira porque me cuesta contener una carcajada por lo serio que se lo ha dicho y la atención con la que el bebé lo escucha.

—Se te da muy bien cogerlo, ¿no? —observo sorprendida por su naturalidad.

—Aprendí con Kai —comenta antes de ponerse una toalla en el hombro, buscar un trozo de pan de la bolsa que nos ha dado mi prima y ofrecérselo a Asher.

Me cuesta apartar los ojos de él. Es hipnotizante ver la soltura con la que ha conseguido callarlo.

—Si quieres que vayamos a hacer uno, solo sigue mirándome así, palomita —me susurra.

Cierro la boca. No sabía que la tenía abierta.

—¿Qué? No. Yo no estaba... —¿*babeando*?

No sé ni qué decir. Con disimulo, me acerco a olerlo. Y dejo salir aire por la boca aliviada al comprobar que aún huele a saliva y leche agria. Asher se gira para mirar qué estoy haciendo y se ríe.

Cuando la ceremonia termina, todo el mundo se levanta de sus asientos. Basil comienza a caminar con Asher en brazos, pero tiene suficiente soltura para posar su mano libre en mi cintura y dirigirnos al exterior.

—¡Qué bebé tan bonito! —nos comenta una completa desconocida— ¿Qué tiempo tiene?

—¡Oh! No, no es nuestro... —me apresuro a aclarar—. Se llama Asher, es de mi prima.

—Pues a vosotros no os queda nada mal —bromea la señora, que me recuerda a mi tía Angustias. Al menos, lleva el mismo peinado. Deben ser amigas de peluquería.

Es innegable que Basil tiene un don para calmar a Asher. Él lo mira embobado.

—Parece que hayas llevado un bebé en brazos toda tu vida.

—No es tan difícil. Aunque viéndote a ti, creo que hemos encontrado algo que se te da peor que el surf.

A ver, que tampoco lo he cogido bocabajo...

—Ahora que estamos fuera, tú y yo necesitamos discutir un asunto importante, colega —pasa a hablar con Asher con total seriedad—. Vas a tener que aprender a hacer trenzas y moñitos pronto. Tengo algo pendiente con tu tía.

Sonrío como una auténtica idiota al escucharlo hablar con un bebé. Sí. Y lo único que espero es que mi tía Angustias no esté mirando hacia aquí, aunque en mi cabeza resuenan sus palabras: "ya te entrarán las ganas cuando encuentres a la persona adecuada".

Se equivoca. Casi seguro.

—Oye, tú no serás Basil Jones, ¿no? —le pregunta de pronto otro invitado que tampoco me suena. La mayoría de gente viene de parte de Sergio porque nosotros somos una familia muy pequeña.

Enseguida, empiezan a aglomerarse alrededor de Basil admiradores que quieren saludarlo. Y él los atiende sin soltar al bebé ni apartarse de mi lado.

—Crisis —suelta de sopetón Número Uno acercándose a mí con disimulo—. Son los peces. Han... fallecido.

Me cubro la boca de inmediato, horrorizada. La pobre amiga de Iris no sabe hacia dónde mirar. Esto es un problema serio. Uno de los puntos clave —y de los más caros— del enlace son unos centros de mesa con jarrones de cristal llenos de agua y de peces tropicales vivos. Iris cree que son vitales para que la gente entienda que la boda va sobre el fondo del mar.

Al parecer, nadie pensó que ponerlos bajo el sol de verano iba a dar como resultado unas mesas llenas de pececillos de colores flotando porque se han muerto. Cuando escuchamos un grito enfurecido a lo lejos, las dos sabemos quién acaba de descubrirlo.

Es fácil distinguir la voz de Úrsula bajo del mar.

CAPÍTULO TREINTA Y OCHO
...Y CEDIENDO ANTE EL MÁS ABSOLUTO CAOS

PALOMA

LOS PECES HAN SIDO SOLO el principio de la debacle. Nunca había visto a una novia hacer que una organizadora de boda salga llorando desconsolada. A la hora de la cena, Iris ha ido perdiendo la paciencia cada vez más hasta que ha necesitado excusarse. Una novia con un ataque de nervios es la viva imagen de la felicidad conyugal.

En mi defensa, he intentado consolarla como su dama de honor, pero he abandonado mi cargo cuando, en pleno delirio, me ha dicho: "¿¡Y a ti cómo se te ocurre venir con un famoso sin avisarme y sentarlo a mi lado!? ¡Eso es peor que venir vestida de blanco!".

Sospechaba que Basil y yo no habíamos acabado mágicamente relegados a la mesa de los niños a última hora sin un motivo. En fin.

Al menos, él está en su salsa. De algún modo, ha terminado metiéndose a todos los críos en el bolsillo. Su encanto no deja de sorprenderme.

—¡Llegó la fiesta! —escucho tras de mí a Mari y me levanto para abrazarla—. ¿Me has echado mucho de menos?

—¿¡Has venido!? —Me alegra verla aquí. Y no porque necesitara que me apoye, sino porque siempre me hace feliz tenerla cerca—. Está cayendo una tromba. Podrías haberte quedado en casa.

Enseguida las dos nos sentamos en las dos primeras sillas que encontramos vacías, porque un niño ha ocupado la mía al lado de Basil en cuanto me he levantado.

—¿De verdad creías que iba a perderme una barra libre? No me conoces, Palo.

—¿Cómo no lo había pensado hasta ahora? —bromeo mientras ella inspecciona un plato con pastel que algún niño no ha tocado y decide que es suyo—. Estás muy guapa esta noche, ¿no?

—Bueno, quizás aquí soy solo tu invitada, pero yo no he nacido para ser un personaje secundario, bombón —asegura con chulería.

Sonrío. Desde luego que no. Mari merece ser protagonista de su propia historia.

—¿Qué tal la fiesta hasta ahora? —me pregunta mientras come.

—Mejor de lo que esperaba —respondo sincera, sin apartar mis ojos de Basil, que tiene una cola de niños pidiendo que les haga dibujos—. Creo que lo que más me ha gustado ha sido el discurso del padrino.

Felipe ha dicho que, cuando conoció a la novia, le pareció "más bien poca cosa", así que nunca pensó que su primo se casaría con ella. Iris casi lo mata delante de quinientas personas.

Pero quien ha provocado que mi prima esté aún llorando en un baño ha sido su nuevo marido. Sergio siempre ha sido muy inteligente, pero nunca se le dieron bien los deportes... o no ser torpe, más bien.

Cuando ha llegado la hora de cortar la tarta nupcial, ha tropezado con la cola del vestido y, de algún modo, ha conseguido desnudar a la novia y mancharla de arriba abajo de crema de chocolate al tirar el pastel sobre ella.

Le hago un resumen a Mari de todo eso mientras sonrío porque Basil está haciendo trucos de magia y tiene a Asher embobado. Bueno, puede que a alguien más también.

Cuando lo veo ponérselo en su regazo, decido contarle a mi amiga lo que pienso.

—Mari, necesito consultarte una cosa como experta en moda.

—Dispara.

—¿Soy yo o le queda muy bien un bebé a Basil en los brazos? Como complemento —puntualizo—. Confío en tu criterio.

—Dios, voy a necesitar una copa si vamos a comenzar a hablar de bebés.

—¡Eh! ¡Era solo una pregunta de moda! —me quejo mientras ella se aleja—. ¡Tráeme un ron con cola, ya que vas!

Dudo que me haya escuchado, pero cuando me giro a mirar a Basil, los niños ya no lo rodean. Me acerco a su lado, ahora que mi silla no está ocupada por sus pequeños admiradores.

—¿Cómo los has hecho desaparecer?

—Magia —responde sacando una moneda de mi oreja y me guiña un ojo—. Aunque volverán rápido y no sé más trucos. Deberíamos huir mientras podamos.

Sonrío por su cara de pánico cuando uno de los niños anuncia que ya "casi están listos" y se va corriendo.

—¿Sabes? Yo sé de una habitación donde nadie nos

encontraría. Podría ser divertido desaparecer un rato juntos...

—¿Quieres que vayamos a hacer magia? Contigo no se me acaban los trucos.

—Eso tendrás que demostrarlo.

—Me gusta cómo piensas, palomita —Coge mi mano y los dos empezamos a caminar hacia la entrada del palacete.

Vamos mirando hacia atrás, asegurándonos de que nadie nos ve, pero besándonos por el camino y riéndonos cada vez que casi nos pilla algún niño.

—Por fin es mi turno de jugar con ellas —apunta Basil mirando mi escote en cuanto llegamos al pasillo de la habitación donde nos hemos cambiado las damas y la novia antes de la boda.

—Has sido muy paciente —bromeo.

—No pienso volver a compartirlas con nadie.

Cuando llegamos a la puerta, me río de nuevo porque Basil me está haciendo cosquillas al palpar mi espalda buscando la cremallera.

—¿Seguro que no puedo romperlo?

Ya no soy dama de honor y no me voy a querer poner este vestido nunca más. Además, tengo ropa dentro para cambiarme...

—Hazlo —lo reto—. O me lo pondré de pijama.

Los odia, así que no se lo piensa. La tela del vestido se parte sin apenas esfuerzo entre sus dedos y los dos nos reímos de nuevo.

—Ha sido como desenvolver un bocadillo —se burla Basil.

A los dos nos cuesta contener la risa porque estamos borrachos de amor, pero yo trato de concentrarme en meter mi tarjeta en la hendidura de la puerta. No quiero que nadie nos vea en el pasillo, sobre todo ahora con mi particular envoltorio roto.

Cuando lo consigo, sus manos me recorren ávidas y su boca va directa a mi escote y sube por mi cuello. Basil me estampa contra la puerta, despedazando aún más mi vestido, pero tropezamos con algo y acabamos en el suelo. Está claro que va a ser imposible dejar de reírnos.

Pero cuando Basil se levanta, se queda petrificado. Me giro a comprobar lo que está viendo. Son Iris y el primo de Sergio. Al lado de la cama. Ella ya no lleva su vestido manchado de pastel. Él tiene el mismo color de labios que la novia.

—¿Qué? —es todo lo que alcanzo a decir.

Iris no puede soportar pasar desapercibida y Felipe ha dicho que ella le pareció "poca cosa" en un brindis que todo el mundo ha escuchado. Por supuesto, se ha convertido en el hombre más deseable de la Tierra.

—Esto no es lo que parece —asegura ella tapándose con una sábana su tripa incipiente, pero también el conjunto de ropa interior blanco, para la noche de bodas, que me hizo acompañarla a elegir hace tres semanas. *Dios, qué follón...*

Basil se apresura a cogerme entre sus brazos para tapar mi escote expuesto. Con el *shock*, me había olvidado de que estoy a medio envolver. De pronto, alguien en el pasillo se asoma preguntando si hemos visto a la novia.

—Nos buscan para el primer baile de los nov...— añade Sergio, que no termina esa frase, porque él mismo ve lo que nosotros acabamos de descubrir.

Por un segundo solo hay silencio en la habitación, pero un trueno nos recuerda que fuera hay una fiesta esperando. Y de fondo, se puede escuchar una canción. Juraría que es *Karma*, de Taylor Swift. Parece una broma del destino. O una obra de teatro escrita por dioses con un raro sentido del humor.

—Nosotros nos vamos —anuncio, aún sin saber qué más decir.

—Enhorabuena —añade Basil, mirando a los novios a cada lado de la habitación, aún conmigo entre sus brazos y sus manos sobre mis pechos, caminando juntos hacia el pasillo—. Ha sido una boda preciosa. Nos lo estamos pasando genial. Gracias por invitarnos.

Y en cuanto cerramos la puerta, a los dos nos da un ataque de risa.

———

CON LA AYUDA de Mari y los imperdibles que siempre lleva en el bolso, conseguimos arreglar el vestido. De algún modo, ha logrado que tenga mejor aspecto, a pesar de estar roto.

—¿Soy o no soy un genio? —se piropea a sí misma sin dudar y no espera a que yo responda—. Además de muy afortunada, por cierto. He ganado la lotería.

—¿¡Qué!? —me detengo cuando estamos a punto para volver a salir a la fiesta.

—Solo son cien euros y ya me los he gastado, pero algo es algo. —Niego con la cabeza y pongo los ojos en blanco sabiendo que habrá comprado ropa seguro.

—No es lo que piensas. Es lo que me ha costado el taxi para venir aquí. Bueno, también te he comprado esto.

Me da un pintalabios que saca de su bolso.

—¡Pero Mari! Tú necesitas el dinero.

Para una vez que me compra algo legalmente, y me siento mal por quedármelo.

—Ese boleto era tuyo. Además, te faltaba este —

insiste dejando el labial en mis manos. Por supuesto, voy a mirar la etiqueta antes que el color.

Final Feliz.

Sí, este nunca lo había tenido y sospecho que podría quedarme bien ese color.

———

EN CUANTO NÚMERO Uno y Dos nos ven salir del baño y acercarnos a la fiesta, tiran de nosotras hacia la pista de baile. Mi tía Angustias parece estar teniendo una charla con Basil y sé que tengo que ir a rescatarlo antes de que empiece a convencerlo de que es su hora de casarse y multiplicarse.

—¿Me lo prestas para un baile, tía? —pregunto. Me cuesta no sonreír ante su cara de "gracias por liberarme".

Ella asiente y enseguida Basil me coge de la cintura y nos alejamos hacia la pista.

—¿Quieres bailar de verdad o era solo una excusa para rescatarme? —susurra en mi oído—. Te recuerdo que tenemos algo pendiente, mi amor...

—¿¡Me has llamado "mi amor"!? —Me detengo y lo miro sorprendida antes de empezar a bailar.

—¿No lo eres?

—Soy tu palomita —al final ha conseguido que me acostumbre— y eso es lo más cursi que puedo soportar. No intentes llegar más lejos, capitán lechuga.

—Tenemos mucho que negociar aún sobre motes —anuncia antes de darme una vuelta alzando su brazo— y también algo pendiente de desenvolver.

Sonrío.

—Luego te dejo que acabes de destrozarlo, prometido.

—¿Sabes? Empieza a gustarme este vestido. Eres mi sirena en medio de un mar Muerto. —Lleva toda la noche haciendo chistes sobre los pobres peces. *Descansen en paz.*

Me cuesta no reírme, pero los altavoces captan mi atención y la suya al instante. Empieza a sonar algo que los dos conocemos bien. Hace rato que he notado que el encargado de la música no está poniendo ninguna de las canciones de la lista que Iris le mandó. Llegados a este punto, era el menor de los problemas de la boda, pero esto es demasiado.

—Está sonando nuestra canción, cariño —asegura con una sonrisa mientras yo niego con la cabeza.

Juntos, de Paloma San Basilio.

—¿La has pedido tú? —dudo.

—¿Crees de verdad que yo haría eso?

Es cierto. No se arriesgaría.

—Es el universo, mi amor. Acéptalo.

—El universo que nos juntó en Tinder... —le recuerdo incrédula.

—Te encontré entre millones de perfiles, palomita. Era el destino —afirma muy seguro.

—Trabajamos en el mismo edificio... ¿no hubiese sido eso más fácil?

—Pero no hubiese tenido gracia.

—Pensaba que fue tu amigo quien había escogido mi perfil.

—A lo mejor él tenía un buen motivo para elegirte precisamente a ti —me devuelve con un guiño.

Es imposible luchar con él. Sigo sin creer demasiado en todo eso del destino, pero si lo hiciera, desearía que el mío fuera estar a su lado, así que me rindo. Solo me animo a bailar la canción de amor más hortera que pudiera imaginar con una sonrisa en mi cara. Y juntos nos cantamos la letra más cursi del mundo el uno al otro... y es un momento perfecto.

En realidad, no tengo muy claro mi plan con Basil, y eso es algo nuevo para mí, pero me empieza a gustar dejar que el mundo me sorprenda.

Cuando la música ya casi termina, mi tía Angustias se acerca a nosotros.

—¡Ya no se hacen canciones como estas! —se queja sin dejar de menearse, aunque sin seguir el ritmo de la música—. Esta le encantaba a tu madre, Paloma.

Me detengo.

—¿De verdad?

No sé por qué esa tontería me emociona. No tengo recuerdos de ella, solo lo que mi tía me ha ido contando desde que era pequeña. Y cada nuevo dato se siente precioso.

—Tus padres tuvieron su primera cita en un concierto de Paloma San Basilio. ¿No te lo había dicho?

Sabía que se habían conocido en uno, pero no a quién fueron a ver. Me giro a mirar a Basil, que está conteniendo una sonrisa.

—No sé cuántas más señales necesitas —susurra a mi oído—. Estamos hechos el uno para el otro, palomita.

Y esta vez no se lo puedo negar.

EPÍLOGO
PALOMA

TRES MESES DESPUÉS

SUPONGO que nadie pensaría que es una suerte tener a tu lado a un hombre intentando meter un tubo por tu nariz mientras duermes, pero a mí me cuesta pensar que no soy afortunada cuando noto que Basil está tratando de ponerme la máscara sin despertarme. Y hasta creo que es romántico.

—¿Qué estás intentando? —dudo, aún incapaz de abrir los ojos, aunque con media sonrisa.

Otra noche ha venido a mi piso. Deberíamos ir a su casa más a menudo, pero es complicado hacerlo. Yo casi necesito una maleta para pasar una noche fuera, él solo se trae su ropa de deporte y unos calzoncillos limpios. Hace semanas que dejó aquí su cepillo de dientes y soy feliz al verlo cada mañana en nuestro baño.

Para que esta especie de convivencia funcione, solo tiene que mantenerse alejado de los champús de Mari. Su vida corre peligro como vuelva a cogerlos por accidente.

—Ponerte la máscara —responde—. No puedes dormirte sin ella.

—¿Lo había hecho...?

Asiente y termina de colocármela, aunque soy yo quien hace la parte difícil.

—Ahora sí. Perfecta. —Coge mi cara y me da un beso.

—Odio estos tubos —confieso con pena.

—Yo no.

—Puedes ser sincero. No pasa nada —comento mientras me los saco porque aún tengo que ir al baño.

—Esa máquina y esos tubos mantienen con vida a la mujer que amo. Y tu seguridad no es algo que yo me tome en broma, palomita.

Sin poder contenerme, lo abrazo con fuerza y trato de demostrarle así lo que eso significa para mí. Estoy muy acostumbrada a librar mis propias batallas y tener a alguien que se preocupe por mí es muy nuevo aún.

Lo cierto es que llevo un tiempo sin dormir bien. *Mister* Miller nos anunció hace semanas que van a cerrar Femalista. Al parecer, solo estaba esperando a que la gala pasara para anunciarlo.

Mi puesto de trabajo está asegurado y gracias a Jota, con mi nuevo sueldo, puedo permitirme cubrir el alquiler de este piso mientras Mari acaba sus clases.

Salvar mi revista era importante para mí, pero escribir en La Esfera me encanta. Sobre todo porque mi nueva columna se parece mucho más a lo que me enamoró de Paola. Cada semana recibo decenas de mensajes de lectores que me piden consejos y adoro poder compartir con ellos la importancia del amor propio. Supongo que, a veces, la vida te sorprende para bien... si se lo permites.

Sin embargo, saber que mi mejor amiga no tendrá

trabajo a partir de mañana no me deja dormir. Mari no tiene paro porque es autónoma y encima aún debe mucho dinero de sus clases. Ella nunca contó con el precio de los materiales que está necesitando, por no hablar de que hace todo esto para empezar un negocio y no tiene ni un céntimo ahorrado. No sé cómo va a salir de esta, y conociéndola, me preocupa lo que pueda llegar a hacer.

He vuelto a jugar un par de veces a la lotería, pero nunca he pensado que nuestros problemas fueran a solucionarse por arte de magia. No hay sensación que me haga sentir más afortunada que dormirme rodeada por el hombre al que amo, pero la suerte no lo soluciona todo, está claro.

—Basil, empieza a hacer frío, ¿podríamos volver a negociar lo de llevar pijama?

—En mi casa hay buena temperatura. Podemos dormir allí siempre que quieras.

Tiene razón. El casero, que es el dueño del edificio, solo activa la calefacción central unas pocas horas y no es suficiente. Llevamos semanas llamándole para quejarnos de eso, pero nunca responde. Hemos pasado de asarnos de calor a congelarnos. Este apartamento no tiene punto intermedio.

Sé que dormiríamos mejor en la casa de Basil. Y yo adoro estar allí con él, pero estoy pagando el alquiler de este apartamento, y sé que Mari no me dejaría hacerlo si pensara que ya no vivo aquí. No puedo abandonarla cuando más me necesita.

Aunque Basil cada vez tiene menos paciencia con esta extraña convivencia en un espacio tan pequeño. Y yo la adoro, pero Mari no es una compañera de piso sencilla... Además, a él no le hace gracia encontrarse a Ricky por las mañanas en pelotas. Así que estamos en un equilibrio complicado, de momento.

—O podemos ponernos pijamas —sugiero.

—No, ya te dije que eso no es negociable.

—Al menos, necesito unos calcetines —explico antes de ir a buscar unos en un cajón.

—No tengo nada contra ellos. De hecho, me parecen sexis... —Sus manos intentan acercarme a él, pero me escapo.

Gruñe al verme salir, aunque yo aprovecho para ir al baño y cuando vuelvo a la cama, Basil me abraza de nuevo.

—¿Vas a echarme de menos la semana que viene, palomita?

Aún faltan días para que se vaya, pero asiento y beso su brazo, que me rodea. Por supuesto que sí lo voy a extrañar.

—¿Sabes? Podríamos ir juntos en los siguientes viajes si escribes un libro conmigo...

El dinero me ayudaría, pero no es tan fácil decir que sí. Jota me explicó que Basil está vendiendo más desde que me dibuja a mí. Su tira cómica tiene una línea de tazas, cuadernos, camisetas, pósteres... incluso hay Funkos de Basil, pero yo no puedo ignorar que él quiere dibujar algo distinto. Me lo dijo él y no logro olvidar los borradores que vi en su barco. No me perdonaría que él aceptara hacer ese libro solo por mí.

—Cariño, voy a rechazar la propuesta de la editorial. —Me doy la vuelta para ver su reacción y veo sorpresa en su rostro—. ¿Te acuerdas de que nos prometimos un día ser valientes? Tú no quieres seguir dibujando a Basil.

Sonríe y deja salir aire por la boca

—Soy yo quien le propuso hacer ese libro a Jota.

Llevaba meses dándole largas, pero dibujar vuelve a parecerme divertido. Me apetece hacerlo... y es gracias a ti. Por eso quiero escribirlo juntos.

Sigo sin entender cómo mi personaje le gusta a tantas personas, aunque creo que es porque Basil ha conseguido que todos me vean a través de sus ojos. Su tira ahora refleja nuestro día a día y lo distinto que los dos entendemos el mundo a veces. Ha conseguido que hasta yo admita que sus viñetas son graciosas. Tal vez por eso no quiero que se conforme. Porque tiene talento, demasiado como para no hacer lo que desea.

—Basil, tú querías cambiar —le recuerdo.

—Palomita, tengo que contarte algo...

Me incorporo para escucharlo y él resopla antes de seguir hablando.

—Hace un año y medio me propusieron crear un nuevo personaje para una tira cómica. Pensé que iba a ser fácil, pero fue un fracaso. Fue horrible —confiesa mirándome con tristeza.

Sin saber cómo reaccionar, acaricio su mejilla. Me duele verlo así. Quizás yo soy un camaleón, pero Basil también esconde mucho detrás de su eterna sonrisa. Tal vez por eso nos entendemos tan bien.

—Jota se encargó de manejar la situación, pero desde entonces me daba miedo volver a probar algo distinto. Pensaba que solo había tenido un golpe de suerte con Basil y se había acabado.

—Cariño... —Es todo lo que alcanzo a decir, negando con la cabeza. Cojo su mano para animarlo a seguir hablando.

—Me bloqueé. Quería dejarlo todo —confiesa en voz baja.

Lo abrazo con fuerza sabiendo que no tuvo que ser fácil para él.

—Palomita, cuando empecé a dibujarte, no pensé que estaba haciendo algo nuevo... Si no, no me hubiese atrevido. Pero tú me sorprendiste.

Sonrío.

—¿Sabes qué creo? Que tuviste mala suerte con esa tira. —Alza una ceja sorprendido al escuchar esa frase saliendo de mi boca—. Pero crear dos personajes de éxito demuestra que tienes algo mejor que tu buena estrella; tienes talento. Y deberías aprovecharlo. ¿No quieres probar a publicar tus borradores?

—Puede que sí... algún día, pero estoy aprendiendo a pensar un poco más las cosas últimamente.

Me mira y tengo que morderme el labio para contener una nueva sonrisa.

—Ah, ¿sí? —pregunto mientras él aparta un mechón de pelo de mi cara.

—Lo único que tengo claro es que quiero dibujar mi futuro contigo. Y no solo en un libro, pero escribir uno juntos me parece un buen primer paso... si tú también lo quieres.

Sonrío antes de besarlo afirmando con la cabeza. Y puede que algún día firmemos un contrato con una editorial, pero el primer acuerdo lo sellamos en mi cama con nuestras lenguas bailando juntas a un ritmo que solo los dos sabemos seguir.

Nuestra conexión no ha perdido la fuerza con el paso de los meses, al contrario. A veces creo que sigo siendo un poco camaleón, pero Basil es un mago capaz de sacar mis mejores colores. Y adoro cómo, con solo tocarme, logra que me sienta bella, deseada, protegida, amada...

Su boca me busca siempre con hambre y la mía sigue

hipnotizada por el embrujo de su piel. Cada vez me permito más soñar y menos planificar, dejándome llevar por él. O más bien, de su mano. Porque los dos estamos en el mismo barco, dibujando un futuro juntos.

Poco a poco, nuestros cuerpos se encuentran, sin ropa de por medio, y la energía que desprendemos toma las riendas. Sus manos me recogen por la espalda mientras besa mi cuello y baja por el esternón. Mi entrepierna busca alivio en su muslo y pongo los ojos en blanco cuando sigue descendiendo por la tripa sin dejar de acariciarme. Mis dedos se cuelan entre su pelo y tiran de él hacia arriba, pidiendo más.

Hace semanas que mandé todos mis principios al garete y volví a las pastillas. Estoy intentando dejarme llevar un poco más, pero me gusta hacerlo sobre seguro. Y en momentos como este, agradezco no tener que buscar un condón.

Pronto nuestros cuerpos se unen entre jadeos, respiraciones contenidas, miradas que suplican más y besos torpes. Basil me invade con su fuerza y yo le invito a seguir derribando todas mis barreras. Y así vamos aumentando el ritmo hasta que nos liberamos consumidos por el placer.

—Te quiero, palomita —susurra en mi oído sin apartarse aún de mí.

—Yo también a ti, cariño.

Y soy incapaz de dejar de sonreír.

———

CUANDO ANOCHE BASIL me dijo que no se tomaba en broma mi seguridad, no pensaba que hablaba tan en serio. Me he quedado dormida mientras él salía a correr por mi barrio. Recuerdo eso vagamente porque estaba bastante cansada, pero ahora al despertarme, lo único que veo es su cara de pánico.

—¿Tengo la mascarilla puesta? —dudo, pero sí, la tengo.

—Tenemos que irnos de aquí, preciosa. Ahora —anuncia.

—¿Qué? ¿Por qué?

Siempre me ha costado levantarme de golpe. A menudo me mareo cuando lo intento. Me parece oír a Mari gritándole a alguien en la puerta de la entrada. *¿Eso que suena son sirenas de los bomberos?*

—Palomita, hay que salir de aquí. Rápido.

—¡Pero estoy desnuda!

—Ponte esto y vámonos. —Coge una camiseta suya de una silla y me la da.

—¡¿Qué!? —Hago lo que me pide, aunque estoy muy confundida—. ¿Pero qué pasa? —le pregunto, viendo que él se lleva el maletín de mi mascarilla—. ¿Qué estás haciendo?

—¡¿Que me deje aquí todos mis zapatos!? ¡¿Estás loco!? —exclama Mari en la puerta. Está hablando con alguien en el rellano.

—El techo del primer piso se ha desintegrado, señora —responde un tipo con casco—. No es el momento de pensar en zapatos.

—¡¿Señora!? —se queja ofendida.

—¡No estamos para formalismos cuando se puede derrumbar el edificio! —insiste él.

¿¡QUÉ!?

De pronto, me siento incapaz de respirar, pero el brazo de Basil rodea mis hombros y me dirige hacia la puerta.

—Nos vamos —me explica.

—Necesito unas braguitas —alcanzo a decir con un hilo de voz y me giro para cogerlas antes de salir. He dormido sin ropa y no puedo irme mientras se me vea el culo. Su camiseta no me cubre más allá de las caderas.

Cuando me acerco a mi armario a buscar algo más, él tira de mi brazo.

—Cariño, no pienso dejar que te juegues la vida por unos pantalones —me advierte muy serio.

Asiento porque tiene razón, pero antes de irme agarro la foto que tengo con mis padres y mi hermano en mi pared. Es lo único que me llevo. Basil tiene el maletín con mi mascarilla en su mano.

Al aproximarnos a la puerta, los gritos de los vecinos anuncian que no va a ser fácil llegar a la salida. Muchos están tirando bolsas con sus pertenencias por las escaleras.

—¡Mari! —la llamo. No puedo irme sin ella.

Para mi absoluta sorpresa, no sale con siete maletas de ropa. Solo con su carpeta de dibujos y el portátil que usa para sus clases.

De pronto, escuchamos un ruido ensordecedor justo debajo de nosotros y el suelo empieza a temblar. De inmediato, dejo de pensar en si podremos volver a por nuestras cosas o no. Solo necesito que los tres salgamos de aquí con vida.

Es lo único que importa.

———

¿Quieres saber qué pasará con Basil y Paloma?
Visita mi web romanticadriana.com para leer un
epílogo extra y suscríbete si no quieres perderte la
segunda parte de esta historia, donde Jota y Mari
descubrirán que van a tener que verse mucho más
a menudo de lo que ellos creían.

El destino, a veces, tiene sentido del humor.
El amor, por lo visto, también.

AGRADECIMIENTOS

Necesitaría muchas páginas para incluir aquí a todos los que me apoyan cada día leyendo mis historias, enviándome mensajes, escribiendo reseñas... Así que, sin mencionar nombres, solo puedo decir que **esto es para ti.**

Tus palabras son las que me animan a sentarme frente a mi ordenador cada día a cumplir mi sueño. Gracias por creer en mí, incluso en los días en que yo no lo hago.

No podría haber escrito este libro sin un trío sin igual. Siempre hay que rodearse de personas que hacen las cosas mejor que tú y, por eso, elegí de amigas a tres autoras con mucho más talento que yo: **Aitana Sánchez Blanco, Alba Rubio** y **Tamara Díaz Rodríguez**. La que no necesita dos apellidos es la culpable de que haya un mástil en este libro, la rubia es la que añadió a Carmen de Mairena y la alemana se ha hecho capitana del #teamBasil.

Por supuesto, gracias siempre a mis lectoras cero: **Anay Martí, Maite López de Aguileta** y **María José Fariña**. Ellas son las primeras que se animan a sumergirse en mis locuras a ciegas y no sé cómo tengo tanta suerte de que siempre confíen tanto en mí.

Hay alguien a quien no solo tengo que darle las gracias, sino pedirle disculpas. Lo primero por la paciencia con mis manías, lo segundo por todas las comas que me invento y a ella le toca borrar. No podría pedir mejor correctora que tú, **Ana Camacho**.

Y aunque siempre dejo a **mi familia** para el final, ellos saben muy bien que para mí son lo primero. Cualquier gracias se queda corto con vosotros.

SOBRE MÍ

ADRIANA FREIXA NACIÓ en Barcelona cuando en la radio triunfaba la canción *Forever Young* y se lo creyó.

Hoy vive en Estados Unidos, en un pueblo que podría ser el escenario de las comedias románticas que tanto le gustan.

En ese paisaje inusual y armada con una imaginación peligrosa, utiliza su teclado para contarse historias de amor y olvidar que la colada no se hace sola.

Es raro que la encuentres por la calle (si no ha salido a comprar más libros o a pasear a su perro), pero puedes seguir sus aventuras en Instagram y Tiktok: @adriana_freixa.

Si has disfrutado con este libro, quizás también te gusten sus otras novelas.

DE LA MISMA AUTORA

UN OGRO QUE TE ROBARÁ EL CORAZÓN

Lucila sueña con escribir novelas y conocer a su hombre ideal en un encuentro de película; su propio *meet-cute*. Sin embargo, su realidad es otra: es redactora para banca y vive en tiempos de Tinder.

Lo que nunca imaginó es que ella sería el caballero de su propia historia de amor y su príncipe azul sería un poco ogro.

Enamórate con Lucila, la heroína feminista que la comedia romántica necesitaba, en esta historia donde el *meet-cute* viene cuando menos te lo esperas.

UNA GUERRA DE VECINOS ARDIENTE

Anita Smith tiene claro algo: ODIA a su nuevo (y afortunadamente temporal) vecino. Él representa todo lo que ella detesta. Es un mujeriego descarado, mucho más joven que ella y un creído. Y eso solo es el principio.

Luke Hill es un tramposo con demasiados secretos. Sabe que las chicas ven un reto en él. Por eso siempre desconfía de todas, aunque le costará no rendirse a los encantos de la única mujer que no quiere saber nada de él.

Sin embargo, el destino les guarda más de una sorpresa a este par de tramposos con demasiados secretos.

ADVERTENCIA: Prepárate para una historia de enemigos a amantes explosiva. Solo apta si te gustan las emociones fuertes.

Adriana Freixa

QUIERO ACABAR CONTIGO

UN PLAN DE VENGANZA CON MUCHAS SORPRESAS

Estampar mi coche contra el deportivo de mi nuevo jefe el primer día de trabajo no es empezar bien, pero mi plan no es arreglar las cosas con él.

Iker Igualde se va a arrepentir del día en que pidió que estuviera bajo sus órdenes.

CUANDO EL IDIOTA QUE TE PARTIÓ EL CORAZÓN PIDE SER TU NUEVO JEFE, SOLO TIENES UNA OPCIÓN: ACABAR CON ÉL.